Já disse que te amo?

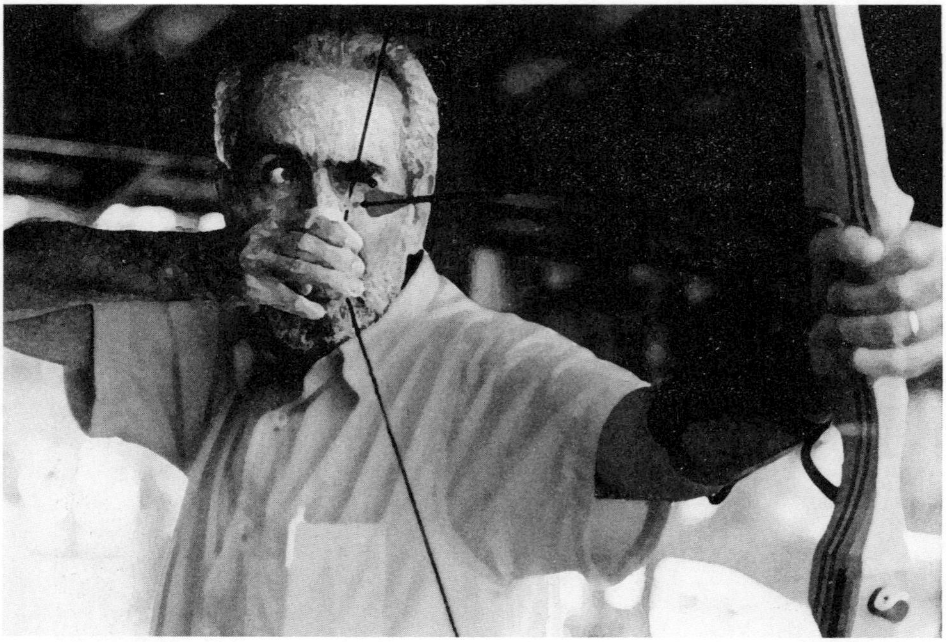

O Arqueiro

Geraldo Jordão Pereira (1938-2008) começou sua carreira aos 17 anos, quando foi trabalhar com seu pai, o célebre editor José Olympio, publicando obras marcantes como *O menino do dedo verde*, de Maurice Druon, e *Minha vida*, de Charles Chaplin.

Em 1976, fundou a Editora Salamandra com o propósito de formar uma nova geração de leitores e acabou criando um dos catálogos infantis mais premiados do Brasil. Em 1992, fugindo de sua linha editorial, lançou *Muitas vidas, muitos mestres*, de Brian Weiss, livro que deu origem à Editora Sextante.

Fã de histórias de suspense, Geraldo descobriu *O Código Da Vinci* antes mesmo de ele ser lançado nos Estados Unidos. A aposta em ficção, que não era o foco da Sextante, foi certeira: o título se transformou em um dos maiores fenômenos editoriais de todos os tempos.

Mas não foi só aos livros que se dedicou. Com seu desejo de ajudar o próximo, Geraldo desenvolveu diversos projetos sociais que se tornaram sua grande paixão.

Com a missão de publicar histórias empolgantes, tornar os livros cada vez mais acessíveis e despertar o amor pela leitura, a Editora Arqueiro é uma homenagem a esta figura extraordinária, capaz de enxergar mais além, mirar nas coisas verdadeiramente importantes e não perder o idealismo e a esperança diante dos desafios e contratempos da vida.

Já disse que te amo?

ESTELLE MASKAME

AMO • PRECISO • SINTO

ARQUEIRO

Título original: *Did I Mention I Love You?*

tradução: Alves Calado

preparo de originais: Rachel Rimas

revisão: Milena Vargas e Pedro Staite

diagramação: Abreu's System

capa: Stuart Polson Design

imagens de capa: Tuzemka/ Shutterstock (homem); Vidu Gunaratna/ Shutterstock (palmeira); Anastasiya Domnitch/ Shutterstock (mulher); pawel.gaul/ iStock (roda-gigante)

adaptação de capa: Gustavo Cardozo

impressão e acabamento: Lis Gráfica e Editora Ltda.

CIP-BRASIL. CATALOGAÇÃO NA PUBLICAÇÃO
SINDICATO NACIONAL DOS EDITORES DE LIVROS, RJ

M367j Maskame, Estelle
Já disse que te amo? / Estelle Maskame; tradução de Alves Calado. São Paulo: Arqueiro, 2019.
336 p.; 16 x 23 cm.

Tradução de: Did I mention I love you?
ISBN 978-85-8041-959-7

1. Ficção escocesa. I. Calado, Alves. II. Título.

19-55907 CDD: 823
CDU: 82-3(410.1)

Rua Funchal, 538 – conjuntos 52 e 54 – Vila Olímpia
04551-060 – São Paulo – SP
Tel.: (11) 3868-4492 – Fax: (11) 3862-5818
E-mail: atendimento@editoraarqueiro.com.br
www.editoraarqueiro.com.br

Para os meus leitores desde o início,
porque este livro não é meu, é nosso.

1

Se os livros e filmes me ensinaram alguma coisa, é que Los Angeles é a cidade mais incrível do mundo, com as pessoas mais incríveis do mundo e as praias mais incríveis do mundo. Então, como qualquer garota, eu sonhava em visitar esse Estado Dourado. Queria correr na areia de Venice Beach, pôr as mãos nas estrelas das minhas celebridades prediletas na Calçada da Fama, ir até o letreiro gigante de Hollywood e observar lá do alto esse lugar lindo.

Além de todos os outros micos obrigatórios para os turistas.

Com os fones nos ouvidos e a atenção dividida entre a música e a esteira de bagagens à minha frente, reúno forças para encontrar um lugar no meio da multidão e pegar minha mala, as pessoas em volta se empurrando e gritando com seus companheiros, berrando que as bagagens delas acabaram de passar, e as outras gritando que aquelas não eram as bagagens delas. Só me dou ao trabalho de revirar os olhos e me concentrar na mala cáqui que se aproxima. Sei que é a minha por causa das letras de música rabiscadas na lateral, por isso a puxo o mais depressa que consigo.

– Aqui! – grita uma voz familiar.

O timbre incrivelmente profundo do meu pai soa meio abafado pela música, mas eu o reconheço na hora. Na verdade, eu o reconheceria mesmo que o som estivesse no volume máximo, mesmo que ele estivesse a quilômetros de distância, porque a voz dele é irritante demais para ser ignorada.

Quando minha mãe me contou que meu pai tinha pedido que eu passasse as férias de verão com ele, nós duas tivemos um acesso de gargalhadas diante da completa insanidade daquela ideia.

– Você não precisa ir – minha mãe me lembrava diariamente.

Três anos sem dar notícias e, de repente, meu pai ressurge sugerindo que eu passe o verão inteiro com ele? Podia pelo menos me ligar de vez em quando, perguntar como eu estava, entrar na minha vida aos poucos. Mas não, decidiu ir com tudo e pedir para ficar dois meses inteiros ao meu lado. Mamãe foi completamente contra a viagem. Não achava que ele merecia passar tanto tempo comigo, certa de que ele jamais conseguiria compensar todos os momentos que havia perdido. Mas isso não foi o suficiente para fazer meu pai arredar o pé: ele continuou insistindo, tentando me convencer de todas as formas que eu ia adorar o sul da Califórnia. Não entendo por que ele finalmente decidiu entrar em contato, assim, do nada. Será que tinha esperança de consertar o relacionamento destruído no dia em que ele foi embora? Eu duvidava muito disso, mas, no fim das contas, cedi e aceitei a proposta, embora minha decisão não tivesse nada a ver com ele. Eu queria mesmo eram os dias quentes de verão, as praias gloriosas e a possibilidade de me apaixonar por um modelo da Abercrombie & Fitch com pele bronzeada e barriga tanquinho. Além disso, eu tinha meus motivos para querer me afastar bastante de Portland.

Mesmo assim, não estou particularmente empolgada em ver a pessoa que se aproxima de mim neste instante.

Muita coisa pode mudar em três anos. Há três anos eu era oito centímetros mais baixa. Há três anos meu pai não tinha fios grisalhos perceptíveis no cabelo. Há três anos este não seria um momento esquisito.

Tento dar meu sorriso mais fofo, para não ter que explicar por que há um desgosto permanente desenhado nos meus lábios. É sempre muito mais fácil sorrir.

– Olha a minha menininha! – exclama meu pai, arregalando os olhos e balançando a cabeça, incrédulo por eu não ser a mesma menina de treze anos que ele deixou para trás. Nossa, muito chocante mesmo alguém de dezesseis anos não ter a mesma aparência de quando estava no oitavo ano!

– Oi – respondo, tirando os fones de ouvido, os fios pendendo das minhas mãos, com a leve calmaria da música vibrando pelos alto-falantes minúsculos.

– Senti muito a sua falta, Eden – diz ele, como se eu fosse explodir de felicidade ao saber que o pai que me abandonou está com saudade de mim, como se esperasse que na mesma hora eu me jogaria nos braços dele e o perdoaria.

Mas não é assim que funciona. O perdão não é algo dado: tem que ser merecido.

Mas, se vou morar com ele durante oito semanas, provavelmente deveria *tentar* ser menos hostil.

– Também senti sua falta.

Meu pai abre um sorriso de orelha a orelha, as covinhas afundando nas bochechas como uma toupeira se enterrando na terra.

– Deixa que eu levo isso para você.

Ele pega minha mala de rodinhas e se encaminha para a saída do aeroporto. Vou atrás dele, atenta a qualquer estrela do cinema, da música ou da moda que possa por acaso esbarrar em mim, mas não vejo ninguém.

Sinto o rosto quente ao atravessar o estacionamento enorme, o sol fazendo cócegas em minha pele e a brisa suave esvoaçando meu cabelo. O dia está lindo, a não ser por várias nuvens inconvenientes.

– Achei que fosse estar mais quente aqui – comento, indignada ao perceber que a Califórnia não era um paraíso ensolarado livre de ventos e chuva, como os estereótipos me fizeram acreditar.

Nunca me ocorreu que em Portland, também conhecida como a cidade mais chata do mundo, pudesse fazer mais calor no verão do que em Los Angeles. Que descoberta decepcionante e trágica. Por mim, eu voltaria para casa, embora não tenha nada de interessante para fazer por lá.

– Mas até que está bem quente hoje.

Papai dá de ombros, quase como se pedisse desculpas pelo tempo. Dá para ver que ele está nervoso, vasculhando o cérebro desesperadamente em busca de alguma coisa para falar. Mas não há nada a ser dito, apenas a realidade desconfortável da situação.

Ele leva minha mala até um Lexus preto chique e brilhante, e fico me perguntando como conseguiu aquele carro. Antes do divórcio, ele e minha mãe dividiam um Volvo caindo aos pedaços que quebrava uma vez por mês. Isso se a gente tivesse sorte. Ou o emprego novo dele paga muito bem ou ele simplesmente optava por não esbanjar antes. Talvez a gente não fosse digna do dinheiro dele.

– Está aberto – diz ele, indicando o veículo com a cabeça ao abrir o porta-malas e acomodar minha bagagem lá dentro.

Tiro a mochila do ombro e entro. O couro do banco está tão quente que por pouco não queima minhas coxas. Fico lá dentro esperando até meu pai se sentar ao volante.

– E aí, o voo foi bom?

Ele inicia uma conversa genérica enquanto liga o carro e dá a ré.

– Foi tranquilo.

Coloco o cinto de segurança e fico olhando para a frente, sem a menor ideia de como dar continuidade ao diálogo. O sol é ofuscante, por isso pego meus óculos escuros na mochila. Dou um suspiro.

Quase ouço meu pai engolir em seco antes de perguntar:

– Como vai sua mãe?

– Ótima – respondo, talvez com um entusiasmo exagerado, fazendo questão de enfatizar como ela está indo bem sem ele.

Porém, isso não é verdade. Ela não está mal, mas eu não diria que está ótima. Passou os últimos anos tentando se convencer de que o divórcio poderia lhe ensinar muitas coisas, que a fortaleceria e a encheria de sabedoria. Só que, na minha opinião, a única coisa que ela aprendeu nessa história toda foi a desprezar os homens.

– Nunca esteve melhor – acrescento.

Meu pai assente, segurando firme o volante e finalmente saindo do aeroporto. Caímos numa grande avenida, pistas e mais pistas com carros indo e vindo, o tráfego pesado mas andando rápido. A paisagem aqui é aberta. Não tem arranha-céus gigantescos prestes a engolir você, como em Nova York, nem corredores intermináveis de árvores como em Portland. Pelo menos uma coisa não me decepciona: as famosas palmeiras existem mesmo. Sempre me perguntei se elas não eram uma ilusão coletiva.

Passamos por uma coleção de placas, uma acima de cada pista, indicando as cidades e os bairros ao redor. As palavras não passam de um borrão enquanto aceleramos em direção ao nosso destino. Um novo silêncio desconfortável está se formando, por isso papai pigarreia e tenta puxar assunto pela segunda vez.

– Você vai adorar Santa Monica – comenta, com um sorriso sem graça. – É uma cidade ótima.

– É, eu pesquisei. – Apoio o braço na janela e observo o bulevar. Até agora Los Angeles não é nada parecida com a cidade glamourosa que vi na internet. – É a que tem aquele negócio. O píer, não é?

– É, o Pacific Park. – Um raio de sol ilumina a aliança de ouro no dedo dele. Solto um grunhido. Ele nota. – Ella está louca para conhecer você.

– Também quero muito conhecê-la.

Mentira.

Segundo meu pai me informou, Ella é a nova esposa dele. Substituta da minha mãe: uma coisa nova, uma coisa melhor. E isso realmente não entra na minha cabeça. O que essa tal de Ella tem que a minha mãe não tinha?

– Espero que vocês duas se deem bem – diz ele, depois de mais um momento de silêncio sufocante, trocando de pista. – Quero muito que tudo dê certo.

Meu pai pode até querer que isso dê certo, mas eu, por outro lado, ainda não comprei a ideia dessa "nova família". Ter uma madrasta não me agrada. Quero uma família nuclear, pequena e aconchegante, só eu, minha mãe e meu pai. Não gosto de novos membros. Não gosto de mudanças.

– Quantos filhos ela tem mesmo? – pergunto, com ar de desprezo.

Não só fui abençoada com uma adorável madrasta, como também ganhei de brinde adoráveis irmãos postiços.

– Três – dispara ele, seco, provavelmente irritado com minha negatividade aparente. – Tyler, Jamie e Chase.

– Hum. Quantos anos eles têm?

Reduzindo a velocidade e parando no sinal, ele responde:

– Tyler acabou de fazer dezessete, Jamie tem quatorze e Chase está com... onze. Tente se dar bem com eles, querida.

Seus olhos castanho-esverdeados me espiam suplicantes.

– Ah. – Até então eu tinha presumido que ia conhecer uns menininhos que mal conseguiam formar frases. – Tudo bem.

Trinta minutos depois, estamos dirigindo por uma rua sinuosa no que deve ser o subúrbio da cidade, com calçadas enfeitadas por árvores altas de troncos grossos e galhos tortos que fazem sombra e protegem do sol quente. Todas as casas são maiores do que a minha, e todas são diferentes umas das outras. Não existem duas construções iguais, nem na forma, na cor ou no tamanho. O Lexus do meu pai para na frente de uma casa decorada com pedras brancas.

– Você mora aqui?

A Deidre Avenue me parece bem normal, como se fosse só mais uma rua em uma cidade qualquer. Los Angeles não deveria ser normal, e sim reluzente, fantástica, completamente surreal, mas até agora não foi nada disso.

Papai assente, desligando o motor e levantando o quebra-sol.

– Está vendo aquela janela?

Ele aponta para uma no segundo andar, bem no centro.

– Aham.

– É o seu quarto.

– Ah.

Não imaginei que teria um quarto só meu nessas oito semanas que vou passar aqui, mas a casa parece bem grande, então com certeza tem cômodos de sobra. Ainda bem que não vou dormir num colchão inflável no meio da sala.

– Obrigada, pai.

Quando vou me levantar, percebo que usar short tem seus prós e contras. Pró: minhas pernas podem respirar nesse tempo quente. Contra: minhas coxas estão grudadas no couro do banco, por isso demoro mais do que gostaria para sair do carro.

Meu pai pega minha mala e a coloca na calçada.

– É melhor entrarmos – diz ele, já puxando a bagagem em direção à entrada.

Acompanho meu pai pelo caminho de pedras, que vai até a porta da frente, grande e de mogno, como devem ser as portas de toda pessoa rica. De cabeça baixa o tempo todo, deixo meu olhar se demorar nas frases que escrevi nas laterais de borracha do meu All Star. Elas também estão na mala, letras de música que escrevi com caneta permanente preta. Ler essas frases sempre me tranquiliza um pouquinho, mas só até chegarmos à porta.

A construção – apesar de ser um símbolo ofensivo do consumismo – é bem bonita. Comparada com a casa em que acordei hoje cedo, é um castelo. Tem um Range Rover parado na entrada. *Que coisa chamativa!*, penso.

– Nervosa? – pergunta meu pai, hesitante, e dá um sorriso para me acalmar.

– Mais ou menos – admito.

Tentei não pensar na lista interminável de coisas que poderiam dar errado, mas em algum lugar dentro de mim sei que estou com medo. E se todo mundo me odiar?

– Relaxa.

Ele abre a porta e nós entramos, as rodinhas da mala reverberando no piso de madeira.

No hall somos envolvidos na mesma hora por um cheiro avassalador de lavanda. Uma escada leva ao andar de cima, e à minha direita há uma porta que, pelo que vi por uma fresta, dá na sala de estar. Logo adiante há um arco grande que leva à cozinha, e de lá sai uma mulher.

– Eden! – exclama ela, vindo em minha direção e me engolindo num abraço, os peitos enormes espremidos entre nós.

Então dá um passo atrás para me examinar, e eu faço o mesmo. Por algum motivo absurdo, eu esperava que ela fosse parecida com minha mãe, mas a mulher na minha frente é loura e magra. Pelo visto o gosto do meu pai para mulheres não é mais o mesmo, assim como seu estilo de vida.

– Estava louca para conhecer você! – continua ela.

Eu me afasto um pouco, lutando contra a ânsia de revirar os olhos ou fazer uma careta. Sem dúvida eu seria arrastada direto até o aeroporto se me comportasse de forma tão desrespeitosa.

Em vez disso, falo apenas:

– Oi.

E então ela diz, muito empolgada:

– Meu Deus, você tem os olhos do Dave!

Essa é uma das piores coisas que alguém poderia me dizer, já que eu gostaria muito mais de ter os olhos da minha mãe. Não foi ela que me abandonou.

– Os meus são mais escuros – murmuro, com desdém.

Ela muda completamente de assunto.

– Você precisa conhecer todo mundo. Jamie, Chase, desçam aqui! – grita ela para a escada. – Dave contou da festinha que vamos fazer hoje à noite?

– Festinha? – pergunto. Uma festinha familiar com certeza não era um dos itens da minha lista de Coisas Para Fazer Na Califórnia. Principalmente com desconhecidos. – Pai?

Olho de esguelha para ele, tentando não deixar transparecer minha raiva, e levanto as sobrancelhas.

– Nós vamos fazer um churrasquinho com os vizinhos – explica ele. – Todo verão que se preze tem que começar com um bom churrasco.

Eu queria muito que ele parasse de falar.

Para ser bem sincera, não sou nem um pouco fã tanto de festinhas cheias de gente quanto de churrascos.

– Que ótimo – falo.

Dois garotos descem a escada correndo, de dois em dois degraus, os passos retumbando no carvalho.

– Essa é a Eden? – sussurra o mais velho dos dois para Ella, mas consigo ouvir. Deve ser Jamie. E o mais novo, de olhos arregalados, Chase.

– Oi – cumprimento, com um sorriso. Pelo que me lembro da conversa no carro, Jamie tem quatorze anos. Apesar de ser mais novo do que eu, temos mais ou menos a mesma altura. – E aí, tudo bem?

– Numa boa – responde ele. O garoto é a cara de Ella: os olhos azuis reluzentes e o cabelo louro e desgrenhado são os mesmos. – Quer beber alguma coisa?

– Estou bem, obrigada.

Pela postura rígida e pela tentativa de apresentar bons modos, o garoto dá a impressão de ser maduro para a idade. Talvez a gente se dê bem.

– Chase, não vai dizer oi para a Eden? – encoraja Ella.

O mais novo parece bem reservado. Também herdou os genes da mãe.

– Oi – murmura ele, sem me encarar. – Mãe, posso ir pra casa do Matt?

– Claro, querido, mas volte antes das sete.

Fico me perguntando se ela é daquelas mães que deixam os filhos de castigo por derrubar farelo no tapete da sala ou das que não estão nem aí se eles não aparecem em casa por dois dias.

– Vai ter o churrasco, lembra? – pergunta Ella.

Chase assente e dispara até a porta, passando por mim e abrindo e fechando a porta com uma velocidade impressionante, sem nem um sussurro de adeus para qualquer um de nós.

– Mãe, quer que eu mostre a casa para ela? – pergunta Jamie assim que o irmão sai.

– Seria ótimo – respondo por ela.

A companhia de Jamie sem dúvida vai ser melhor do que a do meu pai, de Ella ou dos dois juntos. Não vejo sentido em perder tempo com pessoas de quem eu nem queria me aproximar. Prefiro ficar com meus novos irmãos postiços maravilhosos, que certamente também acham essa nova configuração familiar muito estranha.

– Que gentileza, Jay! – Ela parece muito aliviada por não ter que me dizer onde é o banheiro. – Você pode mostrar a Eden onde fica o quarto dela.

Meu pai assente e dá um sorriso tenso.

– Estamos na cozinha, se você precisar de alguma coisa.

Tento não bufar enquanto Jamie pega minha mala e começa a puxá-la escada acima. Neste momento, as únicas coisas de que preciso são pernas bronzeadas e ar puro, o que certamente não vou conseguir ficando dentro de casa com meu pai.

Já estou seguindo Jamie até a escada quando escuto meu pai sussurrar:

– Cadê o Tyler?

– Não sei – responde Ella.

As vozes deles vão ficando mais fracas à medida que subimos, mas consigo ouvir meu pai perguntar:

– Então ele saiu e pronto? E você deixou?

– Deixei – diz Ella, e depois já estou muito longe para ouvir o restante da conversa.

– Seu quarto fica em frente ao meu – explica Jamie quando chegamos ao segundo andar. – É o quarto mais legal. Com a melhor vista.

– Desculpa aí – brinco, tentando manter um sorriso descontraído enquanto ele vai até uma das cinco portas no andar.

Só que, por mais que eu tente evitar, meu olhar se concentra no hall lá embaixo, nos cabelos louros de Ella desaparecendo cozinha adentro.

Acho que ela é do tipo que não está nem aí para a sua existência.

2

Se eu tivesse que descrever meu quarto novo com apenas uma palavra, seria *básico*. Não há outro termo para um cômodo de paredes bege com uma cama e uma penteadeira. E só. Além disso, o lugar é incrivelmente quente.

– Gostei da vista – digo a Jamie, mesmo não estando perto da janela para ver como é.

Jamie ri.

– Seu pai disse que você pode fazer o que quiser com o cômodo, é todo seu.

Ando por este cômodo que é todo meu, desviando do tapete bege e dando uma olhada nos armários embutidos. As portas de correr são espelhadas, bem mais legais que as do meu armário minúsculo em casa. O cômodo tem um banheiro, que também passo um tempo fuxicando. O chuveiro parece novinho em folha. Levanto a sobrancelha, satisfeita.

– Gostou? – pergunta meu pai de algum lugar atrás de mim. Eu me viro ao escutar sua voz. Ele sorri, e imagino em que momento entrou. – Está meio quente aqui, vou ligar o ar-condicionado. Daqui a uns cinco minutos já vai estar fresquinho.

– Tudo bem. Gostei do espaço.

O cômodo é quase o dobro do meu quarto em Portland, então, por mais básico que seja, é definitivamente impossível não gostar dele.

– Está com fome? – Parece que fazer perguntas é a única coisa em que meu pai manda bem ultimamente. – Você passou a tarde toda no avião. Deve estar faminta. O que você quer?

– Estou bem. Acho que vou dar uma corrida. Esticar as pernas, sabe?

Não quero arruinar minha programação de corridas diárias, sem contar que me parece uma ótima forma de explorar o bairro.

Vejo a hesitação estampar o rosto cada vez mais envelhecido do meu pai. Ele franze a testa e suspira, como se eu tivesse pedido que ele comprasse maconha para mim.

– Pai – falo com firmeza, inclinando a cabeça e abrindo um sorriso gentil mas falso. – Estou com dezesseis anos, tenho direito de sair. Só quero dar uma olhada por aí.

– Leve o Jamie com você, pelo menos. – As sobrancelhas do menino se levantam com curiosidade. Ou surpresa. Não sei qual das duas opções. – Jamie, você gosta de correr, não é? – pergunta meu pai. – Você se importa de acompanhar a Eden, para ela não se perder?

Jamie dá um sorriso simpático e compreensivo.

– Claro. Só vou trocar de roupa.

Acho que ele entende como é ter pais superprotetores que tratam os filhos como se tivessem cinco anos.

Ou seja, levando tudo isso em conta, acho que minha estadia em Santa Monica não poderia ter começado melhor. Acabei de chegar e a tensão incômoda entre mim e meu pai está quase insuportável. Acabei de chegar e sou obrigada a participar de um churrasco com um bando de estranhos. Acabei de chegar e preciso ser escoltada ao sair para uma simples corrida.

Acabei de chegar e já estou arrependida de ter vindo.

– Nada de ir muito longe – aconselha meu pai, saindo do quarto e deixando a porta aberta.

Antes de sair, Jamie apoia a mão no batente e pergunta:

– Quer ir agora?

Dou de ombros.

– Se você quiser.

Ele assente e logo vai embora.

Eu não queria ficar muito tempo dentro de casa, principalmente quando o ar-condicionado não parece estar funcionando direito, por isso coloco a mala no colchão macio e abro. Fico feliz em descobrir que meus pertences – que vão do laptop às calcinhas prediletas – chegaram em segurança e intactos. Em geral minha mala chega um caos, toda bagunçada, porque o pessoal que manuseia as bagagens costuma ser desleixado. Remexo na mala surpreendentemente cheia e vou direto até o fundo, porque minhas roupas de malhar foram as primeiras coisas que coloquei lá dentro.

Vou saltitando até meu banheiro luxuoso para jogar uma água na cara e trocar de roupa, e meu celular vibra para avisar com delicadeza que vai morrer dali a alguns minutos. Lembro que Amelia pediu que eu ligasse assim que o avião pousasse. Deixo o short e o top ao lado da pia, me sento no vaso brilhando de tão limpo e cruzo as pernas. O número da minha melhor amiga está na discagem rápida, então, em questão de nanossegundos, ela surge do outro lado da linha.

– Olá, olá. – Amelia atende com uma voz pateta que parece um cruzamento entre um personagem de desenho animado e um comentarista esportivo.

– Olá, olá – respondo, imitando seu tom. Rio, mas depois solto um suspiro. – Este lugar é horrível. Deixa eu passar o verão aí com você.

– Quem dera! É muito estranho não passar as férias com você.

– Tão estranho quanto conhecer a nova madrasta?

– Ok, não tão estranho. Ela é legal? Não é tipo a madrasta má da Cinderela, né? E os seus novos irmãos? Já virou a babá deles?

Balanço a cabeça, ainda que ela não possa ver. Mal sabe ela que a situação é bem diferente do que a gente imaginava.

– Na verdade, eles nem são crianças.

– Como assim?

– São... adolescentes.

– Adolescentes?

Antes de viajar, passei duas semanas reclamando, morrendo de medo de conhecer meus irmãos postiços, porque não tenho a menor paciência com crianças pequenas. Acontece que eles não são criancinhas há muito tempo.

– Isso. Eles são legais. Um é meio tímido, mas é o mais novo, então dá para entender. O outro é um pouco mais velho, acho que vamos nos dar bem. Sei lá. Ele se chama Jamie.

– Achei que você tivesse três irmãos – diz Amelia. – Você falou que eram três.

– Bom, ainda não conheci o terceiro. – Até aquele momento eu havia esquecido que tinha três irmãos para me julgar, e não apenas dois. – Devo conhecer mais tarde. Agora vou dar uma corrida com o Jamie.

– Eden... – diz Amelia, num tom sério mas carinhoso. – Você acabou de chegar aí. Relaxa. Você está ótima.

– Não. – Apoio o telefone no ombro e me abaixo para tirar os tênis. – Elas falaram mais alguma coisa de mim? – pergunto, apreensiva, embora na verdade eu preferisse não saber. Só que a curiosidade me consome, sou incapaz de lidar com ela, e sempre acabo cedendo.

O silêncio se irradia pela linha.

– Eden, não fica pensando nisso.

– Então quer dizer que sim – declaro, principalmente para mim mesma. É quase um sussurro, tão baixo que acho que Amelia nem escutou. Meu telefone vibra de novo. – Olha, meu celular está quase morrendo. Hoje à noite vão fazer a droga de um churrasco aqui. Se for uma chatice, vou ficar trocando mensagens com você o tempo todo, para eles saberem que eu tenho amigos.

Amelia ri, e eu a imagino revirando os olhos, como costuma fazer.

– Tudo bem. Me dê notícias.

Meu telefone me deixa na mão antes mesmo que eu consiga murmurar um tchau para ela, por isso o largo na bancada e troco de roupa. Correr é ótimo para arejar a mente, e arejar a mente é exatamente o que quero agora. Eu me visto num piscar de olhos – é uma ação tão frequente que eu poderia fazer dormindo –, desço a escada e finalmente conheço a cozinha. Sou recebida por bancadas pretas e lustrosas, armários brancos e lustrosos e piso preto e lustroso. Tudo é muito, muito lustroso.

– Uau.

Olho para a garrafa de água na minha mão e depois para a pia impecável perto da janela. Estou quase com medo de usá-la.

– Gostou? – pergunta meu pai, e só então percebo que ele está ali.

Não entendo por que fica aparecendo do nada, como se estivesse acompanhando cada passo meu.

– É nova ou algo do tipo?

Ele dá um risinho, balança a cabeça e abre a torneira.

– Vem aqui. Jamie está esperando você lá na frente. Está se alongando.

Dou a volta na bancada central e, meio sem jeito, encho a garrafa até ela transbordar, depois coloco a tampa e saio o mais rápido possível, antes que meu pai tenha chance de dizer mais alguma coisa. Não sei como vou sobreviver a oito semanas com ele.

Jamie está andando de um lado para outro na calçada. Quando me vê, para e ri.

– Só estou me aquecendo.

– Posso acompanhar?

Ele faz que sim, então dou um gole rápido na água e me junto a ele.

Corremos de leve pelo gramado umas duas vezes. Então seguimos pelas ruas do bairro elegante, numa velocidade confortável.

É a primeira vez em muito tempo que corro sem música como companhia, mas só porque acho que seria grosseria ignorar a presença de Jamie. Trocamos frases rápidas e um ocasional "vamos diminuir um pouco o ritmo", e basicamente é isso. Mas não me importo. O sol não dá um descanso, quase como se os raios tivessem ficado mais fortes na última hora, e as ruas aqui são mesmo lindas, moradores passeando com seus cachorros, andando de bicicleta ou empurrando carrinhos de bebê. Talvez eu me apaixone por esta cidade, afinal de contas.

– Você odeia o seu pai? – pergunta Jamie, do nada, enquanto corremos de volta para casa, e sou pega tão desprevenida que quase tropeço e caio.

– Oi? – É a única resposta que chega aos meus lábios. Eu me recomponho e fico olhando fixamente para a calçada à frente. – É complicado.

– Eu gosto dele – declara Jamie, ofegante.

Estou impressionada, porque não pensei que ele fosse conseguir me acompanhar.

– Hum.

– Mas o clima entre vocês é meio esquisito mesmo.

– Pois é – falo, mordendo o lábio, tentando pensar em algo para mudar de assunto. – Ei, aquela casa é sensacional, não acha?

Jamie me ignora completamente.

– Por que é tão esquisito?

– Porque meu pai é um merda – respondo, por fim, e é verdade. – Ele é um merda porque foi embora. É um merda porque nunca telefona. É um merda porque é um merda.

– Saquei.

Nossa conversa acaba por aí. Corremos de volta até a casa e nos alongamos no gramado antes de entrarmos para tomar banho. Papai faz questão de nos lembrar que o churrasco é dali a duas horas. Jamie e eu nos separamos e cada um vai para o seu quarto.

Estou suada e imunda. Então, depois de colocar o telefone para carregar, a primeira coisa que faço é me enfiar embaixo do chuveiro reluzente. A sensação é incrível, e fico ali uns trinta minutos, na maior parte do tempo sentada e curtindo o vapor na pele. Os chuveiros lá em casa nunca foram tão bons assim.

Acabo passando a hora e meia seguinte me arrumando. Se eu pudesse, apareceria lá embaixo com um moletom, mas acho que Ella não ia curtir, por isso pego na mala uma calça skinny e um blazer. Elegante e casual. Deve servir.

Eu me visto, seco o cabelo, faço umas ondas bem soltinhas e depois coloco um pouco de maquiagem. Estou passando hidratante no corpo quando sinto cheiro de... bom, de churrasco. Devem ser quase sete horas.

Desço a escada e sigo o cheiro até a cozinha. A porta dupla de vidro que dá para o quintal está aberta e percebo que a festa já começou. Ou seja, já deve ter passado das sete. Há música saindo de caixas de som não sei onde, grupos de adultos espalhados conversando e tudo o mais que faz com que reuniões sociais sejam medonhas. Vejo Chase na piscina com uns garotos da idade dele e meu pai virando hambúrgueres na churrasqueira enquanto se empenha em fazer um passo de dança dos anos 1980. Mais constrangedor, impossível.

– Eden! – grita alguém. Eu me viro e fico irritada ao ver que é Ella me chamando. – Vem aqui!

Talvez, se eu fingir que estou tendo uma convulsão, consiga escapar desse show de horrores e voltar para o quarto. Ou, melhor ainda, para casa.

– Desculpe ter me atrasado um pouco. Acabei não vendo a hora.

– Não, não, tudo bem. – Ella levanta os óculos escuros e os apoia na cabeça, me puxando até o gramado. – Espero que você esteja com fome.

– Bom, na verdade eu...

– Aqueles são os vizinhos do outro lado da rua – interrompe ela, indicando com a cabeça um casal de meia-idade na nossa frente. – Dawn e Philip.

– É um prazer conhecer você, Eden – diz Dawn, quando nos aproximamos deles.

Está na cara que meu pai, Ella ou os dois contaram para todo mundo que estou aqui. Philip abre um sorrisinho.

– É um prazer conhecer vocês também – respondo.

Não sei direito o que dizer. *Me contem a história da vida de vocês? Quais são seus planos para o futuro, Dawn e Philip?* Em vez disso, sorrio.

– Nossa filha deve aparecer por aqui também – continua Dawn, o que imediatamente me deixa insegura. – Ela vai te fazer companhia.

– Ah, legal – comento, desviando o olhar.

Fazer amizade com outras garotas nunca foi meu ponto forte. Elas são aterrorizantes. E conhecer garotas novas é mais aterrorizante ainda.

– Prazer em conhecer vocês – falo, me afastando.

Escapo rapidamente deles e de Ella, tentando evitar mais interações incômodas. Isso funciona nos primeiros quarenta minutos. Fico perto da cerca, sofrendo com as músicas horrorosas saindo das caixas de som na outra ponta do quintal. É desagradável estar aqui. Pelo menos, quando a comida fica pronta e todo mundo começa a comer, o barulho das vozes abafa a música pop horrenda. Fico mordiscando o pão do meu hambúrguer durante alguns minutos e acabo jogando o prato todo no lixo. E justo quando acho que consegui evitar Ella com sucesso, ela decide me arrastar até cada indivíduo, casal ou família e me apresentar como sua nova enteada.

– Olha a Rachael aí! – diz ela, me levando até outro grupo de vizinhos.

– Rachael? – pergunto.

Se é alguém a quem já fui apresentada, não lembro. Já ouvi tantos nomes nesse curto espaço de tempo que meu cérebro deu pane.

– A filha de Dawn e Philip – responde ela e, antes que eu tenha a chance de me virar, está chamando: – Rachael! Aqui!

Ai. Respiro fundo, tentando me convencer de que essa garota vai ser simpática, e abro o sorriso mais falso que consigo.

Ela se aproxima.

– Oi, tudo bem? – cumprimento.

– Eden, essa é a Rachael – diz Ella, com um sorriso.

Rachael também dá um sorrisinho, e acabamos parecendo um trio de assassinas em série.

– Oi! – Rachael olha sem graça para Ella, que percebe a deixa.

– Vou deixar vocês conversarem, então – diz, saindo para ter mais papos chatos com pessoas chatas.

– Pais deixam tudo esquisito, né? – diz Rachael. Gosto dela na mesma hora, baseada apenas nessa constatação. – Você ficou presa aqui o tempo todo?

Eu gostaria de poder dizer que não.

– Infelizmente.

O cabelo dela é comprido e louro, embora definitivamente não seja a cor natural dele, mas vou deixar isso passar, porque pelo menos ela ainda não parece me odiar.

– Moro ali do outro lado da rua. Você não deve conhecer quase ninguém por aqui. A gente pode fazer alguma coisa, se você quiser. Sério, é só aparecer.

Fico surpresa e muito grata pelo convite. De jeito nenhum vou passar oito semanas presa na casa com meu pai e sua família nova.

– Vamos fazer alguma coisa, sim...

Não termino a frase, porque minha atenção é atraída por um barulho mais à frente.

Dá para ver a rua pelas frestas da cerca, e aperto os olhos, tentando identificar o que está acontecendo. Uma música está tocando, ou melhor, trovejando, e quase abafa a música cafona do churrasco. Faço uma careta quando um carro branco e comprido vem a toda velocidade e para na frente do jardim. A música trovejante cessa.

– O que foi? – pergunta Rachael, mas estou entretida demais observando aquela cena.

A porta do carro se abre com força, e fico surpresa por ela não ter caído no chão. Não dá para ver muito bem através da cerca, mas lá de dentro sai um cara alto que bate a porta com a mesma agressividade com que a abriu. Hesita por um momento, olha para a casa e passa a mão pelo cabelo. Quem quer que seja, parece bem fora de si, como se tivesse acabado de perder todas as economias no jogo ou o cachorro tivesse morrido. O sujeito vai direto até o portão.

– Quem é esse babaca? – murmuro para Rachael, enquanto o cara se aproxima da gente.

Antes que qualquer resposta possa ser dada, o babaca decide dar um soco no portão aberto, atraindo a atenção de todos. Se ele quer conquistar o ódio das pessoas, está se saindo bem. Provavelmente é o vizinho desprezado que apareceu aqui num ataque de fúria porque não foi convidado para o churrasco mais brega feito na Terra.

– Desculpa o atraso – comenta o babaca, em voz alta, com um risinho sarcástico. Seus olhos são verdes como esmeraldas. – Perdi alguma coisa, além da matança de animais? – Ele levanta o infame dedo do meio, pelo que dá para ver. – Espero que vocês tenham gostado da vaca que acabaram de comer.

E então ele ri. Ri como se as expressões de nojo de todos no recinto fossem a coisa mais engraçada que já viu.

– Mais cerveja? – escuto meu pai gritar para os convidados perplexos, e enquanto eles riem e voltam a conversar, o babaca entra na cozinha, fechando a porta dupla com tanta força que o vidro treme.

Estou chocada. Não faço ideia do que aconteceu nem do motivo para ele ter entrado em casa. Depois de alguns segundos boquiaberta, me recomponho e me viro para Rachael.

Ela morde o lábio e coloca os óculos escuros.

– Acho que você ainda não conheceu seu novo irmão.

3

Não sei exatamente o que eu imaginava antes de chegar a Los Angeles, mas posso dizer o seguinte: não esperava ter um irmão postiço lunático.

– Ele é o terceiro? – pergunto enquanto os convidados em volta ignoram o que acabou de acontecer.

Eu, por outro lado, não tenho como tirar da cabeça a cena bizarra. Quem esse cara acha que é?

– Ah, é – diz Rachael, soltando uma gargalhada. – Estou com pena de você. E, por tudo o que é mais sagrado, espero que o seu quarto não seja perto do dele.

– Por quê?

De repente ela parece meio sem graça, como se eu tivesse acabado de descobrir seu segredo mais profundo e constrangedor, que por acaso é a coisa mais vergonhosa do mundo.

– Ele pode ser bem chato. Mas, ei, na verdade eu não deveria dizer nada. Não é da minha conta. – Com as bochechas vermelhas e um sorriso torto, ela muda depressa de assunto: – Você tem alguma coisa para fazer amanhã?

Ainda estou pensando no que ela disse sobre meu quarto.

– Tenho... Espera aí, não. Desculpe, não sei por que falei que tinha.

Felizmente Rachael não me trata como se eu fosse uma idiota completa, por enquanto. Em vez disso ri de novo.

– Quer fazer alguma coisa? A gente pode ir à Promenade, ou algo assim.

– Ah, legal. Vamos, sim.

Ainda estou meio dispersa, confusa e irritada com o aparecimento grosseiro do babaca. Ele não podia ter simplesmente entrado pela porta da frente? Era mesmo necessário dizer alguma coisa?

– É um lugar incrível para fazer compras! – Rachael continua a falar, de vez em quando jogando o cabelo para trás, os fios batendo na minha cara toda vez que ela faz isso. Até que ela para de falar na Promenade e diz: – Preciso fazer umas coisas, vou para casa. Desculpe por não poder ficar mais. Minha mãe pediu que eu passasse aqui para dizer oi. Então... oi.

– Oi.

Ela garante que nos veremos amanhã, depois parte tão rapidamente quanto chegou, me deixando sozinha com um grupo de adultos meio bêbados. E o Chase.

– Eden – diz ele, se aproximando.

Fala o meu nome tão devagar e com tanto cuidado que fica óbvio que está experimentando-o nos lábios.

– Eden – diz de novo, dessa vez muito mais depressa e direto. – Cadê o refrigerante?

Seus amigos vêm lentamente na nossa direção, com os olhos arregalados, inocentes e ansiosos. *Claro*, penso, *porque, nossa, como eu sou intimidadora.*

– Provavelmente na mesa – sugiro. – Pergunta para a sua mãe.

– Ela está lá dentro – avisa Chase.

E então um dos amigos dele o empurra para a frente, rindo como se fosse a maior pegadinha do mundo, e Chase tromba em mim com uma pancada suave. Ele recua no mesmo instante e fica um pouco sem graça. É então que percebo que minha blusa está molhada.

– Desculpe – diz ele bruscamente e olha o copo de plástico vazio na mão. Há um segundo estava quase pela metade.

– Tudo bem.

Na verdade, é ótimo. Agora posso entrar e escapar deste churrasco horroroso enquanto troco de blusa. Então inicio minha fuga, entrando em casa com a alegria quase estampada no rosto. Espero que meu pai tenha tomado umas cervejas a mais e não perceba se eu decidir não voltar pelo resto da noite. Vou ficar no meu quarto basicão, ligar para mamãe, fazer uma chamada de vídeo para Amelia ou talvez quebrar as duas pernas. Qualquer coisa parece melhor do que ficar sozinha lá fora.

Dou um suspiro exausto – foi um dia cansativo demais – e sigo em direção à escada. Mas mal coloco o pé no primeiro degrau quando ouço berros ensurdecedores ricocheteando nas paredes da sala. Fico tão curiosa e intrigada que nem ao menos penso em ignorar o que aconteceu. Então não ignoro. Vou de mansinho até a pequena fresta na porta.

Do meu limitado ponto de vista, observo Ella fechar os olhos e afundar a cabeça nas mãos enquanto esfrega as têmporas.

– Eu nem estou atrasado – diz uma voz masculina em algum lugar do outro lado da sala.

O tom é áspero e percebo imediatamente que pertence ao babaca.

– Você está duas horas atrasado! – grita Ella.

Eu me pego dando um pequeno passo para trás quando os olhos dela se abrem. Tenho medo de que me veja.

O babaca ri.

– Você achou mesmo que eu ia voltar para casa e participar de uma porcaria de churrasco?

– Qual é o seu problema desta vez? Esquece o churrasco. – Ella anda de um lado para outro no carpete. – Você estava agindo feito uma criancinha antes mesmo de sair do carro. O que aconteceu?

Um tanto sem fôlego, ele trava o maxilar e inclina o rosto de lado.

– Nada – diz, trincando os dentes.

– Mas é claro que tem alguma coisa. – O tom de Ella é sério e cheio de repreensão, muito diferente da voz suave com que falou comigo apenas quinze minutos atrás. – Você acabou de me humilhar de novo na frente de metade da vizinhança!

– E daí?

– Eu não deveria ter deixado você sair. – Desta vez Ella fala mais baixo, como se estivesse com raiva de si mesma. – Deveria ter obrigado você a ficar, mas não, claro que não fiz isso, porque lá estava eu, mais uma vez, tentando pegar mais leve com você, e você joga isso de volta na minha cara, como sempre.

– Eu teria saído de qualquer maneira – responde o babaca.

Ele entra de repente no meu campo de visão, balançando a cabeça e dando uma risadinha para Ella. Suas costas estão diretamente voltadas para mim, o que me permite dar uma boa olhada nele: da primeira vez ele passou pela gente tão depressa que mal tive chance de ver alguma coisa.

– O que você vai fazer? Me pôr de castigo de novo?

Sua voz é profunda, rouca, e o cabelo é bem preto. Está desgrenhado, mas bem cuidado, e os ombros são largos. Ele é alto, muito alto. Muitos centímetros a mais do que Ella.

– Você é impossível – declara ela, entredentes.

Mas, quando diz isso, seus olhos surgem acima do ombro dele por uma fração de segundo e ela me encara de frente.

Minha respiração fica presa na garganta enquanto saio correndo, desejando, com todas as forças, que ela não tenha me visto, que talvez estivesse olhando para a porta e não para a pessoa escondida atrás dela. Mas meu desejo é esperança jogada fora quando a porta se abre um segundo depois, antes que eu tenha chance de escapar.

– Eden?

Ella entra no hall e olha para baixo, porque estou esparramada na escada. Minha tentativa patética de subir depressa não funcionou muito bem.

– Ah.

Se eu não estivesse paralisada, cobriria o rosto com a mão, perplexa.

E então acontece a pior coisa do mundo. O babaca passa pela porta e entra no hall atrás de nós, e é então que eu o vejo de perto pela primeira vez. Seus olhos têm cor de esmeralda – claros demais para serem considerados simplesmente verdes, e vibrantes demais para que alguém os ache normais – e se estreitam na minha direção de um jeito que provoca um arrepio que percorre meu corpo. Ele fecha a cara de novo, apagando completamente o sorrisinho do rosto.

– Quem é essa garota? – pergunta ele, com os olhos relampejando de lado para Ella, enquanto espera que alguém explique por que tem uma adolescente sem noção na escada fazendo aeróbica.

Dá para ver a hesitação no rosto de Ella, que está pensando com cuidado na resposta. Ela estende a mão com delicadeza em direção ao braço dele.

– Tyler, essa é a Eden. Filha do Dave.

O babaca ou, mais formalmente, Tyler, bufa.

– A filhinha do Dave?

Me apoio com os braços e me levanto, mas ele ainda está olhando para outro lado.

– Oi – digo, hesitante.

Estou prestes a cumprimentá-lo, mas percebo como vou parecer idiota, então entrelaço as mãos.

O olhar dele finalmente encontra o meu. Ele só me encara. Encara e encara. É como se nunca tivesse visto outro ser humano, porque no início parece confuso, depois com raiva, e em seguida perplexo de novo. Seus olhos aguçados me deixam desconfortável enquanto ele me examina, por isso abaixo a cabeça, por um segundo fitando suas botas marrons casuais e os jeans. Eu olho de supetão para seu rosto e ele engole em seco, se virando para Ella.

– A filhinha do Dave? – repete, agora com a voz bem mais baixa, carregada de incredulidade.

Ella suspira.

– É, Tyler. Eu disse para você que ela vinha. Não banque o idiota.

Ele está encarando Ella, mas com o canto do olho me examina de cima a baixo.

– Que quarto?

– O quê?

– Em que quarto ela vai ficar?

Parece estranho ouvi-lo falar de mim como se eu não estivesse ali. E, a julgar pela sua reação, acho que é exatamente o que ele quer.

– Ao lado do seu.

Ele grunhe de forma dramática, exagerando a irritação por saber que vou ficar perto dele, depois se vira para me olhar diretamente. Agora está me encarando. É sério que ele acha que vou morar nesta casa com esse projeto ridículo de família? Não, não vou.

Logo depois de me encarar com raiva, como se quisesse deixar clara sua opinião, ele empurra Ella de lado, passa por mim e sobe em disparada a escada.

Durante os segundos intermináveis até ouvirmos uma porta bater, Ella e eu permanecemos em silêncio. Esperar que ele bata a porta antes de retomar a conversa parece ser um acontecimento diário nesta casa.

– Desculpe.

Ela parece genuinamente estressada e envergonhada, e me inspira simpatia. Talvez até empatia. Se eu tivesse que lidar todo dia com um imbecil como ele, provavelmente teria três colapsos a cada 24 horas.

– Ele só... Olha, vamos voltar lá para fora.

Não, obrigada.

– Na verdade o Chase derramou a bebida dele em mim, preciso trocar a blusa.

– Ah. – Com as sobrancelhas arqueadas, ela estuda a mancha molhada no meu top com uma leve careta. – Espero que ele tenha se desculpado.

Ela volta para o quintal e eu enfim subo a escada – desta vez rapidamente, e não toda torta, como antes – e entro no meu quarto, soltando um suspiro de alívio no segundo em que fecho a porta. Finalmente sozinha, sem ninguém para me irritar.

Por exatamente oito segundos, até que a música explode no cômodo ao lado, tão alta que tenho medo de a parede desmoronar. Rachael disse que esperava que meu quarto não fosse nem um pouco perto do de Tyler. Esquece: estou bem ao lado. Fico sem fala, chateada e exausta, imóvel, e olho a parede. Do outro lado um idiota dorme à noite.

Felizmente, depois de uns cinco minutos a música diminui até silenciar de novo, e o único barulho é o som de uma porta se abrindo. Talvez meu irmão postiço tenha se acalmado, e é essa esperança que me atrai até a minha porta. Abro-a devagar até encontrar os olhos ferozes, nem um pouco calmos, do lado de fora.

– Oi – tento de novo. Se essa pessoa vai ser um elemento permanente da minha nova "família", preciso ao menos fazer um esforço. – Está tudo bem?

Os olhos verde-esmeralda de Tyler riem de mim.

– Tchau – diz ele.

Com a mesma camisa de flanela vermelha e as botas marrons, ele desce tranquilamente a escada e sai pela porta de casa sem que uma única pessoa note sua partida, além de mim. Ele está evidentemente de castigo, mas parece não dar a mínima.

Apenas suspiro e volto arrastando os pés para dentro do quarto. Pelo menos tentei, o que já é bem mais do que ele fez. Tiro o blazer e arranco a camiseta, jogando-a no chão antes de despencar na cama nova pela primeira vez. O colchão de espuma abraça meu corpo e, assim que desenvolvo a capacidade de apagar o som fraco da música horrível misturada com risos bêbados, olho para o teto e simplesmente respiro. Continuo respirando até mesmo quando um motor ronca lá fora e um carro dispara pela rua. Deve ser o Tyler.

Durante a hora seguinte, ligo para Amelia, enfatizando como o churrasco foi uma agonia, como meu pai é um saco e como o Tyler é um imbecil. Faço um resumo semelhante para a minha mãe.

– Eden. – A voz de papai ecoa através da porta pouco depois, quando estou meio que dormindo. Ele abre a porta e entra antes que eu ao menos lhe dê o direito de fazer isso. – Os vizinhos já foram quase todos embora. – Ele fede a carne queimada e cerveja. – Vamos dormir. Para mim já deu.

Desejo um boa-noite rápido e me viro para a parede, enterrando a cabeça no edredom enquanto ele sai. Dizem que é muito fácil ou muito, muito difícil dormir numa cama estranha. Neste momento, apesar da exaustão que domina cada centímetro do meu corpo, estou começando a perceber que é a segunda opção. Rolo de volta e passo a mão na testa. O calor do dia está impregnado no meu quarto novo e o ar-condicionado ainda não funciona. Não sei se está quebrado ou se meu pai simplesmente se esqueceu dele. De qualquer modo, vou falar sobre isso de manhã com ele.

Demoro uma hora me revirando e testando a vontade de sobreviver antes de enfim cair no sono. Durmo durante exatamente 47 minutos. Nada parece durar muito nesta casa, sempre tem uma interrupção.

Eu tinha imaginado que, se alguma coisa fosse me acordar, seria o calor insuportável no quarto, e não o som de gritos bêbados entrando pela janela aberta. Os gemidos, rosnados e um palavrão ou outro fazem minhas orelhas se aguçarem e os olhos se arregalarem. Vou de mansinho pelo chão, ajoelhada, devagar e em alerta máximo. Espio por cima do parapeito da janela. O ar fresco da noite no meu rosto é uma delícia.

– Não – diz Tyler bêbado para o ar. – Não. – Sua expressão está completamente solene. Uma das mãos aperta o gramado com força. – Que diabo está acontecendo?

Como ele fala consigo mesmo, sua voz está baixa. Ele deve ter vindo para casa a pé, já que o carro não parece estar por perto, o que me alivia: pelo menos ele tem algum bom senso. Dirigir bêbado é idiotice demais, até mesmo para ele.

– Quando passou da meia-noite? – Uma enorme gargalhada escapa dos seus lábios.

– Ei – digo, entre o sussurro e o grito, pela janela enquanto me sento e a abro um pouco mais. – Aqui em cima.

Os olhos de Tyler demoram uns bons segundos se revirando até localizar minha voz, e quando ele me vê no segundo andar, recebo de presente um olhar raivoso.

– O que foi, cacete?

– Você está bem?

Assim que as palavras saem dos meus lábios, percebo como a pergunta não faz o menor sentido. Ele obviamente não está bem.

– Abre a porta – diz Tyler.

Sua fala está um pouco pastosa. Assentindo uma única vez, ele segue por baixo do telhado e some da minha vista, mas não sem cambalear.

Como estou só de calcinha numa tentativa de espantar o calor, pego as primeiras roupas que aparecem na minha frente e as visto enquanto desço correndo a escada. Tenho o cuidado de não fazer barulho. Mantenho as luzes apagadas e os passos silenciosos. A silhueta dele é nítida através dos vidros da porta da frente.

– O que estou fazendo? – sussurro, mexendo na fechadura.

Aquele babaca, que não fez nada além de me provocar nojo, está pedindo que eu o deixe entrar em casa, e eu estou fazendo isso? Mas sem hesitar abro a porta no instante em que escuto a fechadura estalando.

– Demorou pra cacete, hein? – murmura Tyler, passando direto por mim. Está emanando a fragrância charmosa de bebida e cigarro.

Tranco a porta de novo.

– Você está bêbado?

– Não. – Seu sorriso é largo e logo se transforma numa expressão de desprezo. – Já está de manhã?

– São três horas.

Ele ri sozinho e tenta subir, mas isso implica uma série de tropeços.

– Quando foi que isso apareceu aqui? – pergunta ele, dando um tapinha num degrau. – Eles não estavam aqui antes.

Ignoro o que ele diz.

– Quer água ou alguma coisa?

– Me arranje mais uma cerveja.

Em meio à escuridão, vejo quando ele chega ao patamar e desaparece em seu quarto, felizmente sem bater a porta desta vez. Sem dúvida, Ella mandaria assassiná-lo se o visse agora, bêbado e incapaz de ficar de pé por alguns segundos.

Subo rapidamente, de mansinho, e entro no meu quarto. Tiro a roupa de novo, largando-a pelo chão. O quarto ainda está absurdamente quente, por isso, em vez de me arrastar de volta para a cama e morrer de exaustão e calor, vou me sentar perto da janela. Encosto o rosto no vidro frio e respiro o ar da noite. Há uma lata de cerveja amassada perto da caixa de correspondência.

Babaca.

4

Quando Rachael disse que conversaria comigo de manhã, eu não esperava que ela aparecesse à porta da casa do meu pai às 10h04. Acordar – que dirá socializar – antes do meio-dia no verão é um absurdo. Para qualquer adolescente sã, isso vai contra as normas da sociedade. Lanço um olhar profundo de desgosto para Rachael no segundo em que desço a escada.

Papai mantém a porta aberta com uma das mãos, uma caneca de café na outra e um sorriso na cara.

– Aí vem ela!

– Tchau, pai – digo com gentileza e reviro os olhos.

Ele continua rindo para mim (é como se eu estivesse de novo no jardim de infância e tivesse feito minha primeira amizade) e finalmente vai para a sala.

– Ele me dá muita vergonha.

Rachael gargalha.

– O meu também. Acho que é regra todos os pais serem um saco.

– É. – Ainda meio dormindo, fico surpresa por conseguir juntar palavras. – Eu não sabia que a gente ia sair tão cedo.

Os olhos de Rachael se arregalam enquanto ela sorri de um jeito meio "essa garota é idiota demais".

– Hoje é sábado. Se vamos à Promenade, precisamos ir supercedo, porque vai ficar lotado de gente!

Eu nem sei o que é Promenade.

– Ahhh.

Paro um segundo (ou quatro) para examinar a roupa de Rachael. Ela está com um short bonitinho e blusa creme, de botões, óculos de sol aviador e uma coleção inteira de bijuterias. E eu estou com uma camiseta gigante com estampa de alpacas de desenho animado.

– Vou me arrumar. Quer subir e esperar ou...?

– Passa lá em casa quando estiver pronta – diz ela, e em seguida acrescenta, esclarecendo: – É aquela ali. – Rachael aponta para a residência do outro lado da rua.

Antes de voltar, ela pede com educação para eu me apressar.

Demoro meia hora para ficar pronta. Abro mão do café da manhã, passo seis minutos no chuveiro, coloco uma roupa parecida com a dela, deixo o cabelo solto e ponho uma maquiagem leve. Nada complicado demais e nada que consuma muito tempo.

– Estou saindo – aviso ao meu pai, ao passar pela cozinha.

Ele para no meio de uma conversa com Ella.

– Tome cuidado e não fique fora até muito tarde. Aonde vocês vão?

Dou de ombros.

– Um lugar chamado Promenade, ou alguma coisa assim, acho.

– Ah! O Tyler também está lá – comenta Ella.

Eu tinha me esquecido daquele imbecil até agora.

Papai se vira automaticamente e a encara.

– Ele não está de castigo? – pergunta, com a voz meio áspera. Parece que ele também não suporta o cara, e não dá mesmo para culpá-lo. Tyler não é a pessoa mais carinhosa do mundo. – Pare de dar tanta folga para ele. Você precisa ser mais firme.

– Divirta-se – diz Ella, sorrindo para mim e ignorando completamente a expressão enfurecida do meu pai. É como se as palavras dele entrassem por um ouvido e saíssem pelo outro.

O constrangimento aumenta e eu saio o mais rápido possível. Não quero fazer Rachael esperar. Irritar minha nova amiga no primeiro dia depois de conhecê-la não é algo que eu queira fazer. Quando chego à entrada para carros da casa de Rachael, às 10h37, ela não parece chateada, ainda que obviamente estivesse esperando por mim. Ninguém sai de casa tão cedo sem motivo.

– Hoje vai fazer calor. – Rachael ergue a cabeça para o céu enquanto solta o ar. É, sem dúvida: o tempo está muito mais quente do que ontem. E ainda não são nem onze horas. – Certo, vamos.

Há um carro vermelho parado perto da gente, na entrada. Ela pega um molho de chaves e abre a porta.

Fico meio hesitante antes de entrar.

– Quando você tirou a carteira?

Rachael arqueia uma sobrancelha e suspira. Sem querer, empaco sua viagem até a Promenade.

– Novembro – responde ela.

Eu olho para a cara dela.

– Sei o que você está pensando: ainda não tem um ano. Mas aqui ninguém segue essas restrições idiotas, então pode entrar.

Ignorando o fato de que é ilegal entrar no carro com ela, que ainda não tem vinte anos, me acomodo no banco do carona. Tomo um cuidado especial em garantir que meu cinto de segurança esteja bem encaixado.

– Então você tem dezessete anos? – pergunto.

Rachael dá marcha a ré em direção à rua.

– É, vou começar o último ano – responde ela, mas sua atenção está concentrada na rua, e partimos numa velocidade ridiculamente alta. – Tenho a mesma idade que o Tyler. A gente estuda na mesma escola. E você?

– Vou começar o penúltimo.

Só faltam dois anos na escola até precisar fazer as malas (espero) e ir para a Universidade de Chicago. A espera está demorando uma eternidade, e já comecei a preencher meu formulário de candidatura, porque estou desesperada para entrar. Meu coração está em Chicago desde que entrei no ensino médio, e embora minha mãe prefira que eu me candidate à Universidade Estadual de Portland, acho que Chicago tem o melhor programa de psicologia, que sempre me interessou muito. Tenho curiosidade em relação às pessoas.

– O seu ano é o pior. Você vai odiar!

Então ela liga o rádio, que explode num volume quase ensurdecedor enquanto disparamos pela Deidre Avenue e viramos à esquerda. Rachael canta junto a música.

Nos cinco primeiros minutos do percurso, não sei se estou nauseada por causa do jeito caótico como Rachael dirige ou porque estamos indo a um lugar com hordas de pessoas socializando. Hordas que incluem Tyler.

– A Meghan também vai, por sinal – diz Rachael, baixando o volume da música.

Ela para perto de uma casa de esquina com tijolos claros e dá uma buzinada. Fico remexendo os dedos, ansiosa.

Alguns segundos depois, uma garota de feições asiáticas, com cabelo preto brilhante, vem quase correndo até o carro. Ela se acomoda no banco atrás de Rachael e diz em voz suave:

– Oi, gente.

Rachael dá a partida.

– Oi, Meg. Essa é a Eden, irmã do Tyler.

– Irmã postiça – corrijo. Inclino a cabeça por cima do ombro para cumprimentá-la. – Prazer.

– Prazer – responde Meghan, dando um largo sorriso enquanto prende o cinto de segurança. – Você veio passar o verão aqui, não é?

– Vim.

A música explode outra vez, eliminando qualquer chance de conversa, e fico agradecida. Enfim saímos da parte residencial da cidade e seguimos para a área mais comercial, passando por motéis, cafés e prédios de escritórios. Logo estamos nos arrastando pelo trânsito.

– Odeio ficar tentando achar uma vaga – reclama Rachael, mas em seguida entra num edifício-garagem, acelera pela rampa de três andares e depois para numa vaga livre... na diagonal. – Agora vamos para as lojas!

Ainda não sei o que é a Promenade.

Voltamos para o térreo, e eu sigo ligeiramente atrás das duas. Rachael e Meghan estão indo rápido demais e fico feliz em andar devagar para captar a essência do ambiente. Viramos a esquina e entramos na outra rua. E é então que descubro o que é a Promenade: uma gigantesca rua de pedestres atulhada com lojas de grife, restaurantes caros e cinemas espalhafatosos, o tipo de complexo de diversão superestimado que eu geralmente odeio.

– Eden, bem-vinda à Third Street Promenade! – diz Rachael, e eu me contraio. – Meu lugar predileto em Los Angeles. Nada consegue superar.

– Também acho – acrescenta Meghan.

As duas devem ser malucas ou só extremamente clichês e convencionais. Claro que elas adoram essa rua de pedestres maravilhosa, fantástica, porque são garotas. Garotas bonitas. É natural que se liguem num lugar assim, que acaba se tornando seu porto seguro.

– Nossa, muito legal – minha voz está tão seca que fica totalmente óbvio que estou mentindo. Tento dar uma animada, então solto um pigarro e continuo: – Até onde vai essa rua?

– Três quarteirões! – Rachael olha seu relógio e depois balança as mãos aleatoriamente. – Agora vem, estamos perdendo tempo para fazer compras!

Meu Deus. Comprar é um dos piores passatempos que existem, a não ser em uma livraria. Acho que Rachael e Meghan não curtem esse tipo de compra. Isso se confirma quando elas me puxam para dentro da American Apparel.

– Você é praticamente uma turista – diz Rachael. – Então aproveite o passeio. Estou precisando de uma calça nova, vou procurar uma.

– E eu, de um sutiã – comenta Meghan.

As duas partem sem dizer mais nada, me deixando sozinha naquela loja enorme para fazer uma coisa que odeio: compras. Na verdade, seria bom ter umas roupas novas para o verão, por isso tomo coragem e começo a remexer nas prateleiras e araras de roupas. Acabo encontrando uma saia bonita e um top com estampa asteca que são aceitáveis. Decido experimentar e solto um suspiro ao descobrir a fila dos provadores.

– Eden – diz Rachael, aparecendo do nada. – Sai dessa fila.

– Por quê?

– Porque... – começa ela, e para quando a mulher na minha frente vira para trás e a olha de cima a baixo. Rachael me puxa pelo cotovelo. – Porque tem uns provadores nos fundos da loja que estão fechados, mas a gente sempre usa mesmo assim. É melhor do que esperar na fila. Vem, vou mostrar. – Com uma pilha de calças no braço, ela me leva pela loja até o cantinho dos fundos. – Preciso terminar de olhar, então encontra a gente quando tiver acabado, sei lá.

Quando ela dá meia-volta e some de novo, eu me pego olhando uma porta branca com uma placa dizendo que, sim, de fato, é proibida a entrada para todos os clientes. Não sei se Rachael está fazendo uma piada de mau gosto comigo ou alguma coisa ainda mais cruel, mas olho em volta para ver se a barra está limpa antes de entrar. Estou me sentindo um monstro. Vou experimentar as roupas logo e sair o mais rápido possível, antes de ser pega. O lugar está calmo, a não ser pelo som da música idiota da loja, e entro no primeiro cubículo que encontro. Meu coração está disparado e não faço ideia do motivo. Quando vou tirar a blusa, escuto uma risadinha no cubículo ao lado e todo o meu corpo se imobiliza, minha respiração fica presa na garganta.

– Paaaara – sussurra a voz, acompanhada de um risinho. Sem dúvida nenhuma é feminina.

– Gata – murmura uma voz masculina, grave e firme.

Então ouço lábios se beijando. Ou lábios na pele. Não dá para saber a diferença.

– O que é isso que você está usando? – pergunta a garota. Mais sons de beijos estalados. – É Montblanc? Parece.

– Não, é Bentley – responde o cara. Dou uma fungada. O ar está com um cheiro incrível de colônia. – Vem cá.

Mais beijos. Um corpo bate na parede do meu cubículo e tento não respirar enquanto minhas mãos pairam no ar.

A garota ri.

– O que você está fazendo?

– O quê?

– O que você está fazendo agora. É bom.

– Claro que é.

Meu rosto se contorce de nojo e aperto a boca com a mão, balançando a cabeça. É a coisa mais esquisita que já experimentei. Com medo de que aquelas pessoas olhem para baixo e vejam meus pés pela abertura na base da divisória, subo na cadeira sem fazer barulho. Eu tentaria sair sem que eles chegassem a perceber que eu estava ali, mas a ideia de fazer algum barulho e eles descobrirem minha presença está me mantendo grudada no lugar. Olho para o chão. Eles podem não ver meus pés, mas eu consigo ver os deles. Rasteirinha azul-celeste e botas marrons.

– Tyler... – A garota ofega, afastando os lábios. – Não vamos fazer isso aqui.

Não sei o que eles não vão fazer ali, mas conheço aquelas botas marrons, e a voz e o nome de Tyler aparecem de repente na minha mente. Por favor, meu Deus, não.

É aí que eu quase vomito, e também é quando escuto Rachael chamar:

– Eden, você ainda está aí dentro?

Sem esperar um segundo sequer, pego as roupas e pulo da cadeira, abrindo a cortina e lançando um olhar ansioso para Rachael. Vou na direção dela, meio correndo, enquanto balanço a mão numa tentativa de fazer com que ela entenda que precisamos dar o fora dali.

– Shhh – diz a garota de súbito, e depois mais alto: – Quem está aí?

Tento empurrar Rachael pela porta, mas ela para.

– Tiffani?

– Rachael?

A cortina do cubículo ao lado do meu se abre, e uma garota alta, loura platinada, dá um passo para fora dele. Com as bochechas vermelhas, ela morde o lábio. Metade dos botões da sua blusa estão abertos.

– Ah, eu não sabia que tinha alguém aqui.

É claro, penso.

– O que você está fazendo? – pergunta Rachael, levantando as sobrancelhas, desconfiada. – Tyler, você também está aí?

Esperamos uma resposta.

– Aham, estou. – Tyler atravessa a cortina usando uma camiseta cinza desbotada, depois passa a mão no cabelo. Admito que está muito melhor do que de madrugada. – Já ouviu falar em privacidade?

– Já ouviu falar em não transar no meio da American Apparel? – dispara Rachael, com a voz calma e o nariz franzido. – Que nojento.

As sobrancelhas perfeitamente arqueadas, as maçãs do rosto elevadas e os lábios grossos de Tiffani despencam. A princípio, ela parece sem graça por ser descoberta, mas então fecha a cara enquanto abotoa depressa a blusa. Preciso olhar para o outro lado.

– Que diabo vocês estão fazendo aqui? – pergunta Tyler, cravando sua atenção em mim.

Seu olhar penetrante se fixa em minha direção por vários segundos, e um arrepio desce pelas minhas costas enquanto aguardo com apreensão o que ele pode dizer em seguida.

– Experimentando roupas – responde Rachael, irritada. – Uma coisa normal para se fazer em provadores.

Tiffani lança um olhar mortífero para ela antes de me encarar, obviamente furiosa. Então inclina a cabeça.

– E você é...?

– Eden. – Minha resposta é um murmúrio. Estou me esforçando para encará-la, em parte porque me sinto ridícula e em parte porque as circunstâncias são esquisitas. Em vez disso, olho para Tyler. – Irmã postiça dele.

– Você tem uma irmã postiça?

A voz de Tiffani se suaviza apenas por um instante e suas sobrancelhas se juntam. Ela encara Tyler.

Ele apenas dá de ombros.

– Pelo visto, tenho.

Ela pisca para ele durante alguns segundos, parecendo intrigada, como se uma irmã postiça fosse uma espécie de criatura mítica que só existe nos contos de fadas. Quando finalmente digere a informação, ela me encara e semicerra os olhos. Seu tom é ácido.

– Por que vocês estavam aqui? Vieram espionar a gente?

– Fica fria, gata – diz Tyler, me salvando de ter que bolar uma resposta, e pega o braço dela. – Não é nada de mais. Não precisa pirar.

Tiffani arregala os olhos e abre levemente a boca, pasma com a falta de tato dele. Então cruza os braços e faz uma expressão emburrada.

– Só estou falando.

– É, bom, não precisa. – Ele comprime os lábios e dá de ombros outra vez. – Ela não se importa. Vamos indo. Preciso ir à Levi's.

Impaciente, ele passa o braço pelos ombros dela e a puxa para si, mas ela solta um suspiro e fica firme no lugar, fitando Rachael.

– Vejo você na terça-feira – diz. – Você vai à praia, certo?

– Vou. – Rachael olha para mim. Neste segundo sei exatamente o que ela está pensando e rezo para que não diga em voz alta, mas é claro que diz: – Eden também pode ir, não é?

Eca. Aff...

As feições de Tiffani se fecham de novo, ela solta o ar lentamente, sem dúvida fingindo um debate consigo mesma, para saber se deve permitir que a intrusa invada seus planos de ir à praia. Depois de um tempo, murmura:

– Acho que sim.

E então ela deixa que Tyler a abrace e a leve dali. Está meio sem graça e meio irritada. Provavelmente vai demorar algumas horas até que o tom rosado suma das bochechas.

Encaro Rachael no novo silêncio que toma conta do ambiente assim que os dois saem, arqueando uma sobrancelha com curiosidade.

– Namorada – diz ela. – Eles namoram desde o primeiro ano. Você provavelmente ficou marcada pelo resto da vida.

Balanço a cabeça e respiro pela primeira vez em dez minutos.

– Ele é muito babaca.

– Ele é Tyler Bruce. É sempre um babaca.

5

Tenho que admitir que minha tarde com Rachael e Meghan não foi tão ruim assim. Elas não passaram tanto tempo na mesma loja, não torraram a mesada inteira em sapatos e, surpreendentemente, as duas adoram café, o que descobri quando paramos numa cafeteria pequena e minimalista na esquina do Santa Monica Boulevard. O lugar se chama Refinery e serviu o melhor *latte* que tomei nos últimos tempos.

– Tem certeza de que não quer ir? – pergunta meu pai pela oitava vez ao enfiar a cabeça pela porta do meu quarto.

Estou no processo de pintar as unhas dos pés com um esmalte brilhante cor de safira, mas paro para olhar por cima do ombro o ser humano irritante atrás de mim.

– Tenho – respondo. – Ainda não estou me sentindo muito bem.

Volto para minhas unhas e fico de cabeça baixa. Eu minto muito mal. Quando eu era mais nova, meu pai sempre sabia que eu estava mentindo só de olhar. Espero que isso não seja mais tão perceptível.

– Tem comida na geladeira, se você ficar com fome.

– Está bem – digo, e ele sai do quarto.

Evitar uma refeição em família talvez seja meio antissocial, mas a simples ideia de passar a tarde de sábado com eles já é o suficiente para me dar enxaqueca. Nas duas horas em que estou em casa, depois de chegar da Promenade, meu pai ficou no meu ouvido, falando daquele evento horroroso. Venho rejeitando firmemente a oferta.

Depois de terminar com as unhas e arrumar as coisas, vou saltitando até o corredor, quando Ella grita lá embaixo, dizendo que já vão sair. Mal comecei a descer a escada quando Tyler sai do quarto dele.

Seus olhos se estreitam no momento em que me vê, e durante um longo momento ele só fica me olhando de cara feia. Eu e minha calça de moletom.

– Você não vai?

– Você não vai? – retruco.

Ele está usando um agasalho azul-marinho com o capuz na cabeça. Um fone pende de um ouvido.

– Estou de castigo. – Ele bufa e coça a cabeça. – Qual é a sua desculpa?

– Estou doente – minto. Então dou meia-volta e desço até o hall, mas sinto-o logo atrás. – Mas que estranho: ficar de castigo não impediu você de ir à American Apparel – murmuro.

– Cala a boca – sussurra Tyler.

Quando chegamos ao hall, papai está esperando perto da porta de casa ao lado de Ella. Jamie e Chase parecem num tédio mortal. Como são mais novos, deve ser mais difícil para eles escapar desses eventos sociais atrozes.

– Não vamos demorar muito. – Ella encara Tyler com firmeza. É quase como se estivesse preocupada em deixá-lo sozinho. – Nem pense em sair.

– Mãe, eu nem ousaria.

O sarcasmo toma conta da sua voz. Ele se encosta na parede e cruza os braços.

– A gente pode ir logo? – pergunta Chase. Felizmente não preciso passar pelo mesmo que ele. – Estou com fome.

– Sim, sim, vamos. – Papai abre a porta, diz para Chase e Jamie irem para o carro e me lança um olhar simpático. – Melhoras, Eden.

– Tchau.

– Comportem-se.

Ella parece apreensiva, mas ainda assim eles saem.

Quando fecham a porta e a casa mergulha num silêncio estranho, percebo que fui deixada sozinha com o imbecil do meu lado. A tarde inteira. Viro para encará-lo. Os olhos dele já me fuzilam.

– Hum – digo.

– *Hum.* – Ele me imita fazendo uma voz que não se parece nem um pouco com a minha.

– Hum – falo de novo.

– Vou tomar banho. Quer dizer, se você sair da minha frente.

Fico de lado na escada e ele passa depressa, do mesmo modo como fez ontem, como se eu fosse apenas um obstáculo.

– Seu grosso – murmuro.

Nas 48 horas em que estou aqui, ele não foi capaz de me dizer uma palavra gentil sequer. Também não parece ter qualquer educação. Ainda bem que não vou precisar falar com ele por pelo menos cinco minutos.

Já entediada, vou para a sala e me acomodo no conforto do sofá. A verdade é que, quando a gente é nova numa cidade e tem zero amigos, acaba passando a noite de sábado sozinha na sala imaculada da família do pai assistindo a reprises de *Keeping Up with the Kardashians*, porque a única coisa a fazer quando sua vida é um saco é assistir à de outra pessoa. Acho que Amelia me mataria se soubesse que vi esse programa. Não que eu goste, nem nada. Bom, talvez um pouquinho, mas jamais contaria a ela.

Durante o tempo em frente à TV também bombardeio a minha mãe com várias mensagens que não contêm nada além de reclamações sobre o meu pai. Ela concorda com todas.

Estou olhando o telefone quando uma voz feminina grita do hall:

– Olá?

A porta da frente dá um estalo. Eu congelo e deixo a TV de lado. Certamente não é Ella. Só se passaram trinta minutos e duvido que eles tenham chegado a comer a entrada.

– Olá? – grito de volta.

– Quem está aí? – A voz explode com tanta violência que recuo para o sofá.

Uma figura abre a porta da sala e entra com os lábios apertados. É Tiffani. Ela solta um suspiro de alívio quando me vê.

– Desculpe, pensei...

– Pensou o quê? – respondo, olhando para ela com uma expressão impassível.

– Nada – diz ela depressa. – Cadê o Tyler?

Este é o momento em que perco totalmente o interesse. Eu me viro de volta para a TV e continuo com o episódio.

– Não o vejo desde que ele foi tomar banho.

– Obrigada.

Tiffani sai da sala e eu escuto o som dos passos subindo a escada, como se a casa fosse dela. Baixo aos poucos o volume da TV e espero, tentando escutar alguma coisa.

Durante uns três minutos não ouço nada, mas então as vozes ficam mais altas conforme os dois descem a escada juntos. Aperto as costas da mão nos lábios e olho com curiosidade para a porta.

– Relaxa – diz Tyler. – Eu ia para lá daqui a uma hora, como você falou.

– Você podia pelo menos ter atendido às minhas ligações.

– Não deu para ouvir por causa da música. – Os dois param no hall e eu os encaro pela porta aberta. Tyler percebe. – Ei, qual é o seu problema?

– Nossa...

Tiffani balança a cabeça, desaprovando a atitude dele. Não sei como ela aguenta esse cara.

– Cala a boca, Tyler.

– Que seja – murmura ele, virando as costas para mim, e seu rosto não passa de uma careta inflexível. – Vamos sair daqui.

– Na verdade...

Tiffani deixa o resto no ar e seu lábio inferior se projeta enquanto ela o encara. Tyler não recebe bem sua expressão presunçosa.

– O que foi?

Tiffani entra na sala e para em frente à TV. Eu mandaria ela sair, mas ainda não estou numa posição suficientemente confortável para discutir com esses estranhos.

– Mudança de planos – diz ela, olhando para Tyler e para mim. Estou curiosa para ouvir. E o que ela diz em seguida pega nós dois de surpresa: – Austin acabou de avisar que está dando uma festa e nós dois vamos. Por que não vem também, Eden? – Ela me encara. – É Eden, não é? Você não parece ser do tipo que gosta de festa, mas a Rachael disse que preciso convidar você. Então vem.

– Espera aí um segundo – ordena Tyler, franzindo a testa. Ele murmura junto ao seu ouvido: – Achei que a gente ia para a sua casa. Você sabe... – Mas não sai tão baixo assim, e está claro quais eram as intenções deles.

– Depois a gente marca isso – sussurra ela. Juntando as mãos, ela passa por ele e anuncia: – Certo, então você vai, Eden. E você também, Tyler. Você vai e, para variar, sem encher a cara.

– Mas que porra é essa?

– Rachael e Megs já estão na minha casa se arrumando, então vamos!

Ela pega as chaves do carro no bolso de trás e vai para a porta, mas eu a chamo de volta na mesma hora.

– Espera aí, preciso colocar uma roupa. – Fico de pé e olho para o teto.

Talvez, se eu tiver sorte, ele despenque em cima de mim. – Preciso de cinco minutos para achar alguma coisa.

Neste momento eu me pergunto por que fico entrando nessas situações medonhas. Mas por algum motivo não consigo dizer não.

Tiffani ri e me puxa pelo braço. Quando fala de novo, sua voz está carregada de pena:

– Pode pegar alguma coisa minha emprestada. Agora vem! Vamos sair em duas horas.

Ela me solta, gira e sai da casa. Tyler passa na minha frente e também se dirige até a porta.

– Achei que você estava de castigo – digo.

Ele se vira e me encara com um sorriso nem um pouco amistoso.

– E eu achei que você estava doente.

Isso me deixa sem resposta.

A ida até a casa de Tiffani não passa de uma viagem cheia de ansiedade. Só consigo pensar numa coisa, só em uma: não raspei as pernas. Esse fato me atormenta pelos dez minutos em que fico presa no carro esportivo, espremida no minúsculo banco de trás com os joelhos dobrados no peito porque Tyler, egoísta, decide empurrar o banco dele o máximo possível para trás. Nenhum dos dois me inclui na conversa. Não que eu me importe. Eles só estão falando sobre os últimos dramas e as fofocas da escola. Parece que Evan Myers e Nicole Martinez terminaram, seja lá quem são esses dois.

A casa de Tiffani fica no fim do bairro, num terreno grande, e é feita com o tipo de mármore que sugere que ela provavelmente tem um mordomo ao seu dispor. Mas quando paramos e entramos, não há mordomos nem empregados. É só uma casa comum feita de materiais muito caros.

– Sua mãe ainda está fora, não é? – pergunta Tyler.

Agora suas intenções de antes estão mais claras ainda.

– Aham. Tem cerveja na cozinha. Relaxa aí enquanto a gente se arruma, mas pega leve. – Ela lhe dá um olhar de repreensão.

Uma música ecoa alto no andar de cima. Tiffani pega minha mão e começa a me puxar até lá. Subimos a escada. De mármore, claro.

– Não vamos demorar! – grita ela, da balaustrada.

– Tiff? – A voz de Rachael chama do quarto no fim do corredor extenso. A música para no mesmo instante. – Tiffani?

– Voltei!

Tiffani abre a porta e entra. Vou atrás dela.

– Eden! – Apesar de estar fazendo o cabelo de Meghan, Rachael levanta imediatamente, acenando com o modelador de cachos no ar e rindo para mim. – Você veio!

Nem me deram a chance de dizer não, penso.

– Tem certeza que não tem problema eu ir? – pergunto a ninguém especificamente.

– Acho que sim – responde Tiffani, de maneira não muito convincente. Ela olha para o closet (que é apenas uma passagem em arco que desemboca em uma parte do quarto atulhada de roupas) e olha para mim por cima do ombro. – Rachael disse que você só veio passar o verão aqui, não é?

– Isso.

– Certo, então acho que você precisa aproveitar ao máximo.

– É verdade. – Meghan está no chão, envolta num roupão de seda com apenas três quartos do cabelo encaracolados. – Vamos fazer de tudo para que o seu verão não seja um saco.

Tarde demais, penso. *Já está sendo.*

– Vem escolher um vestido! – O guincho entusiasmado de Tiffani soa falso. – Por mim você iria de preto. Preto ou vermelho. Vai combinar com você. E tem que ser justo. É. Espera, Meghan, você vai de vermelho, não é? Ok, preto e justo. Vamos ver.

Embora tenha acabado de me convidar para escolher um vestido, ela me entrega um antes que eu tenha chance de olhar as opções, mas então ela o puxa de volta imediatamente.

– Na verdade, esse talvez fique apertado demais em você – murmura com o olhar percorrendo meu corpo de cima a baixo, e me sinto encolher com o seu exame. Será que ela acabou de sugerir que estou gorda?

Eu gostaria de pensar que não foi intencional, que ela não quis dizer isso, mas mesmo assim é doloroso. Eu me esforço ao máximo para deixar isso passar, só que é tarde demais. A frase fica se repetindo na minha cabeça, de modo interminável e agonizante, enquanto Tiffani empilha mais vestidos nos meus braços e borbulha com mais daquele entusiasmo forçado. Tento respirar. Procuro me convencer de que ela está errada.

Com uma pilha de roupas na mão, todos vestidos pretos, começo a me arrumar. Primeiro solto o cabelo e pego a chapinha para alisá-lo. Meghan se oferece para fazer minha maquiagem. Tiffani encontra um par de sapatos plataforma que combina com o vestido que me deu, porque felizmente calçamos o mesmo número. E quando chega a hora de colocar o vestido, confesso a Rachael que minhas pernas não estão raspadas. Depois de uma breve risada, ela me manda para o banheiro grandioso e glorioso de Tiffani para dar um jeito nisso, com instruções claras de onde encontrar as lâminas descartáveis.

Estou terminando e me enfiando no vestido – o vestido muito, muito justo, que só faz com que eu me sinta pior – quando ouço Tyler entrar no quarto de Tiffani. Volto para o quarto e descubro que estamos todas prontas para sair. Mas, ainda que os vestidos de Tiffani, Rachael e Meghan sejam tão justos quanto o meu, ainda me sinto absurdamente inadequada. Dá para sentir o tecido se grudando em cada centímetro do corpo.

– Certo, será que dá para a gente ir agora? – pergunta Tyler, obviamente entediado. Esteve esperando duas horas, acompanhado apenas pela cerveja, e isso é evidente em seu equilíbrio instável. – Dean e Jake já estão lá.

– Fiquei bem? – pergunta Tiffani, girando devagar para garantir que ele dê uma boa olhada no seu corpo.

O vestido dela é branco e, apesar de ser apertado e curto, tem uma aura de elegância.

– Gata, você está ótima. – Ele fala enrolado e toma um último gole da cerveja que está na mão dele, antes de colocá-la na penteadeira e dar um passo à frente. – Muito gostosa.

Em seguida, aperta a cintura dela e a puxa. E, como se não houvesse mais três pessoas no quarto, vai com tudo nos lábios dela de um modo que parece quase doloroso, uma das mãos passando na bunda e a outra apertando a cintura. Ela não se afasta.

Lanço um olhar de nojo para Rachael e ela revira os olhos. A única coisa que se ouve é aquele horrendo som de beijo estalado outra vez. Tyler e Tiffani: o pior casal do mundo quando se trata de demonstrações públicas de afeto.

– Eles são sempre assim? – murmuro, porque interromper o momento de intimidade dos dois pela segunda vez não é exatamente o que eu quero fazer.

Rachael apenas balança a cabeça. Acho que é de pena.

– O tempo todo.

Olho de volta para o casal. Pelo jeito não vão parar tão cedo, mesmo quando Meghan cutuca os dois de lado para poder passar. De tão grudados, quem olha para eles pode achar que não se veem há três anos.

Ou seja, Tyler pode ser irritante, Tiffani pode ser grossa sem perceber e eu posso ser gorda. Mas pelo menos meu vestido não está tão grudado como aqueles dois.

6

Um pouco depois das oito, partimos para uma festa que está me aterrorizando. Estou tão apavorada que gostaria de ter ido ao jantar de família com meu pai e Ella. Sem dúvida forçar comida cara demais goela abaixo seria melhor do que o gosto amargo de bebida barata.

Vamos todos até o Toyota Corolla de Meghan, envoltos pela escuridão que começa a se infiltrar pelos raios de luz amenos do sol poente. É tão lindo que me pego observando o horizonte, fascinada, mas minha contemplação é interrompida por Rachael, que anuncia que vai na frente. Contrariada, me espremo no banco de trás com Tiffani e Tyler, que fica entre nós duas, com um engradado de cerveja no colo e as garrafas de vodca nos pés. Há no ambiente uma combinação avassaladora de hidratante, perfume e a colônia de Tyler, fora a música, mais estridente a cada segundo. Meghan, ainda bem, dirige com cuidado, o corpo rígido e grudado ao volante, sem dar um pio. Está com a atenção completamente voltada para o trânsito, como se estivesse morrendo de medo de se distrair. Por isso, para compensar o silêncio dela, Rachael e Tiffani tagarelam sem parar.

– Se a Molly Jefferson estiver nessa festa, juro por Deus, vou embora – declara Rachael, sem levantar os olhos do telefone.

Ela está mandando mensagens numa velocidade assustadora, os dedos se movendo com tanta rapidez que me pego observando, hipnotizada.

– Por que aquela ridícula estaria lá? – Tiffani solta uma gargalhada e ajeita o cabelo, passando os dedos nele até ficar do jeito que deseja. – Austin é babaca, mas não é sem noção. Não ia chamar essa gente idiota pra festa. – Por um momento ela chega um pouco para a frente e olha para mim, então sorri e volta para o lugar.

Em determinado momento, dou uma olhada para a esquerda. Tyler está de braços cruzados e não parece confortável, os olhos fixos à frente, tenso. Deve ter me notado, porque me espia por um milésimo de segundo e vira o rosto na mesma velocidade. Por isso me concentro nos prédios passando do lado de fora, o que não alivia muito o incômodo que estou sentindo. Vez ou outra percebo Tyler me observando de novo, mas toda vez que tento pegá-lo no flagra ele já desviou o olhar.

– E aquela tal de Sabine? Sabine...? – Rachael ergue os olhos do telefone e pressiona os lábios com o dedo, pensando. Ela se vira para Tiffani e pergunta: – Sabe de quem estou falando, né? A aluna alemã, de intercâmbio?

– Ah, a garota que roubou meu lugar na aula de espanhol? Sabine Baumann.

– Isso! – Rachael dá um gritinho e se acomoda no banco. – Espero que ela também não esteja lá. Ela vive secando o Trevor.

– E você também, Tyler – acrescenta Tiffani.

Sinto Tyler dar de ombros, mas fica óbvio que essa tal de Sabine não é amiga dela. Tiffani contrai os lábios e se espreme mais contra ele.

As duas falam dos demais possíveis convidados, e os outros passageiros pouco opinam: Meghan porque está focada em não matar todo mundo; Tyler porque está concentrado em olhar para nada especificamente; e eu porque sinceramente não dou a mínima.

Então, após quinze minutos e muitas ajeitadas de cabelo e comentários maldosos, chegamos à festa, que parece estar bombando. Há várias pessoas no quintal da frente e outras chegando. A música está no volume máximo, ressoando em nossos ouvidos ao sairmos do carro, que Meghan conseguiu enfiar desajeitadamente numa vaga entre uma picape velha e um conversível. Pegamos a bebida, e eu me vejo carregando um engradado de cerveja e uma garrafa de vodca, e por um momento me sinto uma alcoólatra. Aposto que os vizinhos estão espiando pelas persianas, com o número da polícia na discagem rápida. É óbvio demais que somos todos menores de idade. Não tenho ideia de onde Tiffani, Rachael e Meghan conseguem tudo isso nem como conseguem, mas, como todos os outros adolescentes nesse país, devem dar seu jeito. Sempre há um jeito.

– Ei, Tyler! – grita uma voz do outro lado do gramado. Um cara mais baixo, com cabelo curto e uma Budweiser na mão, se aproxima, e os dois se cumprimentam com um soquinho. – Que bom que você veio.

– Valeu. – Tyler mostra a cerveja embaixo do braço. – Na cozinha?

– Isso. – O cara aponta para a casa. – Larga lá e vem.

Cambaleante, Tyler desaparece entre a multidão, cumprimentando várias pessoas no caminho.

– Ei, Austin! – chama Tiffani, e descubro que o sujeito falando com Tyler é o dono da festa.

Eu, Rachael e Meghan vamos atrás dela, e só consigo me sentir totalmente deslocada. Não conheço ninguém, mas aqui estou, entrando de penetra numa festa e rezando para ninguém notar que tem uma intrusa aqui.

– Aproveitem, meninas – diz Austin, e há uma lascívia tão grande em sua voz que fico com nojo. – Belos vestidos.

– Eu sei. – Noto Tiffani dando uma olhadinha para a própria bunda e mordendo o lábio. – Por sinal, Eden também veio.

– Eden? – O olhar de Austin vai de Tiffani para Rachael e Meghan, finalmente recaindo em mim. – Veio de penetra na minha festa, Eden?

Antes que eu tenha um treco e caia dura no chão, Tiffani se aproxima dele e, com a mão em seu peito, murmura:

– Eden é irmã postiça do Tyler. – Ela se afasta um pouco e lança um olhar sério para o garoto. – Você não vai querer ficar mal com ele, então...

Austin dá um passo atrás, hesitante, e na mesma hora seu sorrisinho malicioso se transforma em simpatia.

– Bem-vinda! Se não é pra ficar louca, fica em casa.

Ele levanta a latinha de cerveja, dá um assobio e vai embora.

– Você ouviu o que ele disse. – Rachael abre a garrafa de vodca que está segurando e dá um gole demorado, não parando nem para respirar. Deve fazer isso com bastante frequência. – Vamos ficar loucaças!

Tiffani vai na frente e entra na casa, e a essa altura já percebi que ela é a fêmea alfa do grupo, o trio de amigas, e eu, a intrusa de Portland. Saber que não sou bem-vinda só me deixa mais nervosa e ansiosa.

A casa está lotada, tanto de gente quanto de caixotes de cerveja, e faz muito, muito calor. A música está no último volume e o álcool não parece estar em falta. A maioria das pessoas já está um pouco alta, senão completamente bêbadas, e são poucas as que conseguem manter os pés firmes no chão. Quando chegamos à cozinha, Tyler não está mais lá. Seu engradado de cerveja está plantado no meio da vasta coleção de bebidas alcoólicas que cobre a mesa e todas as superfícies do cômodo. Copos usados enfeitam o chão, e eu passo com cuidado entre eles para deixar a caixa de Twisted Tea e a vodca na mesa.

– Ei, Rach – diz uma voz masculina atrás da gente, e à minha direita vejo um garoto com as mãos na cintura de Rachael, puxando-a para perto. – Já estava me perguntando se você não vinha.

– Trevor!

Ela se joga nos braços dele e lhe dá um beijo.

Trevor se estica para pegar uma cerveja, e ela o encara como se fosse uma criança de três anos encantada por um filhotinho.

– Namorado? – pergunto discretamente para Meghan, mas ela faz que não com a cabeça.

– A gente se vê mais tarde, meninas! – grita Rachael, apesar de estar ao nosso lado. – Aproveita, Eden!

Os dois saem juntos da cozinha, Trevor com uma cerveja na mão e Rachael ainda com a vodca.

– Rachael é muito fraca pra bebida – diz Tiffani, enfileirando dois copos, de costas para nós. – Não parou de beber desde que pôs os pés lá em casa.

É verdade. Ela saía do quarto toda hora enquanto a gente se arrumava. E eu pensando que ela só tinha uma bexiga pequena.

Observo com atenção Tiffani encher os copos com tequila.

– Quem é aquele tal de Trevor? – pergunto.

– O peguete de festa dela – responde Tiffani num tom monótono, como se isso não fosse grande coisa. – Os dois sempre ficam nas festas e tal. Ok, vamos lá.

Ela abre um sorriso e me entrega um copo de tequila. Olho para Meghan, implorando por ajuda, mas ela dá de ombros e me mostra as chaves do carro.

Já provei tequila algumas vezes em Portland, com meu grupo limitado de conhecidos, mas tudo que ela me proporcionou foi um gosto azedo e amargo na boca.

– Hum... – falo, examinando o copo. Está cheio até a borda. Com o canto do olho noto Tiffani lambendo as costas da mão. – Hum?

Meghan ri baixinho e revira os olhos, apontando para um saleiro caído na bancada, que ela entrega para a amiga.

– Já fez isso antes? – pergunta Tiffani.

– Tequila? – pergunto.

– Tequila do jeito certo – corrige ela, arqueando as sobrancelhas. – Com limão e tal.

– Hum – falo mais uma vez. Em Portland a gente só bebe cerveja e rum. – Nossas festas não são tão...

– Legais? – Tiffani dá um risinho, botando um pouco de sal nas costas da mão, entre o polegar e o indicador. – Você pode ensinar isso aos seus amigos quando voltar. Agora lambe o sal da mão.

De repente me sinto muito idiota, como se ainda estivesse no primeiro ano, sendo alvo de chacota dos alunos mais velhos e mais descolados. Mas isso aqui não é o colégio e elas não são os outros alunos. Isso é uma festa e elas sabem exatamente o que fazer, o que dizer e como se encaixar. Eu, por outro lado, não tenho a mínima ideia.

– Certo – falo, e lambo a mão.

Estou me sentindo ridícula e me pergunto se meu pai e Ella já voltaram para casa.

– Sal. – Tiffani me passa o saleiro, e eu derramo uma pitada na mão, assim como ela fez. – Tá, deve ter limão aqui em algum lugar.

– Tiff, eles estão bem ali – diz Meghan, rindo e indicando um cesto cheio deixado ali exatamente com aquele propósito. Eu nem gosto de limão.

Tiffani bota a mão na testa e suspira.

– Ainda nem bebi nada e já estou ficando cega. Beleza, pega uma fatia, Eden.

Obedeço e coloco o limão entre o polegar e o indicador. Espero pelo próximo passo.

– E agora? – pergunto.

– Sal, tequila, limão – responde Meghan. Tiffani faz que sim com a cabeça, e ela grita: – Vira, vira, vira!

Entro em pânico, mas mesmo assim lambo o sal na mão e viro a tequila, lutando contra a vontade de vomitar. É nojento e amargo, e não consigo reprimir uma careta. Me lembro do limão e dou uma mordida, mas o líquido só espirra nas minhas bochechas, e eu na mesma hora corro até a pia, cuspindo tudo.

Vou me ferrar muito quando chegar em casa.

– Você sabe o que dizem – diz Tiffani, rindo. Devo estar com uma cara horrível, e ela me entrega depressa uma lata de cerveja, como se isso fosse ajudar a melhorar o gosto. – Uma tequila, duas tequilas, três tequilas, chão. – Várias pessoas entram na cozinha para pegar mais bebida, e ela decide aproveitar a oportunidade para dar o fora. – Vou ver onde o Tyler está. Se divirtam.

De repente a música fica mais alta, ricocheteando nas paredes e abrindo buracos nos meus ouvidos. As batidas intensas estão me dando dor de cabeça. Meghan me pega pela mão e me puxa para fora da cozinha, até uma sala grande, mas cheia de gente. Ela conversa com algumas pessoas no caminho, mas felizmente ninguém pergunta a ela por que tem uma idiota ao seu lado.

Um cara grandão que estava do outro lado da sala vem em nossa direção.

– Jake! – grita Meghan.

– E aí, Megs? – Ele está usando uma camiseta preta com um slogan enorme na frente, e seu cabelo louro está entupido de gel, espetado em todas as direções. – Cadê a Tiff e a Rach?

Descubro que Jake gosta de encurtar os nomes.

– Rachael está com Trevor. – Meghan revira os olhos, e ele faz o mesmo. – Tiffani está atrás do Tyler. Sabe onde ele está?

Noto que o rosto de Jake assume um ar mais sério.

– Vi – responde ele, meio constrangido. – Fazendo o de sempre.

Meghan me olha de lado, morde o lábio e muda de assunto:

– Cadê o Dean?

– Estava procurando vocês. – Jake ri, agora mais relaxado, tomando um gole de cerveja e me encarando. – Quem é a garota nova?

– Eden – respondo, antes que Meghan tenha chance de dizer qualquer coisa. Já sei as perguntas que me aguardam, por isso me adianto e economizo o tempo de Jake. – Sou irmã postiça do Tyler. Vim passar o verão aqui. – De novo a expressão séria no rosto de Jake. Ele lança um olhar para Meghan, que dá de ombros. – O que foi? – pergunto.

– Hum... – diz Meghan. – Vou procurar a Rachael. Ver se ela não está fazendo filhos por aí.

– Quer umas camisinhas para dar a eles? – Jake dá um risinho, tateando os bolsos de brincadeira. Meghan também ri. Ela ajeita o cabelo e se afasta. – Então você é irmã do Tyler Bruce?

Sinto vontade de balançar a cabeça e negar, mas seria ridículo da minha parte, por isso murmuro um "pois é" desanimado e tento mudar de assunto o mais rápido possível. Pergunto a primeira coisa que me vem à mente:

– Todos vocês estão no último ano?

Ele inclina a cabeça, intrigado.

– Você não está?

– No penúltimo – respondo, baixinho.

Essa é só mais uma das razões para eu estar tão deslocada neste lugar. Amelia não vai acreditar nisso. Em Portland o pessoal do último ano se recusa a interagir com os outros alunos. Os garotos são legais demais para nós, e as meninas estão mais preocupadas em agir como adultas. É quase como se acreditassem que pertencem a uma raça superior. Tipo os nova-iorquinos.

– De onde mesmo você disse que é?

Volto a atenção para Jake.

– Portland.

– Portland, Maine?

– Portland, Oregon – corrijo. Jake dá outro gole, e o silêncio e a conversa desinteressante estão deixando a situação cada vez mais constrangedora. – Desculpa, onde foi mesmo que você disse que viu o Tyler?

Ele para de beber e arqueia uma sobrancelha.

– Por que você quer tanto saber onde ele está?

Porque quero ir para casa e por acaso a nossa casa é a mesma.

– Fiquei de levar uma cerveja para ele.

Boa, Eden.

Jake hesita, mas finalmente responde:

– Está lá atrás. Se cuida.

– Obrigada.

Dou um gole na minha cerveja e enveredo pelo corredor, atravessando a massa de corpos. Corpos que, diga-se de passagem, não incluem Tiffani, Rachael e Meghan. E nesse momento seria ótimo estar com elas. Fui abandonada numa multidão de estranhos numa cidade nova, e a sensação certamente não é boa.

No fim do corredor há uma porta aberta que dá para os fundos, com pessoas entrando, por isso me espremo entre elas e vou para o quintal, deixando a cerveja na mesa do pátio. Tem um cara vomitando perto da cerca e uma garota apagada no gramado. Penso em ajudá-la, mas minha atenção é atraída imediatamente pela gargalhada que vem do barracão no canto. As vozes são masculinas, por isso reúno o pouco de coragem que tenho no corpo e vou até lá. Ou faço isso, ou fico presa nessa festa até alguma hora sobrenatural da madrugada.

À medida que me aproximo noto a fumaça no ar. O lugar não tem janela e a porta está fechada, o que me obriga a abri-la, sendo nocauteada por um cheiro avassalador de maconha, tão forte que, conforme a fumaça escapa para o ar noturno, meus olhos começam a lacrimejar. Cubro a boca e começo a tossir, fechando os olhos e dando um passo para trás.

– Isso é maconha? – pergunto.

– Não, é algodão-doce! – grita alguém, e o barracão explode em gargalhadas, embora não haja nada de engraçado nisso.

A fumaça se dissipa um pouco e, ao abrir os olhos, me deparo com quatro garotos me encarando. Um deles é Tyler. Está com um baseado na mão, tentando escondê-lo atrás da perna, sem muito sucesso. Percebo também o pânico e a apreensão em seu rosto.

– Sério?! – falo, incrédula.

– Parceiro, tira essa garota daí – murmura alguém. Não sei qual dos outros três está falando. Não me importo com os outros. Meus olhos estão cravados em Tyler. – A não ser que ela queira entrar aqui e fazer companhia pra gente.

– Cara – diz Tyler, tentando disfarçar o tremor na voz ao engolir em seco e forçar um sorriso. Seus olhos estão vidrados, com as pupilas enormes. – Você quer mesmo uma criança aqui?

Mais gargalhadas, embora Tyler não participe da combinação de risos e tosses. Está mordendo o lábio e olhando para mim e para os amigos, sem saber direito o melhor modo de lidar com a situação. Para começo de conversa, deveria se livrar do baseado que continua em sua mão.

– Quem é ela, afinal? – pergunta o mesmo cara. Mais fumaça vem na minha direção quando alguém dá uma baforada, e balanço a mão para dispersá-la. – Ninguém contou as regras pra ela? – Através da névoa que envolve o lugar, vejo olhos vermelhos lutando para me focalizar. Eles pertencem a um garoto negro, que sorri para mim. – Nada de interromper, gata. Dá o fora daqui, cacete, a não ser que tenha vindo curtir com a gente.

Ele se aproxima e me oferece o baseado, que está quase no fim.

Como se houvesse a mínima possibilidade de eu aceitar a oferta do cara, Tyler se coloca entre mim e o garoto, lambendo o indicador para apagar o próprio baseado e guardando-o no bolso. Irritado, ele se vira para o dono dos olhos vermelhos.

– Que merda é essa? – pergunta, olhando para o cigarro na mão do garoto. – Qual é, Clayton? Tá louco?

Clayton coloca o baseado na boca, tragando por um longo momento antes de soltar a fumaça na cara de Tyler.

– Eu estaria louco se não oferecesse um tapinha pra ela. Isso se chama educação. Seria grosseiro da minha parte não fazer. – Ele olha para mim por cima do ombro de Tyler. – Não estou certo, garota nova?

Os outros dois caras prendem o riso, mas a essa altura nem estão mais prestando muita atenção, provavelmente chapados demais para isso. Só ficam parados no fundo do barracão, rindo de nada em particular, com o olhar perdido. Tyler, por outro lado, não se distrai tão facilmente.

– Cara, na moral. – Ele dá um passo para trás e esbarra em mim, me obrigando a recuar também. – Ela não quer. Olha para ela.

Tyler se vira para mim, e estou com uma expressão de repulsa. Ele me encara por mais tempo do que eu gostaria, o que me deixa desconfortável. Clayton volta a falar, mas Tyler continua com o olhar cravado em mim.

– Tá legal, tá legal – diz Clayton. – Tira ela daqui, então. Por que ela entrou aqui, afinal?

– Eu também queria saber – murmura Tyler.

Completamente enojada, balanço a cabeça, repreendendo-o. Será que Ella sabe que o filho passa a noite em festas se drogando?

Tyler vem em minha direção, mas acaba esbarrando em alguma coisa. Meu olhar acompanha o dele, até pousar numa mesinha metálica com uma luminária minúscula no canto. Só então percebo o que tem ali: um maço de dinheiro e alguns cartões de crédito espalhados e, mais importante, várias carreirinhas. Carreirinhas de pó branco.

– Ai, meu Deus – sussurro, chocada, piscando muito rápido e me perguntando se a fumaça que inalei está fazendo algum efeito em mim ou se estou mesmo vendo o que estou vendo. – Ai, meu Deus?

– Cara, sério, não tô de brincadeira. – Clayton de novo. – Tira ela daqui antes que ela chame a polícia ou sei lá o quê.

– Ela já está indo embora – responde Tyler.

Ele me pega pelo cotovelo e me conduz delicadamente para fora do barracão. Fico surpresa por ele ter me acompanhado pelo jardim, até estarmos longe de todo mundo e dos ouvidos alheios.

– Não estou acreditando – sibilo, sacudindo o braço para me desvencilhar dele. – Cocaína? Sério, Tyler?

Ele parece desamparado, como se fosse a primeira vez que é confrontado sobre o assunto. Ele leva as mãos ao rosto e solta um gemido.

– Isso aqui não é lugar para você – diz ele, assim que abaixa as mãos, enfiando-as nos bolsos e chutando a grama. – Você devia... você devia voltar lá para dentro.

Trinco os dentes, irritada. Nunca passei por isso, então não tenho a menor ideia do que fazer. Tento conversar com ele? Ligo para Ella? Para a polícia? Depois de um tempo decido simplesmente ir embora. Empurro Tyler e marcho pelo jardim de volta à casa. Estou com o sangue quente e o coração acelerado, furiosa com o que acabei de testemunhar. Quero chutar alguma coisa, dar um soco numa parede, arrancar os membros de alguém. Estou furiosa.

Tyler volta para o barracão, e não sei o que ele diz aos amigos quando entra lá, mas de repente eles começam a gargalhar de novo. Só posso concluir que estão rindo de mim.

– Cara, qual é? – grita alguém. As risadas no barracão não param. – Isso é sacanagem. Fica frio.

– Cala a droga da boca, Dean – ouço Tyler dizer, mas não me dou ao trabalho de me virar e ver o que está acontecendo. Estou transtornada demais para olhar para ele.

Ouço passos correndo em minha direção e me viro para ver quem é.

– Você é o Dean?

– Suspeito que você seja a nova irmã do Tyler – diz ele, passando a mão pelo cabelo castanho. – Você é a única pessoa aqui que eu nunca vi, e Meghan disse que a tal irmã misteriosa está nessa festa sem graça. Estou certo?

Forço um sorriso.

– Tá. Ei, por acaso você sabe qual é o número da casa do Tyler? Na Deidre Avenue? Preciso ir embora, mas... não sei o endereço.

– Você está me perguntando se por acaso eu sei onde meu melhor amigo mora? – Dean ri. – Número 329.

– Melhor amigo?

Olho para o barracão. Cinco segundos atrás eles estavam se xingando.

– É complicado. – Ele aponta para a casa. – Posso te dar uma carona. Meu carro está parado ali na frente.

– Você bebeu?

– Se tivesse bebido, não ia oferecer carona.

Dou um suspiro.

– Obrigada.

Ele volta para a casa e eu o acompanho, com a mente a mil por hora. E eu pensando que Tyler não poderia ficar pior. Diminuo o passo por um segundo e me viro para o barracão, tendo uma visão perfeita dele enfiando a mão no bolso e pegando o baseado. Justo quando o encosta nos lábios e acende, ele nota meu olhar.

Por um momento brevíssimo, Tyler faz uma careta e olha para o chão. Alguém coloca uma cerveja em sua outra mão, mas ele não percebe. Está imóvel, como se estivesse congelado e não pudesse se mexer, os ombros curvados e a cabeça baixa. Então a paralisia passa e ele vai para o fundo do barracão, o mais longe possível de mim, e a única coisa que consigo ver é um brilho laranja ardendo na escuridão.

* * *

No carro de Dean, indo para casa, me dou conta de que não vai ser nada fácil explicar essa noite para o meu pai. Não só furei o jantar dizendo que estava doente, como também saí de casa e fui para uma festa. Ele com certeza já está ligando para a polícia informando meu sumiço. E, para piorar ainda mais as coisas, vou voltar para casa com um vestido que mal cobre metade do meu corpo.

– Meu pai vai me matar – murmuro, apoiando a cabeça na janela. – Era pra eu estar doente.

Dean olha para mim.

– Você teve uma recuperação milagrosa ou algo assim?

– Algo assim. – Eu me endireito no banco e procuro meu celular (é automático), mas descubro que não tenho bolsos nem telefone. Ficou na casa da Tiffani. – Merda.

– O que foi?

– Nada. – Dou um suspiro frustrado e vejo a hora no painel. Quase onze. Fiquei só uma hora na festa. Se tivesse ficado mais, só arranjaria mais motivos para desprezar Tyler e para questionar minha sanidade. – Você vai voltar para lá?

– Vou. – Dean entra na Deidre Avenue. – Combinei com Jake de ser o motorista da rodada. Tenho que garantir que ele chegue em casa.

– E o Tyler? – pergunto, e mentalmente me xingo por ainda me importar com aquele babaca.

Dean dá um sorrisinho.

– O Tyler nunca volta para casa.

– O que ele faz? Só apaga na rua e pronto? – Cruzo os braços, sentindo desprezo mas também uma pontinha de curiosidade. – Passa a noite numa cela de cadeia?

– Não exatamente. Ele costuma dormir na Tiffani.

– Ah. – Nojento. – Não acredito que ele usa drogas. – Mais nojento ainda. – Você sabia?

Há um longo silêncio.

– Todo mundo sabe.

Os olhares hesitantes de Jake e Meghan passam a fazer sentido agora. Os dois sabiam o que Tyler estava fazendo.

– E todo mundo acha isso tranquilo? – É muito estranho que seus supostos amigos saibam que ele está usando cocaína bem do lado deles e não façam nada para ajudar ou impedir. – A mãe do Tyler tem noção do que ele anda fazendo?

– Acredite, já tentei fazer o Tyler parar de cheirar. – Dean para na frente da casa do meu pai. – Mas convencê-lo a fazer alguma coisa é dar murro em ponta de faca. É impossível. O cara não ouve ninguém. Então todo mundo passou a ignorar. Acho que a mãe dele sabe da maconha, mas da coca definitivamente não.

– Ele é ridículo.

Reviro os olhos, enojada, e abro a porta do carro, procurando na bolsinha que peguei emprestada com Tiffani a primeira nota que acho. São cinco dólares e está toda amassada, mas acho que é o suficiente para cobrir o custo da viagem. Entrego a Dean.

– Obrigada pela carona.

– O que é isso?

Ele olha para a nota amassada, confuso.

– É para ajudar na gasolina. – Empurro o dinheiro na mão dele, mas ele se recusa a aceitar. Eu dou um suspiro. – Pega, por favor.

– Eden, deixa de besteira – diz ele, com uma risada. – Só manda um beijo para a Ella e diz que a gente está bem.

Olho para ele, cética. Em Portland é quase uma norma social ajudar na gasolina quando se pega carona com alguém. Se você sai do carro sem oferecer um centavo, é praticamente posta numa lista negra, e é capaz de nunca mais conseguir uma carona de novo. Talvez eles deem caronas grátis por aqui, ou talvez Dean seja só legal. Mesmo assim, jogo a nota no painel e pulo do carro antes que ele possa devolvê-la.

– Fica com ela! – grito, fechando a porta e correndo para casa.

Só então noto que as luzes lá dentro estão acesas. Meu pai vai ser um amorzinho ou um carrasco. Provavelmente a segunda opção. Talvez eu consiga entrar pelos fundos sem que eles percebam. Aí eu corro para o quarto, visto um pijama e os convenço de que estava lá o tempo todo. Ou posso simplesmente me debulhar em lágrimas e implorar por perdão.

Respirando fundo, puxo o vestido de Tiffani o máximo que consigo, tentando cobrir mais alguns centímetros do corpo. Qualquer coisinha ajuda. Arranco os cílios postiços irritantes e os jogo no gramado. Estou cheirando a álcool e não tem nada que eu possa fazer para me livrar desse fedor. Só me resta lidar com as consequências da minha mentira e ser jogada nas profundezas do inferno.

A porta está destrancada, por isso entro e passo pelo hall na ponta dos pés. Mas não sou tão discreta quanto imagino, porque, da sala de estar, meu pai chama meu nome.

Morrendo de vergonha, vou até lá, tentando não me aproximar muito.

– Oi.

– Oi? – repete ele, perplexo. – É isso que você tem para dizer? Oi?

– Olá? – tento.

Nunca fui de me meter em problemas, então esse negócio de entrar de fininho é totalmente novo para mim. Minha mãe só me pôs de castigo duas vezes na vida. E meu pai... bem, ele não estava por perto para me colocar de castigo.

– Cheguei, pessoal.

– É, dá para ver que você chegou – diz ele, sério e irritado, levantando-se. Ella continua no sofá. – Só que você não deveria nem ter saído. Você não estava se sentindo bem, mas agora parece ótima. Que história é essa?

– Eu estava na casa da Tiffani. – Isso não deixa de ser verdade. – Noite das garotas. Eu me senti um pouco melhor, aí fui. Achei que não tivesse nada de mais.

– A namorada do Tyler?

Ella também se levanta.

Infelizmente para Tiffani, sim.

– Isso.

– Por falar no Tyler – meu pai murmura –, onde foi que ele se meteu?

– Não sei – minto. Nesse momento ele deve estar fumando maconha, cheirando cocaína, tomando cerveja e rindo de piadas idiotas nem um pouco engraçadas. – Ele estava aqui quando eu saí.

Seria muito mais fácil simplesmente dizer a Ella que o filho dela é um drogado. Assim ele ia aprender a não ser tão idiota comigo. Só que, por algum motivo, sinto que não tenho o direito de fazer isso, então guardo o segredo dele e por alguma razão tento amenizar a situação. É como se eu não conseguisse impedir que as palavras saíssem da minha boca.

– Talvez ele tenha saído para comprar comida, não sei.

– O carro dele ainda está aqui.

Ella parece decepcionada, como se esperasse que o filho entrasse pela porta da frente, não eu.

– Talvez ele tenha saído com uns amigos?

– Duvido – responde ela. – Ele não atende às minhas ligações.

Deve ser difícil para ela ter que lidar com um filho quase impossível de controlar.

– Eden... – diz meu pai. – Estou sentindo cheiro de álcool. Não gosto de ver você mentindo para mim.

Olho para ele, me perguntando a que ele está se referindo: mentir sobre estar doente, mentir sobre ter passado a noite na casa de Tiffani ou mentir sobre não saber onde Tyler está. Por algum motivo, sou tomada por uma súbita onda de raiva. Fecho a cara.

– E eu não gosto de você ter abandonado minha mãe, mas as coisas nem sempre são como a gente quer, não é mesmo?

Não espero para ouvir a resposta dele. Apenas subo a escada e vou direto para o meu quarto. A tequila borbulha no meu estômago, me lembrando de que eu não conseguiria ficar nem mais um segundo na festa. Estou morrendo de dor de cabeça por causa da música alta e ainda sinto o fedor intenso da maconha. Estou realmente me sentindo mal, e dessa vez não é só uma desculpa.

* * *

Acordo pela manhã com a voz de Ella ricocheteando na casa e a de Tyler ecoando com o dobro do volume. Fico olhando para o teto por um tempo, ouvindo os gritos e imaginando que horas são. Qualquer que seja a hora, parece cedo demais para esse escândalo todo. Tyler deve ter achado o caminho de volta para casa.

Com a luz do sol entrando no quarto e o barulho de alguém cortando a grama, ambos difíceis de ignorar, decido me levantar e me vestir. Ouço passos fortes na escada e palavrões. Só pode ser uma pessoa, e por acaso essa pessoa decide entrar no meu quarto.

– Sabia que existe uma coisa chamada... hum, não sei... privacidade?

Lanço um olhar sério e irritado para o intruso enquanto visto o casaco de moletom.

Tyler entra e fecha a porta.

– Suas coisas. – Ele coloca as roupas que ficaram na casa de Tiffani na cama. Por incrível que pareça, agora a voz dele está calma. Cinco segundos antes seria capaz de deixar uma criança surda. – E o seu... hum... telefone.

Ele dá um passo em minha direção, e eu pego o telefone, hesitante, encarando-o. Ele mal consegue olhar para mim.

– Obrigada – falo, seca. Ainda estou furiosa com ele.

O silêncio domina o quarto. Ele se vira devagar para ir embora, mas, antes de chegar à porta, desiste e fala:

– Olha... – começa ele. – Sobre ontem à noite...

– Já sei que você é um babaca, que usa drogas e que não vale nada. Não precisa explicar.

Ele fecha a cara e franze as sobrancelhas, dando alguns passos apreensivos na minha direção.

– Só... só não conta nada.

Cruzo os braços, observando-o com curiosidade. Pela primeira vez Tyler não parece aterrorizante.

– Está pedindo para eu não te dedurar?

– Não conta nada para a minha mãe nem para o seu pai. – Sua voz está muito baixa e é quase uma súplica, o que me deixa um pouco desconcertada. Pelo menos esse lado calmo dele é legal. – Só deixa essa história pra lá.

– Não acredito que você está envolvido nessas coisas – murmuro, olhando meu telefone (quatro ligações perdidas do meu pai) e jogando-o na cama. – Por que você faz isso? Não é legal, se é esse seu objetivo.

– Nem de longe.

Levanto as mãos, irritada.

– Então o que é?

– Não sei – murmura ele. – Não vim aqui para ficar ouvindo liçãozinha de moral sua, ok? Só vim devolver suas coisas e dizer para ficar de boca fechada.

Ele passa a mão pelo cabelo e desvia o olhar.

Talvez eu esteja com privação de sono ou talvez seja só maluca mesmo, mas por alguma razão crio coragem para fazer a pergunta que está entalada na minha garganta desde que o conheci.

– Por que você me odeia tanto?

Tyler é pego de surpresa. Parece confuso.

– Quem disse que eu odeio você?

– Bem, você faz questão de ser um babaca comigo todas as vezes. Sei que é estranho ganhar uma irmã do nada, mas para mim é estranho também. Acho que a gente começou com o pé esquerdo.

– Não. – Tyler balança a cabeça, rindo. – Você não sacou mesmo.

Dando uma olhada rápida no meu quarto, ele estreita os olhos e finalmente se vira para ir embora.

– Não saquei o quê? – grito.

– Nada – dispara ele.

7

Na terça-feira ponho o despertador para tocar bem cedo e decido dar uma corrida antes de todo mundo acordar. Os comentários de Tiffani sobre o vestido justo ainda ecoam na minha cabeça, por isso me aventuro além das cercanias do bairro e corro também pela estrada, levando meu corpo ao limite. A praia está coberta pela névoa, o que me desanima um pouco, mas mesmo assim o ar está quente. Ao voltar para casa, encontro meu pai na cozinha, fazendo café.

– A corrida foi boa? – pergunta ele.

Dou um suspiro, apoiando as mãos na bancada e recuperando o fôlego.

– Boa – respondo, mas é quase um ofegar. – Uns seis quilômetros. Estava bem nevoento perto do píer.

– Nossa, eu apagaria depois do primeiro quilômetro. Essa névoa que você viu é famosa por aqui, sabia? O pessoal chama de Treva de Junho. Quer tomar café?

Ele estende a jarra.

– Não, obrigada. – Eu adoraria um café, mas sete da manhã é cedo demais. A única coisa que eu aceitaria agora é uma chuveirada longa e quente. – Tem mais alguém acordado?

– Ella está se arrumando. – Ele se vira para pegar uma caneca. – Mas os meninos ainda estão na cama.

Depois do meu comentário áspero na noite de sábado, ele está se esforçando ao máximo para ser legal comigo. Sabe que não o perdoei por ter nos abandonado e que isso não vai ser tão fácil quanto imagina. Ele ainda vai ter que puxar muito o meu saco para compensar o que fez.

– Ela trabalha com o quê?

Pensei que Ella não trabalhasse fora, porque ontem, quando meu pai saiu, ela só arrumou a casa, jogou conversa fora comigo, discutiu um pouco com Tyler e depois levou Jamie e Chase para sei lá onde eles precisavam ir.

Meu pai dá um sorriso discreto.

– Ella é advogada de direitos civis.

Arqueio as sobrancelhas, surpresa. Nunca diria que ela é advogada, já que perde em todas as discussões com Tyler, cedendo após alguns minutos.

– Então não deveria estar num escritório ou algo assim? – pergunto.

– Ela está dando um tempo na carreira – responde ele, mas não me dá oportunidade de continuar com o assunto. – Você disse que ia à praia hoje, não disse?

– É. Com a Rachael.

E com Tiffani e Meghan, mas com certeza meu pai não se importa com detalhes tão insignificantes.

– Ella pode te dar uma carona, se você quiser – oferece ele, o que é ridículo, porque eu só a conheço há quatro dias e não me sinto nem um pouco confortável para sair pedindo carona.

– Já combinei com a Rachael, mas obrigada.

– Tudo bem. – Ele dá um último gole demorado no café, então coloca a camisa para dentro da calça e ajeita a gravata. – Certo, lá vou eu tentar escapar desse trânsito impossível de LA. Em algumas manhãs eu venço, em outras perco.

– Por que o terno?

– Sou supervisor.

– Ah.

Finalmente entendo o motivo para essa casa ser tão luxuosa. Papai é engenheiro civil desde que me conheço por gente, e tantos anos de experiência devem finalmente ter garantido um cargo mais alto e com salário melhor. É óbvio.

– Chego às seis – diz ele, acenando para mim e saindo.

Reviro os olhos e vou até a torneira pegar um pouco de água. Estou no hall a caminho da escada quando ouço Ella abrindo uma porta, por isso subo correndo e me enfio no quarto antes que ela consiga me ver. Ainda nada de Tyler, Jamie e Chase.

Tomo um banho longo e quente, a ponto de relaxar os músculos e deixar meu corpo revigorado. Dessa vez me lembro de raspar as pernas.

– Eden. – Ella entra no meu quarto sem bater, e por sorte consigo pegar a toalha e me cobrir. – Desculpe... eu...

Dou um sorriso sem graça.

– Tudo bem.

Se bem que, penso, *na verdade não está nada bem. Estou seminua na frente de uma estranha.*

Ella pigarreia e olha para baixo, nervosa.

– Pensei em tomarmos café da manhã juntas – sugere ela, ainda sem me encarar. – Ou já tomou com o seu pai?

– Estou bem por enquanto. Sem muita fome.

Ella sorri, assente e sai. Pelo menos ela está se esforçando. Imaginei que ela seria a clássica madrasta má, mas até agora ela não me entregou nenhum esfregão.

Tranço o cabelo molhado e volto para a cama. Como acordei muito cedo e só vou à praia na parte da tarde, me parece mais do que justo tirar um cochilo para repor as energias.

– Tiffani e Megs já estão lá – diz Rachael no segundo em que entro no carro dela, cinco horas mais tarde. Ela arqueia as sobrancelhas e me olha de cima a baixo. – Parece que você acabou de acordar.

– Eu acabei. Tem vinte minutos.

– Tá, eu sei que é verão e tal, mas acordar... – ela bate no relógio do rádio – ... meio-dia e vinte já é demais, não acha?

Reviro os olhos, passando os dedos pelo cabelo para garantir que soltei totalmente as tranças. Fiquei com os cachos de sereia que queria: perfeitos para a praia e para os padrões de Rachael. Fecho o quimono floral em volta do corpo.

– Acordei supercedo.

– Por quê?

– Fui dar uma corrida.

Rachael suspira.

– Certo, retiro o que disse. Já foi ao píer?

Ponho os óculos escuros e me viro para ela, observando-a com atenção enquanto ela se concentra na estrada.

– O negócio onde fica a roda-gigante? Vi hoje cedo. Passei pela estrada.

– É, aquele é o píer. Podemos dar um pulo lá mais tarde, se tivermos tempo.

Hoje está bem quente, com uma brisa bem fraquinha vinda do Pacífico, mas pelo menos ela é refrescante, e a névoa que vi mais cedo já se dissipou, então não tenho do que reclamar. Portland não é exatamente uma cidade conhecida pelas praias, até porque não tem nenhuma. Há algumas supostas "praias" em lagos ou no rio Willamette, mas nada comparado ao litoral daqui, que se estende por quilômetros e se funde com a praia de Venice, e está sempre lotado de gente.

Rachael consegue uma vaga perto da areia. Em casa demorei uns dez minutos para me convencer a colocar um biquíni, e agora que estou com ele sei que foi a pior decisão que já tomei na vida. Enquanto Rachael pega sua toalha e uma caixa de som no porta-malas, confiro se está tudo bem com meu short e se o quimono está cobrindo devidamente meu corpo. Nem pensar em tirar a roupa.

– Certo – diz Rachael, levantando os óculos escuros e estreitando os olhos para ver alguma coisa no celular. – Meghan disse que elas estão perto das redes de vôlei no Perry's, entããããão, é em algum lugar por ali.

Ela aponta para um lugar à direita. Deve ser difícil encontrar alguém numa praia tão grande, mas graças à tecnologia essa dificuldade é minimizada.

Acompanho Rachael pela areia, os chinelos batendo nos pés do jeito mais desconfortável possível. Andamos uns bons cinco minutos antes de finalmente vermos Tiffani e Meghan. É impossível não vê-las: estão de pé e acenando feito loucas.

– Pessoal! – grita Tiffani. – Vocês acabaram de perder um cara lindo pedindo o número da Meg.

Meghan volta a se sentar na areia, sem graça, as bochechas ficando vermelhas.

– Ele é de Pasadena – murmura ela, mordendo o lábio.

Tiffani e Rachael se acomodam ao lado da amiga, e eu faço o mesmo, estendendo minha toalha, cruzando as pernas e sorrindo. A praia é mesmo enorme, com fileiras e fileiras de lojas minúsculas atrás de nós, ciclovias e garotos jogando vôlei.

– E aí, Rach? – diz Tiffani, levantando uma sobrancelha por trás dos óculos escuros. – O que aconteceu entre você e o Trevor no sábado?

Rachael dá um risinho, revira os olhos e vira a cabeça.

– Nada – responde, ainda com um sorriso no rosto.

– Nada é o cacete – dispara Meghan. – Aposto que dessa vez chegaram aos finalmentes, porque você não é de ficar só na pegação duas semanas seguidas. Me diz que eu tô errada.

Rachael faz suspense por um longo momento e depois confessa.

– Está certíssima – sussurra ela, rindo.

Em seguida, tira a saída de praia de renda e a joga de lado, deitando-se na toalha. Noto como seu corpo é perfeito, como as pernas são compridas e a barriga, lisa. O corpo perfeito num biquíni cor de menta perfeito.

– Eden, o que aconteceu com você na festa? – pergunta Tiffani, e estou tão distraída com as pernas de Rachael que sou pega de surpresa.

– Oi?

– Aonde você foi? – Ela levanta o corpo tão perfeito quanto o de Rachael e se senta. – Com quem você foi para casa? Qual é o nome dele?

Quase engasgo com a saliva.

– Nããão – falo, balançando a cabeça. – Eu não estava me sentindo muito bem. Dean me levou para casa.

Quantas vezes mais vou ter que usar essa desculpa?

– Não aguentou a tequila? – Ela gargalha, depois fica de joelhos para ajeitar a toalha. – Por sinal, os garotos querem fazer alguma coisa hoje à noite. Talvez a gente vá para Venice ou para a cidade, mas Dean também pensou em ir a Hollywood, para você ver o letreiro, Eden, porque não tem como vir a Los Angeles e não ver o letreiro de Hollywood de perto. Nós todos vamos.

– Hollywood é uma boa – diz Rachael. – Estou a fim de uma invasão hoje.

Fico um pouco receosa.

– Invasão?

As três dão um risinho, então Tiffani continua a falar, virada para Rachael.

– Vamos em três carros, para facilitar. Jake já disse que vai me pegar, e o Dean pega você e a Meg. – Ela olha para mim. – Você pode ir com o Tyler, porque os dois vão sair da mesma casa.

Não sei o que dizer. Na verdade, quase dou uma risada, mas de alguma forma consigo me conter. Claro, ir com Tyler pode parecer a solução mais óbvia, mas colocar nós dois num espaço confinado por mais de um minuto com certeza não vai me deixar muito feliz.

– Que tal uma rodada do Perry's? – pergunta Meghan, pegando a bolsa.

– Me traz um Frio de caramelo – diz Rachael.

Meghan se vira para mim.

– Eden?

– Ah... – Não sei exatamente que tipo de estabelecimento é esse Perry's e não faço ideia do que seja um Frio. – O que tem lá?

– Traz para ela um igual ao meu – decreta Rachael, se apoiando nos cotovelos e jogando a cabeça para trás. Sem espaço para discussão.

Eu e Rachael ficamos curtindo o sol enquanto Meghan e Tiffani pegam bebidas para todas nós. Bom, pelo menos acho que são bebidas. Vai saber. Talvez seja sorvete. Enfim, só sei que não estou louca para saber, mas decido me distrair um pouco.

Pigarreio e me viro para Rachael.

– Tá, deixa eu ver se entendi – falo, cruzando as pernas. Ela se senta para ouvir. – Vocês são melhores amigas, não é?

– Isso... – concorda Rachael, num tom cauteloso, como se estivesse esperando para ver aonde eu queria chegar.

– E o Tyler, o Dean e o tal do Jake também são melhores amigos?

Ela morde o lábio, pensativa.

– Mais ou menos – responde, por fim. – Rola um clima meio estranho entre o Tyler e o Jake, mas na maior parte do tempo eles fingem que está tudo bem.

– Por quê?

Eu me lembro de Jake na festa, e, apesar de suas habilidades sociais serem bem desastrosas, ele me pareceu bem legal.

– Porque o Tyler começou a namorar a Tiffani no primeiro ano, e na época o Jake era doidinho por ela. Daí teve briga, discussão, essas coisas, mas ele superou. – Rachael revira os olhos. – Que coisa imatura, né? Mas eles ainda meio que se odeiam.

– Mas, tirando isso – continuo –, vocês são todos... tipo... um grande grupo de amigos? Porque foi essa a impressão que tive, mas não sei se entendi errado.

– Não, é isso mesmo. Somos amigos desde... sei lá... desde o sétimo ano, acho. Fomos juntos para o ensino médio. – Agora chega desse assunto! Vamos garantir umas marquinhas de biquíni.

– Tô bem sentada aqui – falo, abrindo um sorriso gigante, para desencorajá-la a dizer mais alguma coisa. Mas não dá certo.

– Ah, não vem com essa, não – brinca ela, se deitando na toalha. – Você não vai ficar com um bronzeado legal sentada aí com metade da pele coberta.

Olho para baixo e aperto mais o quimono no corpo.

– Não, sério, estou bem assim.

– Frios chegando! – anuncia Tiffani, aparecendo de mansinho atrás da gente, e fico grata pela interrupção.

Ela me entrega um copo de plástico cheio de creme e outro para Rachael, jogando os canudinhos logo depois.

Observo o copo por um instante. Parece a bebida mais engordativa que existe. Fico tão incomodada que mal sorrio para Meghan. Devo parecer uma ingrata, mas não consigo deixar de franzir a testa. Espero até que todas estejam me olhando, depois enfio o canudinho no copo e tomo um gole da bebida gelada, garantindo que elas vejam. *É só sorrir e assentir*, penso. E é exatamente o que faço. Finjo que é a melhor coisa que já provei na vida, e no segundo em que elas param de prestar atenção, largo o copo na areia. Mais tarde, quando a bebida estiver derretida por causa do calor, vou ser bem dramática e dizer que acabei me esquecendo de tomar. Que pena.

– O cara esquisito que sempre atende a gente deu um desconto – diz Meghan, sentando-se de pernas cruzadas na toalha. Ela pega um pouco do creme com o indicador e lambe. – Só porque a Tiff deu mole para ele.

– Eu não dei mole para ele! – diz Tiffani, com cara de nojo.

É nesse momento que pego os fones de ouvido na bolsa e coloco uma playlist decente para tocar. Então me deito e fico olhando para o céu. Música alta, óculos escuros, bebida ao lado, papo furado de garotas bonitas afastado.

Passamos umas cinco horas na praia e decidimos deixar o píer para outro dia. Estou começando a sentir fome. Por sorte, quando Rachael me deixa em casa, Ella já está providenciando o jantar.

– Seu pai vai demorar um pouco hoje, então vamos jantar mais tarde, tudo bem? – diz ela quando chego. – O dia na praia foi bom?

– Foi – respondo, e a conversa acaba por aí.

Deixo uma trilha de areia pela casa ao subir correndo para tomar banho e me preparar para o programa de hoje à noite: Venice, LA ou Hollywood. O itinerário ainda não foi decidido.

Minutos depois, estou de banho tomado, vestida e pronta para sair. Estou conferindo pela segunda vez meu delineador de gatinho no espelho quando escuto a voz do meu pai lá embaixo. Se ele está em casa, significa que o jantar deve estar pronto. Ao descer a escada, percebo que a voz do meu pai está alterada.

– Quer saber o que acabei de ver? – pergunta ele, e sua voz sai tão áspera que fica óbvio que está furioso.

Vou de fininho até a cozinha, me escondendo atrás da parede e espiando lá dentro. Ella está perto do fogão e papai de frente para ela, com Tyler bem no meio dos dois.

– Lá estava eu – fala papai em voz alta –, indo para a Appian Way deixar uma papelada no caminho de casa, e adivinha quem vi por acaso na praia?

Ella olha para Tyler.

– Eu disse para você não sair.

– Então eu pensei "ei, ele está de castigo" e fui até lá para perguntar o que ele estava aprontando. Ele estava numa mesa com uns caras que pareciam uns dez anos mais velhos. Fiquei ali parado e *vi* quando ele jogou notas de dez, vinte e cinquenta dólares na mesa.

Os olhos de Ella se estreitam.

– Tyler.

O garoto apenas balança a cabeça, com um risinho incrédulo.

– Isso é ridículo.

– Cala a boca! – grita meu pai, enrolando as mangas da camisa e afrouxando a gravata. – Fiquei ali parado olhando enquanto ele torrava dinheiro, e adivinha o que aconteceu quando ele perdeu a aposta? – Meu pai faz uma pausa. – Começou a brigar.

– Aquele escroto estava trapaceando – murmura Tyler, com um olhar sério, se recostando na bancada. – Eu não ia deixar ele se safar.

– Você quer ser preso por agressão? – Meu pai chega bem perto dele e o encara, furioso. – Passar a vida num reformatório? É isso que você quer?

– Tyler, você precisa parar com isso – diz Ella, baixinho, pressionando a testa e dando um suspiro. Parece mais perturbada do que com raiva. – Não quero você se metendo em confusão.

– Isso aqui não é Las Vegas. – Meu pai chega ainda mais perto, o rosto pegando fogo. – Que merda você estava querendo fazer?

Tyler bufa.

– Viver um pouco.

– Estou de saco cheio de você – declara meu pai, balançando a cabeça e levantando as mãos, arrasado.

Ele sai da cozinha e vai para o quintal, talvez para respirar um pouco de ar puro.

Ella se prepara para dizer alguma coisa, mas, antes que ela comece, Tyler dá um risinho e vai embora. Chego para o lado enquanto ele passa zunindo por mim, torcendo para ele não ter me notado. Mas é claro que notou.

Tyler se vira e me encara.

– Preciso dar uma carona para você, não é?

Não sei se é boa ideia pegar carona com um garoto problemático e descontrolado como ele. Deve ser um motorista imprudente que ignora os limites de velocidade e passa por cima de criancinhas.

– Acho que sim.

– Estou saindo agora – diz, num tom ríspido, ainda irritado com a discussão. – Ou vem agora ou fica em casa.

Ele bufa e se encaminha para a porta da frente. Ella o chama, avisando para não sair, mas ele a ignora e continua andando.

Olho para a cozinha. Ella parece à beira das lágrimas e papai está andando de um lado para outro no quintal. Os dois não parecem as melhores companhias para um jantar em família, e não tem a menor chance de eu ficar aqui com eles. Por isso corro até a porta da frente e grito para Tyler:

– Espera!

Nada de jantar por hoje.

8

O carro de Tyler está parado na diagonal, metade na calçada, metade na faixa de estacionamento, e não consigo deixar de imaginar o tamanho da sua fúria para largá-lo desse jeito. Talvez estivesse mais ou menos com o mesmo humor de agora. Ele abre a porta e para. Fica me encarando.

– O que foi? – pergunto, quando me aproximo dele e do carro.

– E aí? – Ele levanta as sobrancelhas e faz um gesto de cabeça na direção do veículo. Dou uma olhada na pintura branca procurando alguma coisa significativa, mas não há nada de interessante. – Você pelo menos sabe que carro é esse?

Ele olha para mim como se eu fosse uma idiota, como se eu não soubesse o que é um airbag ou algo assim, e para provar que não sou idiota vou até a traseira e examino o logotipo. Quatro círculos de metal entrelaçados.

– É um Audi?

– Um Audi R8 – completa ele, com um risinho nojento e uma expressão presunçosa.

– Certo. Você quer que eu aplauda ou algo assim?

Ele começa a rir e coloca a mão na parte de cima da porta.

– As garotas são totalmente sem noção. Você provavelmente desmaiaria se soubesse quanto isso custa.

– Baixa essa bola – murmuro, balançando a cabeça e abrindo a porta.

Entro sem jeito no carro e descubro que só há dois bancos, e tudo é de couro e metal. Talvez ele esteja certo ao dizer que o carro é caro, por isso fico de boca fechada.

– Liga para a Tiffani – diz ele, entrando também e batendo a porta.

Com um movimento rápido, Tyler joga seu telefone no meu colo e dá a partida.

– Está se referindo à namorada com quem você se pega nos cantos ou a que ignora completamente?

O canto dos lábios dele sobe num risinho e meu estômago fica embrulhado. Nunca conheci alguém com tantos defeitos na vida, que acha que tudo é uma piada.

– Você é um babaca – murmuro, segurando o telefone e inclinando o corpo para longe dele.

Olho pela janela enquanto ele pisa fundo no acelerador e começa a voar pela avenida.

– Liga para ela. Não faço ideia do lugar para onde a gente vai.

Dou um suspiro e me ajeito no banco, virando o aparelho na mão e olhando a tela durante um tempo.

– Senha?

– 7226.

Digito rapidamente os números e desbloqueio o telefone. Abro a lista de contatos.

– É o seu número favorito, está com uma palavra ou...

– São os números para escrever "saco" no teclado do celular – responde ele, bruscamente. Mas, apesar da voz monótona, Tyler mantém os olhos na estrada e aperta mais o volante. – Liga para ela.

Obedecendo ao pedido, que está mais para uma exigência, percorro sua lista de contatos até achar o número de Tiffani. Noto a quantidade inacreditável de números salvos, a maioria de garotas. E então ligo para a namorada dele.

– Baby, o que foi? – diz Tiffani assim que atende, e eu franzo o nariz ao ouvir o apelidinho carinhoso.

– É a Eden – digo. – Tyler está dirigindo. Aonde a gente vai? Já decidiram?

Ela responde num instante:

– Letreiro de Hollywood. Todo mundo concordou que precisamos mostrar para você. É incrível. – Mordo o lábio enquanto a empolgação se irradia pelo meu corpo. Sempre quis ir lá, e ainda que Venice também pareça um lugar fantástico, fico feliz por terem escolhido o letreiro. – Vocês já saíram?

– Já.

Minha voz falha quando o carro se sacode bruscamente para um lado. A habilidade de Tyler na direção é ridícula. Fico me perguntando como ele conseguiu tirar a carteira.

– Vou mandar mensagens para o pessoal e ver se já estão prontos. Encontraremos vocês lá – diz ela. – Coloque no viva-voz um segundo.

Afasto o telefone do ouvido, fazendo o que ela pede, e então seguro o aparelho perto de Tyler.

– O que é?

Tyler olha para a tela só por um momento antes de pisar no freio quando nos aproximamos de um sinal fechado que ele obviamente não tinha visto.

– Não falei com você o dia inteiro! – A voz de Tiffani ecoa no alto-falante. Vejo Tyler revirar os olhos num desrespeito completo. – Sua mãe deixou você sair de casa?

Ele puxa o freio de mão e me encara com firmeza, balançando lentamente a cabeça antes de falar:

– Não, fiquei preso em casa o dia todo.

– Que saco – diz Tiffani. Coitadinha. Não sabe de nada. – Estou louca para ver você! Não vamos demorar. Espera a gente perto do Sunset Ranch.

– Claro.

– Te amo.

– Uhum – diz ele, depois pega o telefone para desligar.

Bocejando, recosta-se no banco e passa a mão no cabelo.

Eu bufo e arregalo os olhos, incrédula. Todo dia, toda hora, ele me dá mais e mais motivos para detestá-lo.

– Você é inacreditável. Ficou preso o dia todo?

Com um resmungo baixo, ele solta o freio de mão e deixa o carro passar pelo cruzamento.

– É o que eu vou dizer.

– Vai mesmo mentir para ela desse jeito? – Tento encará-lo enquanto ele olha para mim, mas também estou mantendo a atenção na rua, já que ele parece não fazer isso. – Você estava na praia jogando e brigando, e vai fingir que ficou em casa o dia todo? Eu me sinto péssima por ela.

Ele ri, a voz tão profunda que me dá um arrepio momentâneo.

– É, você é mesmo filha do Dave. Precisa aprender a cuidar da sua vida, criança.

– Para de me chamar de criança – aviso. – Você é só um ano mais velho do que eu e tem menos neurônios.

– Beleza, criança. – Ele está sorrindo. – Seu pai é um escroto.

– Pelo menos nisso a gente concorda.

Dou um longo suspiro, preenchendo o silêncio. Houve um tempo em que eu conseguia tolerar meu pai. Quando era mais nova, pensava que ele era fantástico. Mas então acho que ele se cansou da mamãe, de mim e da vida com a gente, e foi embora e nunca mais voltou. E agora ele não passa de um otário mal-humorado com rugas e cabelo grisalho.

– Nem sei qual é o problema dele – continuo. – Dá para sacar que deve ser superchato dividir uma casa contigo, mas é como se ele procurasse motivos para brigar com você.

Tyler bate no volante, impaciente.

– Nem me fale.

– Minha mãe ficou melhor sem ele – digo, e recuo no mesmo instante. – Não que seja uma infelicidade para sua mãe, ou algo assim. E você? Cadê o seu pai?

Do nada, ele pisa no freio.

– Que porra é essa?

Fico perplexa com sua reação agressiva e me sinto incapaz de murmurar uma resposta. Tento balbuciar um pedido de desculpas, mas minhas palavras saem irregulares e meio trêmulas.

– Foi mal... eu...

Ele trinca o maxilar, pisa no acelerador e o carro arranca tão rápido que meu corpo é jogado contra o banco.

– Não fale – diz ele bruscamente.

– Não quis ofender... – respondo, com o coração disparando enquanto sou consumida pela culpa.

– Cala a boca – rosna Tyler, com os dentes trincados, e nesse momento decido que não vou dizer mais nada. Tenho medo de que, se eu falar, ele acelere mais ainda.

Cruzo os braços e mantenho os olhos longe dele. Presto atenção na paisagem de Los Angeles conforme saímos de Santa Monica pela via expressa. Não me incomodo de ficar em silêncio. Toda vez que falo ele me dá uma resposta presunçosa, sarcástica ou diz um insulto desnecessário. Ele aumenta o volume da música, uma seleção de R&B no seu telefone, e deixa tocando alto durante toda a viagem, um monte de vulgaridades furando meus ouvidos. A tensão do silêncio entre nós é incômoda, como se a gente devesse estar conversando mas não conseguisse ter forças para isso. Somos irmãos postiços, mas parecemos arqui-inimigos, e sei que não deveria ser assim.

– Estamos quase chegando – murmura ele depois de uma hora de direção imprudente.

O silêncio prolongado é tão insuportável que nem consigo olhar para ele. Passei o tempo tentando não pensar que não trocamos uma palavra em mais de sessenta minutos. Em vez disso, concentro meus pensamentos na beleza dos arredores.

Entramos numa rua comprida chamada North Beachwood Drive, e o Letreiro de Hollywood se ergue alto na montanha à minha frente, virado para a cidade e o sol da tarde. Mordo o lábio, fecho o quebra-sol para ver melhor e sinto até um frio na barriga ao me deparar com aquele ícone global que só vi nos filmes. Ver na vida real é uma experiência totalmente diferente.

Continuando direto em linha reta, o caminho, que era uma rua residencial, se transforma numa estrada estreita e paralela à base de uma montanha. Passamos por uma placa do Sunset Ranch, que Tiffani mencionou, e pouco depois paramos num pequeno estacionamento junto da estrada. Todo mundo já chegou, e não faço ideia de como eles conseguiram ser mais rápidos do que nós.

– Vocês pegaram a via expressa, não foi? – pergunta Meghan quando saímos do carro, e Tiffani corre imediatamente para se atirar em Tyler.

Com algum esforço, ele ainda consegue responder:

– É, vocês vieram por Beverly Hills?

Tiffani está se esfregando em Tyler e aproximando os lábios, mas ele não parece interessado. Sem sorrir, ele se inclina e a beija por um momento brevíssimo antes de se soltar e dar um passo para trás. Acho que sou a única que está prestando atenção aos dois, e ele baixa a cabeça, olhando para o chão, quando percebe que estou observando.

Jake dá um passo à frente para trancar seu carro.

– É o modo mais fácil de correr e não ser pego. Não queríamos fazer vocês esperarem uma hora.

– É incrível – murmuro, balançando a cabeça e olhando as letras enormes. Semicerro os olhos por causa do sol. – Obrigada por me mostrarem.

Todos os seis riem ao mesmo tempo, inclusive Tyler. Também recebo algumas reviradas de olhos.

– Você ainda não viu nada – diz Rachael. Ela está segurando algumas garrafas de água. – Vamos levar você até lá em cima.

– Lá em cima?

Olho de novo para a montanha, imaginando se é muito íngreme. Parece difícil subir.

– É, lá em cima – responde Dean, que carrega ainda mais garrafas de água. – É melhor irmos logo se você quiser ver antes que o sol se ponha. Leva mais ou menos uma hora para chegar. E está quente. Portanto, aqui.

Ele me entrega uma garrafa, passa outra para Meghan e uma terceira para Jake.

– Alguém se lembra do caminho? – pergunta Rachael enquanto entrega água para Tyler e Tiffani.

Tyler bufa, colocando a mão na cintura de Tiffani e apontando para a trilha atrás de nós.

– Não é tão difícil assim, Rach. É só virar à esquerda e depois à direita.

Noto uma placa indicando a trilha Hollyridge e acho que é o caminho que vamos pegar. Tyler e Tiffani ficam à frente, com Jake, Dean, Meghan, Rachael e eu atrás, e começamos a subir. A trilha é larga e salpicada pela maravilhosa bênção que é o cocô de cavalo.

– Foi a pior hora da minha vida – sussurro baixinho para Rachael conforme seguimos ligeiramente atrás do grupo. – Me lembre de nunca mais entrar num carro com o Tyler.

Ela ri, os pés raspando a terra enquanto subimos.

– O que aconteceu?

– Ele quase matou a gente porque perguntei onde o pai dele estava – confesso. Dou uma olhada nele. Tyler está mais à frente, na trilha, seguido por Tiffani. – O pai dele... tipo... morreu?

Rachael quase se engasga com a água ao tomar um gole. Em seguida, para e me olha horrorizada.

– Meu Deus, Eden. Não. Falar do pai com ele é como entrar na frente de uma arma carregada. Você está pedindo para ser morta.

Recomeçamos a caminhada.

– Por quê?

– Ele está na cadeia por roubo de carro ou algo do tipo. – A voz de Rachael está mais baixa. Ela olha constantemente para ver se ninguém está ouvindo. – Tyler é supersensível com esse assunto.

Meu olhar volta para ele. Em algum lugar, bem lá no fundo, me sinto um pouco mal. Talvez ele fosse ligado ao pai, que agora não está mais presente. Deve ser complicado. Ainda mais com um divórcio na história.

Não demoramos muito até chegar ao ponto do qual ele falou, de modo grosseiro, para Rachael. A trilha também vai direto em frente, mas damos uma volta quase completa à esquerda e continuamos subindo. Depois desse ponto, o cocô de cavalo desaparece.

Dean tinha razão: estava bem quente, e me sinto agradecida pela água que ele me deu. Mas, apesar do calor, não me incomodo com a caminhada. É um bom exercício, e a vista de Los Angeles vale totalmente a pena. Paramos de vez em quando para tomar fôlego e simplesmente olhar a cidade, absorvendo seu tamanho e notando como é linda vista de cima. Dá uma incrível sensação de paz.

Por fim chegamos a uma bifurcação na trilha que se abre em duas vias de concreto e pegamos a da direita.

– Não deveríamos ter ido para a esquerda? – pergunto, percebendo que estamos nos afastando do letreiro, e não indo na direção dele.

Isso me faz pensar se eles não estão planejando fazer algum tipo de piada comigo.

– Não – responde Jake. Ele diminuiu o passo para andar ao meu lado enquanto todos os outros me ignoram. – Para a esquerda a gente desce de volta. Para a direita a gente dá a volta por trás do letreiro.

Tomo um gole grande da água e depois aponto com a garrafa para a estrada à frente.

– Isso não é ilegal?

– Beber água? Não que eu saiba.

Reviro os olhos, dando uma leve risada enquanto vejo Meghan puxar Rachael para uma parte mais íngreme da estrada.

– É ou não é?

– Só é ilegal se você atravessar a cerca. Dá para chegar bem perto, por trás. – Ele ergue a cabeça para o céu durante alguns segundos, e logo depois seu olhar encontra o meu. – Me desculpe por ter sido tão idiota no sábado. Perco toda a capacidade de conversar depois de algumas cervejas.

Sorrio timidamente. Fico surpresa porque ele ao menos se lembra de que falou comigo, e fico ligeiramente ruborizada com o pedido de desculpas.

– Você não foi idiota. Suas perguntas é que foram.

– Vamos começar de novo – diz ele, estendendo a mão. – Eu sou Jake. Você deve ser a garota bonita que veio passar o verão aqui. Eden, não é?

Sinto as bochechas ficando mais quentes ainda. Ansiosa, mordo o lábio e viro a cabeça para ele não notar. Mesmo assim, consigo apertar a mão dele. Sua palma está quente.

– Muito prazer, Jake.

– E aí, o que está achando de Los Angeles?

– É incrível.

Percebo que todo mundo está andando mais rápido ou que Jake e eu seguimos mais devagar, porque a distância entre nós e o resto do grupo vai aumentando.

Vejo Tyler lançando um olhar de desaprovação para nós. Franzo o nariz e o encaro irritada por um momento. Qual é o problema dele? Tento não deixar que isso me afete.

– Estou adorando – respondo.

Os olhos de Jake se iluminam enquanto um riso amplo brinca em seus lábios.

– Seu namorado está esperando você lá em Portland?

– Não – respondo, olhando de lado para ele. – Se você está tentando ser sutil, não funcionou.

– Droga – murmura ele, dando uma risada calorosa. – Sutileza e conversas não são os meus pontos fortes. Mas tenho outros pontos fortes. Me deixe levar você para sair uma noite dessas e eu mostro todos eles.

Ele parece confiante e levanta uma sobrancelha, esperando uma resposta, mas não sei direito como responder com a mesma tranquilidade. Não sou alguém que os caras chamam muito para sair. A situação mais próxima em que consigo pensar foi a vez que um garoto da turma de álgebra perguntou se eu poderia ajudá-lo a entender o fundamento básico das equações do segundo grau, no primeiro ano. Mesmo naquela época eu disse que não, porque ele era conhecido por espirrar demais. Seu nome era Scott. Pelas costas era Scotty Catarrento.

– Talvez – é a resposta que dou a Jake.

Talvez eu concordasse se tivéssemos dito mais do que algumas frases um para o outro, mas nesse momento ele ainda é um estranho para mim. Talvez em outra ocasião. Talvez mais tarde.

– Posso aceitar um talvez – diz ele. – Ei, olha, estamos quase chegando.

Olho para a estrada e noto como ela serpenteia para a esquerda, onde começa uma cerca alta, feita de arame. Tiffani vai à frente, até a curva, puxando a mão de Tyler.

– Eden, vem ver isso! – grita, e Jake me cutuca para seguir em frente.

Rachael se vira e me puxa pelo cotovelo, meio saltitando, meio correndo. Fizemos a trilha até lá em cinquenta minutos. A cerca acompanha o caminho, e ao fazer a curva percebo de repente que estou atrás do letreiro de Hollywood, acima de Los Angeles.

Fico sem ar, o silêncio em volta permitindo que eu me concentre no momento. Aperto as mãos contra a cerca, os olhos arregalados, o coração disparando. De trás, a vista é de tirar o fôlego. As letras são absurdamente enormes, imponentes. São muito maiores do que a gente pensa.

– Valeu a caminhada? – pergunta Dean, ao meu lado.

Isso me tira do transe. A única coisa que consigo fazer é confirmar lentamente com a cabeça, os olhos jamais se afastando da vista.

– É lindo demais – digo baixinho.

– A gente não vem aqui há quase um ano – diz Meghan, passando as mãos no arame. – Parece mais tempo.

Com o canto do olho, vejo Tyler levantando as mãos até o topo da cerca e segurando com firmeza. Também percebo o número de câmeras em volta.

– O que vocês estão esperando? – pergunta ele. Em seguida, se lança para o alto e passa por cima num movimento rápido. Pousa com suavidade do outro lado. – Venham.

Observo as câmeras por um tempo, depois a fileira de placas dizendo que o acesso ao letreiro é restrito, e então olho para Tyler. Ele está me encarando com um sorriso torto e os olhos semicerrados.

– A gente tem uns cinco ou dez minutos até eles mandarem o helicóptero – diz Tiffani, e começa a subir. – Eden, é só tocar no letreiro e então a gente sai daqui.

Olho para os dois, confusa. Helicóptero?

– Tudo bem, juro. Não preciso tocar o...

– É só tocar a porra do letreiro. – Tyler me encara com rispidez.

Tiffani aparece ao seu lado. Ela põe a mão no peito dele e o empurra para longe de nós.

– Não vamos ser pegos – garante Rachael, baixinho, logo antes de pular a cerca com Meghan e Dean. – A gente faz isso o tempo todo.

– Não se preocupe. Se formos pegos, todo mundo se dá mal junto. – Jake pega minha mão e a coloca no arame. – Mas precisamos ser rápidos.

Sucumbindo ao tipo de pressão de grupo contra o qual minha professora do quinto ano costumava alertar, me agarro no topo da cerca e, de algum modo, passo o corpo para o outro lado. Perco ligeiramente o equilíbrio ao aterrissar, e só então percebo como a montanha é realmente íngreme. Os outros já começaram a descer para o letreiro, mas espero Jake e ele me mostra um caminho que não vai quebrar meu pescoço.

– Adoro esse lugar – diz Dean, parado perto do primeiro "O". – Imagino quantas pessoas em todo o mundo matariam pela oportunidade de fazer isso. Nós temos sorte.

– Cara, para de ser sentimental, são só letras numa montanha – murmura Tyler. – Essa cidade é idiota demais, assim como esse letreiro.

– Você é tão negativo! – murmura Tiffani.

Ignoro-os e acompanho Jake até o "H". Ele dá um passo para trás e faz que sim com a cabeça, com um sorriso caloroso nos lábios.

– Você primeiro.

Por algum motivo estou nervosa. Talvez seja porque vou fazer uma coisa com que tantas pessoas sonham, ou talvez porque eu poderia cair e morrer a qualquer segundo. Respiro fundo e dou um passo à frente, então toco no metal pintado de branco do "H", do famoso Letreiro de Hollywood.

E me sinto exatamente como estava dois segundos atrás.

– Ah – digo.

Então percebo que estamos todos fascinados por nada mais do que pedaços de metal presos em postes.

Jake põe a mão ao lado da minha.

– E aquele nosso encontro, hein?

Nesse ponto eu poderia ter dito sim, simplesmente porque estamos embaixo do Letreiro de Hollywood, um lugar perfeito para aceitar um encontro, mas Tyler está gritando antes mesmo que eu tenha chance de abrir a boca:

– Que merda é essa, cara?

– O que foi?

Jake está com um semblante irritado, recuando do letreiro para encarar Tyler, que se aproxima com os punhos fechados.

– Que merda você acabou de dizer para ela?

A expressão de Tyler está inflexível, o maxilar trincado, os olhos sérios. Ele se aproxima de Jake, a testa inclinada para a frente enquanto seus olhos se fecham até restarem fendas minúsculas.

– Ih, tensão no ar – murmura Rachael, quando olho para ela em busca de ajuda.

Lembro vagamente que ela já disse algo sobre uma tensão não verbalizada entre os dois. Nesse momento, ela já parece um pouquinho verbalizada.

– Cara, para de encher o saco – murmura Jake.

Ele dá um passo para trás e dá de ombros, levantando as mãos e se virando de lado.

– Não. – Tyler balança a cabeça, dá um passo em volta de Jake, se empertigando de novo, e cutuca o peito dele com o dedo. – Vocês dois? Não vai acontecer. Eu te encho de porrada se você começar a pensar nisso.

– Tyler, meu bem, calma – diz Tiffani, forçando passagem entre os dois. Com as mãos no peito de Tyler, ela tenta empurrá-lo para trás, mas o olhar dele ainda está fixado em Jake. – Não seja escroto. Pare de tentar começar uma briga.

Dean também chega, entrando na frente de Jake e balançando a cabeça, desaprovando.

– Qual é, pessoal. Chega.

Então minha atenção, que estava na briga prestes a acontecer, vai para o zumbido, os roncos de motores e o som de hélices. À medida que o som aumenta me pego olhando para o céu.

E percebo estar sob a observação de um helicóptero do Departamento de Polícia de Los Angeles.

9

Olho para o céu e fico observando o helicóptero acima da gente. Todos param de falar na mesma hora, palavras ao vento e discussões em suspenso.

– Merda! – grita Tyler, dando um tapa forte e ruidoso no "H". Ele passa a mão pelo cabelo e balança a cabeça. – Como é que eles conseguem chegar tão rápido?

– Não tropecem! – aconselha Tiffani.

Ela puxa Tyler pela mão, mas, em vez de voltar para a cerca, eles descem direto pela montanha.

– Vamos sair daqui! – grita Jake ao meu lado, dando uma boa olhada no helicóptero antes de decidir se mexer. – Temos que chegar lá embaixo antes que a polícia apareça.

– Aqueles dois não perderam tempo, né? – brinca Dean, rindo e assentindo na direção de Tyler e Tiffani, cada vez mais distantes, disparando pela terra, as pedras e os arbustos. – O coitado não pode ser preso de novo.

– De novo? – pergunto, mas todos me ignoram e começam a descer a trilha.

Rachael e Meghan agarram-se uma à outra como se qualquer passo em falso fosse fazê-las despencar lá de cima. Provavelmente estão certas.

– Vai com cuidado! – grita Dean para mim por cima do ombro, correndo (ou escorregando) de lado por um caminho estreito que lembra vagamente uma trilha.

Com o barulho do helicóptero ainda vibrando em meus ouvidos, uma onda de adrenalina percorre meu corpo, e meu coração bate acelerado. É aí que as corridas matinais ajudam. Apesar do terreno íngreme, sigo logo atrás de Dean. O chão é irregular e em alguns pontos fica até difícil andar, mas tento ao máximo não perder o equilíbrio, rezando para não ser presa e não morrer.

– Tudo bem aí, Eden? – grita Jake, pulando de uma pedra para outra, aos risos. Não entendo como ele pode achar isso divertido.

– Acho que sim! – respondo, e dois segundos depois meu pé escorrega numa parte mais íngreme da encosta.

Prendo a respiração, morrendo de medo, mas uma mão firme me segura pelo cotovelo.

– Cuidado – diz Jake. Ele põe as mãos nos meus ombros para me ajudar a recuperar o equilíbrio. – Tudo bem?

– Não quero ir para a cadeia – respondo bruscamente, e então olho em pânico para o helicóptero.

Olho lá para baixo e avisto o restante do grupo chegando ao fim da trilha. Jake ri, mas se move com cautela.

– Você não vai para a cadeia – diz, me puxando pela mão. – O pior que pode acontecer é a gente levar uma advertência.

Ainda assim, continuo com um nó no estômago ao ser conduzida, quase num estado de torpor, pelo restante do monte Lee. Jake não tropeça, não diminui a velocidade e não deixa a polícia nos apanhar. Sou um poço de gratidão quando finalmente chegamos lá embaixo, depois de passarmos por algumas casas e atravessar uma trilha. Vejo a placa do Sunset Ranch, e no mesmo instante ela se transforma na minha placa predileta.

– Nada de polícia – murmuro, e é como se meu corpo soltasse um suspiro de alívio.

Meu pai literalmente me cremaria durante o sono e sopraria minhas cinzas para longe se eu voltasse para casa numa viatura de polícia, acusada de invasão de propriedade privada.

– Mas... – Jake solta minha mão e pula na estrada, e eu faço o mesmo. – Ainda não estamos livres.

Quando chegamos ao pequeno estacionamento onde deixamos os carros, noto que Tyler já foi embora. Jake e eu vamos até o carro dele, um Ford vermelho.

– Meghan e Rach devem ter ido com o Dean – diz ele, entrando no carro. Tiffani deve estar com Tyler.

– Para onde você acha que o pessoal está indo? – pergunto, me acomodando no banco do carona.

Espero que ele dirija melhor do que meu novo irmãozinho.

Jake dá de ombros e sai com o carro.

– Sei lá. – *Ótimo*, penso. – Quer comer alguma coisa? Está com fome?

Por alguns segundos meu olhar estuda as feições de Jake enquanto ele dirige, e só consigo pensar que nossa fuga do letreiro de Hollywood acabou virando um encontro. Os outros foram embora e nós ficamos sozinhos. Em meio a essas reflexões, vejo que, sim, estou com fome.

– Tem algum lugar legal por aqui?

– Tem um Chick-fil-A a dez minutos, no Sunset Boulevard. A gente pode comer algo rapidinho.

– Tudo bem. No Oregon não tem Chick-fil-A.

Ele fica de queixo caído.

– Oi? Como assim?

– E lá a gente também não pode abastecer o carro, tem que pedir a um frentista – acrescento, e acabo distraída pensando na minha cidade, imaginando o que Amelia está fazendo agora e se minha mãe está se sentindo sozinha em nossa casa pequenina. – Oregon é uma bosta.

– Então você deve achar L.A. fantástica – conclui ele. – Temos letreiros nas montanhas, Chick-fil-A e podemos abastecer nosso próprio carro sem ir para a cadeia. Melhor cidade.

Damos risada, e é legal ter uma companhia masculina que não seja meu pai nem Tyler. Os dois são desagradáveis e ranzinzas demais.

Afundo no banco e apoio a testa na janela, olhando o céu à procura do helicóptero, mas não vejo nada. Finalmente posso respirar com tranquilidade de novo.

– E aí, está gostando da cidade? – pergunta Jake, pouco depois. Ele aumenta o ar-condicionado e diminui o volume da música.

– Estou. – Ainda não vi muita coisa, mas até agora estou achando bem incrível. – É bem mais interessante do que Portland, isso com certeza.

– Nunca fui a Portland.

– Nem queira – falo, mas volto atrás. – Na verdade, Portland não é tão ruim assim. A gente tem uma cena independente legal, mas chove demais, e isso é um saco, e tem boate de striptease pra tudo que é lado. Mas as pessoas são ótimas – concluo, com um sorrisinho, baixando os olhos e acrescentando: – Bem, a maioria delas.

O problema de Portland é que associo a cidade com muitas coisas que odeio. Foi em Portland que meus pais pararam de se amar. É em Portland que nunca para de chover. É em Portland que minhas supostas "amigas" estão. Em geral, Portland é uma cidade legal. Mas minha vida lá não é tão empolgante nem tão feliz. Já Santa Monica é um sopro de ar fresco.

– Boates de striptease? – Jake arregala os olhos, rindo. – Preciso mesmo visitar essa cidade tão horrível.

Reviro os olhos. Homens...

– E como é a Los Angeles de verdade, a que os turistas não veem?

Jake pensa por um momento, tamborilando com o polegar no volante.

– Olha, a desigualdade social aqui é muito grande. A diferença entre ricos e pobres é gritante. Tem todos aqueles figurões morando em mansões gigantescas, dirigindo Lamborghinis, e ao mesmo tempo tem pessoas dormindo na rua, sem saber se vão sobreviver até o dia seguinte. É uma merda. Mas no geral as pessoas aqui são bem legais.

– Nunca tinha pensado nisso.

Descemos pela North Beachwood Drive, seguindo direto até entrarmos na Sunset Boulevard. É uma rua comprida, com cinemas, restaurantes, escolas e muitos carros. Examino tudo, pasma.

Quando chegamos ao drive-thru do Chick-fil-A, Jake me pergunta:

– Vai querer o quê?

Como no Oregon não tem essa lanchonete, não faço ideia do tipo de comida que eles servem, por isso dou uma olhada rápida no menu e escolho a primeira opção saudável que vejo:

– A salada de acompanhamento. – Jake assente e continua me olhando, esperando que eu diga mais alguma coisa. – Só isso.

– Só? – Ele levanta uma sobrancelha e dá um suspiro. – Por que essa fixação das garotas com salada? – Dou um sorrisinho, e ele se vira para fazer o pedido. – Quero o sanduíche de frango picante com uma Coca e uma salada de acompanhamento com...

– Água – respondo.

De novo, outro olhar de reprovação.

– Com água – repete ele. – Obrigado. – Então pega a carteira no bolso e diz: – Deixa comigo.

Eu agradeço.

Vamos até a janela seguinte e, enquanto esperamos atrás do carro que está sendo servido, ele me observa com certa perplexidade.

– Odeio comer porcaria, se é isso que você está se perguntando – falo, o que não é bem verdade. Não é a comida que eu odeio: são os efeitos.

Ele revira os olhos, e vamos até a última janela pegar a sacola com nossas comidas e bebidas, que ele passa para mim enquanto sai do restaurante.

– Você está dizendo que odeia esse sanduíche de frango picante aí e essa batata frita que é literalmente a melhor coisa que você vai provar na vida?

– Estou – respondo. – Sim, odeio esse sanduíche picante terrível e essa batata medonha.

– Você nem experimentou. – Ele balança a cabeça, indignado, rindo. Depois enfia a mão no saco de papel e pega uma batatinha, tentando prestar atenção ao trânsito. Ele joga a batata na boca e deixa o saco no painel. – Quer uma? É uma delícia.

– Não, obrigada. Vou experimentar logo essa salada e ver se é melhor do que as saladas das lanchonetes sem graça de Portland – brinco, pegando a bandejinha e rasgando o plástico. – Parece razoável.

Jake joga mais batata frita na boca.

– Não sabe o que está perdendo.

– Um infarto? – pergunto. – Que bom.

Ele para de mastigar e me olha com um sorriso resignado. Balança a cabeça, admitindo a derrota.

Voltamos para Santa Monica – já está ficando tarde –, e eu devoro minha salada no caminho enquanto Jake termina seu sanduíche, de algum modo conseguindo não bater com o carro. O sol já está se pondo quando pegamos a via expressa. E o trânsito, apesar de insuportável, é realmente bonito no crepúsculo. A música está alta, mas não muito, então dá para conversar e ignorar as músicas péssimas. A viagem de agora é muito mais tranquila do que a de três horas antes, com Tyler.

– Você está hospedada na casa dele, não é? – pergunta Jake.

Saio do transe em que tinha entrado.

– De quem?

– Do Tyler. É para lá que estamos indo, certo?

– Ah. Isso. Não sei por que ele partiu para cima de você mais cedo.

– Porque é um esc... – Ele hesita, pigarreando. – Não vou ficar falando mal do cara na frente da irmã dele.

– Na verdade eu concordo com o que você ia dizer.

Ele me estuda por um momento, como se não conseguisse decifrar se estou sendo sarcástica ou não, mas acaba decidindo me levar a sério.

– Não sabia disso.

Dou de ombros.

– Eu também não sabia que ia odiar meu irmão postiço.

Jake não fala mais nada, até porque acho que ele não sabe o que dizer, por isso passamos os cinco minutos até a Deidre Avenue em silêncio, a não ser pela música ruim que emana dos alto-falantes.

Ele para em frente à casa do meu pai. As luzes estão acesas.

– Obrigada por me tirar daquela montanha e me trazer para casa – falo. – E obrigada pela comida.

– Sem problema. Mas agora será que você pode me dar seu número, para eu finalmente convidar você para sair? – Ele dá um sorriso brincalhão mas decidido, os olhos brilhando. – Prometo que da próxima vez não vai ter batata frita do Chick-fil-A.

– Bom, você me pagou aquela salada – murmuro, fingindo ponderar a questão para provocá-lo um pouco e deixá-lo na expectativa. – Então acho que posso te dar meu número.

Ele dá um soquinho no volante, animado.

– Issssso! Quais são os dígitos, moça?

Ele pega o telefone no bolso e me passa, e eu digito o número, com as bochechas flamejando.

– Fica tranquilo, não dei um número de mentira nem nada.

– Hmmm – diz ele, e me olha de cima a baixo enquanto abro a porta. – Ligo para você amanhã, para ter certeza.

– Sempre muito sutil – brinco, revirando os olhos. – Obrigada.

Fecho a porta com cuidado, e ele me dá um tchauzinho antes de ir embora. Fico na calçada ouvindo o barulho dos pneus se afastando pela rua já escura. Passo mais alguns minutos ali, ainda vermelha de vergonha, como a ridícula que sou. Quando finalmente me viro para entrar em casa, noto o carro de Tyler parado no fim da entrada de veículos. Achei que ele ficaria mais tempo fora.

Também me dou conta de que meu pai não fazia a menor ideia do meu paradeiro. Desapareci convenientemente logo antes do jantar, bem na hora em que Tyler também sumiu, e sem dúvida não foi muito difícil ligar os pontos.

Mal consigo respirar ao abrir a porta bem devagar e fechá-la com um estalo inaudível. Dá para ouvir a TV na sala, por isso passo tão sorrateiramente que nem sequer escuto meus próprios pés subindo a escada. Não me sinto culpada por ter saído. Não fiz nada de errado – além de ter tocado no letreiro de Hollywood, o que por acaso é ilegal – e meu pai não pode me obrigar a ficar dentro de casa. Só não estou com energia para discutir com ele.

– Eden? – sussurra alguém do topo da escada, e paro para ver quem é. Tyler me espia com as sobrancelhas franzidas. – Onde foi que você se meteu?

– Onde foi que *você* se meteu? – retruco, irritada, empertigando o corpo e subindo os degraus que restam. – Você largou todo mundo lá. Muito legal da sua parte.

Ele parece cansado, como se não dormisse há dias, ou talvez só esteja doidão.

– Não me dou bem com a polícia, ok? – diz ele, com um grunhido. – Não posso ser pego de novo.

– De novo – repito, pela segunda vez no dia. Fico me perguntando a que outros atos ilícitos ele se dedica, além de invadir áreas proibidas e se encher de cocaína. – Quando você chegou em casa?

– Há uns vinte minutos. Minha mãe finalmente parou de pegar no meu pé por causa da briga na praia hoje mais cedo.

– Hum, que bom – falo, indiferente, e vou para o meu quarto. Ele vem atrás. – O que você quer?

– Nada.

Ele desvia rapidamente o olhar. Acho que é a oportunidade perfeita para entender o showzinho que ele deu mais cedo, porque não fez o menor sentido.

– O que você tem contra o Jake? – pergunto, com os braços cruzados e a testa franzida.

Tyler na mesma hora se vira e vai embora, mas vou atrás, assim como ele fez comigo segundos antes. É a primeira vez que vejo seu quarto, e fico surpresa por ele não ter me expulsado ainda.

– Fiz uma pergunta – insisto.

– Não vou responder – murmura ele. – Espera aí, vou sim. – Tyler dá meia-volta, o peito estufado e o maxilar trincado. – Ele é o segundo cara mais babaca que já conheci. Não perca o seu tempo com ele. Vai se dar mal.

– Quem é o primeiro? Você?

Ele me encara por um longo momento.

– Chegou perto.

– Para a sua informação, o Jake é bem legal – falo, dando um passo para trás e espiando discretamente o quarto. – Ao contrário de certas pessoas aqui. Sem contar que você não tem o direito de se meter na minha vida e decidir com quem eu saio ou não.

– Tá de sacanagem, né? – Seus olhos se arregalam, e ele dá uma risada curta e áspera. – Valeu, então. Depois não diz que eu não avisei.

– Por que você liga tanto para isso? – pressiono, irritada com a grosseria dele.

Se Tyler me tratasse melhor, talvez não me importasse em ouvir sua opinião sobre Jake. Mas ele me trata que nem lixo, então ele que fique com suas opiniões idiotas.

– Eu não tô nem aí – diz ele, ríspido.

– Claro que está – retruco, mas percebo que não vai adiantar nada discutir. Tyler nunca vai admitir a verdade.

Ele enfia as mãos nos bolsos e para perto de uma pilha bagunçada de DVDs.

– Qual é o seu... hum... filme favorito?

Franzo a testa, perplexa. "Qual é o meu filme favorito?" Sério? Sei que ele quer fugir das minhas perguntas, mas podia pelo menos ter pensado em uma estratégia melhor.

– *A Dama e o Vagabundo* – admito, por fim, porque desisti de entender por que ele não quer que eu saia com Jake.

Ele dá uma risadinha abafada, mas quando percebe que estou falando sério, pigarreia e se contém.

– Por quê?

– Porque é a melhor história de amor de todos os tempos – respondo, na defensiva. – *Romeu e Julieta* não deve nada ao *A Dama e o Vagabundo*. Eles são superdiferentes e mesmo assim conseguem ficar juntos. A Dama era toda certinha e o Vagabundo não ligava para nada, mas os dois se apaixonam. – Repasso o filme na cabeça e me pego sorrindo. – Sem contar que a cena do macarrão é um clássico.

– Um clássico – zomba Tyler, agora rindo, e isso só reforça minha percepção de que a única função dele na vida é encher meu saco. Não entendo. Como ele pode num segundo ser grosso e babaca, e no outro, relaxado e brincalhão? – Se eu bem me lembro, a Dama não era certinha coisa nenhuma. Era só uma chata que não sabia se divertir. O Vagabundo é muito melhor.

– Só porque ele fica perambulando pelas ruas que nem você quando chega em casa bêbado? – falo, com um sorrisinho, torcendo para que ele caia na provocação, mas Tyler não parece ligar e apenas ri.

Aproveito para dar uma estudada no quarto, que é quase todo azul-marinho. A cama está desfeita, com um monte de roupas emboladas num canto e uma ou duas latas de cerveja decorando a mesinha de cabeceira. Eu não esperaria nada menos dele. O armário está aberto, e na prateleira de cima vejo a manga de uma jaqueta de time estudantil pendendo da borda, como se tivesse sido jogada ali de qualquer jeito.

– Você joga futebol? – pergunto.

– Hein? – Tyler acompanha meu olhar. – Não. É do Dean. Não sou chegado a esporte.

– O Dean joga? – Fico surpresa por Tyler não ser do time de futebol, porque ele se encaixa perfeitamente no estereótipo de macho alfa capitão do time, tipo aqueles garotos que aparecem em todos os filmes adolescentes. – E você não?

– Pois é – diz ele, indo até o armário. – Jake também joga. Eu era do time quando era mais novo, mas saí.

– Por quê? – pergunto, curiosa, me forçando a lembrar que esse garoto é irritante ao extremo e que eu não deveria me importar com a vida dele, mas não consigo. Não sei quase nada sobre ele e isso me deixa intrigada. É mais forte do que eu.

– Segundo algumas pessoas, o futebol é uma perda de tempo – responde ele, num tom de voz subitamente mais duro. Ele fica parado perto do armário e diz: – "Por que perder tempo com esporte? Jogar futebol não vai colocar você numa universidade de elite. Fique em casa e se mate de estudar se quiser ter sucesso." – Ele está sério, olhando para o chão.

– Quem disse isso para você?

Agora estou mais curiosa ainda. Para começo de conversa, Tyler não me parece o tipo de pessoa que se candidataria a uma universidade de elite. Inclusive duvido muito que ele goste de estudar. Gente como ele nunca gosta.

– Alguém... – murmura ele, dando de ombros. – E foi por isso que não me deixaram entrar para o time.

Levanto uma sobrancelha, intrigada.

– Não *deixaram*?

Ainda de costas para mim, ele se remexe, desconfortável, colocando a manga da jaqueta de Dean no lugar.

– Quer dizer, foi por isso que eu parei – corrige-se ele na mesma hora.

Ele pode achar que não presto atenção no que ele diz, mas noto e absorvo tudo que sai da boca dele, desde o segundo em que ele passou como um meteoro pelo churrasco.

Tyler está claramente incomodado, por isso decido parar de fazer perguntas. Pelo que entendi, a pessoa que afirmou que futebol era perda de tempo era alguém com autoridade sobre ele, e me parece que ele não gosta nem um pouco dessa pessoa. Deve ter sido um professor, provavelmente.

Ainda de costas, ele tira a camiseta que está usando e troca por uma nova. Tudo acontece bem rápido, mas nesses poucos segundos vejo uma pequena tatuagem na parte de trás do ombro, alguma palavra escrita à mão.

– Tenho que devolver a jaqueta do Dean logo. Ele está enchendo meu saco por causa disso há séculos.

Quase sem perceber, fico ali parada enquanto ele troca de roupa, notando como seus braços são musculosos, como sua pele é bronzeada, como seu maxilar é definido. Não deveria ficar reparando nessas coisas, mas reparo. Engulo em seco.

– O que significa a tatuagem? – pergunto, com a voz um pouco hesitante. Ele se vira para mim, surpreso com a pergunta. – Claro que você deve ter feito na ilegalidade, mas vou ignorar esse fato.

Ele se finge de desentendido.

– Que tatuagem?

Levanto as sobrancelhas, impaciente, e ele decide responder.

– Ah, está escrito *Guerrero*. É espanhol.

Ele coça a nuca. Parece ter ficado nervoso com a pergunta.

Agora estou ainda mais interessada.

– Por que em espanhol?

– Sou fluente na língua. Meus pais também. Meu pai me ensinou quando eu era criança.

Eu me lembro do que Rachael me contara mais cedo, que o pai dele está na cadeia, então prefiro não tocar na ferida e paro com o interrogatório.

– Não sei nada de espanhol – admito, mordendo o lábio. – Só sei falar francês. Como os canadenses. *Bonjour.*

– *Me frustras* – diz ele, e não faço ideia do que isso significa. – *Buenas noches.* – Ele dá um risinho quando nota que estou perdida. – Quer dizer "boa noite".

– Ah. – Então me viro para ir embora, não sem antes abrir um sorrisinho mínimo. – *Bonsoir.*

10

No dia em que completo uma semana em Los Angeles, consigo finalmente falar com minha mãe outra vez, numa brecha em sua rotina frenética. Ela é enfermeira e trabalha que nem uma condenada no hospital, sempre dando plantão, pegando turnos à noite e fazendo milhões de horas extras. Ela dá duro para nos sustentar, e, embora a pensão que meu pai dá nos ajude, não é o suficiente.

– Oi, Eden – murmura ela ao telefone no último segundo antes de cair na caixa postal. – Como você está, querida?

– Você parece cansada. – Franzo a testa, preocupada. É horrível saber da pressão que ela sofre e não poder fazer nada para ajudar. – Está trabalhando há quantas horas?

– Doze – responde, baixinho, e, antes que eu diga alguma coisa, ela continua: – Uma paciente trouxe um cão-guia que foi a coisa mais fofa que eu já vi desde que você era neném. Ele fez a alegria das crianças na sala de espera. Fiquei com o coração apertado quando ele foi embora. Por isso estava pensando que a gente podia pegar um cachorro quando você voltar para casa. E é bom que ele vai me fazer companhia quando você for para a faculdade no ano que vem. O que acha?

Sorrio diante do seu entusiasmo infantil.

– Tudo bem, a gente pode pegar um cachorro. Acho pastor-alemão lindo.

– É daqueles que botam medo?

– É.

Ela faz uma pausa longa.

– Vou começar a procurar – diz ela, rindo, e eu rio também. Com um bocejo, ela pergunta. – Você já se adaptou aí ou o negócio ainda está esquisito?

– Continua esquisito. Estou esperando que meu pai tenha uma conversa de verdade comigo, mas parece que isso não vai acontecer nem tão cedo.

– Babaca – solta ela longe do telefone, mas escuto mesmo assim. – Não gosto de você presa aí com ele. Eu me sinto péssima sabendo que você está passando por isso. Você sabe que não precisava ir, né?

– Mas até que não está tão ruim aqui.

Dou de ombros, ainda que ela não possa ver, embora realmente quisesse que ela visse. É difícil não ter minha mãe ao meu lado, é difícil ficar longe da única pessoa que sempre esteve comigo durante toda a vida, é difícil só ouvir a voz dela a cada dois dias e isso ser o máximo de contato que vamos ter pelas próximas semanas.

– Fiz uns amigos aqui e tenho saído com eles. São bem legais, tirando um.

– Qual?

– O que por acaso é meu irmão postiço – respondo, e rio diante do completo absurdo que é não gostar exatamente da única pessoa de que eu deveria gostar. – O que você vai fazer hoje?

– Pedir um balde de frango frito e passar a noite de sábado sozinha jogada no sofá vendo alguma porcaria aleatória na TV, porque estou à beira dos quarenta, sou divorciada, trabalho demais e estou me sentindo uma baranga – brinca ela, mas logo depois seu tom de voz fica mais sério. – Sinto sua falta. Espero que você esteja se divertindo e se comportando.

Sinto um aperto no peito. Me dói muito deixar minha mãe sozinha.

– Quando eu voltar, vamos pegar um cachorro e vamos fazer uma maratona de *Pretty Little Liars* com um balde de frango frito do lado. São só mais sete semanas.

– Isso é uma eternidade, Eden Olivia.

Abro um sorriso.

– Tente não sentir muito a minha falta, que passa mais rápido.

– Certo. Vou tentar não sentir falta da minha única filha enquanto você curte o seu fim de semana. A gente se fala logo mais, meu amor.

Ela desliga e boceja pela segunda vez, então a linha cai num silêncio interminável e cheio de ecos.

Mamãe merece uma vida muito melhor do que a que tem.

– Com quem você estava falando? – pergunta uma voz masculina quando a porta do meu quarto se abre.

Meu coração quase para e, obviamente espantada, levanto os olhos para encarar o intruso: Tyler e sua testa sempre franzida.

– Por acaso eu deixei você entrar?

– Com quem você estava falando? – pergunta ele de novo, dessa vez com mais firmeza. – Você tem algum namorado em Portland ou alguma merda assim?

Eu me seguro para não cair na gargalhada enquanto ele me observa, de cara fechada.

– Você estava me espionando, é?

– Meu quarto fica aqui ao lado – diz ele, apontando o óbvio. – As paredes são finas demais.

Reviro os olhos e me levanto.

– Bom, para a sua informação, eu estava falando com a minha mãe. – As feições dele relaxam, e dou uma olhada no relógio de parede perto da porta. São quase oito da noite. – Você não deveria estar na rua fazendo alguma coisa?

– Na verdade é sobre isso que eu queria falar – murmura Tyler, respirando fundo e fechando a porta. Levanto as sobrancelhas. – O que você está pensando em fazer?

– Nada. Está todo mundo ocupado.

Rachael foi para Glendale visitar os avós, Meghan está resfriada e Tiffani passa um fim de semana por mês com o pai, que não a deixa fazer planos que não o envolvam.

– Tá, você vem comigo, então. Festa na Eleventh Street. Não conta pro seu pai.

Ele se vira para sair, mas disparo:

– E quem disse que eu quero ir a algum lugar com você? – Cruzo os braços. Hoje de manhã mesmo esse garoto gritou comigo por ter bloqueado a escada. – Desculpe, mas você é a última pessoa com quem eu quero sair.

Ele trinca os dentes.

– Pode ir se arrumando.

– Não.

– Sim. O que você vai fazer? Ficar trancada a noite toda no quarto que nem uma idiota sem vida social?

Mordo o lábio. Até que o que ele falou faz sentido. Mais ou menos.

– Eu uso o quê?

Ele abre um sorriso triunfante, e seus olhos se iluminam.

– Qualquer coisa. Não é uma festa que nem a do Austin. Essa é mais... tranquila. Pode ir até de moletom, se quiser.

– Tranquila?

Levanto uma sobrancelha, desconfiada. Algumas possibilidades passam pela minha cabeça.

– É. Está a fim de fazer um esquenta enquanto se arruma? Meu estoque está meio desfalcado, porque minha mãe vive revistando meu quarto, por isso só tenho cerveja, um pouco de uísque e vodca. Sabe de uma coisa? Vou surpreender você.

Ele sorri, e é um sorriso genuíno, sem sarcasmo, sem desdém, sem qualquer traço de egoísmo.

Tyler volta para o quarto dele, me deixando com uma pulga atrás da orelha. Para alguém que me odeia tanto, ele parece fazer bastante questão que eu vá a essa tal festa "tranquila". Desde que ele não me insulte nem me olhe como se quisesse me matar, tudo bem. Se esse é o preço que tenho que pagar para ganhar sua simpatia, vamos lá. Gosto desse lado mais suave que ele demonstrou por uns poucos segundos e espero que ele continue de bom humor durante a noite, porque vou achá-lo menos irritante e mais agradável se isso acontecer. É um risco que estou disposta a correr.

Pelo menos já tomei banho, ufa. No meio da tarde fiquei tão entediada que decidi assistir a tutoriais de penteados no YouTube e tentar seguir as instruções, mas fiquei muito decepcionada quando os resultados não chegaram nem perto do que as gurus de beleza me prometeram. Acabei encontrando um que deu certo, então meu cabelo está com um coque desarrumado bonitinho e aceitável para uma festa.

– Fico pronta em uns vinte minutos, acho – aviso a Tyler quando ele entra no meu quarto com duas bebidas, uma garrafa de Bud Light e um copo que tem cara de ser Coca-Cola.

– Tranquilo. – Ele me entrega o copo, com os dedos gelados roçando nos meus. Me encolho de leve ao tocá-los, mas Tyler não parece notar. – Aqui.

– Vodca com Coca? – pergunto.

– É – responde ele, quase sem graça, enquanto abre a cerveja usando a beirada da minha penteadeira. – É sempre uma aposta segura. Você gosta, não é? Se quiser cerveja, posso pegar...

– Tudo bem – corto, com gentileza, estranhando aquela tagarelice toda. – Eu gosto.

– Ah, legal. – Tyler dá um longo gole na cerveja e olha para os lados, meio sem jeito. – Hum... Então tá... Me chama quando estiver pronta.

– Vocês estão bebendo?

Tyler e eu nos viramos para a porta aberta e nos deparamos com Jamie, de cara feia e com o olhar em nossas mãos. Tyler coloca a mão para trás, tentando esconder a garrafa de cerveja, mas com uns quinze segundos de atraso.

– Não – diz ele, ainda com a garrafa fora de vista, apesar de ser inútil. Seu tom é gentil. – Você sabe que não temos 21 anos. Por que a gente estaria bebendo?

– Estou vendo aí – retruca Jamie, indicando com a cabeça o copo na minha mão. – A mamãe sabe?

Tyler coça a nuca.

– É só um pouquinho de nada. Será que você não pode deixar a gente curtir aqui em paz?

– Vinte pratas – responde Jamie, com um sorriso malicioso, estendendo a mão e dando uma piscadinha para o irmão.

– Eu dei trinta outro dia – reclama Tyler, mas mesmo assim deixa a cerveja na minha penteadeira e pega a carteira no bolso de trás da calça jeans. – Porque você queria aquele jogo de videogame, lembra? Não pense que eu esqueci, porque não esqueci.

– Hmmm. – Jamie pensa por um momento. – Dez está bom, então.

Tyler dá uma risada, e fico me perguntando se essas negociações acontecem com muita frequência e quantas vezes Tyler precisa comprar o silêncio de Jamie.

– Certo, dez paus. – Ele entrega uma nota ao irmão e depois o empurra pela cabeça em direção à porta. – Agora dá o fora daqui.

Jamie puxa a mão de Tyler e enfia o dinheiro no bolso, correndo de volta para seu quarto e gritando:

– Eu teria aceitado cinco!

Tyler ri e dá mais um longo gole na cerveja.

– Esse garoto acha que eu sou um caixa eletrônico – diz, com um sorriso. – Agora termine de se arrumar.

Fecho a porta e vou até o banheiro. Lavo o rosto e passo um pouco de maquiagem, nada muito pesado. Então visto uma calça jeans skinny e uma blusa de alcinha, com um moletom vermelho por cima. Bom, segundo Tyler essa festa vai ser bem simples e eu ia ficar bem desconfortável de ser a única toda arrumada no lugar, então não tem por que usar salto alto. Vou com meu All Star mesmo, para a minha felicidade.

– Certo – falo, entrando no quarto de Tyler. – Estou pronta e terminei de beber. Podemos ir.

Ele está de jeans e uma camiseta cinza desbotada. Parado perto da janela, enfileira três garrafas de cerveja vazias no parapeito.

– Finalmente – diz, me olhando por cima do ombro.

Ele derruba as garrafas lá embaixo e pega as chaves do carro no bolso.

– O que você está fazendo? – balanço a cabeça em reprovação e quase estendo a mão para tirar as chaves dele, mas desisto. – Você acabou de beber todas aquelas cervejas.

– Nossa, tá bom. Vou arranjar uma carona. Satisfeita?

– Sim – respondo.

Ele joga as chaves na cama e pega o celular. Em questão de segundos, já está falando com alguém.

Eu o observo enquanto ele faz a ligação.

– É, é, estou indo, Declan. Quem vai dirigir hoje? – Pausa. – Me manda o Kaleb. Pode pedir para ele passar na minha casa o mais rápido que puder? Na verdade duas casas adiante. – Pausa. – Obrigado, parceiro. Daqui a vinte minutos tô aí.

– Kaleb? – pergunto quando ele desliga.

– Ele é legal – diz, com uma risadinha. – Ele está na faculdade, mas parece um aluno do segundo ano. O cara sabe se divertir.

Tyler abre a porta do quarto e vai de mansinho até a escada, descendo na ponta dos pés. Faço o mesmo, e vamos até a cozinha, para sair pelos fundos.

– Não é melhor eu dizer ao meu pai que vou sair? – pergunto, acompanhando Tyler até a frente da casa. – Quero dizer, sei que você tem que sair escondido, mas eu não estou de castigo. Ele vai querer me matar quando perceber que saí sem dizer nada.

– Não esquenta a cabeça. Só enche a cara, e daqui a pouco você nem vai se lembrar disso.

Tentando ficar o mais longe possível das janelas da sala, avançamos pela rua até umas seis casas à frente. Tyler pode até ser um tapado em muitos sentidos, mas sabe muito bem como não ser pego. Se eu estivesse fazendo isso sozinha, sem dúvida seria idiota a ponto de ficar parada esperando na frente de casa, ou seja, bem à vista de meu pai e Ella. Então sou obrigada a dizer que ele foi bem esperto.

– Essa festa é grande? – pergunto.

Tyler está encostado em uma árvore.

– Não muito – responde ele, dando de ombros, mas então morde o lábio. Parece nervoso, e acho que não quer muito papo comigo. Isso é bem irritante, porque passamos cinco minutos em completo silêncio até que uma picape escandalosa para na nossa frente.

A janela se abre, e um cara pequeno se inclina para a frente e grita:

– Entra aí, parceiro!

Fico impressionada. Tyler estava certo: Kaleb parece uma criança, como se suas feições ainda não tivessem se desenvolvido completamente, e não consigo imaginá-lo andando num campus de universidade.

Tyler abre a porta do carona enquanto me acomodo no banco de trás da picape velha. Ela fede a cigarro e tem uma tonelada de copos do McDonald's jogados no chão.

– Quem é essa aí? – pergunta Kaleb, me examinando pelo retrovisor.

O garoto é muito pálido, com um cabelo curtinho e loiro, com aparência de sujo.

– Minha, hum... – Por algum motivo, Tyler tem dificuldade de colocar as palavras para fora. Ele aumenta o volume do rap que está tocando. – Minha irmã postiça – diz, por fim.

– Não sabia que você tinha uma. – Kaleb está com os olhos grudados em mim, e isso me deixa desconfortável, mas depois de alguns segundos ele finalmente dá a partida e, para a minha sorte, muda de assunto. – E aí, como vão as coisas, camarada? Parece que não falo com você há semanas!

Como Kaleb é um completo estranho para mim, fico de fora da conversa (e não acho que eles queriam que eu participasse, diga-se de passagem). Nos dez minutos que levamos até a festa, Tyler não para de agradecer pela carona e Kaleb insiste que não tem problema, os dois balançando a cabeça no ritmo da péssima música.

Durante todo o caminho fico concentrada nas letras de música nos meus tênis.

Quando finalmente paramos diante de uma casa pequena, me dou conta de que a festa de hoje vai ser bem diferente da de Austin, uma semana antes. Não há ninguém à vista. Nem parece uma festa, na verdade.

– Tem certeza de que estamos na casa certa? – pergunto, assim que saímos da picape.

– Tenho – responde Tyler, se dirigindo à porta. – É uma festa menor, já te falei. Vinte pessoas no máximo.

Uma festa pequena significa que não vai ser tão fácil passar despercebida, ficar num canto e rezar para ninguém notar a estranha na sala. Vou chamar atenção. As pessoas vão perceber que nunca me viram antes. E vou odiar cada momento.

No segundo em que Tyler abre a porta, a house *music* horrenda e ensurdecedora perfura meus tímpanos, e sinto que estou perto de ter uma hemorragia cerebral. E o lugar fede a maconha. Mesmo assim, a festa está bem menos lotada do que a de Austin, e não me sinto sufocada quando acompanho Tyler até um cômodo que foi arrumado para armazenar o álcool. Kaleb não vai com a gente.

– Tyler, meu chapa, você veio – diz um cara. Surpreendentemente, ele parece sóbrio. – Quem é essa?

– Minha irmã postiça. Eden, esse é o Declan. Ela vai ficar comigo, se não for problema para você.

– Uau – diz Declan, entregando uma lata de cerveja a Tyler, com os olhos azuis arregalados. – Cara, quando foi que você ganhou uma irmãzinha?

– Semana passada – murmura ele, se virando para mim com um sorriso. – O que você quer?

– Qualquer coisa – respondo, dando uma olhada na mesa de bebida. – Na verdade, vou querer outra Coca com vodca.

Tyler revira os olhos e pega um copo para preparar meu drinque, tudo sob o olhar de Declan, que não sai de perto da gente.

– Vou mostrar a casa para ela – diz Tyler, colocando a mão no meu ombro e me conduzindo até a porta e depois pelo corredor, mas então se vira rapidamente para Declan e o puxa para o canto.

Paro e observo enquanto Tyler sussurra alguma coisa em seu ouvido, e Declan faz que sim com a cabeça. Eles estão falando tão baixo que não consigo ouvir nada, mas Tyler dá um suspiro e volta para perto de mim. Passando pelo corredor, várias pessoas o cumprimentam, mas ele mantém a atenção voltada para mim.

– Ok, está vendo essas pessoas?

Paramos perto da porta da sala, e ele aponta com a latinha de cerveja para a galera esparramada nos sofás, com cara de desânimo. Muitos parecem ter bem mais de vinte anos.

– O que é que tem elas? – Não sei aonde ele quer chegar. – Estão meio entediadas.

Tyler dá uma risadinha.

– Elas não estão nem um pouco entediadas. Ei, saca só esse carinha. – Ele aponta para o chão, e perto da mesa tem um gatinho tigrado, todo encolhido. – Olha só que fofinho. – Ele deixa a cerveja na mesa e se abaixa para pegar o gato, fazendo carinho no pescoço do animal. – Bem que você podia namorar essa belezinha aqui, hein? Provavelmente é mais homem que o Jake.

– Coloca ele no chão – ordeno com firmeza, mas o gato parece estar gostando, porque tenta subir pelos braços de Tyler, querendo brincar.

– O que eu posso fazer? – Ele coça as orelhas do gato, que ronrona, satisfeito. Sinto um sorriso se formando em meus lábios. – Todo mundo é louco por mim.

Reviro os olhos, e Tyler ri, pondo o animal de volta no chão e pegando a cerveja. O gatinho corre para outro cômodo.

– Viu só? Até o gato tá de saco cheio do seu papo furado.

Tyler dá uma risadinha, que logo some.

– Vai curtir um pouco a festa. Vou dar um pulinho lá atrás.

Um pulinho lá atrás? Sei o que isso significa. Sei o que tem lá atrás. Sei o que ele vai fazer. Fico furiosa.

– Está de sacanagem comigo?

Ele me encara, despreocupado, e dá um gole na cerveja.

– Hein?

– Não se faz de idiota – sibilo, chegando mais perto para que ele possa me ouvir, meu copo quase espremido entre nós dois. – Não vim com você a essa festa de merda para ficar abandonada num canto enquanto você fuma seus baseados e faz lindas carreirinhas de cocaína para cheirar.

– Isso não é da sua conta – dispara ele. – Vai arranjar alguém para conversar e me deixa em paz.

Ele tenta avançar pelo corredor, mas vou atrás e enfio o corpo entre ele e a porta dos fundos.

– Você não vai lá pra trás. Deixa de ser ridículo.

De repente ele é tomado por uma onda de fúria e esmaga a latinha na parede, a cerveja escorrendo até o chão.

– Sai da porra do caminho!

– Não!

Ele avança, envolvendo meu pulso com os dedos compridos e apertando com tanta força que meu braço quase fica dormente. Seu corpo está tão perto do meu e os olhos tão ferozes que me encolho, com medo.

– Eden... – sussurra ele, devagar. – Não.

– Não – repito, me soltando. Não vou recuar, apesar da lata de cerveja amassada e do meu pulso machucado. – Por que você faz isso?

– Porque preciso, está bem? – responde ele, quase num grito, e dá uma olhada ao redor, para ver se tem alguém prestando atenção.

– Você não *precisa*. Você *quer*.

Por um longo momento, ele só me encara em silêncio, como se estivesse pensando no que fazer em seguida, no que dizer, em como passar por mim. Então balança a cabeça, passa a mão no cabelo e respira fundo.

– Você não entende.

Quero perguntar o que não entendo, mas ele me empurra para o lado com delicadeza e abre a porta, fechando-a com um estrondo. Estou transtornada, e se não tivesse sido humilhada na última vez que me meti no grupinho de drogados dele, talvez fizesse isso de novo. Mas sei que não adianta nada ir até lá, por isso vou para a frente da casa e tento decidir o que fazer.

– Eden? O que você está fazendo aqui?

Eu me viro e fico chocada e completamente agradecida ao ver Jake logo atrás de mim.

– Jake! Vim com o Tyler, mas ele está... Bom, está sendo insuportável como sempre.

– Eden... – Jake coça a cabeça e se aproxima, sussurrando no meu ouvido. – Você sabe que nessa festa a droga rola solta, né?

– O quê? – falo, chocada, mas o olhar dele me diz que preciso me acalmar e calar a boca.

– Olha em volta, Eden – sussurra ele, o hálito quente no meu pescoço. – Todo mundo está doidão.

Meu olhar percorre lentamente o corredor e a sala. Tyler estava certo. Aquelas pessoas não estão entediadas. Só vejo olhos vermelhos e pupilas dilatadas, uma metade olhando para o teto, outra rindo histericamente. Quanto mais os observo, mais fica óbvio. Uma festa cheia de drogados. Tyler realmente me trouxe para uma festa cheia de drogados.

– O que você está fazendo aqui, então? – pergunto, cruzando os braços, enojada.

– Um amigo me pediu carona – explica Jake, estreitando os olhos e observando o entorno. – Mas, pelo que estou vendo, ele já se mandou. É melhor você fazer o mesmo, Eden. Você não vai querer ficar perto dessas pessoas.

– Por favor, me tira daqui – imploro, assustada. – Não acredito que ele me trouxe para este lugar.

– Ele é um escroto.

Engraçado, Tyler disse a mesma coisa de Jake. É a palavra de um contra a do outro, e cabe a mim escolher de que lado ficar. Neste momento, é o de Jake. Porque, se eu tivesse que dizer qual dos dois é um escroto, seria o nome do meu irmão postiço que sairia da minha boca.

11

Não consigo acreditar que Tyler realmente pensou que era uma boa ideia me convidar para uma festa com um monte de drogados. Será que ele achou mesmo que eu iria me divertir numa rodinha de gente doidona? Isso estava a milhões de quilômetros de ser uma boa ideia, e eu me perguntei por que Tyler me convidou. No que ele estava pensando? Ele *estava* pensando?

Jake é menos idiota. Tem neurônios suficientes para saber o que é bom e o que é ruim, por isso fui parar no banco do carona do carro dele. E querendo dar um soco no para-brisa.

– Na verdade, preciso encontrar o Dean em quinze minutos – diz Jake, me olhando com certa decepção. – Você pode ir com a gente ou eu posso levar você em casa. A escolha é sua.

A ideia de voltar para casa depois de ficar o dia inteiro lá dentro sozinha não me parece divertida, e nesse momento só preciso de alguma companhia decente que não tenha a ver com drogas. E felizmente Dean é um doce.

– Tudo bem eu ir junto? Tem certeza?

– Claro. Bela escolha.

Dou um suspiro e tento me acalmar um pouco, afundando no banco e ajustando o ar-condicionado. É mais fácil ficar relaxada no carro de Jake do que no de Tyler, simplesmente porque não sinto que estou à beira da morte a cada vez que dobramos uma esquina.

– Quem você estava procurando?

– Dawson Hernandez – responde ele, e não sei bem por que cheguei a perguntar. Não conheço ninguém aqui. – Ele é do segundo ano, preciso ficar de olho nele.

– Onde a gente vai encontrar o Dean? – pergunto para mudar de assunto, esperando esquecer aquela maravilhosa festa de drogados. Quanto mais penso nela, mais me sinto mal.

– Uma banda que ele curte, La Breve Vita, está tocando de graça no centro. Vamos dar uma olhada.

Eu também nunca ouvi falar nessa banda. Mas como estão fazendo um show grátis, imagino que eles devam ser desconhecidos.

– Beleza – digo. – Parece legal.

Em pouco tempo, mergulhamos na movimentada vida noturna do centro de Santa Monica numa noite de sábado. Os letreiros das boates são elétricos, a música é alta, as pessoas estão bêbadas, as prostitutas estão em toda parte. Paramos num pequeno estacionamento nos fundos de um prédio menor ainda, e não consigo saber se é uma boate, um bar, um restaurante ou um distribuidor oficial de maconha. Entramos lá mesmo assim.

A sala parece o porão de alguma casa, escura, apinhada, abafada e quente. Num palco minúsculo, quatro figuras dedilham, batucam ou cantam. Acabo pisando em alguns copos de plástico amassados.

– Finalmente! – A voz de Dean ecoa mais alto que a música, vinda de algum lugar. Ele aparece atrás de nós, o rosto iluminado pelos refletores. – Eden? Não sabia que você vinha.

– Encontrei ela quando estava procurando o Dawson – explica Jake.

Vejo certa hesitação na expressão de Dean e os dois se entreolham.

– Na festa do Declan?

– É – responde Jake, inclinando a cabeça para o palco e rindo como se eu nem estivesse presente. – Ela nem fazia ideia.

A música termina, a pequena plateia aplaude e grita, e então o vocalista gesticula pedindo silêncio. Ele segura o microfone e anda pelo palco.

– Obrigado por virem, pessoal. Vocês todos são incríveis. Todos vocês. Até o virgem de meia-idade aí nos fundos que só veio pela cerveja grátis. Você é demais, cara.

Ele gargalha ao microfone, olhando a plateia, que dá umas risadinhas.

– Você está melhor aqui – sussurra Dean, os olhos fixos no palco. – Adoro essa banda.

– Beleza, antes de a gente passar para a próxima – diz o vocalista –, preciso lembrar a todos vocês para não ligarem a mínima para o que os outros pensam. A vida é sua, sua música é sua, suas escolhas são suas e sua vodca é sua. Não percam tempo fazendo coisas que não dão em nada. Façam as paradas que quiserem fazer. Vão à balada toda noite, se joguem de um avião, visitem a Bulgária. Não importa. Façam as coisas que deixam vocês felizes pra cacete, porque LA BREVE VITA! Curtam o show. *Tanto amore*.

A plateia explode em mais aplausos e gritos enquanto a bateria recomeça, o guitarrista, o baixista e o vocalista se juntando ao mesmo tempo.

– La Breve Vita é latim? – pergunto para Dean.

É mais provável que ele saiba a resposta do que Jake.

Dean ri e balança a cabeça.

– É italiano. Assim como eu. Bom, pelo menos em parte.

– Não brinca! – Falo mais alto para competir com a música. – Você já morou na Itália?

– Não, nasci aqui – admite ele, com um sorrisinho nos lábios enquanto olha para o palco e depois para mim. – Minha mãe é italiana. Meu pai a conheceu quando estava de férias em Nápoles e ela se mudou para cá. Na verdade, nunca pus os pés na Itália. Esquisito.

– Que incrível – digo, empolgada, porque é incrível mesmo, comparada com a magnífica história de amor dos meus pais.

Minha mãe e meu pai foram parar na mesma festa. Os dois estavam bêbados e se pegaram loucamente. Depois, no dia seguinte, comeram cachorro-quente juntos. Que romântico.

– Você fala italiano? – perguntei.

– Não muito. Só um pouco – responde ele, sem graça, balançando a cabeça no ritmo da música.

Olho para o palco e depois para ele.

– Então, o que significa La Breve Vita?

– A vida curta. – Seu sorriso é tão largo que até me pergunto se não dói sorrir assim. – É por isso que adoro essa banda. Eles defendem que a gente viva a vida ao máximo. E as músicas são demais.

Nós rimos, mas Jake não. Para falar a verdade, esqueci que ele estava ali, até que ele pigarreia e entra na minha frente.

– Eden, está com sede?

Olho para os copos de plástico no chão, então examino o balcão sujo no canto e dou um sorriso.

– Estou bem.

O show continua por mais de uma hora. Nós três curtimos, especialmente Dean, e quando saímos sinto que tive uma noite boa. Curtir um show pequeno no fundo da plateia e ouvir música indie é melhor do que ficar bêbada numa festa cheia de drogados. Fico feliz por ter ido. No fim, paramos numa lanchonete que vende tacos antes de voltar para o estacionamento.

– Posso te dar uma carona de volta, Eden – diz Dean, parando perto do seu carro. Só há dois carros ali, o dele e o de Jake; os outros já foram embora. – Passo pela casa do Tyler mesmo.

Jake para e enfia as mãos nos bolsos, com as sobrancelhas franzidas.

– Eu a levo – diz com firmeza. – Falo com você amanhã, cara. Se cuida.

Dean balança a cabeça uma vez.

– Sem problema. Falo com vocês depois.

Ele entra no carro, e Jake e eu ficamos sozinhos no estacionamento, à vontade com o silêncio. Ainda que o lugar não esteja exatamente silencioso: as pancadas irritantes de *house music* retumbam nas boates por perto. Dean parte com o carro e acena para a gente.

– Então – diz Jake, sorrindo. – O que você quer fazer agora? Porque na verdade não quero levar você para casa ainda.

– Que horas são?

– Acabou de passar da meia-noite.

Ele me encara com os olhos pegando fogo, os lábios separados. Durante toda a semana, fui ficando cada vez mais confortável ao lado dele.

Também já percebi como ele é bonito.

– Quer que eu leve você para casa? – oferece ele, mas é uma sugestão só para constar. – Ou podemos ficar um pouco mais, se você estiver a fim.

Penso no meu nível de cansaço, não muito alto, e penso no provável nível de irritação do meu pai: altíssimo. Não quero ir para casa por enquanto.

– Podemos continuar? Quero evitar meu pai.

Um sorriso se abre lentamente nos lábios dele.

– Está ficando tarde. Que tal um filme na minha casa?

– Só se for da Disney.

– *O Rei Leão* basta?

– Que tipo de pergunta é essa?

Jake revira os olhos, balançando a cabeça e indo na direção do carro.

– Vem, entra. Temos um filme para ver.

A casa de Jake fica no bairro de Wilshire – ele me diz que o meu fica na região de North of Montana, que, segundo ele, é a área mais rica da cidade. Paramos diante de uma casa de tijolos claros cercada por arbustos. Parece bem espaçosa, mas nem de longe tão grande quanto a do meu pai, a de Rachael ou a de Tiffani, ou qualquer outra que vi até então. O bairro parece mais abarrotado, como se as imobiliárias, pelo pouco espaço, tivessem decidido empilhar as casas.

Mas na verdade é um lugar bem legal. Enquanto Jake me leva para o seu quarto no andar de cima, admiro o espaço, vejo como é aconchegante, com seus muitos porta-retratos, troféus, enfeites e outras lembranças sentimentais. A casa do meu pai não é tão calorosa assim.

Depois de um tempo, Jake nota que estou admirando tudo isso.

– Ah, minha mãe é meio maluca.

– Não. É bonitinho.

Ele dá um suspiro e acende a luz do quarto. Até agora a casa esteve silenciosa, então imagino que seus pais estejam dormindo.

– Está uma bagunça, mas tudo bem. Vou pegar o filme.

Jake passa por mim e desaparece em um cômodo na outra ponta do corredor, e eu entro no quarto dele.

Há um monte de roupas num canto, uma cama em outro e uma TV grande na parede. Também vejo uma bola de futebol americano em cima de uma cômoda e um capacete no chão.

– Tyler disse que você joga – digo, quando Jake volta com o DVD na mão.

– É, sou *halfback* – responde ele, sem muito interesse. – Beleza, hora de sentir pena do Simba.

Colocamos o filme, mantendo o volume baixo para não acordar ninguém, e logo estamos estatelados na cama dele. É quase uma da manhã e estou começando a bocejar. Até Jake parece exausto demais para prestar atenção à morte de Mufasa.

– Sabe – murmura ele, remexendo nos travesseiros. – Eu não vejo *Rei Leão* com qualquer garota.

Eu me sento, com o coração apertado ao assistir à cena medonha se desdobrando, e balanço as mãos para ignorá-lo.

– Shhh. Mufasa morreu, Jake. Tenha algum respeito.

– Deus abençoe Mufasa. Que ele descanse em paz no céu da animação – diz Jake, de maneira solene.

Em seguida baixa a cabeça e se apoia nos cotovelos com um risinho no rosto.

Não lembro quando apagamos as luzes, mas de repente noto a escuridão e vejo como a TV está iluminando o rosto dele e atraindo minha atenção para os seus olhos.

– Foi um belo discurso – digo.

– Obrigado. – Ele se senta mais empertigado e me olha com interesse. – Então deixa eu ver se entendi. Você é de Portland, que pelo visto é uma cidade legal. Você não pode abastecer pessoalmente seu carro, pede salada no Chick-fil-A, vai parar em festas de drogados e gosta de filmes da Disney. Legal.

– É uma descrição bem precisa – concordo, assentindo.

– Não vai para casa – diz ele.

Estamos conversando no meio do filme, mas nesse ponto já não assisto mais. Agora olho seus lábios enquanto ele fala, notando como se curvam quando ele sorri.

– Fica aqui hoje à noite.

– Meu pai vai ter literalmente uma convulsão se eu não for para casa – murmuro, mas não é má ideia.

Nós dois estamos exaustos, e pedir que Jake me leve de carro para casa não parece uma opção segura. Ele provavelmente vai dormir ao volante.

– Só fica – repete ele, os olhos queimando com tanta intensidade que começam a me provocar arrepios. – Tenho *Mogli* lá embaixo, em algum lugar.

– Gosto de *Mogli* – sussurro, remexendo as mãos no colo e olhando para baixo.

Mas quando ergo o olhar, os lábios de Jack, que eu estava ocupada observando há alguns instantes, vêm em direção aos meus, e minha respiração fica presa na garganta.

Após um segundo bem longo, eles finalmente tocam a minha boca. Sinto um aperto no peito, e tremores tomam conta do meu corpo, a respiração quente de Jake fazendo cócegas no meu rosto enquanto ele para um momento, o rosto bem em frente ao meu. É como se estivesse esperando que eu me afaste ou o beije de volta. Nem preciso pensar.

Meus lábios encontram os dele, unindo-se lentamente enquanto meus olhos se fecham, e eu sinto a mão dele descendo pelas minhas costas. Há um silêncio suave, tendo apenas a voz baixa de Simba como trilha sonora.

Já beijei garotos, mas não nessas circunstâncias. Beijei uns caras jogando Verdade ou Consequência, sendo obrigada a ficar com eles dentro de um closet no Sete Minutos no Céu. Mas isso não é um jogo nem uma brincadeira.

É verdadeiro, e eu não faço ideia do que estou fazendo nem por que estou beijando um cara da Califórnia que conheci há uma semana enquanto vejo *O Rei Leão* na cama dele. Talvez eu não saiba o que estou fazendo, mas sei que gosto.

E assim que a boca de Jake se afasta da minha, ouço-o murmurar contra o canto dos meus lábios:

– Acho que você não deveria falar disso com o Tyler. Ele iria me espancar.

Meus olhos se abrem e encontram o olhar suave dele, um pequeno sorriso surge nos meus lábios.

– Eu não estava planejando contar nada.

12

Então quer dizer que é só a primeira semana de verão e já estou acordando ao lado do arqui-inimigo do meu irmão postiço. *É isso aí, Eden.*

Abro os olhos com a luz do sol entrando por uma fresta nas persianas e me viro para o cara ao lado. Jake está se mexendo, os músculos se avolumando conforme ele se espreguiça, contraindo-se de um modo que me faz acordar de vez.

– Bom dia – diz Jake, meio enrolado.

Ele se senta, esfregando os olhos e franzindo-os na direção da janela. Ainda está totalmente vestido, assim como eu.

– Eu dormi aqui? – pergunto de maneira brusca.

É uma pergunta idiota, considerando que é óbvio que sim. Isso não deveria ter acontecido. Não só saí sem avisar, como também não voltei para casa. Papai vai me matar.

– Preciso ir para casa – digo, ajeitando o cabelo e me levantando. – Tipo, imediatamente.

– Mas, gata... – começa Jake, só que é interrompido por uma batida na porta.

Não sei que horas são, mas com certeza não está de madrugada, por isso não fico surpresa quando uma mulher entra no quarto.

Ela nos examina, cruza os braços, me olha de cima a baixo e depois encara Jake, séria.

– Eu sabia que você tinha trazido escondido uma garota ontem à noite – diz ela, com desprezo. – Essa aí tem nome?

– Mãe – sussurra Jake, levantando-se.

– Não. – Ela balança a cabeça em sinal de desaprovação, apontando para a porta atrás dela. – Ela tem cinco minutos para sair daqui.

Ouço Jake gemer quando ela sai. Até esse exato momento eu o achava um cara legal. Um cara tão legal que eu cheguei a beijá-lo ontem à noite. Mas de repente a atitude da mãe dele me deixou desconfiada. Meu estômago está se revirando.

– Você traz garotas para casa toda hora, é? – murmuro.

Ponho os pés para fora da cama, pego meus tênis e calço.

– Não – responde ele, quase imediatamente. – Ela só está brincando.

Olho por cima do ombro, franzindo as sobrancelhas para que ele saiba que estou decepcionada, para que saiba que não vou deixar para lá as palavras da mãe dele tão facilmente. Jake pode não ver *O Rei Leão* com qualquer garota, mas isso não quer dizer que não veja *Aladdin* com elas.

– Preciso ir – digo.

– Certo – concorda ele, por fim, percebendo que estou falando sério. Se eu perder mais tempo aqui, meu pai vai informar meu desaparecimento à polícia. – Só vou pegar as chaves.

Durante um longo tempo fico olhando para ele, pensando em que decisão tomar. Não consigo concluir o que é pior: um cara me levar para casa ou chegar de táxi na casa do meu pai. De qualquer modo vai parecer que tive uma noite escandalosa.

Jake veste uma camisa e pega as chaves no parapeito da janela. Eu me pergunto se isso é algo que acontece sempre.

– Certo – diz ele de novo. – Vamos indo.

Saímos no corredor em silêncio e descemos depressa a escada, com esperança de evitar outro encontro com a mãe dele. Para ser sincera, não imagino que ela esteja surpresa. E não creio que meu pai vá ficar também.

– Que dia é hoje? – pergunto só para quebrar o gelo, quando estamos em segurança dentro do carro de Jake.

– Domingo.

O tom dele ficou mais suave, ganhando uma seriedade que me faz pensar se está com raiva, os olhos meio fechados. Pode ser a interrupção da mãe ou o fato de eu não querer ficar com ele o dia inteiro que o deixou chateado. Mas preciso ir para casa o quanto antes.

– Beleza – digo.

Viro os olhos para a rua. Hoje estou cansada demais para me esforçar.

Quando paramos diante da casa do meu pai, Jake está um pouco mais relaxado. Desliga o motor lentamente antes de se virar para mim, com um sorrisinho.

– A gente podia fazer isso de novo. Ficar lá em casa outra vez, na semana que vem. É o aniversário de casamento dos meus pais, então eles não vão estar lá.

– A gente pode sair um dia desses – digo, ainda que hesitando, porque estou muito confusa em relação a ele neste momento.

– Você pode ficar o fim de semana inteiro.

– Acho que o meu pai não vai...

Ele me interrompe, dizendo com firmeza:

– Só pense nisso. – Depois de um tempo ele sorri de novo. – Ainda bem que eu estava naquela festa ontem, hein? Isso é que é estar no lugar certo na hora certa.

– Obrigada por me tirar de lá – murmuro.

Eu tinha me esquecido até agora daquela festa horrorosa. Fico me perguntando se Tyler conseguiu voltar para casa.

Jake dá de ombros e seu sorriso se alarga.

– Obrigado por me deixar fazer isso. Foi uma noite legal.

– Foi. – Olho rapidamente para a casa e penso que é hora de entrar e encarar meu pai. – Preciso ir.

– Vejo você depois – diz ele, enquanto abro a porta e saio.

Na minha cabeça, paira uma dúvida sobre a sinceridade dele.

Puxo o capuz para cobrir a cabeça, peço uma ajuda rápida aos céus lá em cima e enfio as mãos nos bolsos. Espero que o capuz esconda meu cabelo abominável e a maquiagem borrada. Parece que estive curtindo em Las Vegas a noite toda, mas duvido que haja muita gente em Vegas que saia para as boates usando moletom e jeans.

Não ouço Jake sair, embora saiba que ele já foi quando chego à porta da frente – uma porta pela qual estou morrendo de medo de passar. Para minha conveniência, não preciso fazer isso.

Ela se abre à minha frente, me fazendo dar um pulo de surpresa. Enquanto estou me recompondo do susto, uma mão firme me puxa. É masculina demais para ser de Ella e musculosa demais para ser do meu pai. E assim minha pergunta de antes foi respondida: Tyler chegou em casa.

– Hum.

Puxo a minha mão e fico de lado enquanto ele fecha a porta. Nem falei nada e Tyler já está olhando para mim como se eu tivesse acabado de pôr fogo no quarto dele. É como se ninguém pudesse agradá-lo nunca.

– Você está brincando – diz ele. – Certo? Você só pode estar brincando.

Encaro Tyler. Dou um suspiro. Brinco com os cadarços do capuz. Encaro-o por mais um tempo.

– Eu poderia dizer o mesmo a você – murmuro finalmente.

Já passei muito do ponto de me importar. Quando tento ser legal, levo na cara, e assim por diante. Chega.

– Você me levou a uma festa com todos os seus amigos maconheiros e ridículos. Você é maluco?

– Shhh – sussurra ele, rispidamente. Levanta um dedo e se vira para o hall, vendo se não há ninguém ouvindo. – Fala baixo.

– Foi mal – digo, repleta de sarcasmo. – Esqueci que sua mãe não faz ideia de como o filho dela é patético.

Uma onda de emoções fugazes captura os olhos dele de um modo curioso, que eu nunca tinha visto. Alguma coisa lampeja dentro deles, só que não consigo identificar o que é. Ele quase parece magoado, mas não dá para ter certeza, porque seus olhos já estão se estreitando de novo.

– Dave! – grita ele, com a voz áspera, e sorri. – A Eden chegou.

– Sério?

Agora eu só quero dar um soco na cara dele.

O sorriso nos lábios de Tyler se altera para um risinho sarcástico e arrogante.

– Agora enfrenta as consequências.

– Suas consequências – corrijo. – Você me obrigou a ir àquela festa.

– Pelo que eu me lembre, você concordou.

– Até me surpreende você ao menos se lembrar de alguma coisa. Ficou sóbrio ontem? Duvido.

Tiro o capuz e respiro fundo, ouvindo passos vindos da cozinha. Se meu pai não me matar, tenho quase certeza de que Tyler vai.

– Boa sorte – diz ele, rindo baixinho e se encostando na parede. Em seguida, cruza os braços e olha com prazer meu pai se aproximando.

– Onde diabos você esteve? – É a primeira pergunta que meu pai dispara. Só dá para perceber que a expressão dele não está tão impressionada assim. – Você pelo menos sabe que horas são? É quase meio-dia. Onde você passou a noite toda? O mínimo que poderia fazer era atender ao telefone. Eu estava morrendo de preocupação, Eden.

– Desculpe, eu...

É neste ponto que enfrento a crise definitiva: abrir o jogo ou mentir para escapar. Mas não tenho coragem de confessar nem experiência para pensar num bom álibi, de modo que nenhuma opção parece válida.

Enquanto o olhar do meu pai se crava no meu e suas sobrancelhas se arqueiam à espera de uma resposta, olho freneticamente para todos os lados, então encaro Tyler. Ele ainda está com aquele risinho malicioso, ainda está observando tudo, curtindo minha luta para me salvar da fúria do meu pai. Mas meu pânico é tão grande que nem consigo manifestar raiva, e quanto mais eu o fito desamparada, mais sua expressão desleal vai sumindo.

– Ela estava na casa da Meghan – diz ele de repente, olhando para mim, o rosto tenso, e se vira para o meu pai. – Eu já falei.

Meu pai, pensativo, fica atônito por um instante, mas suas sobrancelhas acabam se juntando numa expressão intrigada.

– Não falou, não.

– Eu tenho... tipo... quase certeza de que contei ontem à noite quando voltei, porque ela pediu para avisar. – Tyler inclina a cabeça, fazendo uma expressão de perplexidade, como se meu pai tivesse sofrido de amnésia. – Lembra?

– Não.

Tyler dá de ombros.

– Cara, devo ter esquecido – diz ele, voltando a me olhar. Agora seu rosto está suave. Gentil. – Desculpe, Eden. Foi mal.

Há um longo silêncio. Meu pai está completamente confuso, Tyler parece despreocupado e eu ainda estou tentando entender o que acabou de acontecer. Se entendi direito, Tyler acabou de me ajudar. De me ajudar. Impressionante.

Acho difícil acreditar que um dia talvez ele faça sentido para mim. Neste momento, ele é quase impossível de ser decifrado. Num minuto parecia deliciado com a ideia de eu ser apanhada, no outro saiu em minha defesa. Por quê? Isso está me dando dor de cabeça, o modo como ele oscila entre me odiar e se dar bem comigo. Sinceramente, eu gostaria que ele decidisse e pronto. Isso me pouparia o trabalho de tentar descobrir o que é.

– Da próxima vez não saia sem me avisar. – Meu pai parece irritado, e justo quando penso que vai se afastar, ele diz: – Por sinal, vamos sair para comer. Todos nós. Isso quer dizer que você vai também, Tyler. Vista alguma roupa bonita.

A ideia de fazer uma refeição "em família" não me incomoda mais, especificamente. Mas o olhar intenso de Tyler, sim. Então, quando meu pai se dirige à cozinha, provavelmente para falar com Ella, aproveito a oportunidade para tentar entender os últimos cinco minutos.

– É muito fácil salvar a sua pele – murmura Tyler, mas eu o ignoro.

Em vez disso pergunto:

– Por que você fez isso?

– O quê?

– Mentir por mim. – Ele parecia bem contente enquanto eu me ferrava; então por milagre sua atitude mudou e ele decidiu salvar o dia. E não faço ideia do motivo. – Não entendo.

Ele dá de ombros, os olhos calmos de novo. Suas mudanças de humor me deixam confusa.

– Eu estava te devendo uma – responde. – Por ter levado você àquela festa ontem à noite. Não pensei direito. Desculpe.

Seu pedido de desculpas é sincero, o que me surpreende, e pela primeira vez ele não está gritando comigo, o que me surpreende mais ainda.

– E, antes de mais nada, por que você me convidou? – pergunto, com a voz cheia de desprezo. – Achou honestamente que eu queria me misturar com aquilo?

– Desculpe. – Desta vez ele fala mais baixo ainda, e por um segundo penso em perdoar, mas então ele arruína tudo quando decide murmurar: – Então você estava com o Jake, hein?

Acho que ele viu o carro.

– O que importa? Você tem sua opinião sobre ele e eu tenho a minha. Não quero falar sobre isso outra vez, porque não tem nada a ver com você.

– Preciso tomar um banho – diz Tyler, encerrando o assunto, apesar de ter sido ele que começou. Então estreita os olhos de novo, mas com delicadeza. – A gente fala sobre isso mais tarde. Depois dessa refeição idiota que a gente precisa aguentar.

– A gente fala sobre isso mais tarde? – repito.

Até agora não considerei Tyler um cara capaz de conversar. Especialmente quando é uma conversa sobre o cara com quem eu estava trocando saliva ontem.

– É. – Ele dá meia-volta e olha por cima do ombro enquanto sobe a escada. Está sorrindo. – E não se esqueça do que o seu pai disse. Vista alguma roupa bonita.

13

Chegamos ao jantar vinte minutos atrasados. Os primeiros dez são culpa de Ella, porque ela acabou mudando de roupa duas vezes até se considerar vestida de modo apropriado. A segunda metade é culpa de Tyler. Ele atrasou a gente pelo simples fato de não ter permissão de ir no próprio carro. Meu pai e Ella planejavam ir no Lexus e no Range Rover, dizendo que não era necessário Tyler levar um terceiro carro. Afinal, ele está de castigo. Só depois de um tempo ele desistiu de lutar e se arrastou até o carro da mãe. Passei o tempo todo me perguntando por que ser obrigado a andar num Range Rover podia ser considerado castigo.

– Olá, Sr. Munro – diz a garçonete classuda no restaurante classudo com sotaque classudo enquanto nos leva a uma mesa classuda com pratos e talheres classudos. Classudo, classudo, classudo. Há cinco anos meu pai levava a gente, minha mãe e eu, a uma lanchonete gordurosa.

Ele agradece à garçonete e todos nós nos sentamos. Meu pai, Ella e Chase estão do outro lado da mesa; eu estou entre Tyler e Jamie. O restaurante é grande, embora tenha apenas um número pequeno de mesas, que são extremamente bem decoradas e espaçadas. Nada é pior do que estar num restaurante cercada de outras mesas, a centímetros umas das outras.

– Que bom estarmos todos juntos – comenta Ella assim que terminamos de pedir as bebidas. Peço água, e Tyler, sem sucesso, tenta conseguir uma cerveja. – Deveríamos fazer isso todo domingo.

Meu pai assente, olhando de soslaio para ela, com um toque familiar nos olhos. Antigamente ele olhava assim para minha mãe.

– Concordo.

– Discordo.

Tyler sorri, baixa a cabeça e depois cruza os braços. Nem Ella nem meu pai prestam atenção. Nesse ponto, provavelmente já deduziram que ele vai sempre ter alguma coisa negativa a dizer, de modo que nem adianta mais ouvir. Estou começando a fazer o mesmo.

As bebidas chegam e fazemos os pedidos dos pratos. Acabo apontando para a primeira opção que vejo. Tudo é sofisticado e bizarro demais para compreender. Devo ter pedido um testículo de baleia.

– Quanto tempo vamos ter que ficar aqui esperando? – pergunta Tyler cinco minutos depois, interrompendo a conversa dos nossos pais e os encarando, inexpressivo. Ele afrouxa a gravata preta e abre o primeiro botão da camisa branca. – Tenho coisas melhores para fazer.

– Deixa de ser tão mal-humorado – murmura Ella, em seguida pigarreia e sua voz assume um tom solene. – Tomou seus remédios hoje?

– Mãe – reage ele, com rispidez, olhando de lado para mim antes de semicerrar os olhos na direção de Ella. – Vou tomar um pouco de ar.

Ele apoia as mãos na mesa, levanta-se, empurra a cadeira de lado e vai até a porta.

– Deixa ele ir – diz Ella, suspirando enquanto põe a mão no braço do meu pai. Ele parecia prestes a ir atrás de Tyler.

– Toda vez você fala isso – diz meu pai, bufando.

Para começo de conversa, eu entendia por que era tão fácil se irritar com qualquer coisa que Tyler fazia, mas agora está claro que meu pai simplesmente não gosta dele. Ponto.

Ella franze a testa por um instante, depois força um sorriso e massageia as costas do meu pai.

– Dê uma folga a ele.

Fico com vontade de perguntar sobre a medicação que ela mencionou, mas me controlo e não deixo a curiosidade me dominar. Em vez disso, fico pensando em silêncio, ainda que não seja da minha conta. Pode ser tratamento para disfunção erétil ou alguma coisa igualmente particular e pessoal, mas pelo jeito como Tyler e Tiffani vivem engatados um no outro, duvido muito de que seja o caso.

Ella decide deixar pra lá o assunto do filho mais velho e mais mal-educado, concentrando-se em Jamie.

– Jay, como está aquele projeto de biologia?

– Tudo bem. – Jamie dá de ombros e olha, meio sem graça, para o colo. – Ainda preciso terminar o diagrama da osmose.

– Eu odiava difusão, osmose e transporte ativo – digo, me obrigando a participar mais da tal refeição "em família". – Espera só até chegar a biologia avançada. A coisa fica pior.

Meu pai dá um sorriso de aprovação porque estou fazendo um esforço para entrar na conversa, mas depois balança a cabeça para Jamie.

– Você pode ir procurar o seu irmão? A comida já vai chegar.

– Eu vou – digo sem pensar, e fico surpresa comigo mesma pela oferta. – Está quente aqui. Também preciso de um pouco de ar – minto, depois saio o mais rápido possível. Talvez ainda esteja curiosa.

Lá fora, examino o estacionamento inteiro, mas não há ninguém por ali. Só um carro entrando e outro saindo. Estamos no meio da tarde, o sol queima as minhas costas e meus olhos estão franzidos por causa da claridade. Vejo o Lexus e o Range Rover, parados lado a lado. Ella teve dificuldade de colocar o Range Rover na vaga pequena e Tyler acabou precisando estacionar para ela. É então que noto uma figura sentada ao volante.

Sem qualquer pergunta nem mesmo uma palavra em mente, vou até lá, mas com cuidado. Tyler é o tipo de pessoa que colocaria o carro em marcha a ré e me mataria num instante, por isso fico ligeiramente ansiosa quando chego à janela e bato de leve no vidro.

Ele vira a cabeça de maneira brusca, as feições irritadas enquanto franze as sobrancelhas. Alguns instantes longos passam até ele decidir baixar o vidro.

– O que é?

– Você vai voltar lá para dentro?

Mordo o lábio e dou um passo para trás. Depois de dizer isso, percebo como foi totalmente sem sentido perguntar.

– Dane-se aquela babaquice, não vou voltar, não – murmura ele, depois me dá as costas.

Pressiono os lábios e inclino a cabeça. Faço a mesma expressão irritada que ele está fazendo.

– Você está sendo meio melodramático, não acha? Não foi nada de mais. Ela só fez uma pergunta.

Seus olhos se arregalam, mas a cara feia permanece.

– Você é idiota? Sério, você é? Você não entende MERDA NENHUMA, Eden Munro.

– Lá vai você de novo. – Reviro os olhos, a voz ficando mais agitada. – Reagindo com exagero por qualquer coisinha. Estou tentando entender que diabo está errado, mas você me trata feito um lixo sempre que falo alguma coisa, então esquece. Agora vou voltar lá para dentro, porque não sou uma babaca egocêntrica que dá chilique quando as coisas não acontecem como eu quero.

Tendo encerrado o que tinha para dizer, dou meia-volta e sigo para o restaurante.

Escuto Tyler chamar meu nome baixinho, e quando olho por cima do ombro ele parece mais relaxado.

– Vem cá.

Mas não cedo. Não há motivo para ouvi-lo.

– Entra no carro e eu vou ser sincero com você, e depois a gente volta lá para dentro.

Tyler se oferecendo para dizer a verdade pela primeira vez é uma oportunidade boa demais para ignorar. Se isso ajudá-lo a voltar para o restaurante, preciso escutar. Dou um suspiro e me viro, volto até o carro e sento no banco do carona, mas sem baixar a guarda.

– Beleza, o que é?

Com a gravata pendurada para trás do pescoço e uma das mãos no volante, ele passa um longo minuto me encarando. Espero que ele fale, mas em vez disso vejo seus lábios se curvarem num sorrisinho.

– Certo, quer honestidade? Beleza. Estou sendo totalmente sincero agora, dizendo que vamos dar o fora daqui.

Antes que minha mente consiga processar as palavras, ele dá partida no carro e pisa fundo no acelerador, e há um som horrível de pneus cantando enquanto o carro gira no estacionamento. Ele nem olha antes de pegar a rua e voamos num frenesi, forçando os carros em volta a pisar no freio.

– Não é POSSÍVEL! – grito, pegando o cinto de segurança e prendendo-o na velocidade da luz. Neste momento temo pela minha vida.

– Não estou sendo sério – diz ele. – Só sincero.

– Me leva de volta – exijo.

Sentada de lado com uma das mãos no painel e a outra no cinto de segurança, olho freneticamente para Tyler e para a rua: para Tyler porque estou lançando olhares mortais para ele, e para a rua porque não confio na sua capacidade de direção.

– Você quer mesmo voltar? – O carro oscila de um lado para o outro. – Olha nos meus olhos e diz que quer voltar para aquele lugar, comer uma comida nojenta e ficar uma hora sentada com o seu pai. Diz que você quer mesmo fazer isso.

Ele me encara, só olhando pelo para-brisa uma vez ou outra.

– Não – admito. – Não quero. Mas sei que preciso, então volta logo antes que eles matem a gente. Você pelo menos tem permissão para dirigir isso?

No meio das freadas e acelerações bruscas ele consegue responder:

– Você pelo menos tem permissão de me olhar assim?

Levanto as mãos, desesperada. Estou cheia dele.

– Certo, não precisa me insultar.

– Não foi insulto, meu Deus – murmura ele, passando a mão pelo cabelo e pisando fundo no freio para não acertarmos a traseira de um Porsche. – Não vamos voltar. Vamos para casa, para eu tomar uma cerveja e contar que o Jake está se aproveitando de você, está bem?

– Obrigada, Tyler – digo com acidez. – Obrigada por me colocar em mais encrenca ainda.

– Ontem à noite a responsabilidade foi sua – argumenta ele, frustrado com a demora dos sinais fechados. – Claro, eu levei você, mas foi você que optou por não voltar para casa, então não tente me culpar por isso.

Recuo.

– Tudo bem. Mas aqui vai um problema novo: sua mãe vai ter um treco quando vir que o carro dela sumiu. Como você pegou as chaves?

Ele ri enquanto o semáforo fica verde e afunda o pé no acelerador.

– Fica fria, vai caber todo mundo no carro do seu pai. E eu ainda estava com as chaves, depois de ter estacionado. Agora para de me distrair, estou tentando dirigir.

Aperto os lábios, olhando o maxilar trincado de Tyler, que finalmente decide se concentrar no trânsito.

– Tente dirigir melhor.

Demoramos vinte minutos para voltar para casa, e fico surpresa porque chegamos inteiros. Tyler telefonou para Ella no caminho, dizendo que nós não "fazíamos a menor questão" de comer com eles e que estávamos indo para casa. Desligou antes que ela pudesse responder qualquer coisa.

– Vá para o meu quarto – instrui Tyler ao sairmos do carro mal estacionado. Felizmente ele está com suas chaves. – Vou pegar alguma coisa para beber e depois vamos falar daquele escroto por quem você está caidinha.

Hesito atrás dele, junto à porta, enquanto ele abre.

– Não quero falar de nada com você – digo.

Ele não tem o direito de opinar sobre as minhas decisões, e não consigo entender por que acha que tem.

Ele apenas suspira, despreocupado:

– Suba e vá para o meu quarto. Vou para lá em dois minutos.

Ele vai pelo corredor até a cozinha enquanto sigo para a escada. Nos degraus, grito para ele lá embaixo:

– Só para esclarecer, estou indo para o meu quarto, não para o seu!

– Então vou estar no seu quarto em dois minutos! – grita ele, e eu me pego balançando a cabeça, me sentindo derrotada. Para alguém que não se importa muito, ele consegue ser bem persistente.

Chuto os sapatos para longe, jogo a montanha de roupas sujas no banheiro e fecho a porta. Tirando isso, meu quarto não está tão bagunçado. Tyler não percebe nada ao entrar com uma garrafa de cerveja na mão.

– Certo, por onde começar? – diz ele, pensativo. Em seguida, toma um gole de cerveja e estende a mão. – Deixa eu simplificar para você: Jake Maxwell é o maior cafajeste do mundo.

– Que engraçado. Achei que fosse você.

Tyler quase parece ofendido. Pigarreia balançando a cabeça.

– Não. Há uma grande diferença entre nós. As garotas é que querem ficar comigo; Jake, por sua vez, vai atrás delas. Sabe, não me esforço de propósito para achar outras garotas. Só esbarro nelas nas festas ou sei lá onde, talvez dê uma flertadinha, às vezes beijo se estiver bêbado e Tiffani não estiver por perto. Só isso. – Ele observa minha expressão confusa por um momento enquanto toma outro gole, e então termina com um suspiro. – Jake, por outro lado, é um cafajeste. Ele passa semanas, às vezes meses, enrolando as gatas, dorme com elas, depois nunca mais fala com elas. O cara faz isso com... tipo, três garotas ao mesmo tempo. – Tyler ri, mas é um riso um tanto solene. – Garanto que, no segundo em que você der para ele, ele vai desaparecer. É sempre assim. Dá uma de "Desculpe, não estou mais sentindo a mesma coisa" ou "Não posso mais falar com você porque minha mãe é super-rígida e disse que só posso namorar quando for para a faculdade".

Fico encarando Tyler. Ele se esforça bastante para fazer com que eu sinta medo de Jake, mas até agora foi Jake que me tratou muito melhor.

– Por que está me dizendo isso?
– Porque sim.
– Não é um motivo decente.
Ele simplesmente sorri.
– O meu motivo para sair do restaurante também não era.

* * *

Como era de se esperar, meu pai e Ella estão lívidos quando voltam para casa. Não só precisaram pagar por duas refeições desperdiçadas como também estão extremamente "chateados" porque, segundo os dois, arruinamos nosso primeiro programa em família. Tyler é lembrado de que está de castigo, e sou obrigada a passar a noite no meu quarto. E é uma noite longa.

Converso por vídeo com Amelia durante um tempo e ela me põe a par de todas as fofocas de Portland. Parece que nosso professor de literatura inglesa, o Sr. Montez, foi surpreendido por uns alunos do último ano comprando camisinhas. O Sr. Montez tem cinquenta e tantos anos, de modo que essa informação me causa náuseas, mas Amelia fica rindo por pelo menos uns cinco minutos. Tirando a vida pessoal dos nossos professores, não há muitas novidades, por isso acabamos falando sobre faculdades. Amelia está decidida a estudar bioquímica na Universidade Estadual do Oregon, uma hora ao sul de Portland, em Corvallis. Ao contrário dela, mal posso esperar para sair do Oregon. Começo a falar como o programa de psicologia da Universidade de Chicago é incrível, mas a ligação é interrompida no meio de uma frase. A conexão de internet caiu. Olho para o meu laptop enquanto ele tenta se reconectar, mas nada acontece. É então que escuto alguém batendo na parede – a que separa o meu quarto do de Tyler. Três batidas.

Com uma sobrancelha levantada, cheia de suspeitas, empurro o laptop de lado e vou engatinhando com cautela até a parede. Não sei se as batidas são sem querer ou de propósito, mas de qualquer modo me pego batendo de volta. Bato uma vez e espero. A resposta são quatro batidas.

Não sei que diabo Tyler está fazendo, mas duvido muito de que esteja aprendendo código Morse, por isso acho que ele só está decidido a me irritar mais ainda.

– Pode parar? – pergunto, a voz suficientemente alta para ele ouvir através da parede, mas baixa o bastante para meu pai não perceber.

– Desliguei a internet – responde a voz abafada de Tyler, e parece que há um riso preso na garganta dele. – Sua conversa estava me dando dor de cabeça. "Meu Deus, Amelia, Chicago não é incrível? Essa escola é a coisa que eu mais gosto no mundo todo! É fantástico! Adoro psicologia, dever de casa e estudar!"

Olho irritada para a porta do banheiro enquanto cruzo as pernas e apoio as costas na parede.

– Eu nem falei isso.

Para expressar a irritação, dou uma cotovelada na parede.

Então ele bate de novo, dessa vez repetidamente, com os nós dos dedos, por uns quinze segundos antes de parar e dizer:

– Eu poderia fazer isso a noite toda. Ouvi dizer que ninguém dorme na faculdade, então vai ser um bom treino para você. Num instante vou transformar você numa pessoa com insônia.

– Alguém já disse que você é ridículo?

Cruzo os braços e reviro os olhos, mas de algum modo estou quase sorrindo. Não consigo descobrir por quê, para começo de conversa, mas quando ele fala de novo, percebo que estou rindo daquele jeito brincalhão dele.

– Humm, acho que ninguém nunca disse – responde ele.

Eu queria muito enxergar através da parede, ver seu rosto. Será que está sorrindo que nem eu? Será que está deitado no chão, de pé ou sentado? Como os olhos dele estão agora?

– Sou ridículo como? Esclareça, universitária.

Parece que ele está rindo, mas não dá para ter certeza. Inclino o rosto para o teto e encosto o ouvido na parede, para ouvir melhor a voz dele. É muito raro ele ser amável.

– Para começo de conversa, você desconectou a internet e agora não para de bater na minha parede.

– Tecnicamente é a nossa parede.

Ele bate de novo. Só uma vez.

– De qualquer modo, é extremamente irritante. Por favor, para.

– Não consigo.

Ele começa a bater com os nós dos dedos na parede outra vez, de modo implacável e fazendo muito barulho.

Então dou um soco na parede e finalmente Tyler gargalha.

Depois disso volto para a cama, fecho o laptop e me cubro com o edredom. Não posso deixar de imaginar o que ele está fazendo do outro lado da parede. Será que está deitado na cama olhando para o teto também? Será que está mandando mensagens para os amigos? Será que está procurando um filme bom para assistir?

Já passa da meia-noite quando finalmente caio no sono, depois de pensar demais em Jake e no que Tyler disse sobre ele, e me lembrando de como a mãe de Jake me tratou de manhã. Ela agiu como se eu fosse uma estatística, apenas mais uma garota no quarto do filho dela. Não ficou surpresa. Por isso não consigo deixar de pensar se o que Tyler disse é verdade.

14

De manhã estou cansada demais até para tomar café. Fico olhando para o chão, sem forças para levantar a cabeça, tentando aos poucos comer a torrada que Ella fez para mim.

– Você está bem? – pergunta meu pai, colocando a camisa para dentro e ajeitando a gravata medonha.

– Estou – respondo. Passei a noite acordando de hora em hora porque jurava ter ouvido mais batidas. – Só cansada.

Ele assente, não muito convencido.

– Algum plano para essa semana?

– Nada ainda.

Meu pai sempre foi ruim de conversa, fazendo perguntas idiotas e observações ridículas só para não ter que lidar com o silêncio. Sempre torço com todas as forças para ele não me dirigir a palavra.

– Certo – diz ele. – Hoje vou chegar tarde em casa.

Nem me dou ao trabalho de responder. Apenas desvio o olhar e me levanto para deixar o prato no lava-louça, ao passo que meu pai se arrasta até o saguão e vai embora. Só tem duas semanas que estou aqui e não sei se vou aguentar até o fim das férias. Meu pai é um merda. Essa família misturada é uma merda. O verão é uma merda.

– Bom dia – diz alguém quando fecho o lava-louça.

Eu me viro e dou de cara com Tyler, sem conseguir disfarçar o olhar de profundo desgosto.

– Oi.

– Acho que você quis dizer "bom dia" – retruca ele, esbarrando em mim com o ombro ao passar.

Está usando um short preto e uma camiseta colorida larga e cavada. Eu me pego olhando seus braços musculosos e notando como eles ficam maiores quando Tyler abre a geladeira.

– Você não me deixou dormir a noite toda – falo, de cara feia.

– Hein? – pergunta ele, franzindo a testa.

– As batidas.

Ele me encara por alguns segundos, com uma infinidade de humores no olhar, então ri.

– Eu não estava batendo. Seu pai não te contou que a casa é mal-assombrada? Tem demônios em toda parte.

– Cala a boca. – Reviro os olhos. – Você também não conseguiu dormir?

Tyler se vira com uma garrafa de água na mão, fechando a porta da geladeira com um chute.

– Mais ou menos. – Ele dá um risinho e cruza os braços. Noto a tatuagem de novo. – Pensei que você fosse acordar e bater de novo.

– Desculpa, eu não estava no clima de me comunicar com você pela parede às quatro da madrugada.

Há uma veia saltada descendo pelo braço esquerdo dele, mas tento não prestar atenção. Amelia e eu sempre fomos loucas por caras com veias nos braços, nas mãos e no pescoço. Por alguma razão, achamos veias atraentes.

– Não está mais aqui quem falou. – Tyler morde o lábio e olha para mim com ternura. Sei que estamos levando isso na brincadeira, mas ele fica sério de uma hora para outra e pergunta: – E hoje à noite?

– O que é que tem?

– Hoje à noite você vai bater de volta?

Paro de olhar para o peito dele e levanto as mãos, cansada desse joguinho estranho que ele teima em fazer.

– Não, Tyler, não quero ficar trocando batidas na parede. Não faz sentido.

– Nossa, tá bom – murmura ele, dando de ombros e checando a hora em seu relógio de pulso.

Estou prestes a escapar para meu quarto, mas paro ao ouvir a porta da frente se abrindo. Talvez meu pai tenha esquecido alguma coisa, ou talvez Ella esteja saindo para ir ao mercado.

Nem um nem outro. É só Dean chegando, percebo, ao ouvir sua voz gentil dizendo:

– Bom dia, Sra. Munro.

Ele aparece na cozinha segundos depois, com uma roupa bem despojada, as chaves do carro numa das mãos e o celular na outra. Ele me cumprimenta com um acendo de cabeça e se vira para Tyler.

– Pronto?

– Cara, você está vinte minutos atrasado – reclama ele, o que acho inesperado. Nunca pensei que ele fosse o tipo de pessoa que se preocupa com pontualidade, mas pelo jeito me enganei.

– Foi mal – diz Dean. – Tive que parar para abastecer.

Tyler olha para mim com raiva e bufa.

– Por sua causa tive que ficar aqui com essa lerda imbecil. Vamos embora logo.

Um longo silêncio se alastra pelo ambiente. Dean e eu olhamos para ele, perplexos, e diante da estranheza da situação Tyler recua.

– Calma aí, pessoal. É só uma brincadeirinha de irmão, não é, Eden?

– Não somos irmãos.

– Graças a Deus.

Decido ignorar seus comentários idiotas e ir para o quintal, abrindo a porta e deixando a brisa quente entrar na casa. Tyler e Dean se despedem e avisam que vão à academia. Isso não me surpreende. É evidente que eles passam um bom tempo malhando. Penso em perguntar mais tarde para Tyler qual é a academia que eles frequentam, porque estou cogitando me matricular em uma também, mas acho melhor ficar com minhas corridas matinais mesmo. Acho que Tyler não ficaria muito feliz de malhar ao lado da irmãzinha lerda e imbecil.

* * *

Na quarta-feira, todos estão de volta à cidade. Rachael disse que os dias que passou com os avós foram tão traumáticos que ela estava prestes a pôr fogo na casa; Tiffani também não adorou ficar com o pai, o que, segundo ela, foi o mesmo que morar com o Shrek; e Meghan está pronta pra outra depois de vomitar por três dias seguidos.

Em vez de irmos à praia para tomar café ou à Promenade, acabamos nos encontrando para fazer as unhas.

– Sério, meu avô me fez jogar bingo com ele – conta Rachael, ainda reclamando. Ela passou os últimos quinze minutos falando de seu fim de semana terrível. – Toda noite era: "Rachael, tá na hora do bingo!" Então, avozinho: Não!

– Meu pai começou a desenterrar uns álbuns velhos de fotos que deviam ser... sei lá... de 1801 – diz Tiffani, fazendo uma cara de nojo, enquanto a manicure cuida de suas unhas.

Rachael e eu fomos as primeiras a ter as unhas trazidas de volta à vida, e agora é a vez de Tiffani e Meghan. Não consigo parar de olhar para as minhas mãos, admirando minhas novas unhas brilhantes e bem cuidadas, curtindo minha cadeira confortável num cantinho do salão. Eu deveria fazer isso mais vezes. Até que não é tão ruim.

Viemos até Venice fazer esses tratamentos de beleza, porque Tiffani disse que é o melhor lugar da região. Não me incomodo em vir de Santa Monica para cá, porque a praia daqui é incrível, pelo menos durante os quatro minutos em que passei por ela.

Rachael fica andando de um lado para outro, checando as unhas a cada dois segundos. Quem pode julgá-la?

– Prefiro álbuns do século passado a qualquer bingo.

– Prefiro qualquer dessas coisas a ficar vomitando – comenta Meghan. Para a minha felicidade, ela é um pouco mais tímida do que Rachael e Tiffani, então não sou a única que praticamente não participa da conversa. – Parece que derramaram ácido nas minhas entranhas.

– Pelo menos no seu aniversário você já vai estar bem melhor – diz Tiffani ao lado dela enquanto as unhas são lixadas pelas manicures. – Você vai fazer festa?

Meg contrai os lábios e dá de ombros, resignada.

– Você sabe como meus pais são chatos.

– Já sei! – grita Rachael, exultante, levantando os braços. – Minha casa vai estar livre no sábado à noite, você pode fazer uma festa lá!

– Outra festa? – murmuro, mas por sorte nenhuma delas ouve.

Estou aqui há pouco mais de uma semana e já fui a duas festas questionáveis regadas a sexo, drogas e música de péssima qualidade. Não consigo ver graça nesse tipo de coisa.

– Tem certeza? – pergunta Meghan, hesitante e um pouco culpada até, e dá para entender por quê. A amiga está correndo o risco de ter a casa depredada.

Rachael revira os olhos.

– É claro, Meg. Não tem problema nenhum. Vamos nessa.

– Vou mandar o Tyler avisar todo mundo – anuncia Tiffani, e quando ouço o nome dele, sinto um frio inexplicável na barriga, me perguntando o que ele deve estar fazendo agora.

– Pede para não convidar o pessoal do Declan – diz Rachael, com firmeza. – Não quero nada ilegal lá em casa, porque se deixarem alguma coisa para trás meu pai me mata.

– Pode deixar, eu falo com ele.

Se me lembro bem, Declan foi o cara que deu aquela festa horrenda cheia de drogados. Que bom que Rachael teve o bom senso de não convidar esse pessoal.

– Vocês podem ir lá para casa no sábado de manhã para me ajudar a arrumar tudo – diz ela, com um guincho de empolgação. As manicures se encolhem, espantadas. – Vai ser lindo!

Olha, tenho minhas dúvidas. Sei que vou odiar cada segundo. Vou odiar as bebidas, vou odiar os estranhos bêbados, vou odiar o barulho, vou odiar Tyler. Ele fica mais irritante ainda quando bebe, e sou eu quem vai ter que arrastá-lo para casa no fim da noite.

– Meg, você podia convidar o cara bonitinho da praia – brinca Tiffani, mas com um toque de verdade. – E, Rach, já sei que você vai convidar o Trevor.

As bochechas de Rachael ficam vermelhas, e ela vira o rosto para a janela, dando um risinho. Sou o próximo alvo:

– Eu vou estar com o Tyler, então só sobra você, Eden. Precisamos arranjar alguém para você.

Por um segundo me sinto culpada por não contar a ela que Tyler nem está tão a fim dela assim, mas em vez disso meus lábios ganham vida e soltam:

– Vou só ficar curtindo com o Jake.

As três disparam um "O quê?" simultâneo.

Tiffani chega a tirar as mãos da mesa, se virando para me encarar. Rachael e Meghan fazem o mesmo, me olhando com perplexidade.

– Jake? O nosso Jake?

– Ai, meu Deus, o que a gente perdeu? – pergunta Rachael, os olhos arregalados e curiosos. – Olha só, você não diz que vai *ficar curtindo* com alguém numa festa, tudo bem? Sempre tem um motivo por trás. Você está a fim dele?

– A gente saiu no sábado à noite – confesso, corando e baixando o olhar. Queria não ter dito nada. – E eu... hum... fiquei na casa dele.

– Meu Deus – diz Meghan, bufando e se virando para as amigas. – Ele só demorou uma semana para pegar a garota nova?

– Meg... – diz Rach, constrangida, mas um segundo depois olha para mim e pergunta: – Até onde vocês foram?

– O quê?

– Ah, você sabe...

Ela olha para Tiffani, sem jeito, e Tiff decide terminar a pergunta por ela, adicionando seu toque de crueldade:

– Você chupou o pau dele?

Fico sem fala, quase engasgo e começo a gaguejar, conseguindo responder um rápido "não" e balançando a cabeça sem parar.

– A gente viu *O Rei Leão.*

Rachael inclina a cabeça, intrigada.

– Isso é algum código ou...?

– Não. A gente viu *O Rei Leão.*

– Ah – diz ela, caindo na gargalhada.

– Rachael, se acalma – diz Tiffani, finalmente se virando e apoiando as mãos na mesa, deixando que a manicure (meio perdida nessa história toda, e com razão) continue seu trabalho.

– Mas ninguém falou para ela da Etapa Maxwell? – pergunta Meghan, e a essa altura minha única vontade é sair correndo e voltar para Santa Monica. Estou muito envergonhada e completamente fora da minha zona de conforto.

– Etapa Maxwell? – me obrigo a perguntar.

– Depois do beijo e da mão no peito, vem a Etapa Maxwell – informa Meghan. – Porque nosso querido amigo Jake Maxwell por acaso vive ganhando boquetes. É uma tradição, e parece que você é a próxima – completa ela, rindo, e Tiffani se junta a ela.

– Vocês são nojentas – fala Rachael. – Eden, não presta atenção nelas. Você não precisa fazer nada.

– Ah, nós é que somos nojentas? – diz Tiffani, fingindo que está chocada. Ela balança a cabeça e se vira para mim. – Eden, eis a grande verdade: a especialidade da Meghan é bater punheta pros caras e a da Rachael é pagar boquete. – Percebo as duas manicures revirando os olhos uma para a outra. Com certeza não veem a hora de irmos embora. – Pode ter certeza que em qualquer festa você vai encontrar as duas num quarto se agarrando com algum carinha. Com a Rach geralmente é o Trevor. Eu pelo menos tenho classe.

– Ei! – protestam Rachael e Meghan, mas não desmentem nada.

Rachael contra-ataca.

– Não sabia que transar no provador da American Apparel era ter classe.

– Isso não conta – argumenta Tiffani, mordendo o lábio enquanto a manicure finaliza a mão direita. – Pelo menos estou me pegando com meu namorado.

Essa conversa é a definição de constrangimento, e me vejo olhando de esguelha para Rachael e Meghan para ver se elas vão dizer alguma coisa. As duas só trocam um olhar rápido e mordem o lábio, mas não se manifestam.

Encaro Rachael e levanto as sobrancelhas, questionando o silêncio súbito das duas, mas ela só balança a cabeça por um milissegundo, como se dizendo que aquela não era a hora certa para isso.

Com um pigarreio, ela decide rebobinar a conversa para o assunto anterior.

– Sábado vai ser incrível, não vai?

15

Recebo uma mensagem urgente de Rachael às 15h27 daquele sábado. Os pais dela acabaram de sair – quatro horas depois do planejado – e agora só temos cinco horas para preparar a casa para uma festa muito doida com o pessoal do ensino médio. Rachael quer que a gente vá o mais rápido possível à casa dela. E, para mim, isso é fácil, fácil.

– Vou lá na casa da Rachael – digo ao meu pai enquanto desamarro os cadarços dos tênis perto da porta da sala. – Dramas de namoro – acrescento. – Na certa só vamos pedir uma comida para viagem, por isso acho que não volto para a janta.

Ele coloca a TV no mudo, olhando para mim e quase pensando se deve questionar.

– Lembre-se que vamos levar o Jamie e o Chase ao jogo dos Dodgers hoje à noite. Vamos sair daqui a uma hora, porque fica do outro lado da cidade. Você consegue se virar sozinha?

– Ah, claro.

Perfeito. Nem tenho que mentir sobre por que vou para o outro lado da rua.

– Não volto antes de vocês saírem, então aproveitem. Tchau, Ella.

Ella sorri, a cabeça pousada no ombro do meu pai e a mão na coxa dele. Estou tentando gostar dela, mas realmente não consigo.

– Divirta-se com suas amigas.

Eu me despeço com um aceno de cabeça e saio. Agora que estou aqui há duas semanas, me acostumei com o sol e com a rua, mas ainda não sei direito em que pé estou com as garotas com quem tenho andado. Será que Rachael e Meghan são minhas amigas? Com a quantidade de tempo que venho passando com elas, sinto que são. Tiffani, por outro lado, ainda não deixou claro se somos amigas ou não. Às vezes acho que sim, em outras ocasiões acho que ela me odeia.

Passo pela porta de Rachael às 15h31 e, como era de se esperar, sou a primeira a chegar. Ela está passando um aspirador de pó pelo piso de madeira, procurando uma tomada, parecendo desesperada e esgotada. Ainda nem iniciamos a arrumação.

– Só pude fazer alguma coisa quando eles saíram – explica ela, movendo o aspirador. – Eles suspeitariam se eu começasse uma faxina sem motivo.

– Tudo bem, Rachael – digo devagar, com delicadeza. – Calma, ainda temos cinco horas.

– CINCO horas, Eden! – Ela chuta o aspirador de lado e passa as mãos no cabelo. Hoje está ondulado, e realmente combina com ela. – Cinco horas para arrumar as coisas, limpar, guardar os enfeites, comprar bebida e comida e atualizar meu iTunes! Por que me ofereci para fazer isso?

– Rachael.

Ela me encara de novo.

– O quê?

– Vamos ajudar você, lembra? – Levanto as sobrancelhas e assinto, tentando acalmá-la. A única coisa com que ela precisa se preocupar é com a hipótese de ser descoberta pelos pais. – Tiffani e Meghan estão vindo, certo?

– Certo.

Ela respira fundo. Põe a mão no peito e usa a outra para baixar os óculos escuros, depois liga o aspirador na tomada.

– Certo – repito. – Então vamos arrumar tudo com você, depois vamos fazer as compras juntas e ajudamos você a montar uma playlist. Temos tempo.

Sem responder, ela liga o aspirador e o empurra com força pelo chão. Acho melhor não questioná-la sobre os óculos escuros ou sua estabilidade mental.

– Cheguei! – grita uma voz atrás de mim, mais alta que o estrondo do aspirador.

Eu me viro e encontro Tiffani, os braços transbordando de pacotes de salgadinhos e molhos. Me sinto culpada por não ter trazido nada.

– Ela está usando óculos escuros dentro de casa? – pergunta Tiffani:

Só balanço a cabeça, com pena.

– Está um pouquinho estressada.

– Vamos cuidar da cozinha – diz Tiff, revirando os olhos para os movimentos frenéticos de Rachael aspirando o pó.

Vou com ela até a cozinha, onde deixamos os salgadinhos na bancada. Não há muita coisa para arrumar, só uns pratos e umas facas, que Tiffani joga rapidamente no lava-louça. Abro a porta dos fundos e olho para fora. O lugar está bem-arrumado.

– E aí, quantas pessoas vêm? – pergunto, fechando a porta de novo.

– Umas quarenta. – Ainda dá para ouvir Rachael passando o aspirador. – Tentamos manter a coisa pequena. O pessoal do Declan Portwood não foi chamado, o que elimina umas quinze pessoas que geralmente aparecem nas festas.

– É o pessoal que usa drogas no quintal dos fundos, né? – pergunto, só para esclarecer.

– Tipo isso – responde ela, baixinho, depois arruma os salgadinhos numa fileira na bancada, alinhando-os com os molhos.

– O Tyler não é daquela galera?

Ela para imediatamente o que está fazendo. Seu olhar vai até os meus olhos e é então que percebo que não deveria ter dito nada. Pela expressão dela, é evidente que esse assunto não pode ser abordado.

– Não – responde ela, num tom pouco convincente.

Sei perfeitamente que Tyler é amigo de Declan e de todos os doidões. Eu deveria saber; fui a uma festa com todos eles.

– É, sim – digo.

– Mas que merda você está tentando me provar?

Sua explosão me pega de surpresa. Eu não queria provocá-la. A última coisa que me passa pela cabeça é arranjar encrenca com ela.

– Eu só estava dizendo – murmuro.

Trocamos um olhar longo, então ela se vira para outro lado. Tiff volta a arrumar os petiscos enquanto fico só espiando, sem saber direito o que fazer.

– Não gosto de falar sobre isso – confessa ela depois de um momento tenso de silêncio. – É constrangedor as pessoas saberem o que eu aguento.

Ela não gosta de falar nisso porque é constrangedor para ela? Não deveria estar preocupada com o bem-estar de Tyler, em vez de se importar com as opiniões das pessoas sobre ela? Franzo a testa.

– Acho que ele deveria receber alguma ajuda.

Então ela olha para mim de novo, dessa vez com um sorriso superior.

– Para ser sincera, Eden, duvido muito que ele se importe com o que você acha.

Não sei como responder. A única coisa que vem à minha cabeça é como estou irritada e como quero rebater o que ela disse. Felizmente não preciso pensar em nada, porque Meghan entra na cozinha com a preocupação formando rugas na testa.

A primeira coisa que ela pergunta é:

– Alguém pode dizer por que nossa amiga está de óculos escuros passando aspirador numa mesinha de centro?

Passamos duas horas arrumando a casa de Rachael, coisa que acho cada vez mais sem sentido, quanto mais penso nisso. O lugar provavelmente vai terminar detonado no fim da noite. Passamos aspirador, escondemos os enfeites de Dawn que, segundo Rachael, estão na família há décadas, passamos pano no chão, trancamos o quarto dos pais dela. Os outros três – o de Rachael e dois de hóspedes – estão abertos para convidados, por otimismo.

Assim que a casa é declarada adequada para receber uma festa, saímos para comprar o que era necessário: álcool e camisinhas. Esperamos diante de uma loja barata de bebidas no carro de Rachael enquanto Tiffani entra, balançando os quadris e fazendo biquinho. Quinze minutos depois ela sai depressa levando um carrinho lotado com uma variedade de cervejas e destilados, inclusive o mais mortal de todos: tequila.

– Era o indiano – diz ela enquanto a ajudamos a colocar as sacolas no porta-malas. – Dessa vez ele pediu o número do meu telefone. Então dei o seu, Meg.

Paramos em frente a uma mercearia chamada Ralph's e passamos meia hora andando pelos corredores entre as gôndolas, pegando qualquer refrigerante e batata frita que encontramos. Rachael quer garantir que haja um suprimento ilimitado de petiscos disponíveis. E assim que estamos completamente lotadas de álcool e batata frita e o carro está tão pesado que se locomove com dificuldade, concordamos que tudo está pronto, dentro do nosso cronograma de cinco horas. Na verdade, levamos menos de três. Temos tempo de sobra para uma ida rápida à Promenade, e escolho uma roupa para a noite com a ajuda das minhas três amigas. Tiffani escolhe a cor, Rachael decide o estilo e Meghan define os detalhes. Acabo vindo para casa com um vestido com buraco embaixo do decote, muito apertado e muito curto, mas pelo visto dentro dos padrões.

– Espero que seus pais não liguem para os meus – murmura Rachael assim que voltamos à casa dela e começamos a tirar as coisas do carro. Ela não tem motivo para se preocupar. Meu pai e Ella vão estar enfiando nachos na boca e vendo uns caras jogando bola pra lá e pra cá.

– Eles vão assistir ao jogo dos Dodgers – digo. – Para nossa sorte eles gostam de futebol americano.

Rachael, Tiffani e Meghan olham para a minha cara, e Rachael pergunta lentamente.

– Eden, você sabe que os Dodgers são um time de beisebol, né?

– Ah, é tudo igual.

Ela balança a cabeça, rindo e indicando o outro lado da rua.

– Vai se arrumar – diz. – São quase sete horas. Eu disse para o pessoal chegar depois das nove. O mesmo serve para você, Tiff. Eu e Meg cuidamos do resto.

Antes de nos separarmos, concordo com Tiffani que devemos voltar antes das nove. É uma regra que, se sua amiga está dando uma festa, você deve chegar antes de todo mundo. Meghan vai ficar na casa de Rachael, para se arrumar. Afinal, a festa é para ela.

Quando volto para casa, trinta segundos depois de sair da residência de Rachael, levo com cuidado meu vestido novo em direção ao quarto. Mas não demora muito até que uma figura pensativa me pare no topo da escada.

– Parece que estamos só você e eu – diz Tyler quando chego perto.

É a primeira vez que o vejo em dois dias. Ele desaparece com frequência, e nem Ella questiona isso. Talvez no passado questionasse, mas parece que agora desistiu de pedir explicações. Meu pai, por outro lado, ainda tenta, com teimosia, fazer valer regras que simplesmente não existem na mente de Tyler.

– Eles estão no jogo dos Dodgers. Os Angels vão perder, sem dúvida.

– Eu sei. Dá para sair da frente, por favor?

– Claro.

Surpreendentemente ele fica de lado para eu passar. Franzo a testa e até hesito antes de entrar no quarto. Tyler parece cansado.

– O que foi? – pergunta.

– Você vai à casa da Rachael hoje, não vai? – falo, mesmo já sabendo que ele vai. Parece que Tyler é presença constante nas festas.

– Vou.

Ele inclina a cabeça, os olhos ligeiramente estreitados. Não consigo descobrir qual é o seu humor no momento. Ele pode passar de relaxado a furioso e vice-versa no espaço de um minuto.

– Você também vai, não?

– Vou.

– Legal. A gente vai que horas?

– Como assim, "a gente"? – Quase bufo ao abrir a porta do quarto, com o vestido ainda pendurado no braço. – Vou atravessar a rua sozinha. Não com você. Você pode ir quando quiser, Tyler.

– Fica fria – murmura ele.

Em seguida, aperta os lábios, balança a cabeça e desce com toda a calma do mundo, me deixando em paz para me arrumar. Para ele não é problema perder tempo. Ele é homem. Os homens demoram dez minutos para se preparar: é só tomar banho e colocar uma camisa limpa.

Assim, enquanto o escuto ligar a TV lá embaixo, vou para o banheiro e entro no chuveiro para realizar as tediosas tarefas femininas envolvendo xampu e aparelhos de barbear. Meu cabelo não demora muito para secar, e decido usar cachos soltos hoje. Não me esforço demais, principalmente porque não tem ninguém nessa cidade que eu esteja tentando impressionar. Assim, depois de passar uma quantidade confortável de maquiagem, coloco o vestido, calço sapatos altos e olho a hora: 20h49.

Saio do quarto exatamente na mesma hora em que Tyler sai do dele. Ele parece pronto. Está usando uma camiseta branca e uma jaqueta de couro, e apesar de ser uma roupa simples, fica muito bem nele. Quanto mais penso nisso, mais percebo que ele sempre parece bem, esteja usando botas, tênis, camisa ou regata. Há um forte cheiro de colônia no ar, o que só reafirma como ele parece bem-arrumado. Isso me lembra da colônia que Tiffani elogiou naquele dia nos provadores da American Apparel. Bentley.

Então acabo cedendo:

– Já estou indo. Você vai comigo?

Ele me examina lentamente, fazendo com que eu me sinta sem graça com o buraco no decote do vestido. Por fim ele murmura:

– Na verdade, preciso sair rapidinho.

– Para onde?

– Um lugar aí – responde ele, de maneira brusca, como se não quisesse responder. – Pode ir. Chego lá em vinte minutos.

– Mas aonde você vai? – pressiono.

Tem alguma coisa nos olhos dele que me deixa inquieta. Desperta em mim até mesmo algumas suspeitas. Ele não consegue olhar para mim, os punhos fechados dos lados do corpo, os lábios quase se repuxando.

– Que saco, Eden.

Ele levanta uma das mãos, frustrado, me dá as costas e volta como um raio para o quarto dele. Então eu o acompanho até o quarto sem graça com cortinas fechadas e sem luzes acesas, semicerrando os olhos na escuridão.

– Por que você ficou com raiva? – pergunto enquanto ele passa as mãos pelo cabelo. Por algum motivo, ele está estressado de verdade. – Só perguntei aonde você vai.

– Vou encontrar uma pessoa, ok? – responde ele, quase gritando, todo o corpo rígido enquanto me encara. – Tenho uma parada pra pegar e você tem que parar de encher o meu saco.

Encaro-o, notando seus olhos e o modo como eles se mexem rapidamente, mudando de tom e ficando mais profundos. Dá até para ver seu peito se mexendo, quase sinto seu coração disparando.

– Você vai encontrar o Declan. – Nem é uma pergunta. Não precisa ser: é óbvio. – Ele não vai à festa, por isso você vai se encontrar com ele. Certo?

Seus ombros afundam, as pálpebras se fechando, e ele suspira. Ouço sua respiração enquanto ele balança a cabeça. E, quando os olhos se abrem de novo, Tyler está lívido.

– Vai pra porra da festa e pronto.

– Não – digo com firmeza, sem sair do lugar. Já é hora de alguém fazer alguma coisa para consertar o problema, em vez de ignorá-lo. – Não vou deixar você sair para se encontrar com ele.

– Eden. – Tyler engole em seco, e a força silenciosa de quando ele diz meu nome só me deixa mais furiosa.

Ele dá um passo na minha direção, se inclinando um pouco de modo que ficamos da mesma altura. Seu olhar penetra nos meus olhos de um jeito quase aterrorizante.

– Você não pode fazer nada.

– Está certo – digo com a voz ficando mais dura, talvez um pouco mais trêmula.

Seu rosto está tão perto do meu que sinto como se ele estivesse roubando o meu oxigênio, e me pego com dificuldade de continuar colocando as palavras para fora. Mas me forço a continuar, porque não tenho como desistir agora:

– Não posso fazer nada em relação a isso, porque você não se IMPORTA. Você não se importa por eu estar preocupada com a hipótese de você ter uma overdose ou uma reação ruim numa noite e acabar morrendo. Não se importa com o fato de que você tem dezessete anos e está viciado em cocaína. Você não se importa, não é? – Ele não fala nada, só me encara, os olhos de algum modo ainda mais estreitados. – Você só se importa em parecer descolado nas festas, tentando impressionar as pessoas com essa imagem de bonzão que está procurando passar. É PATÉTICO.

Tyler balança a cabeça.

– Não é por isso.

– Então é por quê? É porque está tentando se enturmar com aqueles amigos idiot...

– Porque é uma distração! – diz ele rispidamente. Em seguida, pressiona a testa com uma das mãos e solta o ar enquanto fecha os olhos com força. Há um silêncio longo, intenso. – É a porra de uma distração – murmura ele. Então abre os olhos de novo, ferozes como sempre, e seu tom ácido volta quando ele me encara de novo. – E neste momento eu adoraria a bosta de uma distração.

A raiva que existe nele, a fúria, a irritação em tudo que me disse, de algum modo tudo isso se junta dentro de mim. É como um jorro súbito de adrenalina e insanidade passando pelas minhas veias e disparando alguma coisa que não consigo compreender direito. Suas palavras mal saíram da boca quando estendo a mão para ele, segurando seu rosto e sentindo o calor da sua pele. Pressiono meus lábios nos dele, dominada pela sensação, enquanto minhas pálpebras tremulam se fechando, e um silêncio ensurdecedor nos consome. É agonizante como meu coração martela no peito, mas é empolgante sentir os lábios dele. E então a realidade volta numa inundação, e é apenas questão de segundos até ele ficar de novo com raiva de mim. E eu me afastar devagar.

Dou um passo para trás, nauseada, enquanto Tyler me encara com olhos arregalados. Estou esperando uma explosão dele, que sua voz firme pergunte se estou maluca, e terei que responder que sim.

– Essa não era eu – balbucio, as palavras se prendendo na garganta enquanto gaguejo algum tipo de explicação. – Eu não... não sei o que foi isso. Eu... eu não... eu... desculpe. Estava tentando... distrair você... eu...

Sou interrompida quando os lábios dele voltam ao encontro dos meus. Ele é tão forte que quase me derruba, me empurrando para trás até que minhas costas batem na parede, as mãos dele segurando meu rosto, os polegares roçando na pele, os dedos penetrando no meu cabelo. Seus lábios são rápidos, ansiosos, insistentes. Mas ao mesmo tempo incríveis. Me entrego a ele imediatamente, todo o corpo tremendo sob seu toque. Consigo sentir sua raiva; sentir a intensidade. Não sei por que não estou me afastando. Sei que deveria, sei que isso não era para estar acontecendo, mas tem uma coisa tão hipnotizante nisso tudo que simplesmente não consigo parar. Ele desce a mão até a parte de trás da minha cintura, me puxando por um momento brevíssimo.

E então para.

Num estalar de dedos, ele afasta os lábios e me solta, dando um passo para trás. O momento termina tão depressa quanto começou.

– Merda – diz ele, ofegante, tão baixinho que resume perfeitamente o que acabou de acontecer.

Porque estou pensando a mesma coisa.

Ah, merda.

16

Os olhos de Tyler engolem os meus, que estão arregalados, completamente chocados, surpresos, embora calorosos. Os de Tyler estão diferentes. São um vasto oceano com milhares de emoções que mudam de tom tão depressa que não consigo acompanhar. E então eles se inflamam com a emoção mais sombria de todas: fúria, pura e simples.

– Estou indo para a casa da Rachael – murmura ele, fechando o zíper da jaqueta, passando a mão no cabelo e me dando as costas, disparando quarto afora sem nem olhar na minha cara. Mas não ligo, porque estou desnorteada demais para ligar para alguma coisa.

Não há uma explicação lógica para o que acabou de acontecer, e Tyler não parece nem um pouco interessado em procurar por uma. Fico parada no meio do quarto, imóvel, até que, depois do que parece uma eternidade, o barulho da porta da frente batendo me tira do transe.

Com a mente a mil por hora e o coração quase saindo pela boca, aos poucos, e então de maneira avassaladora, me dou conta do que fiz: acabei de beijar Tyler.

Meu irmão postiço. Acabei de beijar meu irmão postiço. Beijei o cara que me tira do sério, que faz meu sangue ferver toda vez que o vejo. O cara que tem namorada. Uma namorada que por acaso é minha amiga.

Droga, Eden!

Tenho ânsia de vômito e levo a mão à boca na mesma hora. Em pânico, tento respirar fundo e me acalmar. Posso ter beijado Tyler, mas ele me beijou também. E com muita vontade.

Então penso em Rachael, Meghan e na festa que elas estão dando do outro lado da rua. A festa onde eu deveria estar há quinze minutos. Preciso ir logo para lá e agir normalmente.

Como uma garota que não beijou o irmão postiço.

Inspiro e expiro bem devagar e digo a mim mesma para não me desesperar. Pelo menos até o fim da noite. Mas, contando que Tyler também vai estar lá, duvido que eu consiga. Será que devo falar com ele? Perguntar o que deu na gente para fazer aquilo? Ou é melhor ignorá-lo? Não sei.

Atordoada, cambaleio até meu quarto e me olho no espelho uma última vez, pegando a bolsa e me preparando psicologicamente para o que me aguarda na festa. Pelo menos Tyler foi direto para lá e desistiu do encontro com Declan – se eu tentar conversar, pelo menos ele não vai estar sob efeito de drogas.

Ainda ofegante, desço e tranco a porta com minha chave reserva. Já dá para ouvir a música vindo da casa de Rachael. Não está muito alta, mas sei que não vai continuar assim ao longo da noite, conforme as pessoas forem chegando e se embebedando.

Estou atravessando a rua quando um carro para e alguns garotos saem. Não reconheço ninguém, mas pelo visto sou reconhecida, porque um deles, carregando um caixote de cerveja, olha para mim e fala:

– Eden, não é?

– Isso – respondo, diminuindo um pouco o passo, mas sem parar. Não estou no clima para socializar.

– Ouvi falar de você – diz o cara, com um sorrisinho quase imperceptível. Ele fecha a porta do carro com o pé, apoiando o caixote num dos braços e estendendo a outra mão para me cumprimentar. – A irmã do Tyler, não é?

Quase vomito ao ouvir aquela palavra. Sinto nojo de mim mesma, envergonhada pelo ato incestuoso que acabei de cometer. Tenho quase certeza de que o que fizemos é ilegal ou imoral. Só consigo murmurar um rápido "irmã postiça" para o garoto e me afastar depressa, correndo até a porta e sendo consumida pela música ensurdecedora quando a abro, aliviada por pelo menos assim me distrair um pouco do turbilhão em minha cabeça.

– Onde é que você estava, Eden? – grita Rachael, do outro lado da sala, rindo e balançando o copo. Dá para imaginar o que tem dentro dele. Quando ela se aproxima de mim, sinto o cheiro do álcool em seu hálito. – As pessoas estão começando a chegar e você só aparece agora? Meg estava atrás de você a noite toda.

– Desculpa – é só o que consigo dizer. – Cadê ela?

– Preparando uns drinques – responde ela, balançando a cabeça no ritmo da música, com um sorriso de orelha a orelha. Deve ter começado a beber no segundo em que Tiffani e eu fomos embora. – Vai lá pegar um pra você.

Até agora o lugar está confortável, com umas quinze pessoas, mais ou menos, espalhadas pela sala e, felizmente, em sua maioria sóbrias. Por enquanto. O restante dos convidados deve chegar na próxima hora. Com todo mundo relaxado e calmo, é fácil circular pela casa. Vou até a cozinha e encontro Meghan. E, para o meu azar, Tiffani. Tenho ânsia de vômito outra vez.

– Finalmente! – diz Meghan, o cabelo escuro esvoaçando enquanto ela saltita até mim.

Ela também deve ter começado a beber bem antes das nove. Meghan me abraça, e Tiffani só revira os olhos. Tento não fazer contato visual.

– Aqui, pega isso. – Ela põe seu copo na minha mão, assentindo com entusiasmo antes de voltar para a bancada e pegar outra bebida.

– O que é?

– Não sei – responde ela.

Os caras com quem cruzei lá fora surgem na cozinha, e Meghan explica a eles onde deixar a bebida. Com o canto do olho, vejo Tiffani sorrindo para mim. Ela passa pelo novo grupo que se formou e se aproxima, com um copo de vinho na mão e mais sofisticada do que nunca, com seu vestido branco mullet.

– Rachael e Meghan estão me deixando maluca – diz ela, amigável, rindo. – Já estão completamente bêbadas.

– Pois é – falo, e minha voz sai fraca. Não consigo olhá-la nos olhos, mas tomo coragem para perguntar: – Tyler está aqui?

– Tentando entornar o máximo de cerveja que consegue – explica ela, num tom de desaprovação, observando-o pela janela da cozinha. Ouvi-la falar sobre ele só me deixa mais culpada ainda, e sinto que a qualquer momento vou começar a chorar. – Estou esperando ele acabar logo com essa palhaçada e voltar aqui para dentro.

Vejo Tyler e um outro cara que não conheço lá fora, com uma pilha de latas de cerveja. Tyler fura uma com a chave do carro e a leva à boca, esvaziando-a em nanossegundos. Essa cena se repete uma, duas, infinitas vezes.

Volto a atenção para Tiffani, ignorando o peso avassalador na consciência. Eu beijei o namorado dela. Essas palavras ficam martelando na minha cabeça sem parar, como se eu já não estivesse bem ciente do erro que cometi.

– Isso não vai acabar bem, né?

É o máximo que consigo comentar.

– Não mesmo – admite ela, dando de ombros.

Ela franze a testa e dá um gole no vinho, o rosto se contorcendo numa careta. É tão incomum uma menina da idade dela beber vinho, um ato tão sofisticado quanto o vestido, os dois combinando para criar uma aura de elegância com a qual é impossível competir. Ela parece uma adulta comparada comigo.

– Ele é tão irritante! Por que está lá fora se embebedando? Devia estar aqui dentro comigo.

Acho que sei por que Tyler está à beira de um coma alcoólico e prestes a ganhar uma cirrose de presente. Se a cabeça dele está tão confusa quanto a minha, a bebida deve ser o único modo que ele arranjou de se distrair dos últimos acontecimentos. Confesso que queria fazer o mesmo, mas estou morrendo de medo de colocar tudo para fora de puro nervosismo, por isso dou um sorriso falso para Tiffani e saio da cozinha com o drinque de Meg ainda na mão. Não estou nem um pouco no clima de beber, conversar ou dançar, então o descarto na primeira oportunidade que tenho. Em vez disso, me concentro em Rachael. Ela está feliz demais, dançando demais e girando demais. Parece que injetaram álcool direto na sua veia, então me dedico ao papel de babá por pelo menos uma hora.

– Estou supersóbria, Eden, sério – insiste ela, em vão, enquanto a levanto do chão pela centésima vez. Está lutando para se equilibrar no salto plataforma, tropeçando no ar e se estatelando de cinco em cinco minutos.

Tento mantê-la de pé mais uma vez, mas ela tenta me empurrar para longe.

– Estou vendo. Bem sóbria mesmo – falo, revirando os olhos.

– A partir daqui eu assumo – diz alguém com uma voz grave atrás de mim, segurando o braço de Rachael segundos antes de ela cair de novo.

– Trevor! – berra ela, se jogando no garoto e quase deslocando o pescoço dele antes de cobri-lo de beijos.

Trevor me faz um sinal de positivo com a mão que ainda não foi esmagada por Rachael, e só me resta rezar por ele. A garota vai dar trabalho esta noite.

Liberada do serviço de anjo da guarda, desloco meu corpo sóbrio pela multidão – todo mundo já deve ter chegado, a casa está lotada e sufocante –, mas uma figura grande para na minha frente. É Jake, com seus olhos idiotas, o cabelo idiota e o sorriso idiota.

– Onde você estava, sumida? – Ele dá um risinho e passa o braço pelo meu ombro, me puxando para perto enquanto dá um gole na cerveja. – Tentei falar com você a semana toda.

Admito que andei ignorando as mensagens e ligações constantes dele, porque não consegui tirar a tal Etapa Maxwell da cabeça.

– Desculpe, andei superocupada – minto. Passei a semana lendo e malhando. E beijando meu irmão postiço. – Quando você chegou?

– Há uns vinte minutos! – Ele precisa gritar para se fazer ouvir, e sua voz me irrita. Ele dá um sorriso e chega bem perto da minha orelha, sua respiração fazendo cócegas na minha pele. – Lembra? Meus pais estão fora da cidade desde quinta-feira – murmura ele, tropeçando um pouco nas palavras. – Você pode ficar lá em casa hoje.

Já ouvi o suficiente sobre ele para saber que não quero me envolver e ser apenas mais uma garota em sua lista de conquistas.

– Não, obrigada – falo, com um sorriso. Se eu for fofa, talvez ele não fique chateado. – Moro a sete metros daqui, é mais fácil ir para casa.

Ele não parece ter gostado muito da resposta, mas tenta deixar pra lá.

– Bom, vamos curtir a festa juntos, pelo menos. Vou pegar algo para você beber.

– Não quero beber nada – disparo, num tom mais brusco do que quando estava falando com Tiffani. Estou angustiada, confusa e furiosa demais comigo mesma para sequer me dar ao trabalho de ser legal. – Desculpa, Jake, não estou muito bem hoje. Estou sem clima.

Isso não deixa de ser verdade, além de ser a única desculpa em que consigo pensar para que ele me deixe em paz.

– Tá bom, então – diz ele, resignado, dando um gole na cerveja e se afastando.

Todo mundo ao redor aos poucos cruza a fronteira da sobriedade, e quanto mais as pessoas bebem, mais a pegação rola solta. Noto que não vejo Rachael e Trevor há um tempo. Tenho um palpite sobre o paradeiro deles.

Enquanto os dois estão lá em cima fazendo o que quer que fazem nas festas, decido zelar pelo bem-estar da casa, já que devo ser a única pessoa no recinto que não está alterada e trocando as pernas. Ocupo a mente tirando a garota desmaiada da banheira. Me distraio limpando as bebidas derramadas. Concentro-me em dar água ao cara que está vomitando no quintal. Por um tempo, consigo esquecer o que aconteceu com Tyler.

Até que o vejo pela primeira vez em três horas.

Estou pegando copos vazios no pé da escada quando ele passa cambaleando por mim. Está trêbado, não sabe nem o próprio nome. Ele cai de joelhos e se apoia nas mãos, encarando os dedos muito concentrado, a cabeça oscilando para a frente e para trás.

Eu me aproximo com cautela. Não sei direito o que fazer. Por isso começo com o básico, dizendo baixinho o nome dele. Minha voz sai sem força, mas, mesmo com a mente enevoada pelo álcool, Tyler consegue me ouvir. Ele me encara, e seus olhos estão pesados, vidrados, cansados e perdidos. E principalmente sombrios.

– Bebê.... – chama a voz serena de Tiffani, que passa por mim e vai até Tyler. Ela engancha as mãos embaixo dos braços dele e o levanta, mas o corpo dele tomba para a esquerda e seu rosto bate na parede. – Tyler – diz ela, tentando mantê-lo de pé, mas ele a ignora, envolto demais em seu torpor para processar qualquer coisa.

Ela apoia o braço nos ombros dele e o ajuda a ir até a escada, onde o coloca sentado. Então dá um tapa em seu rosto.

– Acorda – diz ela, bufando. – Você é um pesadelo.

Nunca o vi tão bêbado, e pelo visto Tiffani também não. Ela parece irritada e segura o rosto dele, para mantê-lo de cabeça erguida. Ele mal consegue ficar com os olhos abertos.

Ela me lança um olhar preocupado.

– Ella vai ficar furiosa se ele chegar em casa desse jeito – murmura, balançando a cabeça com desgosto. Tyler tenta murmurar alguma coisa, mas não dá para entender. – É melhor ele ficar lá em casa hoje.

Faço que sim com a cabeça, e então Tyler escorrega da escada e se esparrama no chão.

– Por que ele está tão bêbado?

– Ele não quis parar de beber por nada – explica Tiffani, que parece sóbria, apesar do vinho que tomou mais cedo. Ela se ajoelha ao lado de Tyler e o segura pelos ombros, tentando com cuidado fazer com que ele se sente. – Teve uma hora que ele bebeu pelo menos seis latas seguidas. – Ela parece quase desamparada ao tentar empurrá-lo de volta para a parede com seu corpo pequenino, as mãos dele puxando seu vestido. – Normalmente ele conhece os próprios limites. Isso me envergonha demais.

– Vou pegar um pouco de água para ele – anuncio, e parto para a cozinha na mesma hora.

Não consigo tirar da cabeça que ele só decidiu se embebedar a ponto de cair por um motivo: por causa do que aconteceu entre a gente. É tudo culpa minha.

Fecho a torneira e me viro, trombando em Dean.

– É bom ver uma pessoa sóbria, para variar – diz ele, assentindo para o copo de água na minha mão. Olho para a cerveja na mão dele.

– É para o Tyler – falo. – E com você, está tudo bem?

– Bom, estou meio tonto – admite ele, tímido, coçando a cabeça e dando de ombros. – Tyler está acabado.

– É, eu sei – concordo, com o mesmo tom seco que usei a noite toda. – Aproveite o resto da noite, Dean.

Eu me espremo ao passar por ele e pelas outras pessoas apinhadas na cozinha, desviando das pilhas de caixas de cerveja.

Volto para a sala e encontro Tiffani sentada no chão, encostada na parede, com a cabeça de Tyler no colo. Não sei se ele está dormindo ou morto. Entrego a água a ela.

– Obrigada – diz ela, parecendo genuinamente agradecida. – Ele está me fazendo passar vergonha. Vou tirá-lo daqui, não quero que mais ninguém o veja nesse estado deplorável.

– Sinto muito se ele arruinou sua noite – falo, pedindo desculpas por Tyler, e não sei bem por quê. Provavelmente porque sou culpada por ele estar tão bêbado.

– Ele vive arruinando minhas noites – diz ela, com um suspiro, afastando com delicadeza a mão de Tyler, que tenta tocar em suas sobrancelhas. Ele geme, contrariado. – Você é um babaca, sabia, Tyler?

– Tiffani?

Ela olha para mim, com o rosto tenso. Está furiosa com ele.

– O quê?

– De manhã, quando o Tyler acordar – começo, olhando para ele, que rola para o lado, de olhos fechados e boca aberta, desfalecido –, pode dizer que preciso falar com ele?

17

Segunda-feira é o Quatro de Julho. Simplesmente a maior comemoração do ano no país, quando a demanda de fogos de artifício é enorme e a população parece dobrar em todas as cidades, com milhares de pessoas aparecendo para as festividades. Não sei como o Dia da Independência é comemorado em Los Angeles, mas em Portland normalmente vamos ao Waterfront Blues Festival assistir aos fogos de artifício no rio Willamette. Antes de ir para o trabalho, papai me diz que vamos ver os fogos em Culver City. Mas duvido de que sejam melhores que os de Portland.

– Se quiser, pode ir assistir ao desfile com a gente na Main Street, Eden – sugere Ella quando entro de pijama na cozinha.

Chase e Jamie já estão sentados à mesa; os olhos de Chase estão grudados na TV em cima da bancada enquanto ele enfia bacon na boca e Jamie pega uma tigela de cereal.

É sempre meio esquisito ficar com Ella sem meu pai por perto, porque há três semanas essas pessoas eram estranhas para mim. E agora devo pensar nelas como minha segunda família, como pessoas com quem eu deveria me sentir confortável. Não me sinto, de modo que a única coisa que posso fazer é fingir.

– Tudo bem – concordo. – Tyler já chegou em casa?

Não o vejo desde a festa no sábado. Assim que Tiffani conseguiu arrastar o corpo apagado do namorado até o carro de alguém e ir para casa, também saí. Não havia sentido em me obrigar a ficar quando não havia nada que valesse a pena. Fui para a cama e caí no sono antes que meu pai e Ella chegassem. Não sei se eles notaram a festança rolando do outro lado da rua, mas, se perceberam, certamente não falaram nada no dia seguinte. Só me perguntaram sobre o paradeiro de Tyler, por isso precisei falar que ele passou a noite na casa de Tiffani. A expressão de Ella se contorceu levemente.

– Já – responde ela agora, fazendo barulho com os pratos na pia. – Chegou tarde ontem à noite. Acho que ainda está dormindo.

Não ouvi quando ele chegou, e estou surpresa por ele ter pelo menos chegado em casa. Deve ter passado o dia todo na Tiffani tentando se recuperar da ressaca que com certeza sofreu. Talvez hoje eu finalmente tenha chance de falar com ele sobre o que aconteceu no sábado. Não posso continuar ignorando. Não é uma coisa que possa ser esquecida.

– Ele vai ao desfile com a gente?

Faço o maior esforço possível para parecer que estou fazendo uma pergunta qualquer, porque não quero dar a impressão de estar preocupada demais. Não posso nem começar a imaginar como meu pai e Ella reagiriam se soubessem. Por isso banco a indiferente e me sento ao lado de Chase.

– Acho que não. – Ella tira o tampão da pia e enxuga a mão numa toalha pequena, virando-se para mim. – Acho que vou deixar ele dormir.

O desfile começa às nove e meia. Eu não esperava que fosse tão cedo, mas tenho vinte minutos para me arrumar antes de sair com Ella e meus dois irmãos postiços, deixando o terceiro em casa, dormindo no quarto ao lado do meu. Tento não pensar muito nele.

Em vez disso, me concentro em tentar achar uma vaga com Ella, mas é quase impossível. As ruas estão lotadas de carros, pessoas e barracas em cada esquina vendendo bandeiras americanas. Acabamos parando a nove quarteirões de distância e precisamos andar até a Main Street, que está completamente fechada para o evento. O público se enfileira na calçada com suas bandeiras e caras pintadas. Nós quatro achamos um local perto do fim da rua, mas temos uma visão ótima quando o desfile finalmente chega até nós. Há cavalos, bandas de música, carros de polícia antigos, cartazes gigantes, caminhões de bombeiro, artistas de rua e carros alegóricos, e no fim disso tudo estou cansada de tanto vermelho, azul e branco. Mas mesmo assim é um bom começo para o dia e me dá duas horas para entender como Santa Monica comemora uma ocasião importante. Mas ainda acho que Portland tem um Quatro de Julho muito melhor e não consigo afastar o desejo de estar lá, em casa com minha mãe e Amelia, me preparando para ir à beira do rio ouvir um monte de bandas tocando.

Depois do desfile, o trânsito está todo parado, por isso Ella decide esperar no centro da cidade. Matamos o tempo almoçando num pequeno café. Chase arrasta sua bandeira e eu pareço uma filha adotada: Ella e os garotos são louros; eu tenho cabelo castanho-escuro.

– Seu pai falou sobre os fogos à noite? – pergunta Ella assim que pedimos os sanduíches, cruzando os braços na mesa e sorrindo para mim.

– Falou. Onde fica Culver City?

– A uns vinte minutos daqui. A nossa cidade não faz shows de fogos de artifício desde 1991 – diz ela, balançando a cabeça com pena. – Por isso normalmente nós vamos a Marina del Rey, mas esse ano eles não vão fazer. Mas ouvimos dizer que os fogos em Culver City são ótimos. Muita gente vai para lá hoje à noite.

– O Tyler vai? – Assim que falo, desvio o olhar. Acho que estou sendo óbvia demais, então reformulo depressa a pergunta: – Quer dizer, todos nós vamos, não é?

– Claro. Está empolgado, Chase?

Ela ri para ele de um jeito caloroso, orgulhoso. Depois que Chase confirma com a cabeça, entusiasmado, percebo que nunca a vi olhar para Tyler daquele jeito, e de repente isso me deixa incomodada e, de algum modo, triste. Tyler é só um garoto imprudente que torna impossível sentir orgulho dele. Queria muito que ele não fosse assim.

No almoço, mal toco na comida. Depois, visitamos algumas lojas e acabamos voltando para casa no meio da tarde. Tyler está acordado. Sei porque dá para ouvi-lo se movimentando no quarto; há um ritmo constante nos passos. É como se estivesse andando de um lado para outro.

Decido começar a me arrumar para os eventos da noite, por isso tomo um banho e fico um tempo no quarto, comparando roupas e esperando o cabelo secar. Até ouço um pouco de música e estou esperando Tyler bater na parede de novo e dizer para eu baixar o volume, mas do lado dele só há silêncio.

Depois de usar o secador de cabelo, decido ir lá embaixo beber alguma coisa. Primeiro me ajeito um pouco, desligo a música antes de sair e desço a escada.

Por algum motivo a casa está silenciosa e me pergunto se todo mundo saiu, mas quando chego ao hall alguma coisa na cozinha atrai meu olhar. Ella e Tyler. Mas não estão de pé fazendo comida nem conversando. Longe disso. Vou de mansinho até o arco, olhando de longe sem fazer barulho, e espio pelo canto da parede.

A cabeça de Tyler está enterrada no ombro de Ella. Ela o envolve com os braços e apoia o queixo na cabeça dele, de olhos fechados. Mas ele só está respirando pesado e com o rosto afundado na mãe, as costas encurvadas e os braços pendendo ao lado do corpo. Em alguns momentos, percebo suspiros ou fungadas, quase uma mistura das duas coisas, e não sei se um deles – ou os dois – está chorando. Ela abraça o filho como se sua vida dependesse disso.

– Entendo – murmura ela, mas sua voz está embargada. – Você tem direito de se sentir assim, Tyler. Você tem todo o direito. Às vezes pode ser demais para aguentar.

É óbvio que tem algo errado. Só não sei o que é. Espero que Tyler responda, mas ele não faz isso. A única coisa que escuto é o som da porta da frente se abrindo e a voz do meu pai bem alta:

– Adivinha quem saiu mais cedo do trabalho hoje?

Imediatamente Tyler se afasta de Ella, levantando a cabeça depressa e indo para o outro lado da cozinha. Ele solta o ar e passa as mãos pelo cabelo. Noto como seus olhos parecem inchados logo antes de ele abrir a porta do pátio e sair.

Ella pressiona o peito com a mão, olhando o filho se afastar, os lábios tremendo. Mas consegue se recompor antes que meu pai veja, e parte para a ação, ligando a cafeteira.

– Gostou do desfile? – pergunta meu pai.

Alongo as costas. Pigarreio e só confirmo com um aceno de cabeça enquanto ele passa por mim afrouxando a gravata. Ele ri e entra na cozinha, onde é recebido pelo enorme sorriso da esposa.

Fico me perguntando se ele sabe que é um sorriso falso.

– Vamos todos no mesmo carro – anuncia meu pai duas horas mais tarde, assim que estamos prontos para ir a Culver City. – Só tem três lugares no banco traseiro, então vocês vão ter de se espremer. Chase, você vai ter de se abaixar no chão se passarmos pela polícia.

Tyler cruza os braços e revira os olhos encostado na parede do hall. Já voltou ao normal. Um sorrisinho, os olhos desafiadores. Ainda estou curiosa com relação ao que havia de errado antes e as perguntas me devoram por dentro, mas sei que não posso perguntar. Não é da minha conta.

– Por que não posso ir no meu carro? – pergunta ele.

– Porque você está de castigo – responde meu pai sem nem olhar para ele. – Quero que você e Eden fiquem com os telefones ligados, para a gente encontrar os dois no fim da noite. Jamie, Chase, vocês ficam com a gente.

– Acabaram as explicações imbecis de segurança do Dave? – murmura Tyler, com um riso presunçoso, os olhos semicerrados. Agora essa expressão é quase permanente.

Meu pai parece não ligar.

– Entre no carro e pronto.

Tyler ri enquanto seguimos até o Range Rover e entramos, quatro de nós espremidos sem o menor conforto no banco de trás. Nem estamos numa posição adequada para usar cinto de segurança, por isso fico sentada com Chase à esquerda e Tyler à direita, e estamos todos tão espremidos que meu corpo fica apertado contra o de Tyler. Olho para os pés enquanto ele espia pela janela, e os pelos no meu braço começam a se arrepiar à medida que o calor da pele dele esquenta a minha. Mordo o lábio para ficar quieta, mas quando noto os sapatos dele na metade da viagem simplesmente preciso falar. Tyler está usando All Star brancos, como eu.

– Não sabia que você usava All Star – digo num volume mais baixo que o do papo do meu pai com Ella, para que eles não me ouçam.

Ele se vira e seu olhar suave encontra meus olhos.

– Uhum.

E é só isso que dizemos durante todo o caminho até Culver City. O trânsito está inacreditável, por isso acabamos presos no carro durante quarenta minutos, até finalmente pararmos perto da escola de ensino médio da área. Por acaso o show de fogos vai ser aqui, e Ella estava certa ao dizer que muita gente viria. Precisamos pagar para entrar no estacionamento da escola, depois temos que doar mais ainda para entrar no evento propriamente dito. Pelo menos não fomos parados pela polícia por causa do carro lotado.

– Se algum amigo de vocês estiver por aqui, podem ir encontrar com eles – diz Ella a Tyler e a mim ao entrarmos na escola, seguindo as placas que indicam o campo de futebol. – Vamos ligar para vocês no fim, se não conseguimos nos encontrar de novo, certo?

– E se comportem – acrescenta meu pai, mas olhando apenas para Tyler.

Porque Tyler é o único com quem ele precisa se preocupar, porque Tyler é imprevisível, porque Tyler é inconsequente.

– Está bem, está bem – murmura Tyler, depois acena indo embora.

Ele acelera o passo para se afastar dos pais, passando o corpo depressa pelo fluxo de pessoas à nossa frente, antes de desaparecer.

– Sei que a Meghan está aqui – digo ao meu pai, mas meus olhos continuam focados adiante, procurando a cabeça de Tyler. – Vou ver se acho.

– Tome cuidado – avisa ele, mas depois me autoriza assentindo levemente com a cabeça.

Saio de perto deles, andando depressa na direção de Tyler pelos corredores da escola de Culver City. Ouço o eco fraco de uma banda marcial à distância e isso me faz sentir que estou indo para um jogo de futebol do ensino médio. Meio que estou indo mesmo.

O show de fogos vai ser no campo de futebol e, quando chego à porta dos fundos da escola e saio junto com a multidão, já há milhares de pessoas nas arquibancadas e no campo. Veem-se barracas de comida na pista de atletismo e o sol começa a se pôr ao longe enquanto a multidão fica mais densa. Não vou achar Meghan de jeito nenhum.

À minha volta, há famílias, casais idosos e grupos de estudantes, enquanto outros optaram por colocar cadeiras e cobertores no campo para assistir ao show com conforto. Então agora estou sozinha e desejando ter ficado com meu pai.

– Achei que você não era do tipo que saía sozinha – diz uma voz ao meu lado, se sobrepondo ao som da banda e das conversas ao redor. É Tyler, que está me olhando com um brilho curioso nos olhos e um sorrisinho nos lábios. – Podemos conversar agora.

– Agora? – repito, incrédula.

De todos os lugares e horas possíveis, o sujeito escolhe o meio das comemorações do Quatro de Julho.

– Não quis dizer aqui – murmura ele, olhando ao longe, examinando o campo, as pessoas e as barracas. – Vem comigo. – Tyler mantém o rosto abaixado enquanto se vira e volta na direção de onde veio, e vou atrás dele, ansiosa.

Estamos indo para longe do campo, de volta para o prédio principal da escola, abrindo caminho contra o fluxo de gente. Meu coração bate forte enquanto voltamos. Não sei se ele vai ficar furioso comigo ou se estará disposto a aceitar meu pedido de desculpas, e a primeira opção faz com que eu sinta vontade de vomitar de novo.

Estou tão preocupada e nervosa que quase o perco de vista. Ele está me levando por um corredor que claramente tem uma placa com os dizeres "ENTRADA PROIBIDA". Apenas alguns corredores estão abertos para levar o público ao campo; o resto da escola parece fechado. Mas Tyler desconsidera as regras e estou nauseada demais para me dar ao trabalho de discutir com ele. Logo chegamos ao fim do corredor por onde nos esgueiramos, então Tyler para.

Agora o barulho lá fora é quase imperceptível, e como as luzes nesses corredores estão todas apagadas, a única coisa iluminando o rosto dele é o sol do crepúsculo penetrando pelas janelas. Daqui dá para ver o campo, mas aquilo não me interessa, e sim a pessoa à minha frente.

Ele observa a parede por alguns segundos, antes de se virar para mim, e toda a presunção desapareceu do seu rosto. Felizmente seus olhos têm um ar gentil. Ele engole em seco.

– Que diabo aconteceu no sábado?

– Não sei – admito, a voz se prendendo no fundo da garganta enquanto meu estômago dá um nó. – Desculpe. Você estava... você estava me irritando e eu não queria que você comprasse mais drogas e simplesmente... fiz aquilo. Não era minha intenção. Desculpe, está bem? É esquisito demais e está me deixando mal, e a gente precisa fingir que nada disso aconteceu.

Ele me encara passando a língua pelo lábio inferior.

– Eu gostaria de poder dizer o mesmo sobre mim.

– O quê?

Agora que pus para fora o que precisava, estou um pouquinho mais à vontade. Isso, claro, até ele me olhar de um jeito que eu nunca vi. E todo o meu corpo se acende outra vez, como aconteceu no sábado.

– Eu beijei você também – diz ele, na lata. – Não vou pedir desculpa por isso.

– Por quê?

Por um breve momento, seus olhos parecem em brasa enquanto ele decide se vai responder ou não. Estão suaves e calmos, mas a voz é afiada.

– Porque eu sabia exatamente o que estava fazendo.

– Mas por que você fez isso?

Minha voz é quase um sussurro, meu coração se joga para trás e para a frente dentro do peito, causando um incômodo, e o nó no estômago se aperta mais.

– Porque eu queria fazer aquilo demais, porra – diz ele rispidamente.

Em seguida, ele se vira, me dando as costas enquanto solta um suspiro e pressiona a mão contra a parede.

– Você queria? – repito. Agora estou simplesmente perdida e confusa, me sentindo pior do que nunca. – Que negócio é esse que você está falando?

– Quer sinceridade total? – pergunta ele.

Faço que sim ainda que ele não possa me ver, e ele baixa a cabeça, balançando-a e olhando para o chão.

– O que eu quero dizer é que estou a fim pra cacete de você, sacou, Eden?

No momento em que as palavras escapam dos lábios, ele se vira de novo, a delicadeza dos olhos dando lugar às tempestades que crescem nas profundezas deles.

– E sei que não deveria sentir isso, porque você é a porcaria da minha irmã postiça, mas não consigo evitar. É uma coisa totalmente idiota e sei que você não sente o mesmo, porque está pedindo desculpa pela merda do sábado. – Ele para por uma fração de segundo olhando para o chão. – Eu realmente gostaria que você não tivesse pedido desculpa. Porque desculpas significam arrependimento.

Estou num silêncio atônito. Tyler, o cara que me tratou como um capacho desde o dia em que cheguei, na verdade está a fim de mim? Não faz nenhum sentido.

– Achei que você me odiasse – consigo responder, porque é a única coisa que me passa na cabeça.

– Odeio um monte de gente – diz ele, carrancudo –, mas você não é uma delas. Odeio o fato de ser atraído por você. Tipo, muito.

– Para com isso. – Dou um passo atrás, balançando a cabeça e levantando a mão. – Você é meu irmão postiço. Não pode falar uma coisa dessas.

– Quem faz essas regras idiotas, hein? – Ele dá um riso agressivo, virando-se para olhar pela janela antes de me encarar de novo. – Há três semanas eu nem sabia quem você era. Não vejo você como irmã, beleza? Você só é uma garota que conheci. Porque seria justo rotular a gente como irmãos?

Agora eu poderia mesmo vomitar. Minha mente está girando, meus pensamentos se afogando em perguntas.

– Você tem namorada – sussurro. – A Tiffani é sua namorada.

– Mas não quero que ela seja! – grita ele, obviamente irritado porque falei sobre ela. Passa de novo a mão pelo cabelo e puxa as pontas. – Não quero ficar com a Tiffani, está bem? Não deu para sacar? Ela é só mais uma distração.

– Que negócio é esse de distrações?

– NADA! – berra ele. Soltando o ar, Tyler comprime os lábios e volta a baixar o tom de voz. – Eu disse o que precisava dizer, você sabe o que eu penso e deixou claro que pensa diferente. Chega. Aproveite a porra dos fogos de artifício.

Ele passa intempestivamente por mim, agora com as duas mãos no cabelo, e a veia do pescoço claramente definida.

– Espera – digo.

Ele para na penumbra do corredor, mas não se vira. Só fica ali, os ombros subindo no ritmo da respiração.

– Você não me deu a chance de dizer que acho você interessante – acrescento.

18

O silêncio angustiante que parece durar uma eternidade é interrompido pelos fogos de artifício. O céu do lado de fora explode numa tela vívida de cores e espirais. Tyler e eu nos viramos para assistir, as luzes banhando nossa pele, as bochechas dele iluminadas por um laranja suave que logo desbota quando as cores somem do céu, rapidamente sendo substituídas por outras. Mas Tyler já deu as costas para a janela. Em vez disso se concentra na cor dos meus olhos, e não na dos fogos.

– Interessante? – repete ele, seco. – É só isso que você tem para dizer?

O céu estala, estoura e sibila sobre os aplausos da multidão, as luzes dançando em seus rostos voltados para cima, maravilhados. Desse corredor proibido, temos uma visão completa do campo.

– Estamos perdendo os fogos – murmuro, sem muita convicção.

Sei que é algo patético de se dizer. Nada vai aliviar o alvoroço no meu peito.

– Não estou nem aí para os fogos – diz ele, num tom de voz ríspido mas calmo, que vai ficando mais amargo à medida que a hostilidade cresce. – Está de sacanagem com a minha cara? Interessante?

Não sei por que ele está tão ofendido com a palavra. Interessante é bom, interessante quer dizer diferente. Nunca encontrei uma pessoa que atraiu meu interesse como ele.

– Seus muros... – começo, com a voz trêmula, respirando fundo e tentando botar para fora o que sinto de uma forma que faça sentido. – Seus muros me interessam.

– Não sei do que você está falando – retruca ele, irritado, engolindo em seco.

O brilho em seus olhos de alguma forma muda. Ele sabe exatamente do que estou falando.

– Eu não tinha percebido até agora – continuo, baixinho, desviando o olhar para o chão e então voltando a encará-lo. – Você constrói muitos muros ao seu redor, e eles me interessam.

– Quer saber? – diz ele, com agressividade, trincando o maxilar e contraindo os lábios. – Não estou nem aí para a sua opinião. Pense o que quiser sobre mim.

– Pensar o que eu quiser? – Estreito os olhos e o encaro, desafiadora, mas ele não consegue fazer o mesmo. Fica olhando para os lados, para o chão, para o teto. Mas nunca para mim. – Acho que você me deixa furiosa. Acho que você é um idiota arrogante que nunca se permite ser legal com ninguém porque isso não se encaixa nessa fachada de revoltadinho que você construiu tão bem.

Ele aperta o ossinho do nariz e fecha os olhos com força, respirando fundo algumas vezes. Observo seu peito subindo e descendo com sofreguidão. Dá para ver que o cigarro já causou danos aos seus pulmões.

– Você não tem ideia do que está dizendo.

– Me deixa acabar – ordeno, assertiva. O nervosismo foi embora, e agora que a adrenalina no sangue me deu confiança, encontro as palavras. – Acho você um babaca egocêntrico que se acha bonzão demais, durão demais, o rei do pedaço. Mas sabe a verdade, Tyler? Você é só um ridículo.

O rosto dele desmorona, a expressão de raiva se desfazendo conforme ele contrai os lábios.

– Estou me sentindo ridículo mesmo, porque vim aqui para dizer que gosto de você e você só me atacou. Podia só ter dito que não queria nada comigo.

– Achei que um cara durão como você aguentaria ouvir umas verdades.

Ele enfia as mãos nos bolsos e se vira para a janela, observando o céu lá fora com olhar triste. Em meio ao estrondo dos fogos, ouço sua respiração cada vez mais pesada. Ele me olha por cima do ombro.

– E eu achei que você tivesse deduzido que não sou durão de verdade.

E é nesse momento que tudo se transforma. No momento em que a última sílaba rola da ponta de sua língua, todo o meu pensamento se transforma. Eu estava certa o tempo todo: ele não deixa que os outros vejam sua vulnerabilidade, mas ela está lá. Seus muros são uma máscara. É tudo fingimento, um papel que ele está tentando interpretar. As grosserias, a luxúria com Tiffani, os vícios: é tudo falso. Ele é mais do que isso. Há muito mais camadas. Como hoje na cozinha, com Ella. Naquela hora ele não era o Tyler durão e descolado, nem quando brincou com Jamie no meu quarto. Nem sempre ele consegue manter a pose. E testemunhei alguns desses momentos, vi por alguns breves segundos o que havia por baixo dela.

É a ternura que às vezes emana do seu olhar, um pequeno lampejo de quem ele é de verdade, que só pode ser percebida por alguém disposto a enxergá-lo com atenção. E não sei por que só me dei conta disso neste momento. É tão, mas tão óbvio. Nossas discussões irrelevantes, as conversas aleatórias, os muitos olhares trocados parecem... inevitáveis, como se não conseguíssemos nos controlar, como se gostássemos das provocações. De um jeito meio estranho. Trocamos desaforos desde o dia em que botei os pés nesta cidade, um buscando o ponto fraco do outro. O meu é a insegurança. O de Tyler é a verdade.

E por baixo de tudo isso reside o desejo.

Tyler me deseja e eu o desejo.

Perceber isso faz meu coração disparar e minha cabeça girar. Olho para ele, e é como se eu o estivesse vendo pela primeira vez, e agora o garoto diante de mim não é o mesmo que invadiu um churrasco e gritou grosserias. Agora o enxergo sob uma nova luz. E não é só isso – há muitas coisas sobre ele que estou louca para descobrir. Quero descobrir, sobretudo, a verdade. Preciso saber quem ele é de verdade, não quem ele quer que eu pense que ele é. Ele finge o tempo todo, não passa de um ator interpretando um personagem. Por isso preciso saber o que acontece nos bastidores, depois que a peça termina e as cortinas se fecham. Quem é o garoto que está ali?

Tyler fica sem jeito ao notar meu olhar penetrante.

– Acho – falo, respirando fundo – que também gosto de você.

Ele se vira para me encarar e tira as mãos dos bolsos, completamente perplexo.

– É?

Ele morde o lábio e arqueia a sobrancelha, como se não conseguisse concluir se estou brincando ou não.

E eu realmente gostaria que tudo isso não passasse de uma brincadeira.

Eu não deveria me sentir atraída pelo meu irmão postiço.

– É.

Quase dói admitir. Mas, ao mesmo tempo, sou tomada por um alívio que relaxa o aperto em meu peito. Não tenho coragem de olhar para ele.

– Desculpe.

– Para de se desculpar.

Tyler se aproxima, cauteloso, abrindo e fechando as mãos. Sua camiseta cinza é justa no corpo, e me pego analisando cada detalhe de sua roupa. Camiseta cinza, jeans escuros e os All Star brancos iguais aos meus.

– Não se arrependa de nada.

Quando levanto os olhos do chão, onde seus pés apareceram subitamente diante dos meus, paro de respirar por um momento ao perceber quão perto estamos um do outro. Ele olha para mim de um jeito suave e gentil. Atrás dele, o céu continua a se iluminar com as cores do arco-íris. Ele roça a ponta dos dedos em meu cotovelo e delicadamente traça uma linha invisível até meu pulso, movendo a mão para minha cintura e então segurando meu corpo com brandura.

– O que está acontecendo? – sussurro.

O ar está carregado demais, e me sinto perder o fôlego. Quero rejeitá-lo, empurrá-lo para longe, porque sei que é errado. Mas não faço isso, porque gosto da sensação da sua pele contra a minha.

Meu olhar está fixado entre seu ombro e a janela, mas não focaliza direito. Tyler deve perceber meu nervosismo e meu corpo rígido, porque começa a fazer círculos no meu quadril para me acalmar. Sua respiração está lenta, e o cheiro de lenha e hortelã me envolve e me fascina completamente. Ele encosta os lábios suavemente em meu rosto, aos poucos se movendo até o cantinho dos meus lábios.

– Me deixa beijar você – murmura ele, e sinto sua respiração em minha pele, pairando sobre ela, apreensiva.

– Mas você é meu irmão postiço – sussurro, com a garganta seca e a voz trêmula, sem conseguir controlar o frenesi que agita cada centímetro do meu corpo.

Sinto Tyler engolir em seco.

– Só não pense nisso – diz ele, e então se arrisca, encostando os lábios nos meus.

E desta vez é ainda melhor do que antes. Seus lábios são macios e úmidos. Sinto seu nervosismo, assim como ele deve sentir o meu. Os fogos de artifício continuam a iluminar o céu. Ele aperta minha cintura e me puxa para perto. Não me importo. Gosto da sensação.

– Ei! – grita alguém no corredor, mas minha mente mal registra a voz. E, mesmo se tivesse registrado, eu não interromperia esse beijo por nada. – Podem parar com isso aí.

Ignoramos o grito distante, envolvidos demais para prestar atenção. Tyler segura minha nuca com uma das mãos, me trazendo ainda mais para perto, enquanto a outra mão desce pelas minhas costas. Ele domina o beijo, controlando a velocidade e a intensidade. Mas também não me incomodo com isso. Gosto de tudo.

A voz ao fundo fica mais alta, assim como os passos que a acompanham:

– Saiam daqui antes que eu prenda os dois por invasão.

Só que ainda estou envolvida demais em Tyler. O calor das mãos dele se irradia pela minha pele, e seu beijo, antes afoito, ganha um ritmo mais lento e mais profundo. Ele inclina meu queixo para cima e me beija com ainda mais voracidade, e não, não me importo nem um pouco com isso. E como eu gosto.

– Certo, chega de agarração, acabem logo com isso – ordena a voz, que desta vez é impossível de ser ignorada, alta e ríspida.

Meus olhos se abrem de repente, meu corpo ainda se recuperando do arrepio causado pelo toque de Tyler enquanto um policial surge ao nosso lado, de braços cruzados e com um olhar raivoso.

– Agora!

– Merda – sussurra Tyler ao finalmente afastar o corpo do meu. Ele se vira lentamente para o policial intrometido, fechando os punhos. – Qual é o problema?

– Vocês estão invadindo uma área proibida – declara o policial, com tom áspero e ranzinza, nos encarando com repulsa, como se fôssemos dois ratos que ele acabou de encontrar no refeitório da escola.

– Invadindo? – repete Tyler, com desprezo. – O senhor não tem nada melhor para fazer, não? Tipo separar aqueles caras bêbados brigando no campo?

Ele indica a janela com a cabeça. Do lado de fora, o show de fogos chega ao fim, com explosões mais colossais, mais dramáticas, mais coloridas. O campo de futebol ainda está lotado de gente e de policiais, como todo evento de grande porte. Em Portland é a mesma coisa.

– É melhor você se comportar, garoto – diz o homem, cada vez mais irritado e desafiador. – A escola está fechada, e só alguns corredores estão liberados para circulação. Vocês invadiram um local proibido e eu estou dando a vocês a chance de irem embora por conta própria antes que eu obrigue os dois a sair.

– Obrigue? – diz Tyler, indignado.

Dou um passo em direção à saída, mas paro e dou uma puxadinha na camisa de Tyler, para que venha comigo, só que ele não parece disposto a se mexer. Está ocupado sendo insolente e encarando o policial.

– Você não pode dar um segundinho para a gente? Vamos sair, só tínhamos que terminar uma coisa aqui.

– Tyler, vem logo – peço, ainda recuperando o fôlego depois de tantos beijos, mas muito empolgada. Quero fazer tudo de novo.

– É, deu para ver que vocês não podiam parar o que estavam fazendo mesmo – diz o oficial, com ar de reprovação, o que me faz corar. – Não estou pedindo para vocês irem embora, estou mandando. E espero que façam isso. Não desperdice meu tempo, filho.

– É só uma merda de corredor – dispara Tyler, e levanta as mãos, frustrado. – A gente não está invadindo a Casa Branca. Só precisamos de cinco minutinhos.

– Você não aceita um não como resposta? – pergunta o policial, balançando a cabeça, incrédulo diante da persistência de Tyler. – Seu pai não lhe deu educação?

Talvez eu não conheça Tyler a fundo, mas sei que a simples menção ao seu pai o tira do sério. E é exatamente isso que acontece.

– Por que você é tão escroto, seu merda? – grunhe Tyler, com ódio, estufando o peito e avançando até o policial.

Por um segundo acho que ele vai dar um soco na cara do homem, mas felizmente não faz isso.

– Certo, já chega – resmunga o policial, pegando em seguida um par de algemas no cinto, as entradas em sua testa me permitindo ver cada ruga. E nesse momento há um monte delas. O homem está furioso. – Pedi educadamente para você se retirar, mas você se recusa a receber ordens e sua atitude é inadequada, por isso você está preso, baseado na Seção 602.

Tyler empalidece e eu fico boquiaberta, e é bem neste momento que o policial se vira para mim e fala:

– Você também.

19

– Você não podia ficar de boca fechada? – sussurro, quase rosnando, para Tyler.

Mantenho a voz baixa por medo de entrarmos numa encrenca ainda maior, e agora não posso me dar a esse luxo. Levo a mão à testa e esfrego a têmpora lentamente.

– O policial era um escroto – murmura ele.

Frustrado, Tyler se afunda cada vez mais, encostado na parede, os lábios formando uma carranca que dificilmente sumirá tão cedo. Ele olha para fora da cela da delegacia movimentada, furioso e cheio de desprezo com cada policial.

– A gente nem estaria aqui se você apenas fosse embora.

Com a testa franzida de preocupação, preparo mentalmente uma lista de punições às quais meu pai vai me condenar. Ficar de castigo pelo resto do verão? Ser mandada para casa? Obrigada a lavar as roupas dele?

Olho a cela em volta. Há uma mulher dando um chilique no canto, se jogando para um lado e para outro e dando tapas no chão como se isso fosse ajudá-la a sair. Também tem um homem todo musculoso parado em silêncio, encostado na parede e com os enormes braços cruzados. Tento não fazer contato visual.

Tyler e eu estamos sentados no banco, mas não perto o suficiente para nos tocarmos. Ele resmunga baixinho e baixa a cabeça, inclinando-se para apoiar os cotovelos nos joelhos.

– Minha mãe vai tirar a gente daqui – murmura, trocando um rápido olhar de lado comigo, mas não estou totalmente convencida.

– O quê? Porque ela é advogada? – Dou um riso sem humor.

É impossível manter uma postura positiva nesta situação terrível, só que quanto mais penso nisso mais percebo que Ella conhece a lei como a palma da mão. Tem que conhecer. E, sabendo a lei, conhece as brechas.

– Porque ela já fez isso antes – diz ele, alongando as costas de novo. Em seguida, entrelaça as mãos e gira os polegares, os olhos concentrados no colo. – Ela sempre me tira.

– Antes – repito.

Reviro os olhos e depois focalizo o que está do outro lado das barras de metal. Há mesas transbordando de papelada e telefones que parecem nunca parar de tocar. Também há um segurança nos vigiando de longe, o rosto franzido e tenso, os olhos semicerrados. Inclino a cabeça para encarar Tyler de novo e pergunto:

– Quantas vezes você já foi preso?

– Uma. Duas. Umas duas a mais do que isso, talvez.

– Pelo quê?

– Ah. – Ele coça a cabeça, passando a língua no lábio inferior. Não consigo deixar de pensar em sua boca outra vez. – Coisas idiotas – admite finalmente.

Dá de ombros e fica de pé, se espreguiçando.

Olho para ele, não me importando muito com o que está prestes a falar.

– Brigas – diz Tyler, estalando os nós dos dedos –, vandalismo, perturbação da paz. – Ele ri, dando um olhar cauteloso por cima do ombro. – E invasão de propriedade.

– Pelo menos você não matou ninguém – digo em tom despreocupado, mas não sei por quê.

Há uma semana eu teria franzido o nariz com nojo se soubesse que ele tinha sido preso, não importando o motivo. Mas agora o enigma que é Tyler Bruce está me dominando, e minha opinião sobre ele mudou completamente nos últimos três dias.

– Ainda não – corrige ele, e comprime os lábios, franzindo-os de leve enquanto os olhos se estreitam de volta ao estado usual. – Mas tenho alguém em mente. – Meu olhar de luxúria se transforma imediatamente em horror. Tyler imita minha expressão e acaba deixando uma gargalhada escapar. – Eden... – diz, balançando a cabeça e revirando os olhos.

– Ainda não consegui decifrar seu senso de humor – me defendo, cruzando os braços e soltando um suspiro. Ele ainda é um enigma para mim. – Eu nem sabia que você tinha senso de humor.

Ele sorri de novo e assente.

– Essa foi boa.

– Bruce, Munro – diz uma voz ríspida.

Levamos um susto e Tyler se vira imediatamente, encontrando o olhar reprovador de um policial de Culver City do outro lado das barras de ferro.

– Os pais de vocês estão aqui.

Nossos companheiros de cela riem.

– Vamos morrer – digo baixinho para mim mesma, a respiração acelerada. Tento engolir o nó na garganta, me forçando a manter o controle. – Ah, meu Deus. Vamos morrer.

– Cala a boca – ordena Tyler, com a voz ainda mais baixa do que a minha, e me dirige um olhar sério enquanto me levanto. – Deixa que eu falo.

Felizmente o policial que nos prendeu – Sullivan – não está mais aqui. Talvez tenha voltado para as ruas, procurando arruinar a vida de mais pessoas que comemoram o Quatro de Julho. Ele parecia teimoso, como se tivesse um ressentimento intenso que quisesse jogar contra todo mundo. O segundo policial é muito mais novo e muito menos assustador. Seu nome é Greene. Ele destranca a cela e abre a porta gradeada.

– Me sigam – ordena com um suspiro.

Vou atrás de Tyler pela delegacia movimentada enquanto policiais esbarram na gente sem muito respeito. O policial Greene nos leva da sala principal para uma menor. E, de fato, ali estão meu pai e Ella.

As mãos do meu pai estão nos quadris e seu olhar cheio de desprezo se fixa em nós dois, e tenho medo de que ele desmaie. Ele parece bem abalado. Ella está ligeiramente de lado, à frente dele, e pela primeira vez eu a vejo com uma expressão totalmente solene. Ela comprime os lábios com firmeza, as mãos cruzadas. Sempre que eu a vi furiosa com Tyler, havia um traço de simpatia materna em suas feições. Mas agora não há nada disso. Ela está com o rosto de advogada.

– Que diabo vocês dois andaram aprontando? – pergunta meu pai rispidamente.

Seu rosto fica ainda mais vermelho enquanto ele bufa, mas Ella avança depressa para interrompê-lo antes que alguém possa dar alguma resposta.

– Policial...? – Ela para e semicerra os olhos na direção do distintivo do homem.

– Greene – completa ele.

– Policial Greene. – Pigarreando, ela estende o braço para apertar a mão dele. – Pode explicar por que eles foram presos por invasão? A propósito, sou advogada.

Ela arqueia a sobrancelha esperando uma resposta, e o policial Greene muda o pé de apoio, meio surpreso, sabendo que não pode enrolá-la.

– Invasão segundo a Seção 602 do Código Penal – declara ele sem desviar os olhos. – Dentro da Escola Culver City. Só as áreas especificadas da escola estavam abertas ao público para as comemorações desta noite, e eles foram encontrados num corredor num bloco fechado.

– Sério? – Ella quase ri do patético daquilo, e fico pasma ao vê-la no controle da situação. Normalmente ela é bem quieta, só levanta a voz para Tyler. – Eles entram sem querer no corredor errado e vocês os prendem?

– Senhora, não fui eu que efetuei a prisão – informa Greene. – O policial Sullivan não tem muita paciência e seu filho aqui demonstrou uma atitude desrespeitosa quando pediu que saíssem. Eles tiveram várias chances de fazer isso.

Tyler bufa, mas para rapidamente e baixa a cabeça antes que alguém dê uma bronca nele. Mas Ella lhe lança um olhar feroz.

– Eu estava na escola hoje à noite – continua ela, fixando a atenção no policial Greene – e me lembro de ter visto placas dizendo "ENTRADA PROIBIDA". Mas placas dizendo "ENTRADA PROIBIDA" não são o mesmo que placas avisando que invadir é uma infração e, portanto, nenhum deles foi informado de forma adequada de que estava cometendo uma infração. Eles não podem ser presos sob o argumento de que seu colega é temperamental.

Durante todo o tempo em que Ella fala, meu pai está me olhando furioso. Não consigo encará-lo e tento me concentrar em qualquer coisa que não seja ele. À minha direita, Tyler tapa a boca com a mão, se segurando para não gargalhar. Eu daria um chute na canela dele se não houvesse um policial perto da gente. Ele consegue se controlar, mas no instante em que levanta a cabeça e olha para mim, começa a rir de novo. E morde as costas da mão olhando para baixo.

– Que tal nós dois pouparmos a papelada e eu deixar isso passar? – ouço o policial Greene dizer, e olho imediatamente para ele, que estende a mão para Ella.

– Decisão respeitável, policial – comenta Ella, e os dois apertam as mãos, concordando.

Vejo-a trocar um breve olhar com meu pai, que assente como se os dois fossem telepatas.

– Está bem – diz meu pai. – Vocês dois, para o carro. Agora.

O sorriso de Tyler diminuiu e ele dá de ombros para mim enquanto papai passa como um raio entre nós dois.

– Alguém está furioso – murmura ele, e cutuca meu braço antes de se virar.

Nós dois saímos da delegacia e seguimos meu pai. Ella não se junta a nós.

Está escuro quando chegamos ao estacionamento da delegacia, e também está ficando tarde. Conforme nos aproximamos em silêncio do Range Rover, Jamie olha para nós através das janelas de vidro fumê. Abro a porta e encontro Chase dormindo do outro lado.

– O que vocês fizeram desta vez? – pergunta Jamie, mas seu olhar se dirige a Tyler, e não a mim.

– Uma coisa que eu não deveria – murmura Tyler, sorrindo para mim, como quem sabe das coisas.

Entro no carro, com Tyler atrás, e todo mundo precisa empurrar Chase mais um pouco até ele ficar espremido contra a porta do outro lado. Jamie apenas dá um tremendo suspiro. Olho para o meu pai, que está apertando o volante em silêncio, e já vou perguntar se ele está bem quando Ella vem furiosa para o carro. Ela abre a porta do carona, entra e a fecha com força.

– Mandou bem, mãe. – Tyler se inclina à frente e afaga o ombro dela. – Você acabou com todos eles.

Ela afasta a mão do filho e mal olha para ele pelo retrovisor antes de abrir a boca.

– Nem fale comigo, Tyler – alerta, com a voz irritada. – Um dia desses não vou aparecer. Estou muito decepcionada com você.

– Também estou decepcionado com você, Eden. – Meu pai balança a cabeça, carrancudo, e dá a partida no carro, saindo devagar do estacionamento em marcha a ré. – Que diabo vocês estavam fazendo lá dentro, para começo de conversa? Tenho quase certeza de que o evento era do lado de fora.

– Não – contrapõe Tyler. – Definitivamente o evento era do lado de dentro.

Sem ninguém ver, ele passa um dedo pela minha coxa, parando no joelho. Isso me provoca uma sensação estranhíssima.

– Pare com essa atitude – diz Ella, com rispidez. Deve estar lívida, porque nunca fala desse jeito. – Precisei assinar a liberação dos dois quando poderia deixar vocês passarem a noite lá, está bem? Então aqui vai uma ideia, Tyler: fique quieto aí pela primeira vez na vida.

Isso o mantém calado durante o trajeto de volta a Santa Monica, mas não o impede de roçar o polegar na palma da minha mão ou bater o joelho contra o meu, de brincadeira, ou me encarar. Fico surpresa porque ninguém percebe. Eu certamente noto, e me esforço muito para ignorá-lo, apesar dos arrepios que percorrem meu corpo a cada toque.

É quase meia-noite quando chegamos à Deidre Avenue. Papai está exausto de dirigir, mas mesmo assim consegue carregar Chase até em casa e colocá-lo na cama sem acordá-lo. Jamie também desaparece em seu quarto.

– Nem sei o que dizer, Tyler – murmura Ella ao trancar a porta da frente. Ela pressiona a mão no painel de vidro, mas não se vira para encará-lo. – Simplesmente... já estou farta. – Sua voz tem um tom doloroso, e ela suspira, vindo na nossa direção. – Eden, vá para o seu quarto. Durma um pouco.

Ao ver que ela me dá um pequeno sorriso, percebo que na verdade está pedindo privacidade. Confirmo com a cabeça, olhando para os dois antes de subir. Meu pai passa por mim nos degraus e nós dois paramos.

– Eu deveria ligar para a sua mãe – diz ele baixinho.

É estranho ouvi-lo falar dela. Parece até uma coisa meio fora de lugar.

– Não. – Faço uma careta e um biquinho. Mamãe já está estressada o bastante com o trabalho; não precisa saber que fui presa, ainda por cima. – Ela vai ficar preocupada à toa.

– Estou ficando preocupado, Eden! – começa a gritar meu pai, mas a frase acaba virando um sussurro. Ele olha em volta para ver se não perturbou ninguém, depois leva as mãos à cabeça. – Que diabo está acontecendo com você? Sei que você andou indo a festas. Tenho quarenta anos, não sessenta. Não me importo que você se divirta. Que inferno, estamos no verão. O que me preocupa é o impacto sobre você. Você já mentiu algumas vezes para mim, e agora isso? Com quem você tem andado?

O jeito brusco do meu pai me pega de surpresa. Achei que ele não sabia aonde eu estava indo nem o que estava fazendo, mas parece que ele sabe mais do que eu imaginava.

– Ah – digo. – Com a Rachael, do outro lado da rua. A Tiffani. Ah. A Tiffani... Parkinson, acho?

– A namorada do Tyler? – Mas meu pai nem me dá a chance de confirmar. – Você tem andado com o grupo todo? Dean Carter? Aquele tal de Jake?

– E a Meghan – murmuro. Eu não achava que meu pai era daqueles que prestam atenção em que pessoas participavam de quais círculos de amizade. – Somos todos amigos.

– Bem – diz ele devagar, coçando a nuca. – Pelo menos são garotos bons. Olha, sabe de uma coisa? Vá para a cama.

Ele abre o botão de cima da camisa e balança a cabeça, sentindo-se derrotado, e continua a descer a escada.

Não sei que droga foi essa, mas não quero pagar para ver e esperar que aconteça de novo. Entro no quarto, tiro os tênis e me viro para fechar a porta, mas Tyler está parado ali. Quase engasgo.

– Ei – sussurra ele, dando um passo para dentro do cômodo.

Ele dá uma olhada no quarto todo, como se fosse a primeira vez que entra aqui.

– Oi.

Seu olhar encontra o meu de novo. Não sei no que ele está pensando nem como está se sentindo. Minha porta aberta joga uma sombra em seu rosto, por isso não posso ver a cor dos seus olhos e as emoções que eles comportam.

– O que sua mãe falou?

– Nada – responde ele, em voz baixa. – Desculpa por ter arrastado você para o buraco comigo. Eu deveria ter ido embora quando o policial mandou.

– Tudo bem.

Neste ponto, minha raiva se reduziu a nada. Não fomos fichados, por isso meu plano é considerar que foi um simples desentendimento entre nós e o policial.

Tyler abre a boca para falar de novo, mas o toque agudo de um telefone o interrompe. Ouço as vibrações pelos jeans dele enquanto ele enfia a mão no bolso. Seus lábios fazem quase uma careta quando ele olha para a tela.

– Tiffani – murmura. Por um momento, ele parece que não vai atender, mas balança a cabeça e me dá um olhar culpado. – Desculpa, mas preciso falar com ela. A Tiff vai ficar furiosa se eu ignorar.

E num instante tudo dentro de mim afunda. Tudo se afoga. Meu peito quase desmorona, apertando-se de maneira inimaginável enquanto me obrigo a continuar respirando. A ansiedade me ataca de novo, agora numa onda enorme. Eu estava tão envolvida nessas últimas duas horas que me esqueci completamente de que ele tem namorada.

– Desculpa – diz ele de novo, fazendo outra careta para a tela antes de levantar os olhos e ver minha postura congelada.

Eu me sinto mal de novo e ele parece notar, porque dá um passo na minha direção, mas muda de ideia rapidamente. Um enorme suspiro ecoa no quarto, e ele aperta o telefone com mais força.

– Desculpa mesmo. Eu preciso – sussurra.

Baixando o olhar para o tapete, ele se vira devagar e sai.

Fico ali, completamente entorpecida, enquanto ele atende, murmurando "Ei, tudo bem?" logo antes de fechar a porta do seu quarto.

Mas a voz dele não tem nenhuma energia.

Está tão sem vida quanto eu me sinto.

20

– Eden! – grita minha melhor amiga do outro lado da linha. Sua voz é tão aguda e estridente que preciso afastar o celular do ouvido por um momento. – Finalmente!

– Eu sei, eu sei. – Dou um suspiro, que ecoa pelo telefone. – Tá muito agitado por aqui.

– Você nunca me atende. – Noto uma leve irritação na voz de Amelia, e não posso culpá-la. Não falo com ela há uma semana. – Como foi o seu Quatro de Julho?

Mordo o lábio, apreensiva. Liguei para falar sobre o que aconteceu ontem, mas a pergunta me deixa meio travada. Entre suspiros e arquejos, consigo soltar um "Bom" sem muito vigor.

– Só bom?

– Então. – Mordo o lábio com mais força, e fico vermelha ao olhar para o edredom. – Ontem andei num carro de polícia pela primeira vez.

Há um longo silêncio, como se Amelia estivesse esperando que eu gritasse "Brincadeirinha!", mas não falo nada.

– O quê? Como assim?

Começo a fazer círculos com o dedo no tecido.

– Por invasão.

– É com a Eden mesmo que estou falando? – Ela cutuca o telefone, gerando um barulho irritante. – Alô? Eden Munro, é você?

Solto um risinho.

– Não foi minha culpa. Foi do meu ir... – Paro antes de a palavra deixar minha boca. Não consigo pronunciá-la, porque isso só me lembra da triste realidade que estou tentando ignorar. – Quer dizer, foi do Tyler – corrijo, devagar. – Não ia acontecer nada se ele não abrisse a boca.

– Esse é o irmão mais velho, não é? – Estremeço ao ouvir essa palavra e levo alguns segundos para voltar ao normal.

– Você foi ao festival? – pergunto, depressa, mudando de assunto, meus dedos apertando o edredom.

– Claro – diz ela, bufando de leve, como se a resposta fosse a coisa mais óbvia do mundo. Nós sempre vamos ao Waterfront Blues Festival. – Foi muito esquisito sem você!

Franzo a testa e passo a mão no cabelo.

– Com quem você foi?

– O pessoal de sempre. Chloe, Eve, Annie, Jason, Andrei... Enfim, todo mundo.

Ouvir os nomes dos meus amigos de Portland me deixa morta de saudade de casa. Sinto falta de estar com todos eles, e é mais chato ainda saber que eles estão passando o verão juntos enquanto estou presa aqui.

Mas então lembro por que decidi sair um pouco de lá e passar oito semanas aqui. Algumas pessoas de Portland não são dignas da minha saudade.

Respiro fundo e pergunto quase num sussurro:

– Alyssa e Holly... foram?

– Foram. – Então nenhuma das duas dá um pio, até que Amelia, com um suspiro, numa voz baixa e delicada, diz: – Eden, não faz isso comigo, por favor. Vocês três são minhas melhores amigas, mas parece que estou no meio de um cabo de guerra. Me sinto uma traidora sempre que falo com uma de vocês.

Tento ignorar minha decepção.

– E os fogos, foram legais? – continuo, com um entusiasmo falso.

– Foram incríveis! – responde Amelia, com gritinhos de animação. Ela sempre foi assim, superempolgada com as coisas mais simples. – Depois fizemos uma fogueira. Ficamos fora a noite toda, fazendo marshmallow com chocolate, tomando cerveja e ouvindo música. Ainda estou meio que dormindo, nem sei se estou falando coisa com coisa. – Ela faz uma pausa. – Espero que sim.

– Você está falando coisa com coisa – confirmo, me recostando na parede, tentando não me perder em devaneios. – Parece que a fogueira foi bem divertida mesmo.

– Foi, sim! – Mais gritinhos, mais suspiros. – Landon Silverman me levou para casa.

Meus olhos se arregalam. Landon Silverman é um gato.

– O cara do último ano?

– Isso – admite ela, envergonhada.

Já imagino Amelia ficando vermelha, piscando muito rápido, como sempre faz quando está sem graça ou tímida. Mas a timidez vai embora tão rápido quanto chegou, e ela solta, num tom despreocupado:

– A gente ficou se pegando no banco de trás do carro. Tipo, se pegando *mesmo*.

Quase engasgo. Se foi uma piada, não achei graça.

– Está brincando, não é?

– Gostaria de estar – murmura ela. – Digamos que a mala dele não é... assim... uma maaala. E eu tinha tantas expectativas. Uma tragédia.

– Poxa, Amelia, que horrível – falo, segurando o riso.

Ela me lembra Rachael. As duas têm o mesmo senso de humor e lidam com os garotos de uma forma bem parecida também.

– E você, hein? – instiga ela, morrendo de curiosidade. – Já se arranjou com algum californiano?

– Eu beijei um cara... – Lá vai meu coração de novo, bater loucamente. – Ontem à noite.

Amelia quase explode de empolgação.

– Ai, meu Deus, quem?

Estou num impasse. Será que conto? Será que conto à minha melhor amiga, a melhor amiga a quem conto tudo, sobre o que aconteceu com Tyler? Sinto que deveria contar, para poder ouvir sua opinião, mas não consigo dizer as palavras. Essa minha relação com Tyler é muito complicada, muito chocante, muito errada. Amelia com certeza vai perceber minha apreensão e deduzir que tem algo estranho, então respondo a primeira coisa que vem à mente:

– Um garoto chamado Jake.

Boa jogada.

– Ele é gato?

Dou de ombros, repassando as feições de Jake na cabeça, tentando decidir.

– É. É louro.

– Louro? – Amelia arqueja, horrorizada. – Você está dando uns amassos num cara louro?

– Amassos? Ninguém fala isso, Amelia – afirmo, achando graça. É impossível conversar com ela e não rir.

– MAS VOCÊ ESTÁ DANDO UNS AMASSOS COM UM CARA LOURO! – grita ela.

– Nossa, muito chocante mesmo!

– Essa água da Califórnia está começando a afetar você? Você odeia louros – declara ela, como se eu já não soubesse disso. Louros são a especialidade dela. – Quer que eu ligue para a sua mãe? Porque acho de verdade que você precisa ser internada. O que aconteceu com aquela história de "ai, ui, morenos são muito melhores"?

Reviro os olhos.

– Você ainda está bêbada?

– Não sei – responde ela. – Provavelmente.

Depois dessa, só me resta me despedir e aconselhá-la a dormir um pouco. Ela promete que vai dar uma passadinha lá em casa para ver se está tudo bem com a minha mãe, porque ela vem se sentindo bem sozinha desde que vim para cá.

Decido dar uma corrida para clarear os pensamentos. Essa história toda com Tyler me deixou desnorteada e aflita. Não sei o que estou fazendo e não sei em que confusão estou me metendo. Só sei que não é simples.

Troco de roupa e saio de casa, e dessa vez faço um caminho diferente: vou para o sul, atravessando a cidade, em vez de ir para o oeste, pela praia. O tempo está maravilhoso e a cidade, movimentada, mas não presto muita atenção ao meu redor. Normalmente gosto de correr observando o rosto das pessoas, lendo placas de carros, notando lojinhas pequenas e alternativas que parecem interessantes. Mas hoje, não. Hoje todos os meus pensamentos estão voltados para Tyler.

Assim, enquanto minha mente processa 101 reflexões fugazes ao mesmo tempo, de algum modo consigo chegar a algumas conclusões específicas sobre ele: (1) Tyler é um babaca, não há dúvida; (2) ele é um babaca com problemas sérios de raiva, além de outros possíveis problemas comportamentais; (3) ele só é um babaca porque quer, porque (4) com certeza está escondendo alguma coisa; (5) dentre seus passatempos prediletos estão ficar bêbado e doidão; (6) ele tem um tanquinho admirável, e eu gosto da cor dos seus olhos; (7) às vezes ele pode ser doce de verdade, como quando está brincando com os irmãos; (8) de vez em quando ele me irrita demais, mas tudo bem, porque (9) ele beija muito bem. E, finalmente (10), eu me sinto muito mais atraída por ele do que gostaria.

Uma buzina interrompe meu fluxo de pensamento, e quando me viro vejo que o veículo parou no meio-fio. Puxo um dos fones e me aproximo um pouco, e só então reconheço o carro – é do Dean, e ele não está sozinho.

Quando a janela é baixada, Tyler me dá um sorrisinho e levanta as sobrancelhas.

– Sabia que era você – diz ele, estreitando os olhos.

– Como? – pergunto, tirando o outro fone do ouvido e apoiando as mãos na porta para descansar um pouco.

Estou ofegante e exausta. Não faço ideia de quanto tempo passei correndo.

Os olhos de Tyler se iluminam por um momento e ele abre um pequeno sorriso, olhando para baixo.

– A gente acabou de sair da academia – diz, mas essa não é a resposta à pergunta que fiz. – Você parece que vai ter um treco, então é melhor ir com a gente. Vamos lá pra casa.

Meu olhar se desloca até Dean, cujas bochechas estão vermelhas, provavelmente de tanto malhar. Ele me cumprimenta com um aceno de cabeça.

– Não vou ter um treco coisa nenhuma – protesto, indignada, ofegando. Isso é quase uma ofensa para mim. – Ainda posso correr muito mais, tudo bem? Quilômetros e mais quilômetros.

– Quilômetros e mais quilômetros – repete Tyler, me imitando, num tom brincalhão.

Ele dá um sorrisinho zombeteiro e do nada abre a porta do carro, me obrigando a dar um passo para trás. Ele se alonga e me encara por um bom tempo.

– Vou correr de volta com você.

– Mas eu gosto de correr soz...

Ele se inclina pela janela do carro para pegar sua mochila, me interrompendo no meio da frase.

– Tudo bem por você, parceiro?

Dean balança a cabeça e pergunta:

– Combinado na quarta?

– Isso. A gente se vê. Valeu!

Enquanto a janela se fecha de novo e Dean vai embora, nos deixando sozinhos no calor de rachar, reparo nos bíceps suados de Tyler e na camiseta grudada no seu peito sarado. É difícil me concentrar em outra coisa. Dou um suspiro inevitável.

– Só para você saber... – diz ele, começando a andar, e eu o acompanho. – Foi sua bunda que te entregou.

Arregalo os olhos, surpresa, e checo minha roupa na mesma hora. Não deveria ter colocado um short tão justo. Fico sem graça.

– Ah.

Ele acelera o passo e me olha de soslaio.

– Devo ser mais rápido andando do que você correndo – provoca.

– Duvido muito – retruco.

Dou um gole na minha garrafa de água e ponho o fone de volta no ouvido. Tenho andado obcecada por La Breve Vita depois que Jake me levou ao show.

– Aposto que ganho de você na corrida – desafia Tyler, num tom divertido, balançando a bolsa da academia no dedo. – Topa?

Dou uma risada debochada.

– É claro.

Assim que essas palavras saem da minha boca, trapaceio e disparo pela pista, totalmente recuperada depois do breve descanso. Eu me sinto em forma, saudável e forte, meus pés quicando no concreto, o sol batendo no rosto, a brisa refrescando o corpo. Me sinto confiante pela primeira vez em muito tempo. E isso é ótimo.

– Muito engraçada! – grita Tyler quando passa correndo por mim, mas eu simplesmente dou uma risada e acelero até alcançá-lo.

Então deixamos nossa disputa idiota de lado e diminuímos a velocidade e passamos a correr num ritmo tranquilo.

– Você corre bastante mesmo – diz ele, ofegante, ao passarmos por um cruzamento e entrar na Deidre Avenue. – Você compete ou algo assim?

– Não – respondo, olhando a rua à frente. – Só gosto de correr. É o melhor modo de me exercitar.

– Eu gosto mais de puxar ferro – comenta ele, exibindo os braços musculosos. Ele é tão ridículo e presunçoso às vezes, mas estou me acostumando com esse jeito dele. – Tá, chega. Desisto. Não sou maratonista – diz ele, resignado, parando de vez e se apoiando na fachada de um prédio para tentar recuperar o fôlego. – Você venceu.

Abro um sorriso triunfante.

– É claro que eu venci. Pode ter certeza.

– Isso é algo que eu diria. – Ele ri e levanta a cabeça, fixando os olhos nos meus. Nenhum dos dois quer ser o primeiro a recuar, então nenhum dos dois faz isso. – Vamos sair hoje à noite – declara ele.

Algo me diz que nem se eu quisesse eu conseguiria recusar esse convite, e então só fico parada, com o olhar vidrado e cheio de desejo, ouvindo as palavras que saem da sua boca.

– Me deixa levar você a algum lugar. Já foi ao píer? Ao Pacific Park?

– Não – admito, meio sem graça.

Como é que estou aqui há três semanas e não pus os pés no píer? O mais perto que cheguei foi ir à praia ali perto. Mesmo de longe pareceu incrível.

– Então está decidido. Vamos ao píer.

Sinto um frio na barriga quando ele abre um sorriso misterioso, os olhos cor de esmeralda reluzindo, contando uma história secreta que só ele conhece.

E então me ocorre que eu não poderia estar mais certa.

Garotos morenos são muito, muito melhores.

21

Gostaria de fingir que estou fitando com interesse a lasanha de Ella, mas não. Estou olhando para além da comida, os olhos fixos nos do cara à frente, com o queixo apoiado nas mãos. O cara que nesse momento é literalmente a personificação da despreocupação. Mordo o lábio, observando seu queixo, sua boca, suas sobrancelhas franzidas e juntas, o brilho nos seus olhos. De vez em quando ele dá um sorrisinho quando ninguém está olhando.

– E então, Eden – diz meu pai, levantando um pouco a voz para chamar minha atenção. Meus olhos baixam imediatamente para o prato e minhas mãos se remexem ansiosas enquanto pego mais uma garfada de lasanha. – Você está quieta demais hoje. – Ele levanta as sobrancelhas e aponta uma faca para mim, com um ligeiro sorrisinho. – Está pensando em quê?

– Eu estava... ah... estava só... eu... ahhh.

As palavras ficam ricocheteando nos meus lábios como se eu fosse uma criança de três anos tentando formar frases, por isso enfio a comida goela abaixo e sorrio com a boca fechada.

– Como está a lasanha? – pergunta Ella a todos nós, os olhos se arregalando um pouco enquanto espera uma resposta positiva.

Estou feliz porque ela mudou de assunto. Todo mundo assente em aprovação, apreciando a refeição que ela se esforçou tanto para preparar. Até Tyler alonga ligeiramente as costas e lhe dá um pequeno sorriso. Ela fez uma lasanha separada para ele, de quatro queijos, vegetariana.

– Está fantástica, mãe – diz ele, e o rosto dela se ilumina com um brilho caloroso.

Observo os dois, notando suas expressões se suavizarem enquanto trocam um olhar, e me pergunto como aquela relação de mãe e filho é configurada. Durante boa parte do tempo, Ella parece decepcionada com ele, mas também há breves momentos em que eles dão a impressão de compartilhar uma compreensão silenciosa.

– Está tão gostoso que... – continua Tyler, pegando um pedaço grande e levando o garfo à boca.

Ele se inclina por cima do prato, mas metade do pedaço cai na mesa. Sem graça, ele ri e limpa o molho dos lábios com o polegar.

– Está tão gostoso que agora estou completamente cheio – diz depois de engolir.

Meu pai levanta as sobrancelhas do outro lado da mesa.

– Você está de bom humor hoje, Tyler.

Tyler comprime os lábios e cruza os braços sobre a mesa, o olhar indo do meu pai para mim. Quando percebe que estou olhando, ele se esforça para suprimir um sorriso. Mas eu noto.

– Acho que sim. – Ele pigarreia e se levanta, levando o prato para o lava-louça. Quando se vira de novo, seu rosto está inexpressivo. – Vou sair – avisa.

– Vai aonde? – Ella levanta a cabeça imediatamente e se vira para olhá-lo. Até Jamie faz isso, esperando para ouvir a desculpa de Tyler. – Você está de castigo.

– Mas vou encontrar a Tiffani – mente ele, no maior descaramento. Tyler blefa tão bem que até eu acredito por um instante. E então me lembro. – Você não disse que ia sair com a Meghan, Eden?

Estou prestes a dizer que não, mas ele me dirige um olhar sério. Quer que eu minta. Por isso digo "É", depois olho meu pai para ver se ele engoliu a mentira. Parece que sim.

– Posso te dar uma carona até lá – continua Tyler, a voz um pouco tensa enquanto mantém o olhar fixo em mim.

Ele balança a cabeça só um pouquinho, esperando que eu entre no jogo.

– Obrigada – digo bruscamente.

Se tentar uma resposta mais longa, posso me enrolar. Por isso dou um sorriso bobo e ponho os talheres no prato enquanto Ella se levanta para tirar a mesa.

Mas Tyler não vê problema em sorrir para mim, como se tivesse esquecido que nossos pais estão na sala. Ou isso, ou simplesmente não se importa que eles vejam ou não.

– Dez minutos?

Se pelo menos eles soubessem que não estamos falando sobre ele me dar uma carona até a casa de Meghan!

– Dez minutos está ótimo.

– Encontro você no carro.

Ele pisca para mim, então sai da cozinha com seus jeans pretos e camiseta branca. Olho como ele coça a nuca ao sair, fascinada com sua figura alta e adorando vê-lo inclinar a cabeça para baixo ao andar.

Segundos depois peço licença do jantar da família, me desculpando com Ella por não ter tempo de ajudá-la a lavar a louça, depois corro até o meu quarto para ajeitar o cabelo, escovar os dentes, me afogar em perfume, vestir um suéter... Todas as ações necessárias que uma garota deve fazer antes de ir com o irmão postiço a um parque de diversões num píer.

Dez minutos depois, desço de novo e saio de casa, indo até o carro preto e branco parado na rua. Não há espaço suficiente para três carros na entrada de veículos.

Tyler baixa a janela quando me aproximo do banco do carona e se inclina sobre o painel central para me olhar por baixo dos óculos escuros.

– Eu abriria a porta para você, mas acho que seu pai poderia falar alguma coisa sobre isso.

Olho para trás. Meu pai está parado junto à janela da sala, tentando se esconder atrás das venezianas, mas nem de longe conseguindo. Levanto a mão e aceno para ele, e seu corpo desaparece na mesma hora.

– É – digo, abrindo a porta e entrando. – Acho que ele ficaria se perguntando de onde vieram seus bons modos repentinos.

– Ei! – protesta ele, erguendo as mãos na defensiva enquanto levanto o vidro de novo.

Quando ponho o cinto de segurança e me viro para Tyler, noto que ele vestiu uma camisa de flanela vermelha por cima da camiseta branca. Demoro um segundo engolindo em seco.

– Quero que você saiba que sou um verdadeiro cavalheiro.

– Sério? – pergunto, cética.

– Sério. – Ele dá a partida no carro, ajusta o ar-condicionado e baixa o quebra-sol. Olha de lado para mim. – Tá certo, não sou. Acabei de ouvir que é isso que a pessoa deve fazer. Sempre sair do carro e abrir a porta. Certo?

Dou um sorriso.

– Tipo isso.

Ele balança a cabeça e dá de ombros, então afunda o pé no acelerador e disparamos de modo imprudente pelo bairro. Isso não me surpreende; a esta altura, já estou acostumada com suas barbeiragens.

É quando estamos chegando perto do mar que finalmente decido fazer a pergunta:

– Por que você mentiu para a sua mãe? Por que não disse que a gente ia ao píer?

Vejo Tyler revirar os olhos e bufar.

– Ah, Eden, cai na real. A gente não quer que eles suspeitem.

– E a Tiffani?

Por mais que eu queira empurrá-la para o fundo da mente, não consigo. Me sinto muito culpada sempre que estou perto de Tyler. Como se todo o dilema de irmãos postiços já não fosse suficientemente problemático, também estou saindo com o namorado da minha amiga.

– Essa parte está resolvida. Ela acha que eu vou sair com os caras. – Tyler diz isso de modo tão despreocupado que mais uma vez me pergunto se ele pelo menos gosta dela.

O píer está extremamente movimentado quando chegamos, com carros lotando o estacionamento, famílias passeando, grupos de amigos e casais de mãos dadas andando pela orla. Isso me deixa com um pouco de inveja, e é tentador ir adiante e lhe dar a mão. Mas não tenho coragem para isso, especialmente em público.

– Certo – diz Tyler, pigarreando forte antes de balançar a cabeça na direção do movimentado parque de diversões à esquerda. – Esse é o Pacific Park. E vou mostrar o Pacific Park a você porque eu adorava vir aqui quando era criança e quero ser a pessoa que vai apresentá-lo.

Ele fala tão sério que não consigo deixar de olhar para ele com um sorriso, ruborizada.

Andamos tranquilamente pela orla, ouvindo o som fraco do oceano e sentindo o calor do sol da tardinha. O tempo todo curtimos a presença um do outro e falamos de coisas simples à nossa volta. Tentamos deduzir por que a montanha-russa é amarela; comentamos sobre os *food trucks*; falamos da posição dos bancos. Por que um fica virado para a água e o outro para a cidade?

– Eu morria de medo desse carinha aqui – admite ele quando chegamos à entrada do parque.

Acima da placa gigante onde está escrito "PACIFIC PARK" há um enorme polvo roxo. Ele enfia as mãos nos bolsos, desajeitado, passando rapidamente pelo portão.

– Isso ainda acontece um pouco.

– Ahhh. – Balanço a cabeça chegando perto dele, arregalando os olhos de brincadeira. – Deixou de ser o bonzão, foi?

– Bem... – A voz dele fica mais aguda. – Um cara que se acha o bonzão diria a você que é apaixonado por algodão-doce?

Tirando as mãos dos bolsos, ele indica uma carrocinha. Ela serve uma porção de coisas tradicionais, desde pipoca até sorvete, pretzels e, claro, algodão-doce. O rosto de Tyler é praticamente apenas um grande sorriso quando ele compra algodão-doce para a gente.

Ao me entregar o meu, noto seu sorriso gentil enquanto ele se vira de novo para pegar o dele.

– Tem certeza de que você *adorava* este lugar? – pergunto, com um tom de quem sabe das coisas.

Suas sobrancelhas se arqueiam. Franzindo os lábios, ele pega um pedação do seu algodão-doce e enfia na boca.

– Precisamos andar na montanha-russa – murmura enquanto o açúcar dissolve na sua boca.

Vou atrás dele em meio ao fluxo de pessoas até nos acomodarmos num banco logo embaixo da montanha-russa amarela que circula em volta da roda-gigante. Comendo o algodão-doce, vejo a roda girar, girar e girar.

– Eden – diz Tyler, a força silenciosa de sua voz atraindo meu olhar. Seu rosto tem um toque de hesitação. – Eu não falaria sobre isso com ninguém. É mais fácil se a gente... é... mantiver essa coisa em segredo por enquanto. Meu Deus, diga que você é boa em guardar segredos, por favor.

– Sou – confirmo, mas a realidade disso tudo me dá náuseas. Não quero ficar me esgueirando, inventar desculpas e mentir. Mas sei que neste momento é necessário. – E tenho certeza de que você é bom em guardar segredos, porque você claramente tem um monte.

Seus lábios se curvam num sorriso meio torto enquanto ele devora o resto do algodão-doce. Em seguida, ele se levanta e joga o palito numa lata de lixo ali perto, depois aponta para os brinquedos acima da gente.

– Chegou a hora desses carinhas.

Fico frustrada porque ele nunca responde a uma pergunta, mas seu silêncio fala mais alto do que as palavras. Ele não responde porque sabe que estou certa, porque sabe que estou entendendo qual é a dele, por mais que ele deseje tanto que isso não aconteça.

E assim nós dois passamos o fim da tarde de terça-feira esperando nas filas para andar em brinquedos de criança, mas curtimos cada segundo. O West Coaster, a Pacific Wheel, o Pacific Plunge... Vou me lembrar de todos, porque vou me lembrar deste dia. Vai ficar na minha memória o riso histérico de Tyler quando achei que meu cinto de segurança estava quebrado no Pacific Plunge e ele se inclinou para me ajudar a ajeitá-lo, com nossas mãos se tocando meio sem jeito; vou me lembrar dos seus comentários sarcásticos na montanha-russa quando outras pessoas berravam a plenos pulmões nas curvas mais tranquilas; vou me lembrar de como ele disse que o oceano parecia sensacional lá de cima da roda-gigante, mas quando me virei para Tyler ele nem estava olhando o oceano. Estava olhando para mim.

Saímos do parque já tarde, os letreiros reluzem no céu que vai escurecendo e o fluxo de pessoas começa a diminuir conforme voltamos para o carro. Há algumas pessoas tirando fotos perto do veículo no estacionamento vazio quando chegamos, e elas se afastam, sem graça, sabendo que foram pegas no flagra.

– Isso acontece toda hora – diz Tyler quando entramos. Ele dá um tapinha no volante, passando o dedo em volta do logotipo da Audi. – Não sei por quê. Estamos em Los Angeles. Existem... tipo... Lamborghinis e coisas do tipo em cada esquina de Beverly Hills.

Tento me conter, mas não consigo evitar a pergunta:

– Como você conseguiu este carro?

Ele fica quieto por um tempo e passa os dedos no volante, como se estivesse tentando pensar na melhor resposta.

– É que recebi minha poupança antes da hora. E quando a gente recebe de repente todo esse dinheiro não vai ser racional, né? Sou adolescente, é claro que vou sair e gastar tudo num supercarro.

Ele ri, e não sei se é genuíno ou se ele está rindo de si mesmo por ter feito uma coisa assim.

– Por que você recebeu antes da hora? – pressiono, principalmente porque estou curiosa.

Olho para sua boca e estudo o modo como seus lábios se movem quando ele fala, o modo como o queixo se mexe.

– Porque, pelo visto, dinheiro pode fazer a gente se sentir melhor – murmura ele, bruscamente. Em seguida, dá um suspiro e suas mãos se imobilizam no volante. – É uma poupança grande – admite. – Quer dizer, minha mãe é advogada e meu pai...

Sua voz diminui por um segundo até ele engolir em seco e continuar, os olhos se virando para os meus. Eu o encaro de volta com um quê de inquisição, mas me sinto meio culpada por bisbilhotar seus assuntos pessoais. Não é da minha conta quando e por que ele recebeu sua poupança antes do previsto.

– Meu pai tinha uma empresa. Engenharia estrutural. Tinha serviços por toda a Costa Oeste.

O Oregon fica na Costa Oeste, e não posso deixar de me perguntar se já ouvi falar nela.

– Como era o nome da empresa?

– Grayson's – responde Tyler, de modo rígido, o maxilar se comprimindo conforme alguma coisa se transforma em seus olhos. Por um momento, ele olha para o lado. – Porque nós éramos os Grayson.

Viro o corpo para encará-lo, cruzando as pernas no banco. Sei que estou prestes a empurrá-lo na direção de um tema sensível, mas acho interessante conhecer o passado das pessoas, a base sobre a qual elas são construídas. Ainda mais Tyler.

– Antes do divórcio?

– Antes do divórcio – repete ele, dando de ombros. Afunda mais ainda no banco, passa a mão no cabelo e a deixa em cima da cabeça por um instante, puxando as pontas dos fios. – Eu era Tyler Grayson. Minha mãe não quis que a gente mantivesse o nome dele.

Nem sei o que responder. Talvez porque estive tão concentrada nos lábios dele que a única coisa em que consigo pensar é na sensação que eles provocaram quando tocaram nos meus. Fico com um nó na garganta, mas faço o possível para eliminá-lo.

Meu silêncio deve dizer tudo o que Tyler precisa saber, porque ele sai lentamente da posição em que estava, todo afundado. Sua mão vai para o meu joelho, e um tremor desce pela minha coluna. Ele lambe os lábios, devagar, provocando, de um modo que faz parecer uma tortura.

– Posso beijar você de novo? – murmura ele, sem interromper nosso olhar fixo um no outro, seus olhos suaves e calmos à espera de uma resposta, os lábios separados.

Mas, assim como ele nunca me responde, também não respondo. Em vez disso, afasto as costas do banco e me movo lentamente por cima do painel central, tentando não deslocar a perna enquanto coloco meu corpo sobre o dele. Monto em cima dele no espaço limitado, com o coração batendo em contato com o seu peito e as costas pressionando o volante. Não é ideal, mas basta.

Sem hesitar, ele levanta a mão para segurar meu rosto, e com uma força suave captura meus lábios. É como ontem, só que muito melhor, seus lábios se movendo com um senso de urgência. Ele domina o beijo de novo com confiança, fazendo coisas que eu nem sabia que eram possíveis. E, quanto mais ele me beija, mais acho que nunca conseguirei superar a empolgação.

Quando seus lábios se separam dos meus e descem para o pescoço, passo as mãos pelo cabelo dele. A maciez faz cócegas na ponta dos meus dedos enquanto ele beija meu pescoço, devagar mas com firmeza. Seguro seu maxilar e inclino seu rosto para cima. Meu coração está disparado quando aproximo meus lábios da orelha dele e ouso sussurrar:

– Nem precisa pedir.

22

Ontem à noite, quando Tyler e eu chegamos em casa exatamente na mesma hora, inventamos uma historinha para não cometer o descuido de dizer que ele me deu carona para casa de novo. Ella acreditou. Perguntou se Tyler tinha aproveitado a noite com Tiffani. Ele disse que tinha. Depois perguntou se eu me diverti com Meghan. Eu disse que sim.

E então Tyler e eu trocamos um rápido olhar, um segredo tácito, cativo em nossos olhos, um segredo que só nós conhecíamos e entendíamos.

Hoje meu pai vai mais tarde para o trabalho, por isso ainda está em casa quando volto da corrida. Estou exausta. Em vez de fazer uma rota nova pela cidade, como tinha pensado antes de sair, acabei correndo pela praia de Santa Monica até Venice. Foi revigorante ouvir as ondas do oceano Pacífico em vez da minha música, para variar um pouco. Foi quase relaxante, apesar do peso no peito.

– Vai sair que horas? – pergunto ao meu pai quando entro na cozinha depois de tomar um banho e trocar de roupa. Meu cabelo está embolado num coque todo bagunçado no topo da cabeça.

Meu pai mal olha para mim enquanto enfia uma pilha de papéis numa pasta. Em seguida, esfrega as têmporas e pega as chaves do carro na bancada.

– Agora. Tenho uma reunião importante com nossos fornecedores e não posso fazer mer... besteira.

Ele passa por mim, com o rosto ficando vermelho, a pasta em uma das mãos e as chaves na outra.

– Pode me deixar na Promenade?

Estou doida por um café bem quente, mas a cafeteira do meu pai e de Ella não serve. Minhas pernas estão tão doloridas da corrida que não tenho condições de a ir a pé até a Third Street. Tyler não pode me dar carona porque está na academia com Dean, e Ella já saiu para levar Jamie e Chase numa caça às celebridades. Parece que Ben Affleck está por aqui hoje.

Meu pai reprime um gemido.

– Ah, então vamos.

Corro até lá em cima, para calçar os tênis e pegar dinheiro, então desço correndo de volta até meu pai, que está batendo o pé, impaciente, perto da porta. Passo por ele. Ele tranca a porta e me acompanha até o Lexus. Seu rosto é a tradução do estresse e do desconforto. Se eu falar alguma coisa, acho que ele pode acabar chorando, por isso decido ficar quieta durante o curto trajeto. Mas o silêncio só dura dez minutos.

– E aí? – Papai dá um pigarro. – Está tendo um verão bom?

– Está legal.

O maior eufemismo do ano. O verão não está legal. O verão é como um sonho vívido do qual não quero acordar. Tudo nessas últimas semanas foi tão novo e tão errado, mas ao mesmo tempo tão empolgante e certo!

– Aqui está bom para mim – murmuro, apontando para a calçada do Santa Monica Boulevard.

Ele para perto do meio-fio e eu saio. Antes que eu tenha a chance de fechar a porta, meu pai se inclina por cima do painel central e sorri.

– Tenha cuidado. Los Angeles não é tão segura quanto Portland.

– Na verdade – respondo, olhando para ele –, o número de estupros em Portland é maior do que a média dos Estados Unidos. Boa sorte na reunião.

Os olhos do meu pai se arregalam enquanto fecho a porta com cuidado. Não olho para trás. Com a sacola marrom pendurada no ombro, ajeito a alça e vou para o Refinery, o pequeno café na esquina, aonde Rachael e Meghan me levaram no início do verão, um lugar com um clima naturalista e as misturas com caramelo mais deliciosas do mundo. O estabelecimento está silencioso. Só há meia dúzia de clientes encurvados sobre suas canecas fumegantes, alguns lendo, outros com laptops ou falando com algum amigo.

A garota atrás do balcão olha para mim e seus lábios se curvam num sorriso de boas-vindas. Vou até ali e dou uma olhada no menu na parede, atrás da balconista. Está escrito em giz, o que só me faz gostar mais ainda.

– Em que posso ajudar?

– Quero só um *latte* com baunilha, extra quente, com uma dose de caramelo.

Enfio a mão na sacola para pegar a carteira e coloco cinco dólares no balcão. Me sinto culpada por acrescentar a dose de caramelo, mas Amelia passou meses me convencendo de que é perfeitamente justificável curtir minha bebida predileta de vez em quando.

– Sem problema – diz a garota, pegando meu troco na caixa. – Já levo até você.

Pego o troco e vou para uma mesinha perto da parede. Ponho a sacola em cima e me sento numa posição confortável. É muito relaxante ficar aqui e examinar as pessoas ao redor. Adoro olhar pessoas. Sempre imagino qual é a história delas. Onde cresceram? Quantos irmãos têm? Qual é o sorvete predileto delas?

E, principalmente, imagino se o verão delas está sendo tão complicado quanto o meu.

– Aqui está – diz a garota baixinho ao meu lado alguns minutos depois, colocando a caneca na minha frente. – Aproveite.

Agradeço e espero até ela desaparecer de novo atrás do balcão, então pego a bebida e tomo um gole interminável. Está superquente. Queima um pouco a garganta, mas nem ligo. O gosto é incrível.

Afundando mais na cadeira, remexo na sacola procurando os fones de ouvido e o telefone, e então me conecto ao som do La Breve Vita. Fecho os olhos, balanço a cabeça no ritmo da música e respiro fundo. Fico feliz por ter ido ao show deles. Adorei essa banda. As músicas têm profundidade, e cada uma conta uma história sobre nossos erros do passado, sobre nosso futuro. Na maioria das faixas, a passagem para o refrão é em italiano.

Estou totalmente absorvida na música quando sinto alguma coisa se mexer na minha frente. Abro os olhos de súbito e meu coração quase pula para fora do peito quando um par de olhos me encara. Me endireito e os fones caem na mesa.

– Oi – diz ele.

– Você me deu um susto – falo, ofegando e colocando a mão no peito, com dificuldade para recuperar o fôlego.

É só o Dean. Parece que ele tentou correr uma maratona, mas desmaiou antes da linha de chegada. Suas bochechas estão vermelhas, o rosto, todo suado, e o cabelo, revolto.

– Foi mal – desculpa-se ele com um sorriso meio triste. – Vim pegar um café e vi você sentada aqui.

Meu olhar vai até o copo de plástico nas suas mãos. Levanto os olhos.

– Acabou de sair da academia?

– Dá pra notar? – Ele enxuga a testa com as costas da mão e ri.

Balanço a cabeça e tomo mais um pouco do meu *latte*.

– Não. – No meio do gole, um pensamento me passa pela cabeça e eu engulo rapidamente para poder perguntar: – O Tyler está com você?

Observo o pequeno estabelecimento, procurando um par de olhos verdes e cabelos pretos, mas Dean responde:

– Não, ele foi para Malibu encerar o carro.

E a minha busca é interrompida.

– Ah. – Frustrada, olho para o meu café e passo o dedo na borda da caneca. – Não me surpreende.

– Está escutando o quê? – Dean se inclina por cima da mesa e dá um toque na tela do celular e, quando La Breve Vita aparece, seu rosto se ilumina. – Não brinca!

Dou de ombros, meio sem graça.

– Eles são muito bons.

– Qual é sua música predileta?

– Ah, Dean, essa é difícil – respondo, quase num gemido. Inclino a cabeça e apoio o rosto na palma da mão, repassando todas as músicas dos três discos da banda, até concluir: – Acho que "Holding Back".

Dean se inclina para trás e cruza os braços. Comprime os lábios e balança a cabeça.

– Inacreditável.

– O quê?

Ele fica imóvel. Seus olhos castanhos fitam os meus por um longo tempo e seus lábios aos poucos formam um pequeno sorriso.

– É a minha também.

Rio para ele, então tento me conter, mordendo o lábio.

– É uma música incrível.

– Totalmente. – O sorriso aumenta e ele me encara, como se estivesse contente só de me olhar tomando o café, desajeitada. Ele se senta do outro lado da mesa. – O seu café é por minha conta. Ele enfia a mão no bolso dos jeans e pega a carteira. Depois de remexê-la por alguns segundos, coloca uma nota amarrotada de cinco dólares na mesa, na minha frente.

– Cinco dólares para reembolsar a despesa. Os seus cinco dólares.

Abro levemente a boca, pegando a nota amarrotada e a segurando com o polegar e o indicador. Há algo escrito em tinta preta sobre o Memorial de Lincoln no verso. Eu me concentro ao máximo para entender o que está escrito e logo percebo que o texto diz: "DINHEIRO DA GASOLINA DA EDEN". Minha boca se abre mais ainda enquanto encaro Dean.

– Você guardou? E escreveu nela?

– Para me lembrar de devolver.

– Mas eu não quero de volta.

– Que pena. – Com um sorriso sem graça, ele fecha meus dedos em volta da nota e depois empurra minha mão.

Apenas balanço a cabeça, rindo, e enfio a nota na bolsa ao meu lado. Volto ao café, dando vários goles, e ele faz o mesmo com o dele.

Dean solta o ar pela boca, como se a bebida estivesse quente demais, depois pergunta:

– Aonde você vai depois daqui?

– Provavelmente voltar para casa. – Quando o encaro de novo, ele está levantando uma sobrancelha com curiosidade. – Estou falando daqui, em Santa Monica – esclareço. – E não Portland.

– Foi o que pensei. – Ele se levanta. Pega o café e encosta o copo nos lábios, tomando um gole cauteloso antes de assentir em direção à vitrine. E sopra mais um pouco. – Quer uma carona?

Agora descobri que há um benefício em estar numa cidade nova e sem carro: você não precisa pedir, as pessoas oferecem, por pena.

– Se for tudo bem por você... – respondo.

De qualquer maneira, ainda nem tenho carteira.

– Sem problema nenhum. Vamos lá.

Tomo um último gole antes de colocar os fones de novo na bolsa e pendurá-la no ombro. Dean já foi para a porta e está encostado nela, segurando-a para eu passar. A manhã luminosa ficou ligeiramente opaca. Inclino o rosto para o céu nublado, surpresa.

– Para onde foi o sol?

Dean dá de ombros, olhando o tráfego.

– Ao contrário da crença popular, existe chuva no Estado Dourado.

Ele me cutuca quando o tráfego dá uma trégua e nós atravessamos rapidamente o bulevar. Vejo o carro dele enfiado numa vaga estreita e fico me perguntando como ele conseguiu colocá-lo ali.

– É raro, mas às vezes tem umas tempestades de verão que duram, tipo, um dia inteiro. Elas vêm do nada e são superpesadas.

Ele destranca o carro, eu abro a porta do carona e deslizo para dentro.

– A chuva não me incomoda. Em Portland chove oito meses por ano.

– Deve ser um saco.

No caminho para casa falamos de coisas bobas, como chuva, neve, cafés e sabores de caldas. Adoro caramelo; Dean adora canela. Mas meu humor piora quando chegamos e percebo que o carro de Tyler não está parado na entrada. Não o vejo desde hoje cedo e já estou começando a sentir falta, por mais patético e desesperado que pareça.

– Obrigada pela carona... de novo – digo, de modo quase tímido.

Meu rosto fica vermelho quando ele fala que não há problema, e então uma ideia brilhante me vem à mente. É tão boa que rio, gargalho e quase engasgo. Enfio a mão na bolsa em busca da nota de cinco dólares, a que tem a letra de Dean rabiscada em cima do memorial de Abraham Lincoln. Quando finalmente encontro a nota toda amassada, coloco-a em cima do painel.

Dean solta uma risada e balança a cabeça.

– Até a próxima – diz.

Em seguida, me dá um tchauzinho enquanto saio do carro e entro em casa.

O carro de Tyler pode não estar aqui, mas o Range Rover está, o que quer dizer que Ella chegou. Entro na casa, que está silenciosa, e sigo pelo corredor. Olho pela porta da sala e Ella está sentada no sofá de couro, com as pernas cruzadas e uma pilha de álbuns de fotografia ao lado.

– E aí, encontraram o Ben Affleck? – pergunto.

Ella levanta seus olhos azuis em minha direção e fecha o álbum que está no seu colo.

– Bom, havia um monte de gente, o que significa um monte de carros, por isso eu disse aos garotos que não ia pagar para estacionar. Em vez disso, deixei os dois nas casas dos amigos deles.

Rio e balanço a cabeça, olhando para a pilha de álbuns.

– O que você está vendo?

– Ah, nada – responde ela, rapidamente. – Só fotos antigas. Ninguém estava aqui e eu pensei... pensei em pegar os álbuns no sótão e olhar enquanto vocês estavam fora. Os meninos odeiam quando olho as fotos deles bebês.

Ela reprime uma gargalhada e olha para baixo, passando os dedos na capa envelhecida do álbum em suas mãos.

– Posso ver?

Vou para o sofá e empurro os álbuns para abrir espaço, depois me sento ao lado dela e cruzo as pernas.

Ella, parecendo quase nervosa, abre lentamente o álbum e o coloca entre nós, metade no seu joelho e metade no meu.

– Essas são de quando o Chase nasceu – diz.

Há uma porção de fotos de um recém-nascido enrolado numa manta azul dentro de um berço hospitalar de plástico. Em todas Chase está chorando, as bochechas quase roxas. Ella vira a página, revelando mais fotos de hospital, mas dessa vez Chase está no colo de uma mulher de meia-idade que não consigo reconhecer, e na foto seguinte ele foi entregue a um homem com mais ou menos a mesma idade.

– São os avós dos meninos – informa ela, um pouco seca.

Mais páginas passam e eu noto vários espaços vazios com silhuetas desbotadas onde antes havia fotos. Então Ella para numa página específica e ri.

– Ah, meu Deus, meu cabelo comprido.

Agora Chase parece estar com algumas semanas, os olhos arregalados e alertas, virado para a câmera por uma versão mais jovem de Ella, o cabelo comprido e louro emoldurando o rosto e o sorriso grande, como se a foto tivesse sido tirada no meio de uma gargalhada. Ela parece jovem, feliz e sem preocupações. É como se nesse momento sua vida não tivesse como ser mais perfeita. Há uma criança pequena de pé ao lado, segurando a calça de moletom marrom dela, com os lábios franzidos. Dá para ver que é Jamie por causa do cabelo louro, e ele deve ter uns três anos nessas fotos.

– Está meio vazio – diz, como que pedindo desculpas, trocando por outro álbum. – Esse é do Tyler.

Meu interesse cresce mais ainda quando ela diz isso. Me ajeitando para ficar mais confortável, mordo o lábio e olho para o álbum preto enquanto Ella abre na primeira página. Vazia. Ela vira mais algumas. Vazias. E finalmente, depois de seis páginas, chegamos às duas primeiras fotos. Há um bebê minúsculo numa incubadora, muito pequeno, frágil e rosado.

– Ele nasceu quatro semanas prematuro – diz Ella. – Deveria nascer em julho, mas acabou vindo em junho.

– Eu não sabia.

Viramos mais algumas páginas vazias até vermos uma foto de Ella deitada numa cama num quarto escuro com Tyler enrolado de encontro ao corpo da mãe. Ela parece mais nova ainda, praticamente uma adolescente, talvez apenas um ano mais velha do que eu. Seu cabelo comprido está preso num rabo de cavalo malfeito e os olhos demonstram cansaço. Parece exausta, mas não falo nada.

Na última página do álbum, Tyler já não é mais um bebezinho minúsculo. Está com alguns anos, de pé e usando um smoking preto pequenininho. Está rindo para a câmera, o que me faz rir também, o cabelo escuro e os olhos verdes já tão familiares. Ele não mudou nada.

– Foi no dia do meu casamento – diz Ella, baixinho.

É levemente esquisito ouvi-la falar essas palavras, já que sou filha do seu novo marido, mas mesmo assim acho muito interessante.

– Com que idade você se casou?

– Com 21 anos. Tyler me levou até o altar, porque não falo com meus pais. Ele tinha apenas quatro anos, mas adorou.

– Só isso? – pergunto, ligeiramente incrédula. – Só oito fotos?

– Antes era cheio – admite Ella, que parece triste ao falar. No entanto, ela olha para mim de lado e dá um pequeno sorriso, como se estivesse tudo bem. – Tyler queimou um monte.

Minhas sobrancelhas se franzem.

– Queimou?

– Fez uma fogueira no quintal dos fundos – explica ela, dando de ombros. – Havia uma porção de fotos que ele não queria guardar. Acabei deixando, porque achei que ele ia se sentir melhor.

Antes que eu possa continuar com o assunto, ela pigarreia e pega outro álbum. Provavelmente é de Jamie, mas ela ainda nem o abriu quando ouvimos o som da porta da frente se abrindo e fechando.

– Ella? – diz uma voz.

Acho que nós duas estamos esperando que seja Tyler, mas é uma voz feminina e eu a reconheço.

– Aqui, Tiffani! – grita Ella, confirmando meus pensamentos.

O que será que Tiffani está fazendo aqui?

Após alguns segundos, Tiffani chega à sala, abre a porta e inclina a cabeça.

– Ah, oi, Eden.

– Oi.

Mal consigo fazer contato visual, como se eu fosse uma traficante e ela, uma agente federal.

– O Tyler está por aí?

Ella me entrega o álbum e se levanta, ajeitando as dobras da roupa enquanto se aproxima de Tiffani.

– Hmmm. Não o vejo desde hoje de manhã. Já tentou ligar para ele? Talvez ainda esteja na academia.

– Estou ligando para ele desde ontem à noite – declara Tiffani, de maneira brusca. – Ele fica ignorando as minhas ligações. E, por falar em ontem à noite, onde ele estava?

As sobrancelhas de Ella se franzem.

– Ele não estava com você?

É nesse momento que meu coração para de bater e meu sangue gela. Meus lábios se separam enquanto olho para as duas, e a única coisa que me passa pela cabeça é: fizemos uma tremenda merda. Não sei por que Tyler achou que nossas desculpas de ontem à noite não sairiam pela culatra e não sei por que concordei com elas.

E justo quando acho que vou cair morta, ouço a porta da frente se abrir outra vez. Agora é a pessoa que estávamos esperando. Ouço Tyler antes de vê-lo, a voz profunda murmurando pelo corredor:

– O que você está fazendo aqui?

Tiffani se vira ao lado da porta da sala para encará-lo com uma expressão fria.

– Onde você estava ontem à noite?

– Eu já te disse. – Dá para enxergar metade do rosto dele por cima do ombro de Tiffani, e o vejo engolir em seco. – Estava com os caras.

– Tyler – reage Ella, com rispidez, entrando no campo de visão dele. Consigo vê-lo xingando mentalmente. – Você disse que estava com ela. Aonde você foi ontem à noite?

– Ah, meu Deus – diz ele. – E isso importa?

Ella dá meia-volta para me encarar. Nesse ponto ainda estou prendendo a respiração, com medo de ficar azulada.

– Eden, aonde ele foi?

Todos me encaram. Ella está séria, Tiffani está lívida e Tyler arregala os olhos, como se implorasse para que eu não fizesse besteira, para eu pensar em alguma coisa.

– Ah, ele me deixou na casa da Meghan e depois mudou de planos – minto, rezando para que meu processo mental seja lógico. – Foi encontrar os caras.

– Viu? – murmura Tyler, pegando o braço de Tiffani e dando um passo em sua direção, mas ela se solta.

– Não fala comigo – reage ela, rispidamente, pondo a mão no peito dele e o empurrando de volta para o corredor. – Eden, vem. Precisamos falar com a Rachael e a Meghan. Agora.

A expressão dela é um aviso para eu não questionar, por isso não questiono mesmo. Em vez disso, deixo o álbum de fotos de lado e me levanto. Ela segura meu pulso quando chego perto, me puxando rumo ao corredor. Tromba em Tyler de propósito ao passar por ele.

Dá para ver que ele está furioso, os punhos fechados enquanto desaparecemos pela porta da frente. Não tenho tempo nem de pegar os tênis, por isso sou puxada pelo gramado, descalça, sem que Tiffani me dê qualquer opção a não ser entrar no carro dela.

E, no segundo em que entra e fecha a porta, ela irrompe em lágrimas. Soluça muito e esconde o rosto com as mãos, chorando com a cabeça encostada no volante. Seu peito sobe e desce num ritmo irregular conforme ela luta para respirar direito.

– Você está bem? – pergunto, mas então reviro os olhos com raiva de mim mesma. É claro que não está. Viro-me para ela e estendo o braço para passar por seus ombros. Isso não parece ajudar. – O que aconteceu?

Depois de mais alguns soluços longos, ela levanta a cabeça e seca os olhos com os polegares. Sua respiração ainda está irregular quando ela liga o carro e põe o cinto de segurança.

– Você não vai acreditar. – Tiffani choraminga, o rímel deixando riscas em suas bochechas. – A Rach e a Meg vão se encontrar com a gente lá em casa. Preciso simplesmente... desabafar.

Vamos em silêncio até a casa dela, e me sinto aliviada por ela morar no mesmo bairro. Acho que não aguentaria seu choro por mais de dez minutos. Mas, mesmo assim, passo o tempo com um nó no estômago. Tenho quase certeza de que Tyler é o motivo das lágrimas dela.

Os carros de Rachael e Meghan já estão na entrada da casa de Tiffani quando chegamos, e elas saem rapidamente dos veículos e correm até nós no instante em que paramos.

– Ah, Tiff! Deu tudo errado? – Rachael é a primeira a abraçá-la, apertando-a com força. – Não esqueça que ele mora na minha frente. Posso ir lá de fininho no meio da noite e cortar o saco dele, se você quiser.

Agora sei que é mesmo culpa de Tyler, e me pergunto se ela está triste porque ele a deixou de lado para ficar com os amigos. Mas até isso parece patético demais para merecer tanto choro. Deve ser alguma coisa maior.

– Quantas vezes eu avisei? – pergunta Meghan, segurando a mão de Tiffani e levando-a até a porta da frente. – Tiff, você sabe que não é a primeira vez.

– As outras vezes foram só boatos – geme Tiffani, soltando outro soluço. – Dessa vez tem prova!

– Prova de quê? – pergunto, e entramos todas em casa.

Ninguém ainda explicou por que ela está chorando.

– Ah, meu Deus, Eden, por favor, fica ligada – murmura Rachael, me lançando um olhar feroz e depois olhando de maneira compreensiva para Tiffani.

Ela ainda não respondeu à minha pergunta, e logo estamos todas subindo pela escadaria enorme até o quarto de Tiffani, onde ela desmorona na cama.

– Pode começar do princípio – diz Meghan, baixinho, vendo Tiffani respirar com sofreguidão.

Estamos todas sentadas na frente dela, no colchão, como se ela fosse a rainha e nós, as serviçais. De certa forma, isso é verdade.

– Eu já disse – reage Tiffani, meio agitada. – Eu estava pegando a correspondência hoje de manhã quando o Austin Cameron passou de carro e parou. Perguntou se eu tinha aproveitado a noite com o Tyler e ficou piscando para mim, aquele tarado escroto. Perguntei que negócio era aquele e ele falou que viu a gente ontem à noite perto do píer. Eu nem fui ao píer.

Se eu achava que antes não estava respirando, agora não estou mesmo, é fato. Minha boca fica aberta enquanto a encaro. Percebo que o motivo do choro não é Tyler.

Sou eu.

– Você disse pro Austin que não era você? – pergunta Rachael.

Em seguida, dá um tapinha no joelho de Tiffani, como se isso fosse reconfortá-la.

– Claro que disse – murmura Tiffani, entre mais soluços ainda, começando a lacrimejar de novo. – Ele disse que viu Tyler "mandando ver" no carro, na porra do estacionamento. Ele presumiu automaticamente que era eu, porque é claro que imaginaria isso. Eu namoro o Tyler.

– Não deveria – murmura Meghan. – Ele não merece você.

Tiffani fecha os olhos por um momento e respira fundo.

– Perguntei ao Austin se era mesmo o carro do Tyler, e ele disse que tinha certeza, que reconheceria em qualquer lugar. Disse que, sem dúvida, era a placa dele. Então, claro, perguntei se ele se lembrava de alguma coisa da garota, mas ele disse que viu só silhuetas. – Um rosnado súbito brota na garganta de Tiffani enquanto ela dá um soco no travesseiro mais próximo. – Por que o Tyler precisa ter a droga de um vidro fumê no carro? Achei que era ilegal, e estou começando a entender por quê. Isso permite que as pessoas traiam!

Ah, meu Deus, penso. *É tudo minha culpa.*

– Ele disse que estava com os caras, mas falou para a mãe que estava comigo! Ele é um mentiroso de merda! – Tiffani começa a esmurrar e arranhar tudo ao redor. Nem consigo começar a imaginar como ela reagiria se soubesse que era eu. – O tempo todo ele estava se pegando com alguma vagabunda! Estou passando mal. Vou vomitar. Ah, meu Deus!

– Você precisa terminar com ele, Tiffani – diz Rachael, a voz condescendente, como se estivesse falando com uma criancinha em seu primeiro romance no jardim de infância.

– Mas não posso! – Ela uiva, o cabelo caindo sobre os olhos. Então abre o berreiro de novo e puxa o edredom para enxugar as bochechas. Não demora muito para o tecido ficar totalmente encharcado. – Eu preciso dele.

– Será que o Austin não interpretou mal a situação?

Forço as palavras para fora da boca. Minha garganta está completamente seca, mas ainda assim tento ao máximo fazer com que a voz não falhe. *Aja como se não soubesse de nada*, digo a mim mesma. *Banque a inocente.*

– Aham – diz Rachael, esticando o pescoço para me lançar um olhar de desaprovação. – Eden, sei que ele é da sua família e tal, mas, por favor, não defenda esse cara.

– Não estou defendendo – tento retrucar.

Estou me sentindo menor do que nunca, e a verdade é que não estou defendendo Tyler. Estou *me* defendendo.

Durante vinte minutos ouvimos Tiffani vociferar, desabafar e xingar até ficar mais calma. O tempo todo estou sentada em silêncio com medo de dizer alguma coisa que acabe me entregando. Rachael apresentou diferentes métodos de vingança, ao passo que Meghan sugere que a gente saia para tomar um sorvete, mas Tiffani recusa, porque "Se eu estiver gorda, ele vai me trair mais ainda". Não consigo digerir esse comentário direito. Será que ela está insinuando que as garotas fora dos padrões não são atraentes? Que os caras não curtem garotas com um pouco de corpo? Não sei. Mas isso me irrita.

Depois de um tempo ela diz que só quer dormir, por isso aproveitamos a deixa para ir embora. Ela precisa de espaço, e certamente me sinto grata por sair dali. Rachael me oferece carona, me poupando de andar descalça pelo bairro.

– Se acontecer qualquer coisa, liga pra gente – pede Meghan. Todas nós paramos junto à porta e Tiffani ainda está esparramada na cama, rolando de vez em quando. – Você precisa manter a gente atualizada.

– Pode deixar. – Ela funga. – Posso falar um segundo com a Eden?

Rachael e Meghan trocam olhares comigo e penso em implorar para elas não me deixarem ali sozinha. Mas antes que eu tenha a chance de implorar pela minha vida, Rachael diz:

– Claro. Espero você no carro, Eden.

As duas saem. O silêncio toma conta do quarto enquanto Tiffani enterra o rosto no edredom. Suas palavras saem abafadas.

– O que a gente falar neste quarto fica neste quarto. Nem pense em contar para o Tyler nada do que a gente disse.

– Não vou fazer isso – prometo, quase guinchando. Meus olhos se viram para o corredor e espio a escada, querendo sair dali. – Espero que você esteja bem.

– Não estou. Mas, Eden...

Ela levanta o corpo, cruza as pernas e me encara, com os olhos inchados. De algum modo ela pressiona os lábios, com o maxilar trincado e as sobrancelhas franzidas. Alguma coisa lampeja em seus olhos azuis, algo novo, que eu nunca tinha visto, uma expressão tão perversa e ácida que por um momento me dá medo.

– Eu sei que você não saiu com a Meghan ontem à noite... porque eu estava com ela.

23

Ao voltar para casa, encontro Tyler parado no corredor, braços cruzados, maxilar trincado, olhar feroz. Parece prestes a entrar num ringue de boxe e causar algum dano cerebral no oponente. O problema é que não sei quem é o inimigo.

– O que ela disse? – pergunta ele, com desdém, baixando os braços e fechando os punhos ao se aproximar de mim. – O que *você* disse?

Balanço a cabeça e olho para os lados, tentando dar uma espiada na sala. Ella não está lá, os álbuns também não.

– Cadê sua mãe?

– Foi pegar o Chase – responde ele, com a voz áspera. – Agora me diz: que merda foi aquela com a Tiffani?

Solto um arquejo, estudando sua expressão severa enquanto tento entender os últimos acontecimentos. Estou morrendo de medo.

– Alguém viu a gente ontem à noite – disparo, bruscamente, e mais uma vez sinto um gosto amargo na boca. – Austin Cameron... Ele contou para a Tiffani.

Tyler arregala os olhos, em choque, mas o susto logo se transforma em frieza.

– Tá falando sério? – rosna ele, dando um soco forte na palma da mão, furioso. – Vou acabar com aquele filho da...

– Elas não sabem que era eu – interrompo, a voz baixa e fraca, remexendo as mãos. – Ela está arrasada, Tyler – falo, baixando o olhar, aflita.

Tiffani não está apenas chateada, mas com sangue nos olhos. Sinto que está muito perto de descobrir a verdade, agora que sabe que Tyler e eu mentimos sobre onde estivemos ontem à noite, e apesar da minha explicação horrenda e nem um pouco convincente, ela deixou bem claro que planeja descobrir o que estou escondendo. Sim, eu poderia ter pensado em uma desculpa melhor, mas eu estava sob pressão e desesperada, então falei que menti porque meu pai e Ella só me deixariam sair de casa se soubessem que eu ia a algum lugar seguro. Deu pro gasto? Não para Tiffani. Acho que nunca mais vou conseguir olhar para ela de novo.

Após um momento de silêncio, Tyler relaxa os punhos e suspira, coçando a nuca e passando a mão no cabelo.

– Vou dar um jeito nisso – diz, baixinho. Ergo a cabeça e olho para ele. – Ela está furiosa, eu sei, mas vou consertar as coisas. Vou falar para ela que cometi um erro e comprar um presente legal. Ela vai se esquecer dessa história rapidinho e tudo vai ficar bem de novo. E então a gente ganha tempo para pensar no que fazer.

Eu o encaro, incrédula e irritada.

– Não vai ficar tudo bem coisa nenhuma – falo, entredentes, cuspindo cada palavra. – Nada está bem, Tyler! Isso precisa parar.

– O que precisa parar?

– Isso.

Aponto para nós dois. Eu não deveria ter deixado isso chegar tão longe, para começo de conversa. E agora estou com lama até o pescoço. A uma profundidade de três momentos de pegação intensa.

– Você tem namorada, Tyler. Eu me recuso a ser sua amante.

– Não vai ser – diz ele, com firmeza, abrindo um sorriso e se aproximando.

Ele segura meus cotovelos e me puxa para perto, o calor de seu toque deixando os pelos dos meus braços eriçados. Ele fecha os olhos e inclina a cabeça, se preparando para me beijar. Na mesma hora me desvencilho de seu corpo e me afasto, e ele fica parado, as mãos no ar, os olhos se abrindo lentamente e me encarando com perplexidade.

Tento entender o que se passa pela cabeça dele. Tyler só pode estar maluco.

– Sério? – falo, por fim. – Não é hora para isso. Mesmo se você pudesse me dar certeza de que a Tiffani não vai descobrir nada, e ela vai descobrir, eu ainda assim não faria isso. – Dou um passo para trás e balanço a cabeça, com um nó na garganta. – Não vou fazer isso.

– Ah, qual é.

O sorriso desapareceu, mas a presunção em seu olhar permanece firme e forte. Enojada, eu me viro e subo a escada, parando no meio do caminho quando ele fala:

– A gente pode dar um jeito.

– Como, Tyler? – pergunto. – Só temos duas opções.

– Só duas?

– Isso – confirmo. Reparo no fogo em seus olhos e visualizo Tiffani e seu rímel borrado, os soluços abafados e os travesseiros com marcas de lágrima. Ele não dá a mínima para o sofrimento dela. – Você precisa terminar com ela.

– Não. – Ele balança a cabeça com firmeza. – Não posso.

– Por quê?

Aposto que mais uma vez ele vai ignorar minha pergunta, mas ele parece pensar numa resposta.

– Porque é mais complicado do que você imagina, está bem? A Tiffani... olha, vamos deixar isso pra lá. – Seu olhar penetrante e sério me diz que eu não deveria insistir no assunto, então, apesar da minha frustração, não falo mais nada e só o espero se manifestar novamente. – Qual é a outra opção?

– Ignorar o que aconteceu entre a gente.

Dói muito dizer isso, mas é a única solução. Se ele quer ficar com Tiffani, então precisamos nos contentar em agir como irmãos e nada mais. Nada de flertes, nada de beijos roubados, nada de comentários maliciosos. Se ele quiser tudo isso, vai ter que pôr um ponto final no relacionamento dele com Tiffani. Porque fazer as duas coisas é traição.

– Então, basicamente – começa ele, cruzando os braços –, só posso ficar com você se terminar com a Tiffani? É você ou ela, certo?

O olhar presunçoso foi substituído por uma postura ameaçadora e ofendida. Ele me estuda, a testa franzida, o queijo levantado, mas creio que não seja de mim que está com raiva, e sim da situação. Eu também estou.

– Por que você está tão surpreso? É um ultimato bem óbvio – comento, com frieza. – Você deveria saber que uma hora isso ia acontecer.

Ele trinca o maxilar, bufa e crava os dedos no cabelo, murmurando algo inaudível e indo para a cozinha, irritado. Marcho até meu quarto e bato a porta com força, para que ele consiga ouvir o barulho.

Apenas alguns segundos se passam até que eu comece a duvidar de tudo e a me torturar com perguntas. A maior de todas é: por que eu gosto do Tyler, para começo de conversa?

Realmente não consigo pensar numa resposta aceitável. Está tudo errado. Estou gostando do meu irmão postiço, e a ideia de que alguém pode descobrir me apavora. Seria um escândalo. Seríamos julgados e criticados, banidos da sociedade. Mas não é só isso que me deixa chocada. É o fato de Tyler ter milhões de defeitos, milhões de coisas que eu deveria odiar, mas que simplesmente não consigo. Pelo menos agora. Por que estou tão fascinada por um cara que não parece se importar com nada? Eu deveria odiá-lo por ser tão babaca, tão arrogante, tão egoísta. Só que não consigo mais ignorá-lo, independentemente de quantos comentários ridículos ele faça, de quantos baseados ele fume e de quanto álcool consuma no espaço de uma hora, porque tenho certeza absoluta de que ele não faz isso apenas para parecer legal ou impressionar os caras com quem anda. Há algo mais aí, algo intrigante que vai me dizer quem ele é de verdade, por baixo dessa pose de durão que ele insiste em construir. Estou muito interessada, muito enfeitiçada e cada dia mais apaixonada.

Eu queria não estar, de verdade.

Ella e Chase chegam em casa pouco depois. Ella passa no meu quarto para ver se estou lá e diz que a casa está quieta demais, o que a deixa desconfortável. Dou uma risadinha forçada, e ela vai até a porta ao lado para dar uma olhada no infame filho mais velho. Não me lembro de tê-lo ouvido entrar no quarto, mas sei que ele deve ter tido a mesma ideia que eu, porque ouço sua voz através das paredes.

Os dois iniciam uma discussão, mas Ella logo desiste e o deixa sozinho de novo. Eu me pergunto se isso é um círculo vicioso. Ela tenta conversar com ele, ele a rechaça, ela desiste. E de novo, de novo e de novo. Parece já fazer parte de sua rotina.

Ela volta mais tarde para me convencer a sair do quarto e descer para jantar. Reluto em sair, mas ela não deixa espaço para discussão, por isso a acompanho até a cozinha. Meu pai e Chase estão sentados nos lugares de sempre, me observando enquanto vou até a mesa. Onde Tyler também está, é claro.

– Está com fome? – pergunta meu pai, com a gravata afrouxada no pescoço e se espreguiçando na cadeira.

– Não – respondo, me obrigando a encará-lo e não desviar a atenção para mais ninguém. Sinto o olhar mortal de Tyler abrindo buracos na minha pele, do outro lado da mesa. – Como foi a reunião?

Meu pai dá de ombros.

– Mais ou menos.

– Dave... – diz Ella, pondo uma travessa com pedaços de costela na mesa e acariciando os ombros dele. – Você disse que foi boa de verdade.

Eles se olham e sorriem um para o outro. Meu pai também sorria assim para minha mãe, quando os dois ainda eram felizes juntos. Esses pequenos gestos e diálogos foram embora muito antes dele.

– Hmmm – diz ele, se voltando para mim. – A reunião foi ótima.

– Que bom – respondo.

Tyler se levanta da cadeira abruptamente, balançando a cabeça e franzindo a testa com desdém.

– Não consigo ficar aqui. Vou voltar lá para cima.

O sorriso de Ella desaparece no mesmo segundo, e suas mãos pousam nos ombros largos do meu pai.

– Mas a sua comida já está vind...

– Tenho que fazer umas coisas – interrompe ele, se encaminhando para o saguão sem nem olhar na minha cara. – Mais tarde eu como.

Ella dá um suspiro cansado e desliga o fogão, já que Tyler não vai mais jantar.

– Bom, são dois filhos a menos – murmura.

Chase obviamente gostou da ideia, porque ri e grita:

– Mais costeleta para mim!

O clima fica meio estranho, com apenas nós quatro na mesa. Chase e eu batemos papo enquanto meu pai e Ella conversam mais demoradamente sobre seus dias. Quando não estão olhando, dou uma ou duas costeletas a Chase.

Tudo segue com relativa tranquilidade, até que o telefone toca e papai vai até a sala atender. Ele volta segundos depois visivelmente nervoso, deixando o aparelho na bancada e pegando as chaves.

– Era a Grace – diz ele para Ella, que se levanta, preocupada. – Jamie caiu e machucou o pulso. Ela disse que talvez tenha quebrado. É melhor irmos até lá.

O rosto de Ella se contorce numa careta e ela leva a mão à testa.

– De novo não!

– Ele vai ficar bem – diz meu pai, com firmeza. – Vamos lá buscá-lo.

Nervosa, ela zune pela cozinha para verificar se tudo está desligado, porque não pode deixar a casa pegar fogo enquanto estiver fora. Antes de sair, se vira para mim e pergunta:

– Você e o Tyler podem ficar aqui e olhar o Chase?

Faço que sim.

– Claro. Pode deixar.

Ela me dá um sorriso agradecido e sai correndo atrás do meu pai. Ouço o carro se afastando, e o único barulho na casa é o de Chase sugando o molho no prato.

Começo a tirar a mesa enquanto ele termina de comer.

– Gostou da costela mesmo, hein?

– Amei – corrige ele, jogando o último osso no prato e abrindo um sorriso. – Hmmm.

Reviro os olhos e pego seu prato, juntando-o à pilha e levando todos com cuidado até o lava-louça. Quase jogo os ossos no triturador, mas percebo o erro a tempo e os deixo na lixeira.

– O Jamie vive quebrando o pulso, é?

– Não – responde Chase, surgindo subitamente ao meu lado, abrindo o lava-louça e colocando todos os talheres dentro. – Isso acontece mais com o Tyler.

– Nossa, pensei que ele fosse duro na queda – falo, sorrindo para mim mesma.

Eu e Chase damos um jeito na cozinha em dez minutos, e depois ele vai para a sala ver TV enquanto eu me encarrego de checar se as portas estão trancadas. Agora que Tyler e eu estamos praticamente sozinhos em casa, decido que é a hora perfeita para tentar falar com ele de novo. Não sei se ele está com raiva de mim ou de si mesmo, mas com certeza está bem furioso, e eu preferiria vê-lo de bom humor.

Abro a porta do quarto e o encontro sentado na beira da cama, envolto em silêncio, de cabeça baixa e com as mãos cruzadas diante do corpo.

– Estamos só nós e o Chase em casa – anuncio, baixinho. – Meu pai e Ella saíram, porque Jamie talvez tenha quebrado o pulso.

Ele olha para mim e se levanta na mesma hora, em pânico.

– O que aconteceu? Onde ele está? Quem?

Seu descontrole me deixa perplexa, e todas aquelas perguntas só me confundem.

– O quê?

Ele pigarreia.

– Quero dizer, como?

– Acho que ele caiu e se apoiou com os pulsos – explico. Tyler parece desesperado, por isso decido aliviar o clima. – Fiquei sabendo que o senhor também tem pulsos muito frágeis – brinco, levantando as sobrancelhas, mas o tiro sai completamente pela culatra.

Seus olhos se arregalam com uma mistura de raiva e choque.

– Quem te contou isso?

– Hmmm... o Chase. – O ultraje dele me surpreende, por isso olho bem nos seus olhos em busca de algo que explique por que ele está com tanto ódio. Não consigo decifrar esse garoto. – Qual é o problema?

Ele baixa os olhos e depois volta a me encarar, dando um passo em minha direção.

– O que mais ele te contou?

– Nada – sussurro, intimidada por seu olhar penetrante.

Mais um passo.

– Tem certeza?

– Tyler, calma! Você está exagerando. – Ele me ignora, me olhando de cima a baixo, furioso. – Tenho certeza – acrescento, rapidamente.

– Sabe de uma coisa? Não consigo lidar com isso – diz ele, com rispidez, se virando e indo até o banheiro. – Não consigo lidar com você e não consigo lidar com a Tiffani. Não consigo lidar com suas perguntas idiotas e com os dramas da Tiffani. Não consigo lidar com nada disso agora.

Ele se apoia na borda da pia e abaixa a cabeça, respirando fundo.

– Você está perdendo a cabeça – falo, abrindo um pouco mais a porta para ficar com ele dentro do banheiro pequeno.

– Cuidado com a porta – murmura ele. – A fechadura está uma merda.

Ele parece prestes a arrancar a pia da parede, por isso pouso gentilmente a mão em seu braço para tentar tranquilizá-lo, mas ele só se encolhe e se afasta.

– Preciso de algo mais forte – sibila ele, olhando para o armário mais acima.

Ele abre a porta espelhada e estende a mão até a última prateleira, pegando um maço de notas. Percebo os inúmeros frascos espalhados ali dentro, mas não é com isso que me importo agora.

Tyler fecha a porta do armário com força e se vira, mas eu entro depressa na frente dele e bloqueio a porta.

– Nem pense nisso – aviso, irada, com a mão pressionando seu peito.

– Eden. – Tyler chega bem perto, seus lábios úmidos pairando acima dos meus, seu hálito frio em minha pele. – Eu. Preciso. De. Algo. Forte. Agora.

Olho o dinheiro esmagado em sua mão e dou um passo para trás. Eu o encaro.

– Porque a cocaína é a solução para tudo, não é?

– Eden – repete ele, com a voz áspera. – Tira esse rabo lindo da minha frente antes que eu fique puto de verdade. Preciso encontrar o Declan.

– Não vou deixar – retruco, furiosa.

Claro que ele precisa recorrer às drogas. É a cara dele fazer isso, e muito patético. O que ele está pensando? *Não quero lidar com alguma coisa, então vamos consertar isso arruinando minha vida?* As drogas são só uma forma de você se sabotar.

Tyler dá um tapa na parede, bem perto da minha cabeça.

– Não é da sua conta, cacete!

Mas o que ele não sabe é que *é, sim,* da minha conta o que ele vai fazer ou não, porque, sem querer, ele me disse como impedi-lo de sair. Então, enquanto ele dá continuidade à cena de raiva, estendo a mão para a maçaneta e, depois de alguns segundos, finalmente a seguro com força. Antes que Tyler se dê conta do que estou fazendo, fecho a porta, me virando e pressionando o corpo contra ela, e é aí que a fechadura dá um estalo.

A fechadura de merda, como disse Tyler, acabou de virar minha melhor amiga.

24

O pequeno banheiro cai num silêncio tenso. Meu coração está batendo rápido e com força. Sob a luz fluorescente dá para ver com clareza a variedade de emoções que tremulam nos olhos verdes de Tyler. Há um toque de surpresa por trás do ultraje.

– Você está brincando com a minha cara?

Ele olha em volta, como se procurasse uma janela que nunca existiu, como se, caso olhe por tempo suficiente para as paredes, uma saída vá aparecer de repente. Mas há exatamente isto: quatro paredes e uma porta trancada.

– Não – digo.

Fico impressionada comigo mesma por tomar uma decisão numa fração de segundo, e tomar a decisão certa. A decisão certa era impedir Tyler de sair. Nem me importo se me arrastei para essa situação complicada e claustrofóbica com ele e que podemos passar horas trancados aqui. Talvez o único modo de destrancar essa porta seja tirá-la das dobradiças ou derrubá-la, e talvez precisemos esperar até de manhã, quando o chaveiro do bairro venha nos resgatar, e talvez eu simplesmente não me importe.

Tyler, por outro lado, se importa. Sua única preocupação é sair, e a porta trancada é a única coisa no caminho. Ele passa por mim, o ombro roçando no meu enquanto me cutuca para sair da frente. Seus dedos compridos envolvem a maçaneta e ele a sacode com vigor, querendo obrigar a fechadura a se desfazer, mas os esforços não dão em nada.

– Pode desistir – digo, examinando como as veias em seus braços ficam tensas enquanto ele sacode a maçaneta, até enfim aceitar o fato de que esta noite não vai se encontrar com Declan Portwood.

Ele põe as mãos na nuca e vira a cabeça para o teto, respirando lentamente várias vezes enquanto tenta se acalmar. Gosto de como ele suspira, como suas pálpebras se fecham por um momento e os ombros e o peito sobem e descem de novo, afundando quando o oxigênio sai do corpo. E, depois de colocar os pensamentos em ordem, ele inclina a cabeça para baixo e me encara com uma expressão indignada, ofendida.

– Desculpe se eu me importo – digo. Ele está esperando uma explicação e talvez um pedido de desculpas, mas não vai receber nada disso. – Você vai ter que achar outro jeito de se distrair. Uma alternativa. Uma que não mate você.

Ele vasculha ao redor outra vez, ainda esperando descobrir uma saída, mas só acaba encontrando os próprios olhos no espelho do armário. Não consegue se ver por muito tempo, encarar o fogo que há nas profundezas dos seus olhos, e logo baixa a cabeça.

– Você estava virando minha distração – murmura, mas sua voz não está carrancuda como alguns minutos antes. – Mas pelo visto eu não posso ter você.

Não sei como responder. As palavras brotam, mas de algum modo percebo que não consigo falar. Em vez disso, respiro fundo e, quando finalmente acho uma resposta, meu tom é suave e baixo, como se corrêssemos o risco de sermos ouvidos, mesmo que isso não vá acontecer:

– Por que sou uma distração?

Ele olha para mim, apreensivo, a cabeça inclinada de lado como se precisasse se lembrar da resposta. Mas depois de um tempo abre a boca para falar e murmura com cuidado:

– Porque você torna as coisas um pouco mais fáceis. Porque consigo me concentrar em você, em vez de em todo o resto.

Observo a curva dos seus lábios enquanto as palavras passam devagar por sua boca. Elas me paralisam, meu corpo fica imobilizado perto do box do chuveiro, e nesse ponto percebo como isso tudo é verdadeiro.

– Então não pare – digo com um leve tremor na voz. Dou um passo cauteloso na direção dele, sem saber direito onde isso vai dar. Só me parece a coisa certa.

Ele continua me encarando, os olhos ainda fixos nos meus, mas piscando rápido e com a respiração mais pesada, e sei que ele ainda quer uma coisa, só uma. Levanto a mão para tocar seu queixo, e sua pele está queimando como o fogo dos seus olhos.

– Se concentre em mim – sussurro.

– Então me distraia – pede ele.

Em seguida, pega delicadamente meus dedos que estão em seu queixo e afasta minha mão. Eu me encolho ao sentir o frio das mãos dele em contraste com o calor do rosto. Duas coisas completamente opostas. Como ele e eu.

– Podemos conversar – digo.

A atmosfera em volta passou de tensa para calma, de barulhenta para silenciosa, e quase sussurro, com medo de estragar a quietude reconfortante:

– Nós nunca só conversamos e pronto.

– Beleza. Vamos conversar – diz ele.

Passando com cuidado por mim, ele apoia as costas na porta do box e desliza para o chão. Estende as pernas e dá um suspiro, a cabeça baixa, os olhos fechados. Fico me perguntando no que está pensando. Em mim?

– Podemos falar sobre a Tiffani? – Faço essa pergunta com todo o cuidado do mundo, mergulhando nesse assunto complicado da maneira mais suave possível. – Desta vez com calma.

A simples menção ao nome dela provoca tensão e força Tyler a olhar para mim, como se estivesse tentando deduzir se quero mesmo falar dela. Vejo um lampejo estranho nos seus olhos, mas então ele desvia o olhar.

– Tudo bem – diz, com os dentes trincados.

Passo por cima das pernas dele e me sento nos ladrilhos frios, apoiando as costas na porta, puxando os joelhos para perto do peito e os abraçando.

– Por que você não termina com ela? Você mesmo disse que nem gosta dela.

Tyler me encara. Seu olhar desce lentamente até os meus lábios, às minhas mãos envolvendo os joelhos, depois volta para observar meus olhos de novo. Eu me pergunto se ele está pensando se vai me dar uma resposta sincera ou se só tenta ganhar tempo enquanto inventa uma mentira.

– Não posso terminar com ela.

– Mas por quê?

A resposta dele só me irrita mais ainda. A não ser que ela o esteja ameaçando com uma faca, não vejo motivo para ele simplesmente não acabar com o relacionamento inútil com o qual ele se importa pouco ou nada.

Tyler balança a cabeça e põe uma das mãos no rosto, esfregando os olhos com o polegar e o indicador antes de gemer alto.

– Tiffani sabe agir muito bem como se fosse a garota mais legal que existe. Mas não é. No segundo em que você faz alguma coisa errada, ela vira uma psicopata. Ela sabe muita coisa a meu respeito. Não posso me arriscar. Pelo menos não agora.

– Psicopata? – Levanto a cabeça e o encaro, perplexa. – O que ela sabe?

– É... – As palavras ficam no ar e ele parece desconfortável, quase sentindo dor. Põe as palmas das mãos nos ladrilhos ao lado do corpo. – Ok. Vou dar um exemplo: em janeiro ela ouviu dizer que eu estava ficando com uma garota no período do almoço toda terça-feira, coisa que não estava mesmo acontecendo, e pirou de vez. Ralei por duas semanas seguidas para fazer um trabalho de literatura inglesa porque precisava melhorar as notas, e Tiffani disse para o meu professor que foi ela quem escreveu. Toda a minha nota caiu e fui suspenso por colar, o que é uma idiotice. No mesmo dia ela usou o e-mail da mãe dela para mandar uma mensagem para a minha, dizendo que estava preocupada com meu bem-estar porque eu estava fumando maconha no porão da escola. Essa parte é verdade, e a Tiffani era a única pessoa que sabia. Minha mãe ficou quase um mês sem falar comigo. Eu teria largado a Tiffani nesse momento, mas ela deixou claro que eu não deveria fazer isso nunca. Por isso não larguei. Terminar não é uma opção. Tem muita coisa que ela pode fazer, porque está numa posição vantajosa.

Após um breve silêncio, pergunto:

– O que mais ela sabe, Tyler?

Estou tentando absorver as palavras dele, entendê-las. Tento imaginar Tiffani fazendo essas coisas. A princípio não consigo, mas então me lembro da expressão dela hoje de manhã, quando disse que sabia que eu estava mentindo. Ela me deixou apavorada. De algum modo acredito em Tyler. Ela definitivamente tem potencial para fazer essas coisas.

Tyler não está me olhando nos olhos.

– Você se lembra do primeiro dia do verão?

A súbita mudança de assunto, da natureza controladora de Tiffani para o começo do verão, me pega de surpresa.

– Aham. Meu pai estava chato, o churrasco era um saco e você chegou fazendo a maior grosseria.

– É, isso. – Estou esperando Tyler começar a rir, mas isso não acontece. Na verdade, ele parece ainda mais desconfortável do que antes. – Eu estava muito, muito bolado.

– Por quê?

Eu me lembro de ter ouvido a discussão dele com Ella naquela noite, mas não me recordo de os dois falarem sobre os motivos da raiva dele. Tyler parecia furioso quando chegou em casa.

Há outra pausa silenciosa.

– Eu estava com raiva da Tiffani – admite ele, finalmente. Nesse ponto, ele nem está olhando para mim. Só encarando o piso de ladrilhos. – Eu vinha pensando em me envolver numa parada durante um tempo, e naquela noite ela descobriu – explica ele, mas sua voz está baixa e meio rouca, e percebo que ele não vai me contar em que estava pensando em se envolver. Dá para ver que não é uma coisa da qual ele sinta orgulho. – Ela disse que não contaria para ninguém, desde que eu fique com ela até a formatura. É por isso que puxei o saco dela no começo do verão. Você sabe, a American Apparel etc.... – Suas bochechas ficam vermelhas de puro constrangimento por ter que falar sobre isso, mas nem ligo. Só fico feliz porque ele está sendo sincero comigo. – Enquanto a Tiffani estiver satisfeita e eu não terminar o namoro, ela não vai contar, porque é isso que ela faz, Eden. Ela gosta de chantagear as pessoas para fazerem o que ela quer, para que ela possa parecer legal e sair por cima dos outros. – Ele solta o ar e balança a cabeça. – Ela disse que sofria bullying quando era mais nova, então acho que, quando ela começou a estudar na nossa escola, depois de se mudar para cá com a mãe, que tinha acabado de se separar, quis garantir que ninguém pisasse nela. A Tiffani quer ser melhor e mais legal que todo mundo. Me manter ao lado ajuda a alimentar o ego dela. É por isso que estou atolado nessa confusão. – Tyler geme. – Odeio isso.

– Uau.

É a única coisa que consigo dizer por enquanto. Tyler estava falando a verdade o tempo todo. Ele realmente não quer ficar com ela, e não está dizendo isso só para eu me sentir melhor. Ele está mesmo preso numa situação complicada, e não posso deixar de sentir que piorei a coisa ainda mais para o seu lado.

– Não vou terminar com ela – diz ele, com delicadeza, enfim olhando para mim de novo. Ele parece triste. Isso me dá pena, porque sinceramente não sei como aconselhá-lo. – Pelo menos por enquanto. Não posso me arriscar agora.

– Então o que vamos fazer?

Sinto na pele o frio do piso, mas tento ignorar, concentrando a atenção no cara que está na minha frente e me esforçando ao máximo para entendê-lo.

Tyler me olha sério e diz:

– Só não quero despertar suspeitas em ninguém.

– Suspeitas de quê?

– De nós – responde ele, com firmeza.

Com outro suspiro, descruza os braços e passa a mão de novo pelo cabelo, puxando as pontas dos fios, e noto a familiaridade do gesto. É uma coisa que ele faz de maneira inconsciente, sinal de raiva ou estresse, que talvez lhe ofereça algum conforto por uma fração de segundo.

– Precisamos agir normalmente por enquanto até bolarmos alguma coisa. Esse é outro motivo para eu não terminar com ela. As pessoas iam querer saber por quê. Então, por enquanto, ela precisa permanecer em cena, porque a Tiffani é a minha normalidade.

– Mas é errado fazer isso com ela – digo baixinho.

Visualizo o rosto manchado de lágrimas hoje de manhã, enquanto ela soluçava incontrolavelmente no edredom, desabafando a dor que sentia. Nós causamos aquilo, e apesar de parecer ter acontecido há tanto tempo, foi há apenas algumas horas. Talvez ela ainda esteja mal, e neste momento Tyler e eu estamos na beira de um limite perigoso que não deveria ser atravessado. Tyler pode estar num relacionamento do qual não consegue sair e Tiffani pode tê-lo obrigado a isso, mas essa situação não nos dá o direito de trair.

– Eden. – A cabeça de Tyler está inclinada e ele me examina. – Vamos mudar de assunto. Fale de Portland.

Minhas sobrancelhas se franzem e cruzo as pernas, pondo as mãos no colo.

– Quer que eu fale de Portland?

– Quero que fale de você. – Agora os olhos dele estão em brasa, luminosos e vibrantes, fixados nos meus, sem querer interromper o contato visual compartilhado. – Me conta alguma coisa que ninguém mais saiba.

Vejo sinceridade nos olhos dele, em algum lugar dentro do fogo que ainda queima, e sei que posso confiar nele para contar meus segredos, contar sobre Portland e as pessoas de lá. Demoro cerca de um minuto para me decidir. Só Amelia conhece o meu segredo e não sei se quero compartilhar com outra pessoa, mas então Tyler assente, encorajando, como se tentasse me convencer a pular de um penhasco com ele. Acabo cedendo.

Respiro fundo algumas vezes, reunindo coragem. A verdade é que não quero admitir o que está acontecendo.

– Adoro Portland. É uma cidade incrível para a gente crescer – digo com uma espécie de sorriso triste, como se estivesse pensando nos bons e velhos tempos, como diriam meus avós. – Eu tinha três amigas muito próximas. Amelia, Alyssa e Holly.

– Tinha?

– Tinha – confirmo. Tyler está me olhando com bastante interesse, captando cada movimento, cada palavra. – Quando meus pais se separaram eu tinha treze anos, e isso me fez muito mal. Eu chorava até dormir, porque minha mãe ficava chorando e meu pai não estava por perto, e eu não sabia o que fazer para que ela se sentisse melhor, era horrível. Era realmente horrível. – Paro um momento, e é difícil pôr para fora as palavras seguintes, mas de algum modo consigo. – Comecei a comer muito porque estava bem mal, e engordei um pouco no primeiro ano do ensino médio. Alyssa e Holly não paravam de falar nisso.

Posso ver Tyler olhando para o meu corpo, e isso só me deixa ainda mais insegura do que antes. Tento respirar fundo.

– Você não é gorda – dispara ele, como se estivesse com raiva de eu sugerir uma coisa dessas.

– É por isso que eu corro, Tyler.

Ele continua a me examinar, como se tentasse decifrar os meus pensamentos, assim como sempre tento decifrá-lo. Ele move o corpo lentamente pelo chão, quase com cautela, e se posiciona bem à minha frente. Meu corpo está preso entre as suas pernas e ele põe as mãos nos meus joelhos. Seu toque me faz recuar.

– Continue.

Meu fluxo de pensamento é interrompido pelo desejo de ir até ele e beijá-lo, por isso ponho a mão no rosto e me obrigo a continuar.

– Elas faziam eu me sentir uma merda – admito, porque é verdade.

Alyssa e Holly me trataram muito mal durante um ano, soltavam comentários irônicos sobre meu peso em todas as conversas e provocaram a espiral descendente da minha saúde mental.

– Duas das minhas supostas melhores amigas me chamavam de gorda todo dia, por isso comecei a correr. A gente parou de se falar, mas elas continuam falando mal de mim pelas costas. É difícil, porque Amelia... Amelia ainda é amiga delas. Mas fica do meu lado o tempo todo.

– Eden. – Tyler fala com firmeza de novo, como se o único modo de ter toda a minha atenção fosse usar a força tranquilizadora do meu nome. – É por isso que você sempre fala que nunca está com fome?

Meus lábios se separam enquanto o encaro, quase sem graça por ele ter prestado tanta atenção. Nem meu pai captou isso. Mas, no fim das contas, meu pai sempre foi egoísta.

– Você notou?

– Só agora. – Ele olha para as minhas pernas, passando os dedos nos joelhos e depois nas coxas, roçando lentamente a pele. – Só para você saber, eu discordo completamente dessas garotas. Sinto muito pelo que elas fizeram.

Com a cabeça ainda inclinada em direção às minhas coxas, enquanto continua a fazer desenhos com os dedos, ele olha para mim, aqueles olhos incrivelmente poderosos, e sucumbo à força deles e à sensação da sua pele tocando a minha.

E ele deve sentir como meus ombros relaxam; eu me recosto com um suspiro de alívio e ele deve sentir que meu corpo fica quase mole ao seu toque, e deve estar tendo os mesmos pensamentos que eu, porque as pontas dos seus dedos param de fazer círculos na minha pele e ele agarra as minhas coxas, inclinando-se para a frente e colando os lábios nos meus.

Não sei por quê, mas adoro cada momento em que ele domina completamente a situação. É como se ele estivesse fazendo todo o trabalho enquanto eu desfruto da empolgação e da adrenalina. Estou começando a me acostumar ao modo como seus lábios se encaixam nos meus. Meus braços parecem se mexer por vontade própria, lançando-se, frouxos, em volta de seu pescoço enquanto sorrio para ele, de algum modo, no meio do beijo. Isso está começando a ficar familiar para mim, e eu adoro.

Logo depois o aperto nas minhas coxas se afrouxa, suas mãos indo para outro lugar, um lugar novo e arriscado. O beijo fica mais lento enquanto seu foco passa dos meus lábios para as mãos dele. Elas pairam junto à bainha da minha blusa por um instante, roçando o tecido como se esperasse alguma recusa minha, mas não quero que ele pare. Aperto mais seu pescoço e puxo Tyler, para que seus lábios venham com mais força aos meus.

Tyler capta a mensagem. Aperta minha cintura por baixo da camisa com uma das mãos enquanto a outra encontra o caminho até meu sutiã, deixando uma trilha excitante com seu toque pelo meu corpo. Não sei como consegue, mas ele enfia a mão embaixo da renda e segura meu seio, tudo num único movimento rápido. Ele afasta os lábios, recuando para me encarar por um momento, antes de voltar e dar uma porção de beijos ao longo no meu queixo e no meu pescoço. Suas mãos ainda estão no meu corpo, o polegar roçando meu seio em círculos delicados, sua pele fria, mas estranhamente provocando sensações. Logo a outra mão aparece e de repente fico sem jeito. Estou olhando para o teto com as pálpebras semicerradas, o rosto inclinado de lado enquanto Tyler beija meu pescoço e segura meus seios. Nunca fui muito privilegiada nessa área, especialmente em comparação com Tiffani, e de repente fico paranoica, achando que Tyler vai cair na gargalhada a qualquer segundo, mas ele não faz isso.

Sinto um gemido subir pela garganta e faço o meu máximo para suprimi-lo, já sem graça o bastante, mas então Tyler suspira de novo no meu pescoço e sua respiração faz cócegas na pele. Levo as mãos ao seu queixo e o puxo para beijá-lo de novo, mas, antes que os lábios se conectem, nossos olhares se fixam por um momento. Recuperamos o fôlego e nos encaramos, no conforto do abraço, incapazes de conter os sorrisinhos nos cantos dos nossos lábios.

Não deveríamos estar nos beijando no piso do banheiro de Tyler, as mãos dele não deveriam estar no meu corpo e eu não deveria estar gostando. A natureza escandalosa deixa tudo ainda mais excitante.

E faz valer muito mais a pena.

25

Tyler e eu escapamos do confinamento em seu banheiro duas horas depois. Nossos pais voltaram para casa trazendo um filho com o pulso fraturado e encontraram o outro esperando desesperadamente o retorno deles, sem saber por que tinha sido deixado sozinho. Mal sabiam eles que Tyler e eu estávamos em casa o tempo todo. Deu para perceber que Ella não gostou nada de saber que eu supostamente abandonei o posto de babá e desapareci, mas, quando chamaram por mim e por Tyler, descobriram que estávamos bem acima da cabeça deles. Tivemos que inventar uma desculpa esfarrapada para explicar a situação e libertar a gente.

– Não sei como aconteceu – falei, do outro lado da porta.

Eu não estava apenas mentindo. Estava mentindo descaradamente.

– Eu também não – acrescentou Tyler.

– Vim até aqui falar com ele e sem querer bati a porta – continuei.

Outra mentira. Ao meu lado, Tyler, com a mão na boca, abafava um risinho.

Meu pai disse que ia pedir ao faz-tudo do bairro, o Sr. Forde, que viesse na mesma hora, mas ao que parece o Sr. Forde não entendeu muito bem o recado, porque só apareceu quarenta minutos depois. Foram necessários cem pratas e um monte de furos e cutucadas para destrancar a fechadura, e por fim Tyler e eu saímos, completamente sem graça.

Não nos falamos de novo pelo resto da noite, não porque eu estava me sentido culpada pelo que fizemos lá dentro, mas porque ele passou uma hora ao telefone com Tiffani, fingindo um tom suave e de súplica ao tentar se desculpar pelo "acidente", que tudo aconteceu "no calor do momento", e que ele "não queria mesmo fazer aquilo". Ouvi tudo através das paredes finas como papel que separavam nossos quartos. Ele soltou uma mentira após outra, criando uma história rocambolesca, dizendo que estava indo encontrar os amigos e topou com uma garota de Inglewood que pediu para ver o carro dele, e de algum modo ela foi parar no colo dele. Achei aquela explicação bem pouco plausível, mas Tiffani acreditou. O arrependimento dele era tão forçado e tão falso que eu quase quis derrubar a parede e perguntar se ele não tinha vergonha na cara. Mas não fiz isso, porque lembrei que a garota de Inglewood era na verdade apenas eu.

Fui dormir dividida. Metade de mim se afogava na culpa, mas a outra flutuava, insanamente apaixonada por Tyler e pelos segredos escondidos nas profundezas do seu ser.

Porque, de algum modo, consegui me tornar um deles.

* * *

– E é por isso que os ingleses são melhores do que os americanos, esse bando de merdinhas – anuncia Rachael, finalmente, depois de um discurso de cinco minutos comparando as duas nacionalidades. Segundo ela, os ingleses são melhores porque têm um sotaque fofo, usam palavras fofas e no geral são fofos, e esses foram todos os seus sólidos argumentos.

Já Meghan prefere os franceses, porque eles dão beijos apaixonados no topo da Torre Eiffel e sussurram "*je t'aime*" em nossos ouvidos enquanto bebemos vinho.

As duas fantasias de namorados europeus são meio estereotipadas, mas não tem como não achar o diálogo hilário. Acabamos de sair do Refinery e, com meu *latte* para viagem em mãos, diminuo o passo e fico um pouco mais atrás, o olhar acompanhando as linhas no chão.

– Eden – diz Rachael, com urgência, se virando para mim abruptamente. – Você decide: ingleses ou franceses?

Ela e Meghan olham para mim muito aflitas, como se eu fosse anunciar o nome do próximo presidente.

Mas só dou de ombros e falo:

– Franceses.

Rachael faz uma cara de extremo desgosto e sai andando, dramática. Aos risos, Meghan diz que escolhi certo, e depois avançamos depressa pelo fluxo de pedestres até alcançarmos Rachael, que já parece ter superado a frustração.

– Precisamos esperar a Tiff na Broadway – lembra ela, quando chegamos à Promenade e viramos a esquina da Third Street.

Como hoje está fazendo uns 150 graus, não me surpreende que as pessoas estejam se arrastando pela rua, esbarrando umas nas outras e abrindo caminho até a próxima loja. Não sei onde é a Broadway, mas Rachael e Meghan certamente sabem, então as deixo tomarem a dianteira enquanto seguimos pela Third Street. Toda vez que venho aqui noto lojas que não tinha visto, tipo a Rip Curl, que vende equipamento para esportes aquáticos, e a Johnnie's, uma pizzaria que parece graciosamente italiana e me faz lembrar o Dean.

Ao passar pela H&M, Rachael levanta os óculos escuros para dar uma olhada na vitrine, admirando as peças florais dispostas nos manequins.

– Blusa bonita – comenta.

Em seguida, põe os óculos novamente e começa a andar, e Meghan e eu nos esforçamos para acompanhá-la. É quase como se o status de alfa fosse transferido para Rachael sempre que Tiffani não está por perto para assumir o papel, mas hoje a troca não vai durar muito. Vamos encontrar Tiffani a qualquer minuto.

Chegamos ao fim da Promenade e entramos na Broadway, parando no Santa Monica Place, um shopping a céu aberto atulhado de lojas de grife aonde já fui com as garotas umas duas vezes. Meghan se recosta na vitrine de uma loja, estreitando os olhos por causa do sol, e Rachael cruza os braços e bate com o pé no chão, de olho no tráfego. Fico me perguntando o que tanto ela procura, mas logo fica claro.

Depois de um tempo, ela endireita o corpo e observa com curiosidade um ponto mais à frente. Acompanho seu olhar e vejo um carro branco que acaba de parar do outro lado da rua, com os vidros abaixados, o motor ainda roncando. É Tyler. Engulo em seco, nervosa. A tensão entre nós dois é tão palpável que é quase insuportável ficar perto dele, principalmente sob os olhares atentos das nossas amigas.

– Por que a Tiffani está rindo? – pergunta Meghan, se pondo entre mim e Rachael, com uma das mãos na cabeça.

– Porque ela é maluca – responde Rachael, num tom indiferente.

Quanto mais olho para o carro, mais nervosa fico, e quanto mais nervosa fico, mais frustrada me sinto com a situação. Tiffani está no banco do carona. Eu sabia que estaria. A primeira coisa que Tyler decidiu me contar hoje de manhã foi que ia se encontrar com ela, então não me surpreende ver os dois juntos.

Nós três ficamos de olho enquanto os dois conversam na privacidade do veículo, Tyler de sobrancelhas franzidas e Tiffani com o corpo virado para ele, gesticulando. Eu realmente gostaria de saber do que estão falando. Tyler dá um sorriso que não parece se refletir nos olhos, e ela se inclina para beijá-lo.

– Ela é maluca! – grita Rachael, levantando as mãos, indignada, e sua explosão súbita atrai a atenção das pessoas em volta, mas ela não parece notar. É bem capaz de ela jogar seu copo de café no carro. – Completamente maluca!

Penso o mesmo de Tyler. Só não digo em voz alta.

Alguma coisa está crescendo dentro de mim, como se um interruptor tivesse sido ligado e de repente uma onda de fúria atravessasse minhas veias. Tento me convencer de que não é ciúme o que estou sentindo, de que não sou ciumenta. Mas acontece que sou. Aperto o copo com tanta força que a tampa de plástico se solta e cai no chão, o vapor suave dançando pelo ar. Bebericando o café, continuo observando a cena do outro lado da rua.

Finalmente Tyler se afasta de Tiffani. Ela está rindo feito uma menininha apaixonada, como se nada tivesse acontecido. E isso me deixa realmente furiosa. Tiffani deveria odiá-lo. Eles não deveriam estar se acertando nem deveriam estar juntos ainda, mas sem dúvida estão. Quando sai do automóvel, Tiffani vem correndo entre os carros, com um sorriso de orelha a orelha.

Continuo tomando meu café, o copo praticamente colado ao rosto, fingindo estar distraída demais para dizer qualquer coisa. Noto o carro de Tyler ainda parado do outro lado da rua. Ele parece ter me visto também. Está me olhando pelo para-brisa, me encarando, até que finalmente sorri. É um sorriso ao mesmo tempo pesaroso e doce, como se estivesse feliz em me ver. Eu me pego sorrindo também, mas nosso momento é bruscamente interrompido quando Tiffani se junta a nós na calçada.

Rachael solta um gemido horrorizado e joga seu café numa lata de lixo ali perto, demonstrando seu ultraje pelo bom humor de Tiffani.

– Qual é o seu problema?

Eu me viro para Tiffani e, ao longe, o carro de Tyler parte pela Broadway, deixando para trás os admiradores boquiabertos e uma nuvem de fumaça. Tiffani, por outro lado, infelizmente ainda está aqui. De algum modo o sorriso dela aumenta mais ainda, por isso continuo a agir como se estivesse muito concentrada em meu delicioso café, a inocência em pessoa. Mas não sou inocente. Na verdade, sou a pessoa mais culpada por aqui, e meu café acabou há uns vinte segundos.

– Que foi? – pergunta Tiffani, arregalando os olhos grandes, parecendo quase perplexa.

– Aquilo! – Rachael aponta para onde o carro de Tyler estava. – Não acredito que você perdoou aquele babaca tão rápido.

O sorriso de Tiffani vira um beicinho e sua expressão é a mais meiga e suave possível. É um contraste enorme com o seu estado no dia anterior, quando chorou quinhentos baldes de lágrimas, completamente arrasada.

– Ele me explicou tudo, Rachael.

– Você vai mesmo engolir o papo furado dele?

– Não é papo furado.

Rachael se cala, irritada, desviando o olhar e comprimindo os lábios, e Meghan aproveita para falar.

– Quando você arranjou essa bolsa, Tiffani? – pergunta ela, desconfiada. – É nova, não é?

Nós quatro encaramos a bolsa pendurada no braço de Tiffani. É uma Louis Vitton marrom, o couro brilhando ao sol. Tiffani dá um sorriso sem graça.

– Bom... – diz lentamente, mordendo o lábio. – Foi um presente do Tyler.

– Imaginei – murmura Meghan, franzindo a testa e balançando a cabeça, em reprovação. – Pelo menos agora a gente sabe que basta uma bolsa de mil dólares para ganhar o perdão de Tiffani Parkinson.

Tiffani ri. Eu, não. Mordo a borda do copo para não dizer nada indevido, os dentes se cravando com tanta força no papelão que quase abro buracos nele.

– Ele podia ter doado esse dinheiro para a caridade – comenta Rachael, de cara feia, e eu não poderia concordar mais. Tenho quase certeza de que os sem-teto se beneficiariam mais daquele dinheiro do que Tiffani de sua bolsa de couro. – Todo mundo sabe que cedo ou tarde você ia acabar perdoando-o.

– E você podia ter parado de pegar o Trevor há seis meses – contra-ataca Tiffani. – Estava na cara que ia acabar caidinha por ele.

Meghan leva a mão à boca, tentando segurar o riso e falhando miseravelmente. Está vermelha, mas continua a rir. Boquiaberta, Rachael fica sem reação. Por um momento ela parece meio desnorteada, como se tivesse batido a cabeça e esquecido como formar frases. Prevejo um escândalo, mas ela apenas suspira.

– Tá bom – diz, bufando. – Pode perdoar o Tyler.

– Obrigada pelo aval – retruca Tiffani, sarcástica. – Será que agora podemos entrar no shopping, por favor? Estou louca para tomar um sundae!

Admito que estou impressionada comigo mesma, por conseguir segurar a língua e fingir que estou diante do melhor *latte* que já bebi na vida. Voltamos a passear pelo shopping e a olhar as lojas, e finalmente jogo meu copo mordido numa lata de lixo.

– Vem logo, Eden! – grita Meghan, virando-se e diminuindo o passo para que eu possa alcançá-la, coisa que faço de má vontade.

O negócio desse shopping é que ele foi construído para gente rica. Notei isso todas as vezes que estive aqui, porque se tem uma coisa que rico gosta de fazer é alardear a riqueza. Desde o homem de terno olhando as vitrines da Hugo Boss até a mulher de vestido chique e salto alto dando uma espiada num relógio da Michael Kors, está claro que eles têm dinheiro e estão dispostos a gastá-lo. Com Tyler é a mesma coisa.

O Santa Monica Place é um shopping a céu aberto. Tem quatro passeios que dão num largo oval com inúmeras lojas requintadas em volta. É tão complexo, único e moderno que me sinto deslocada, mas mesmo assim acompanho as garotas. Subimos a escada rolante até o terceiro e último andar, que tem um deque ao ar livre, e vamos direto ao Johnny Rockets, outra rede de fast-food que ao que parece não existe no Oregon, porque o Oregon é uma bosta abandonada que é privado de praticamente tudo, menos chuva. O Oregon jamais carece de chuva.

– O pessoal está vindo – anuncia Tiffani, sem levantar o olhar do telefone, mandando uma mensagem para alguém (provavelmente um dos garotos) ao mesmo tempo que põe na boca uma boa colherada de sorvete. – Enfim decidiram o que vão fazer no sábado.

– O que vai ter no sábado? – pergunto bruscamente, com a curiosidade me dominando outra vez, e percebo que é a primeira vez que falo desde que decidi que os franceses são melhores do que os ingleses.

Tiffani desgruda os olhos do telefone e os fixa em mim, engolindo devagar e se virando para Rachael e Meghan, do outro lado da mesa.

– Ela está falando sério?

– A Festa da Praia – diz Rachael, o olhar fixado em mim, a colher pairando acima do brownie, como se estivesse explicando algo óbvio a uma criancinha. Ela gira a colher. – A festa mais incrível do verão!

– Ah.

Na mesma hora abro minha garrafinha de água e dou um longo gole.

– Eles conseguem uma autorização e fecham metade da praia – explica ela, apesar de eu não estar muito interessada nos detalhes exatos e não saber exatamente quem são "eles". – Teoricamente a festa é só para maiores de 21, mas, bom... você sabe como é... – Ela mexe no cabelo de um jeito descontraído e faz beicinho. – Todo mundo vai. E como na praia não tem porta, não tem como os seguranças ficarem checando a identidade.

– Seguranças?

– Toda hora rola uma briga – responde Tiffani na mesma hora. – E é claro que não dá para beber lá, porque é um lugar público e tal. A menos que você queira ser presa, o que acontece com muita gente.

– Então – interrompe Rachael, sem perder o pique – nosso conselho é: beba antes de ir. Só não fica doidona, ou vai acabar chamando a atenção e sendo expulsa da festa por ser menor de idade.

Tiffani põe o telefone na mesa e puxa o sundae mais para perto, enfiando a colher lentamente no sorvete e abrindo um sorriso maldoso.

– Mas acho que isso não vai ser um problema para a Eden, não é?

Franzo a testa, ligeiramente ofendida.

– Como assim?

Ela e Rachael se entreolham e dão uma risadinha.

– É que você não é muito...

Ela leva a colher aos lábios.

– Não sou muito o quê, Tiffani?

Respiro fundo, cinco milhões de palavras passam pela minha cabeça ao mesmo tempo. Não sou muito legal? Popular? Sociável? Bonita? Em outras palavras, não sou muito igual a elas?

– Ousada – responde ela, enfiando o sorvete na boca.

Ousada? Não sou *ousada*? Quase reproduzo um dos risinhos abafados de Meghan, mas consigo me conter. *Ah, Tiffani*, penso, *garanto a você que sou bem ousada.* Se elas soubessem o tamanho da minha ousadia...

Ao notar meu silêncio, Tiffani pergunta:

– Aonde você foi na terça à noite?

– Terça?

Minha voz é algo entre um sussurro e um guincho. Na noite de terça eu estava no píer com Tyler. Certamente não estava com Meghan. E Tiffani sabe disso.

– É, na terça.

Ela me fuzila com o olhar, à espera de uma resposta. Não sei por que está me perguntando isso de novo. Parece que está tentando me pegar desprevenida, como se achasse que eu fosse dizer a verdade casualmente na frente de todas elas.

Rachael também me encara, curiosa, e as palmas das minhas mãos começam a suar. Meghan dá outro risinho abafado, e eu me pergunto se por acaso colocaram umas pitadas de maconha no brownie dela. A garota só sabe rir.

Tiffani dá um suspiro.

– Sério, aonde você foi?

Prendo a respiração, sem conseguir pensar em nada para dizer.

– Ai, meu Deus! – Rachael se levanta de um pulo e apoia as mãos na mesa. – Você estava se pegando com o Jake! Com certeza!

Tiffani se vira para ela.

– Foi o que eu pensei também.

Solto o ar, aliviada, e relaxo os ombros. Graças a Deus foi esse o segredo que ela achou que eu estivesse escondendo. Fiquei morrendo de medo de ela ligar os pontos e descobrir que era eu a garota no carro de Tyler, mas ela não sacou nada.

– Talvez... – falo, dando um sorrisinho.

Desvio o olhar. Prefiro que elas pensem que eu estava dando uns amassos no Jake do que no Tyler.

Boquiaberta, Rachael só falta subir na mesa de tanta empolgação. Ela balança a cabeça de um lado para o outro, como se não acreditasse no que ouviu. Não posso culpá-la; eu também não acreditaria.

– E aí? Vocês foram até os finalmentes? Conta, Eden!

O interrogatório de Rachael é interrompido por um ataque de risinhos de Meghan, que, ao perceber nosso olhar confuso, morde o lábio e fecha os olhos com força para tentar conter a risada, murmurando um pedido de desculpas. Até esse momento eu não tinha percebido que ela estava mandando mensagens o tempo todo.

– Meg, do que você está rindo? – pergunta Tiffani, irritada.

– Foi mal. – Meghan respira fundo para se recompor. – Estou falando com o Jared. Ele é muito engraçado, gente.

– Jared? Que Jared? – pergunta Rachael.

– O cara de Pasadena! O da praia. – Meghan sorri para Tiffani e acrescenta: – Ele e os amigos vêm no sábado.

– Ai, meu Deus, você e a Eden são ridículas! – Rachael cruza os braços e revira os olhos. – Estão as duas de rolo com uns carinhas e não contam nada pra gente!

– Você também não contou do Trevor – diz Tiffani, com um sorriso brincalhão. – Nós só descobrimos porque a Meg entrou no quarto e pegou vocês dois na festa do Jason ano passado.

– Ai, deixa pra lá – diz ela, irritada, mas achando graça.

Os garotos aparecem cinco minutos depois, ainda bem, porque senão seríamos obrigadas a ficar ouvindo Meghan enumerar tudo que considera engraçado em Jared, e já estava começando a ficar meio repetitivo.

Tyler, Dean e Jake se aproximam e puxam cadeiras de outra mesa. Noto que Dean quase sempre está entre os outros dois. Não consigo entender por que Tyler e Jake se odeiam e mesmo assim vivem saindo juntos. De algum modo eles conseguem agir de modo civilizado. Tyler se senta ao lado de Tiffani, mas não muito perto, e seu olhar jamais encontra o meu.

– Então está decidido – anuncia Jake. – Vamos fazer uma pré na casa do Dean antes da festa no sábado.

– Uma festa antes da festa. – Dean ri e olha para a gente, como se estivesse tentando avaliar se estamos a fim ou não. – Vamos cuidar da bebida.

– E vocês cuidem de ficarem bonitas – conclui Jake, com uma risada, cruzando os braços e se recostando na cadeira.

Rachael joga sua colher nele, mas ele desvia bem na hora e se salva do ataque.

– Babaca – murmura ela.

Ele dá um sorriso travesso.

– Você sabe que estou brincando, boneca – diz ele, de um jeito inocente.

Então joga a cabeça para trás como se estivesse desafiando-a a uma batalha de rap ou algo assim.

– Não me chama de boneca!

Os dois ficam de birra e eu só fico na minha, querendo enfiar a cabeça num buraco só de pensar que as meninas acham que transei com Jake dois dias atrás, mas também tentando me manter indiferente à presença de Tyler. Evito ficar olhando para ele toda hora para não levantar suspeitas, mas nenhum contato visual também pode ser suspeito. Afinal, moramos na mesma casa e ele é meu irmão postiço. Seria muito estranho se não falássemos um com o outro. Por isso, olho para ele de vez em quando, esperando que ele faça o mesmo, mas ele mal se mexe, o corpo rígido e tenso, encarando fixamente a mesa enquanto Tiffani faz carinho no seu braço. Ela parece não notar o desconforto do namorado. Ela puxa o queixo dele para lhe dar um beijo, mas ele vira a cabeça, e o máximo que acontece é um beijo no rosto. Ele abaixa a cabeça e não se atreve a levantá-la novamente.

Eu me viro sutilmente para o lado, para ver se Meghan consegue me salvar daquela situação constrangedora, mas ela só quer saber do telefone e das mensagens hilárias de Jared. Observo as pessoas na mesa. Todo mundo está me irritando de um jeito ou de outro, a não ser Dean. Meu olhar pousa nele, sentado do outro lado da mesa e parecendo tão isolado quanto eu.

– Pirados – diz ele, sem som, sorrindo.

Eu me lembro da nota de cinco dólares e sorrio também, mas Rachael interrompe nosso momento.

– Eden, por que você e o Jake não vão dar uma voltinha? – sugere ela, com uma voz aguda e olhos arregalados, nada sutil. Ela dá um breve aceno com a cabeça e se vira para Jake. – Vão indo, pombinhos.

Jake arqueia as sobrancelhas, perplexo, como se perguntando "Que história é essa?", mas não fala nada, se levantando e me encarando.

– Vamos? – chama ele, indicando a escada rolante.

Rachael ri para mim, Dean olha para os lados, sem jeito, e Tyler finalmente ergue a cabeça, atento. Tiffani está fazendo círculos no pescoço dele com o indicador, mas ele parece não notar, me lançando um olhar furioso.

Jake ainda está à minha espera, por isso me levanto logo e murmuro:

– A gente já volta.

Dou a volta na mesa e, sem esperar a resposta de ninguém, nós dois nos afastamos, passando pela praça de alimentação e pelo deque e descendo até o segundo andar. Apoiado no corrimão da escada e com as mãos nos bolsos da calça, Jake pergunta:

– E aí, tudo bem?

– Tudo indo.

Não estou nem um pouco a fim de falar com ele, até porque venho ignorando suas mensagens há um tempo, na esperança de que ele desistisse de me procurar. Se ele tivesse feito isso, não estaríamos nesta situação constrangedora.

– A gente não se fala há um tempão – acrescento.

– Pois é.

– Andei ocupada.

– Imaginei.

Há certa tensão no ar.

Apoiados no parapeito, ficamos olhando as pessoas lá embaixo, saindo e entrando das lojas. Passo lentamente os dedos pelo metal.

Sem olhar para ele, comento:

– Você sabe que volto para casa no mês que vem, não sabe?

Ele também não faz contato visual. Sei que não era exatamente isso que Rachael tinha em mente quando mandou a gente ficar a sós, mas ela me deu a oportunidade perfeita de me acertar com Jake.

– É, eu sei.

– Então... – começo, nervosa, com medo de ele me interpretar mal. – A gente pode curtir só como amigos mesmo.

Ainda virado para a frente, Jake dá de ombros e espia um grupo de garotas no andar de baixo. Parecem ser do último ano, e me pergunto se ele as conhece.

– Como quiser, Eden – murmura ele. – Não ia dar em nada mesmo. Eu só queria me divertir um pouco, sabe como é...

Chocada e indignada, dou um passo para trás e o encaro.

– Nossa.

– O quê? – Ele finalmente olha para mim, franzindo a testa e se empertigando, agindo como se não tivesse acabado de dizer o que disse. – Achei que você soubesse.

– Eu sabia – retruco, incisiva, me dando conta de que Tyler estava certo o tempo todo.

Jake é realmente um cafajeste. Só queria se divertir um pouco... É claro que ele queria. Não queria nada sério, porque sério não é maneiro.

– Só não queria acreditar. Até agora – acrescento.

Não sei por que estou com tanta raiva. Na verdade, deveria estar dando pulinhos de alegria por tirá-lo do meu pé e por ele não ter ficado magoado. Também nunca pensei que nossa relação fosse dar em alguma coisa. Ele beija bem, e aquela noite foi divertida, mas acabou por aí. Entre a gente só rola amizade. E nem um pouco colorida, como ele provavelmente acredita que vai ser.

Suspiro e massageio as têmporas.

– Então tá bom, tudo certo. Você me pagou uma salada, então obrigada.

– Beleza – diz ele, rindo, mas parece meio inquieto.

O lance do Jake é que ele parece um cara legal, mas neste momento está com um olhar que me diz que talvez seja uma pessoa completamente diferente quando as coisas não acontecem do jeito que ele quer.

Não tenho mais nada para conversar com ele, e parece que Jake também já disse tudo que tinha para dizer, então simplesmente me viro e vou para a escada rolante, e ele faz o mesmo. Voltamos para a praça de alimentação, onde nossos amigos ainda estão sentados. De algum modo Tiffani conseguiu se esparramar no colo de Tyler. Essa perdoa rápido mesmo. Mas noto que Tyler não compartilha do entusiasmo. Ele não está nem aí para ela, com as mãos enfiadas nos bolsos e uma expressão vazia.

Rachael franze a testa para mim quando nos aproximamos, mas finjo não notar e pego minha garrafinha de água na mesa. Tiffani finalmente desgruda de Tyler, e nós sete temos uma conversa de verdade pela primeira vez. Falamos sobre a festa do sábado, que bebidas vamos levar e quem eles acham que vai aparecer. Só fico balançando a cabeça, concordando com tudo que Rachael diz e esperando que isso baste.

* * *

À noite, depois de Rachael e eu finalmente voltarmos para casa, belisco o macarrão com queijo que Ella fez para o jantar, dou uma corrida e desmorono na cama pouco depois. Um dia inteiro zanzando pelo shopping me deixou destruída, sem contar o cansaço decorrente da interação social intensa e da corrida. Por isso, antes da meia-noite eu já desmaio de sono.

Não sei no que estava pensando antes de apagar, mas tenho quase certeza de que era em Tyler. Pelo menos durante a corrida foi ele que dominou todos os meus pensamentos. Não conseguia tirar o dia de hoje da cabeça. Ele com Tiffani no shopping, com aquela bolsa que custou uma fortuna, beijando-a como se não tivesse me beijado na noite anterior. Ele sorrindo para mim sem que os outros notassem, mantendo tudo em segredo, mantendo a gente em segredo. Era nisso que eu não conseguia parar de pensar.

Acordo de repente no meio da madrugada com um barulho, o quarto escuro, a casa silenciosa. Ouço minha porta se abrindo, e percebo que foi isso que deve ter me acordado da primeira vez. Solto um gemido, ainda sem entender direito o que está acontecendo.

– Está acordada? – sussurra uma voz do outro lado do quarto.

Tyler. Meus olhos se abrem na mesma hora, e a porta range outra vez ao ser fechada.

Agora com certeza estou, penso. Não movo um fio de cabelo e fico olhando para a parede enquanto ouço o som abafado dos passos dele no carpete.

– Estou – murmuro. – Que horas são?

– Três – responde Tyler, bem baixinho, evitando a todo custo fazer qualquer barulho. Ouço a respiração dele atrás de mim, o colchão se mexendo, o edredom sendo levantado e ele se deitando ao meu lado. – Posso dormir com você?

Meio dormindo, meio acordada, minhas pálpebras se fecham de novo, mas meus lábios estampam um sorriso breve e cansado. Como não falo mais nada, Tyler começa a se explicar.

– Quer dizer, não estou pedindo para transar com você, só dormir, sabe, tipo... descansar.

Ele fala depressa, a respiração fazendo cócegas na minha nuca, o corpo jamais tocando o meu.

– Entendi o que você quis dizer.

Há um longo silêncio. A única coisa que ouço é nossa respiração, completamente fora de sincronia. Sempre que inalo, ele exala, quase num ritmo perfeito, até que a respiração dele fica mais lenta. É quando sinto sua pele quente nas minhas costas, o peito rijo mas ao mesmo tempo confortável, os dedos compridos tocando meu braço, me fazendo estremecer.

– Desculpa pelo lance da Tiffani – sussurra ele em meu ouvido, passando a mão pelo meu cabelo.

– Foi horrível mesmo.

– Só me deixa pensar num modo de resolver tudo. – Ele quase implora, a voz temperada com alguma coisa que não consigo identificar direito, e, bem baixinho, acrescenta: – Estou tentando resolver tudo.

Ainda estou olhando a parede.

– Tipo o quê?

– Eden, caso você não tenha notado, estou bem ferrado.

Tyler se afasta e vira para o outro lado. Eu me viro também, e fico observando a tatuagem nas costas dele, tocando de leve.

– Eu não diria isso. Acho que está mais para perdido.

– Perdido?

– É. – Minha voz sai praticamente inaudível. – Acho que você está perdido.

– Por que você acha isso?

Traço uma linha da tatuagem até o fim das costas e retorno até o outro ombro, chegando mais para perto, ansiando pelo calor da sua pele. Eu o abraço e fecho os olhos, sussurrando:

– Porque você não tem a menor ideia do que vai fazer.

E, assim que digo isso, caio no sono novamente.

Quando acordo, às sete da manhã, ele já foi embora.

26

– Ai, estou tão animada! – grita Rachael no seu closet no início da tarde de sábado. Ouço o ruído de cabides logo antes de ela voltar rodopiando para o quarto com seu sutiã sem alças e uma coleção de blusas na mão. – Beleza, qual?

Eu me apoio com os cotovelos em cima da cama dela e inclino a cabeça, examinando as peças enquanto ela levanta cada uma e pendura na porta.

– A branca tubinho.

Rachael pensa um pouco antes de concordar.

– É essa, definitivamente!

Ela pega o resto das roupas de uma vez só, joga tudo numa pilha no canto do quarto e depois veste a blusa branca tubinho. Combina bem com a maxissaia cereja que ela passou vinte minutos contemplando.

– Tem certeza de que está legal?

Com a testa franzida, olho para ela e depois para a minha roupa, uma saia curta e rodada e um bustier branco que, admito, faz meus peitos parecerem ligeiramente maiores do que o normal. Empilhei uma porção de pulseiras no braço, mas ainda me sinto simples demais.

– É uma festa de praia – diz Rachael lentamente, como se eu fosse uma criancinha que ainda está aprendendo a entender as palavras. Ela se senta no chão para calçar uma sandália marrom, concentrada demais no calçado para me dirigir um olhar. – Você está gata. Adoro essa blusa.

– Você só está falando isso porque a roupa é sua – observo, mas estou sorrindo.

Talvez eu esteja mesmo gata pela primeira vez, e talvez goste da satisfação que isso me dá. Me dá a sensação de que estou conseguindo me encaixar.

Rachael revira os olhos e depois fica de pé, girando devagar diante do espelho de corpo inteiro para ter certeza de que o look ficou bom. Digo que ela está incrível, mas ela ignora meu comentário enquanto suas bochechas ficam vermelhas, e não falamos mais nada em relação às roupas.

– Seremos as últimas a chegar na casa do Dean – diz ela alguns minutos depois, logo após aplicar uma terceira camada de gloss nos lábios. Faz biquinho para o espelho. – Está pronta?

– Rachael – digo, levantando –, estou pronta há meia hora.

– Verdade.

Com um sorriso, ela pega sua bolsa marrom na penteadeira e saltita na direção da cama, estendendo a mão e segurando meu pulso. Me puxa, para eu ficar de pé, e depois arregala os olhos.

– Não se esqueça de beber o máximo que puder na casa do Dean – diz, séria –, porque quando chegarmos à praia, acabou. Nada de birita. – Seu lábio inferior se projeta com a ideia de que o álcool tem um limite de tempo.

– Saquei – digo.

Ela me solta e vira em direção à porta enquanto calço os tênis. Pego na cama meu suéter cinza e o ponho em cima dos ombros. Como a festa é na praia, estou me preparando para a brisa do mar. Dou uma olhada no espelho e me considero aceitável.

– Vamos.

Nós duas descemos e entramos na cozinha, onde Dawn está ocupada empilhando as compras nos armários. Ela para ao nos ver e faz um "tsc-tsc".

A voz de Rachael fica absurdamente doce enquanto ela enrola o cabelo no indicador e pergunta:

– Mãe, pode dar uma carona para a gente até a casa do Dean?

– Rachael, você sabe que não quero que você vá a essa festa – diz Dawn, parecendo em dúvida ao colocar uma lata de abacaxi em calda no armário. Fecha a porta e se vira para nos examinar com os braços cruzados. – Vocês nem têm idade para ir.

– Mas, mãe – Rachael ofega horrorizada –, todo mundo vai. Quer que eu seja uma vergonha? É só isso que eu sou para você? Uma vergonha?

Fico com vontade de rir das habilidades de interpretação de Rachael enquanto Dawn levanta as sobrancelhas para a filha, como se estivesse debatendo consigo mesma se deve bancar a mãe legal ou a mãe babaca. No fim das contas, ela opta pela mãe legal, porque dá um suspiro de derrota.

– Não beba demais – diz baixinho, e acho que ela vai ceder ao pedido de carona. – Você também, Eden. Seus pais sabem que você está bebendo?

– Meus pais são separados – digo, na maior cara de pau.

Rachael solta uma gargalhada tremenda, mas Dawn só parece confusa. Felizmente ela não me pressiona com mais perguntas, porque, se fizesse isso, eu teria de dizer que sim, claro, meu pai e Ella estão completamente cientes de que vou a uma festa para consumir o máximo de álcool possível. Na verdade, eles acham que estou no cinema.

– Esperem lá no carro. – Dawn enxuga as mãos na calça e pressiona a testa, aliviando a dor de cabeça que pelo visto nós provocamos nela. – Vou pegar as chaves.

Rachael me dá um riso de triunfo e saímos correndo pelo corredor e pela porta da frente antes que a mãe dela mude de ideia. Esperamos longos minutos do lado de fora, em frente ao Honda Civic. Rachael aproveita a espera checando a maquiagem no retrovisor direito do carro enquanto observo a casa do outro lado da rua. O carro de Tyler ainda está estacionado. Me pergunto se ele ainda está lá dentro, se arrumando para hoje à noite, se enchendo com aquela colônia Bentley idiota que Tiffani tanto adora. Esse pensamento me faz trincar os dentes, por isso me viro e olho meu reflexo na janela do carro. Rachael fez um bom trabalho com a minha maquiagem, tão bom que fico ali pensando se sou eu mesma que estou olhando de volta pelo reflexo.

– Aquela história do divórcio é um jeito incrível de evitar perguntas – diz Rachael, aprovando, a cabeça aparecendo por cima do teto do carro enquanto ela alonga as costas.

– Acho que vou usar mais vezes.

Ouvimos o som da porta da frente sendo trancada e Dawn vindo de má vontade até o Honda. Ela destranca o carro e nós entramos, eu no banco de trás e Rachael no do carona. Só quando Dawn está dando marcha a ré para sair me sinto subitamente nervosa e meio enjoada. Não deveria. Já estive em várias festas no verão, porque é o único passatempo que esse pessoal parece ter, mas dessa vez estou meio apreensiva. Talvez porque seja um evento comunitário, e não só uma festinha louca dentro de uma casa, ou talvez porque somos menores de idade e vamos mesmo assim, ousando nos misturar com os adultos. Mas talvez seja isto: eu vou estar lá, Tyler vai estar lá e Tiffani vai estar lá.

O percurso até a casa de Dean leva apenas cinco minutos, e só quando estamos do lado de fora percebo que eu nunca tinha vindo aqui. Eu nem sabia que ele morava no mesmo bairro que Rachael e eu. O carro de Dean está parado na frente, e penso de novo no dinheiro da gasolina.

Dawn para o carro de maneira brusca junto à calçada e inclina o corpo para olhar para Rachael. Sua expressão está séria, a testa com rugas de preocupação.

– Por favor, não fique bêbada – diz, com toda a suavidade. – Não se esqueça de que faltam quatro anos para você fazer 21, então agradeça por eu deixar você ir nessa festa. Seja responsável.

Rachael solta um suspiro dramático e olha com ansiedade para a casa.

– Eu sei, mãe.

Dawn estica o pescoço e olha para mim, com um pequeno sorriso nos lábios.

– Tenha cuidado também, Eden.

– Pode deixar – garanto, mas minha voz parece quase sarcástica, e por uma fração de segundo fico com medo de que ela vá presumir que foi falta de educação de minha parte.

Finalmente Rachael abre a porta e sai, eu saio em seguida e dou um tchauzinho para a mãe dela antes de seguir pela entrada de veículos. Graças a Deus não estou usando sapatos altos; é muito mais fácil fazer qualquer coisa sem eles.

– Minha mãe é tão constrangedora... – diz Rachael, pedindo desculpa e parecendo mesmo mortificada.

Sinceramente, não achei Dawn tão ruim assim. Minha mãe agiria igualzinho.

– Escuto sempre a mesma coisa quando saio – acrescenta. – É como se ela estivesse tentando fazer com que eu me sentisse culpada.

Rio quando ela estremece, por isso ela me olha irritada e depois põe a língua para fora. Cutuco Rachael de lado e vou correndo até a varanda, as mãos com um leve tremor de nervoso. Dá para ouvir música alta e pessoas rindo lá dentro.

Olho com um ar cauteloso para Rachael quando ela se aproxima.

– Bato?

– Bater? – pergunta ela, incrédula. – Ah, meu Deus, Eden, não. E só entrar.

Sem esperar que eu pergunte mais alguma coisa óbvia e aparentemente idiota, ela passa por mim e abre a porta, com um sorriso radiante no rosto enquanto flutua pela soleira.

Acompanho Rachael e entramos na sala. A cozinha fica mais adiante, depois de uma passagem em arco. A música perfura meus ouvidos quando fecho a porta, o olhar vasculhando a área para saber quem já chegou. Pelo jeito, todo mundo. Rachael está certa: somos as últimas a chegar, e todos os nossos amigos param em volta da ilha da cozinha e olham para a gente. Pelo visto estão bebendo.

– Mas que demora, hein! – grita Jake enquanto Dean abre caminho para vir até nós.

Meghan segura dois copos, alternando entre eles. De algum modo consegue rir para nós entre os goles. Jake está parado perto de dois caras com quem nunca falei, e me pergunto por que eles estão aqui.

Dean se aproxima com uma cerveja na mão e um sorriso no rosto.

– Anda, pessoal, vocês precisam alcançar a gente!

– Não se preocupe com isso – diz Rachael, rindo enquanto me dá uma cutucada nas costelas. – A gente bebe rápido.

Quase me dá vontade de dizer alguma coisa. Se tivesse aprendido só uma coisa sobre mim nesse verão, Rachael deveria saber que sou péssima com bebida. O álcool tem sabor de esgoto, e beber depressa é quase impossível para mim, é o equivalente literal de uma tortura. Metade das vezes o gosto é tão amargo e forte que mal consigo fazer com que o negócio desça pela garganta sem engasgar. Mas fico quieta e digo:

– É, a gente bebe super-rápido.

Dean levanta uma sobrancelha olhando para mim, como se soubesse que estou mentindo.

– A gente ia jogar roleta de shot.

Ele aponta para a cozinha, onde todo mundo parece ter mergulhado em conversas profundas uns com os outros, e nós o acompanhamos até onde há uma roleta montada. Cada copo parece nojento, contendo uma mistura diferente da que está ao lado, e não consigo identificar os inúmeros tipos de bebida que eles andaram usando para enchê-los.

– Eden, acho que você não conhece os caras, não é? – pergunta Dean, tirando a tampa de uma garrafa de Twisted Tea e me entregando. Fico aliviada por ele não ter me dado algo mais forte. Ele indica os dois estranhos parados ao lado de Jake.

Os dois param a conversa e levantam os olhos, as palavras se esvaindo enquanto me cumprimentam com um sorriso. Um é extremamente alto, mais do que Tyler, e o outro é bem mais baixo. O alto tem uma expressão dura, como se estivesse irritado com todo mundo e pudesse dar um pontapé na gente a qualquer momento, e o mais baixo está cobrindo um monte de cabelos castanhos com um boné.

– Aquele é o Jackson – apresenta Dean, apontando a cerveja para o cara de boné, e depois balança a cabeça na direção do outro. – E ele é o TJ.

– E aí? – diz TJ, mas depois se vira de novo para Jake e continua a conversa que interrompemos.

– Eles são do time – Dean continua a explicar. – Jackson é *wide receiver* e TJ é *cornerback*. Sabia que eu jogo futebol americano? Sou *linebacker*. Quer dizer, *middle linebacker*. Você gosta de futebol americano?

Acho que nunca ouvi Dean balbuciar coisas tão nada a ver, apenas uma porção de frases soltas.

– Dean – digo devagar. Não é a resposta que ele está esperando. – Há quanto tempo você está bebendo?

Revirando os olhos sem graça, ele levanta três dedos.

– Três horas? – pergunto, e ele confirma com a cabeça. – Vocês realmente estão levando a sério esse negócio da festa na praia.

Com um sorriso, dou um tapinha no ombro dele e rodeio a ilha da cozinha para pegar um canudo, enfiando-o na minha bebida e tomando um longo gole. A música ainda está alta e as vozes, mais altas ainda, apesar de sermos apenas nove pessoas.

É então que percebo que ainda não vi duas pessoas: Tyler e Tiffani. Dou mais uma olhada pela cozinha para garantir que não os deixei passar despercebidos, mas sem dúvida eles não estão aqui. Por um segundo penso que Rachael e eu não fomos as últimas, mas em seguida algo atrai minha atenção.

Vejo pela janela da cozinha que há duas figuras do lado de fora, Tyler e Tiffani, claro. Olho pelo vidro sem que os dois percebam minha bisbilhotice, e logo meu rosto se contorce de nojo. Tyler está fumando e Tiffani se enrola no corpo dele como se estivesse pendurada sobre um precipício. De certa forma, está.

Tomo mais um longo gole, ponho a garrafa na bancada e saio. Ninguém me nota saindo de mansinho pela porta da cozinha em direção ao quintal, mas Tyler e Tiffani veem. Os dois ficam em silêncio quando fecho a porta e viro para encará-los. Tiffani está com os lábios comprimidos, parecendo irritada porque interrompi o lindo romance dos dois. Eu gostaria de que Meghan estivesse ali para dar um suspiro bem desdenhoso.

– Será que você pode voltar lá pra dentro? – pergunta ela, sem fazer o menor esforço de dizer isso com gentileza. Seu tom é azedo, a atitude é amarga. – E... tipo... dar algum espaço pra gente?

– Para com isso – murmura Tyler, e acho que Tiffani fica tão surpresa quanto eu por ele estar me defendendo.

Ela o encara com raiva e depois se vira de novo para mim.

Ignorando seu rosto carrancudo, reviro os olhos na direção do baseado na mão de Tyler.

– O que você está fazendo?

– Relaxa – diz ele, levando-o à boca, colocando entre os dentes, e murmura: – É só um cigarro.

– É só isso que você vai fumar hoje à noite, né? – Olho para ele com uma expressão séria. – Só cigarro?

Nos poucos segundos que leva para dar uma tragada, puxando a fumaça para os pulmões e soltando-a de volta, ele simplesmente me encara com um olhar indiferente.

– Se você veio só pra me interrogar, é melhor voltar lá pra dentro, irmãzinha.

Tiffani começa a rir, mas nem presto atenção direito nela, meu olhar está tão fixado em Tyler que tudo ao redor fica ligeiramente borrado pela fumaça. Faz semanas que ele não fala comigo nesse tom condescendente. Nada lhe dava o direito de fazer isso naquela época, e nada lhe dá o direito de fazer isso agora. Quase fico com vontade de dar um tapa na cara dele, mas então noto como seus olhos se enrijecem logo antes de ele se virar para o outro lado e dar mais uma tragada. Então percebo que Tyler está interpretando, porque é só isso que ele faz. Sua fachada voltou, a fachada idiota de bonzão que lhe dá um sentimento de controle sobre si mesmo e de poder sobre o resto de nós. *Claro*, penso. *A Tiffani está aqui*. Tyler não pode deixar que ela saiba a verdade sobre ele, que ele está perdido. Totalmente perdido.

– Vamos jogar roleta de shot – digo, num tom seco, fingindo que não ouvi o que ele acabou de dizer. – Se quiserem participar, deveriam ir lá pra dentro.

– Estou dentro! – anuncia Tiffani.

Em seguida ela se solta de Tyler e vem para o meu lado, com o equilíbrio um tanto precário, os olhos arregalados de empolgação. Dou-lhe uma rápida olhada de soslaio, imaginando quais são suas prioridades na vida. No momento suponho que sejam bolsas Louis Vuitton, doses de tequila e meu irmão postiço.

Volto a olhar para Tyler, que agora está intercalando goles de cerveja com as tragadas no cigarro. Inclino a cabeça e pergunto:

– Você vem com a gente?

– É óbvio – responde ele, com o mesmo tom altivo, e diante disso balanço a cabeça e volto para a cozinha, para me juntar ao resto da pré-night.

Todo mundo se amontoou em volta da ilha, girando a roleta como se fossem uns abutres. Jake está com as bolinhas nas mãos, jogando-as para o alto e pegando de novo, o que acho bem impressionante, considerando que ele está meio tonto. Ele encerra o número de malabarismo e aponta para Tiffani e para mim, sinalizando para nos aproximarmos.

Eu me coloco entre Rachael e Dean, pegando meu Twisted Tea na bancada. Dean passa o braço pelo meu ombro e bebe cerveja com a outra mão. Ele se mexe de maneira tão brusca que o meu pescoço chega a doer. Então Jake começa o jogo, lançando as bolas na roleta. TJ e Jackson batem com os punhos na bancada e juro que os copos com as doses quase saem voando, mas Jake pega sua bebida e joga goela abaixo.

– Que porra é essa? – dispara ele, com nojo, alguns segundos depois, enquanto seu rosto se contrai todo com o gosto horrível do líquido marrom.

TJ gargalha tanto que chega a uivar e bate palmas com as suas mãos enormes.

– Água de lama do quintal dos fundos!

Jake pressiona os lábios numa linha firme enquanto lança um olhar furioso para TJ, depois o empurra de lado e vai até a pia para cuspir. Enquanto Jake está à beira de vomitar, Tyler finalmente entra parecendo despreocupado, mãos nos bolsos, uma expressão vazia, e se junta ao jogo: o jogo medonho, o jogo do desconhecido. A cada minuto fico mais preocupada. Quem sabe que outras piadas cruéis os caras colocaram na roleta?

– Mal posso esperar para ir à praia! – grita Dean no meu ouvido, tão alto que eu me afasto rapidamente. – É sério, estou muito ansioso de verdade!

– A gente precisa ficar muito bêbada – sussurra Rachael no meu outro ouvido. Então percebo que me coloquei entre o bebum e a aspirante a bebum. – Até Meghan está na frente da gente!

É verdade. Não sei há quanto tempo os outros estão aqui, mas todos estão ultrapassando a linha da sobriedade. Ou estavam bebendo há horas ou beberam extremamente rápido. É mais provável que seja uma combinação das duas coisas. Como Dean disse, Rachael e eu precisamos alcançá-los, e depressa. Olho para o meu círculo de amigos – meus amigos mais TJ e Jackson –, todos rindo e gritando para a roleta e parecendo aproveitar a maior diversão da vida deles. Menos Tyler. Noto que ele está atrás de Tiffani, a um ou dois passos dela, como se estivesse morrendo de medo de tocá-la. E está olhando para mim. Só para mim.

Essa coisa toda simplesmente me estressa. Tyler continua confuso em relação ao melhor modo de lidar com a nossa situação e Tiffani está rindo, um sorriso enorme que transmite um senso de autoridade enquanto ela olha para todo mundo ao redor, um por um. Quero esquecer os dois por um tempo. Não quero pensar demais na situação em que estou com Tyler, porque só vou acabar destruindo a minha noite, e não quero tentar descobrir o que Tiffani está pensando, porque a única coisa que passa pela minha mente é que ela acha que eu não sou ousada.

Aperto mais a garrafa e dou o maior riso forçado que consigo. Viro para Rachael. Vou mostrar para Tiffani o que é ser ousada.

– Beleza, vamos ficar bêbadas.

– Eu sei onde os pais do Dean escondem as coisas boas – sussurra ela.

Em seguida, ela segura meu pulso, me solta do Dean e nós nos afastamos do jogo. Passamos pelo arco até a sala, e, quando todo mundo se distrai com outra dose de lama que Meghan acabou de beber, Rachael me faz sinal de positivo e nós passamos pela sala até um corredor curto, onde a música chega abafada e o ar está fresco.

– Eles estão aqui? – pergunto.

– Quem?

– Os pais dele.

Rachael sorri e aponta para o teto.

– Lá em cima.

Ela abre outra porta, entrando numa sala escura e fria. Só quando ela me empurra para descer um degrau e minha mão bate num carro percebo que estamos na garagem.

– Onde fica a luz? – diz Rachael, baixinho, passando a mão na parede, até finalmente encontrar o interruptor.

Estou ao lado de um BMW preto e rapidamente dou um passo para trás, com cuidado para não tocar no carro de novo, então olho em volta. Há pilhas de caixas de papelão em todos os cantos, mas as paredes estão totalmente cobertas com material vermelho e branco de futebol americano. Há camisas em molduras de vidro, bandeiras e flâmulas enormes que vão do topo da parede até o chão, uma pequena prateleira com capacetes dourados em caixas e algumas bolas, além de uma coleção de fotos emolduradas.

– O pai dele é o maior fã dos 49ers – diz Rachael, dançando na direção das prateleiras na parede oposta, que tem fileiras de garrafas de bebidas. Vejo-a pegando algumas e examinando, aprovando com movimentos de cabeça. – Não disse que eu sabia onde ficavam as coisas boas?

Rachael ainda está examinando as bebidas, por isso dou a volta no carro e dou uma olhada nas fotos na parede. Um sorriso brota nos meus lábios quando reconheço Dean usando uma camisa do San Francisco 49ers e um boné vermelho, alguns anos mais novo. Há um homem ao lado dele, igualmente vestido para o jogo, uma das mãos no ombro de Dean enquanto a outra segura um cachorro-quente. Deve ser o pai dele, e os dois estão diante da entrada do Levi's Stadium. Há um monte de fotos assim, de Dean com o pai. Parece que toda vez que vão a um jogo dos 49ers eles registram o momento.

Uma foto se destaca. Em vez de haver só duas pessoas, há quatro. Pai e filho estão na pose de sempre, mas há um garoto ao lado de Dean, os dois com cerca de doze anos. O amigo de Dean tem cabelo escuro e olhos verdes.

– Vamos beber essa tequila pura, sem sal nem limão, porque a gente é demais – declara Rachael, em tom solene, o queixo erguido, vindo até mim com uma garrafa de Cazadores na mão.

Dou um olhar meio cético para a garrafa antes de engolir em seco e apontar para a foto.

– Esse é o Tyler?

Por um segundo os olhos de Rachael se arregalam e depois se estreitam enquanto ela inclina a cabeça na direção da foto, para olhar melhor.

– Meu Deus, ele parece um feto!

Olho de novo o Tyler da foto. A camisa de futebol é igual à de Dean, mas a expressão não. Dean está dando um sorriso largo, Tyler está franzindo a testa. Na verdade, nem está olhando para a máquina. Está olhando de lado, com olhos pesados e uma atitude muito diferente da que se esperaria de um garoto indo a um jogo dos 49ers. Até o corpo está ligeiramente virado, apesar do braço de Dean em cima dos seus ombros. Talvez Tyler simplesmente odeie os 49ers. Talvez seja fã do time rival.

Do outro lado da foto há outro homem parado perto do pai de Dean. Ele tem cabelo preto e está de costas para a câmera, apontando para o nome na parte de trás da camisa vermelha que está usando. É personalizada. Nela está escrito "GRAYSON".

Algo se revira no meu estômago. Me afasto da foto e minhas sobrancelhas se franzem, meus lábios se separam. É o pai de Tyler. É a primeira vez que eu o vejo, ou pelo menos alguma coisa dele. Sinto uma necessidade avassaladora de ver seu rosto.

Então me viro para Rachael.

– Esse é o pai dele?

– Do Dean? – Ela olha enquanto tira a tampa da tequila. – É.

– Não. O pai do Tyler. É ele?

Agora Rachael olha direito. Primeiro me encara, e depois vira os olhos para a foto de novo.

– É – repete, dando de ombros. – Quanto mais Tyler cresce, mais acho que eles são idênticos. Pelo menos pelo que me lembro. Agora o pai dele deve estar supervelho, com barba. Eles deixam as pessoas se barbearem na prisão?

– Não sei – respondo, mas minha atenção volta para a foto.

Há alguma coisa inquietante na imagem. Dean e o pai parecem muito felizes, empolgados por estarem num jogo dos 49ers, rindo com orgulho um para o outro. Tyler e o pai estão nas extremidades opostas da foto, e Tyler parece sem vida, os olhos pesados e os ombros caídos. Isso me faz pensar em quais seriam as circunstâncias e por que ele não estava tão feliz e empolgado com o jogo quanto Dean.

– Qual é o problema do Tyler com o pai? Sei que tem alguma coisa aí.

Rachael balança a cabeça e pressiona os lábios com um dedo, como se estivesse se obrigando a ficar calada.

– Não sei. A gente tem uma regra implícita no grupo. Ninguém fala sobre o pai do Tyler a não ser que esteja com vontade de morrer, e não falamos sobre DST na frente da Meghan, porque o maior medo dela é acordar um dia com clamídia.

Ignoro essa regra implícita e continuo pressionando.

– E daí se ele foi adotado?

– Adotado? – Rachael pensa na possibilidade por um momento, olhando a foto de novo. E então balança a cabeça. – Não, o Tyler é filho do pai dele, sem dúvida nenhuma. É parecido demais para não ser. Agora vamos. A gente precisa se apressar! Senão vamos ficar para trás.

Franzo a testa e dou as costas para a foto. Ela está balançando a garrafa.

– Tá bem, tá bem, estou pronta.

Um sorriso enorme se forma enquanto ela respira fundo.

– Vai parecer que você está pegando fogo quando beber, mas vai deixar a gente bêbada na hora, então toma um pouco de coragem e põe pra dentro.

– Ai, meu Deus – digo, mas fecho as mãos e os olhos com força, me preparando mentalmente. Na última vez que bebi tequila, fui direto para a pia. E era com sal e limão. – Estou pronta.

Rachael assente antes de encostar a garrafa na boca e tomar um gole rápido. Ela imediatamente se inclina para a frente, meio que dobrando ao meio, e pressiona a boca com a mão, o braço se estendendo para empurrar a garrafa para mim.

– Ah, meu DEUS – ofega ela, fazendo uma careta e balançando a cabeça, como se isso a livrasse do gosto.

Fico muito perto de amarelar. De que adianta me obrigar a passar pela tortura da tequila? Olho, cheia de dúvida, para a garrafa e Rachael faz cara de vômito ao lado do carro, balançando as mãos na frente da boca, e isso me faz questionar o que estou fazendo. Mas então me lembro do que Tiffani disse na quinta-feira no shopping, que não precisava se preocupar com a hipótese de eu ficar bêbada, porque não sou ousada.

Aperto com mais força a garrafa de Cazadores e a inclino na minha boca, jogando a cabeça para trás e derramando o máximo possível de tequila. De repente, minha boca parece estar pegando fogo, queimando de amargura. Tequila parece urina e tem gosto de gasolina.

Quase largo a garrafa e corro para tomar um gole do meu Twisted Tea, que, de uma hora para outra, tem gosto de água em comparação, por isso continuo bebendo. E bebendo, e bebendo, até terminar todo o seu conteúdo. Desmorono de encontro à parede, exausta e sem fôlego, e fico lá parada, ofegando por alguns longos segundos.

– De novo – diz Rachael.

Ela arranca a garrafa de tequila da minha mão, repetindo mais uma vez o padrão "inclinar-beber-morrer".

Consigo seguir o ciclo. Passamos a garrafa para lá e para cá até tomarmos a quarta dose e eu não aguentar mais. No instante em que a tequila bate na minha língua, cuspo para todos os lados, incapaz de forçá-la garganta abaixo. O líquido espirra na lateral do BMW, escorrendo pela porta do lado do motorista. Dirijo um olhar chocado para Rachael.

– Eden! – grita ela, mas depois explode numa gargalhada e continua a rir por mais três minutos.

Estou horrorizada. Dean vai me odiar, os pais dele vão me processar e eu vou acabar num reformatório acusada de vandalismo.

– Por que tem um carro aqui? – grito, desesperada, e sinto as bochechas ficarem vermelhas.

– É uma garagem!

– Achei que era o porão! – grito em meio a um ataque de riso, e descubro que meus pés estão fracos e meu corpo bate nas paredes, e a única coisa em que consigo pensar é: *Tequila é um inferno.*

Sei que Rachael é fraca para bebida, só não achava que eu seria tão fraca quanto ela. Ter deixado de jantar talvez não tenha sido a melhor ideia, e agora aquela musiquinha idiota está começando a fazer sentido. *Uma tequila, duas tequilas, três tequilas, chão.*

Quando olho para baixo, é exatamente no chão que Rachael está. Está esparramada no concreto, rindo, e não parece ter a menor preocupação em se levantar. Está feliz simplesmente ali deitada, bêbada, igual a uma foca morta.

– A gente precisa continuar! – digo, pegando seu braço e me esforçando ao máximo para colocá-la de pé, mas acabo perdendo o equilíbrio e caio em cima dela, provavelmente quebrando sua coluna.

– Isso, isso! Continua! – grita Rachael no meio de uma gargalhada histérica enquanto rolo para sair de cima dela.

– O que vem agora, Rachaelzinha? – pergunto.

Tudo parece tão engraçado, despreocupado, *ousado*... Não consigo evitar. Estou deitada de costas ao lado de Rachael, olhando para o teto branco da garagem, e só agora me ocorreu que todas as paredes são pintadas.

– Essa garagem é linda.

Rachael ainda está rindo, tanto que a risada nem faz mais som. Seus lábios estão separados e os olhos fechados, e a única coisa que escuto é o som dela engasgando no ar.

– O que tem de errado com a gente?

Fico de joelhos e olho para ela, obrigando meus lábios a ficarem numa linha reta. Quinze minutos de tequila e nós duas estamos totalmente chapadas. Impressionante.

– A gente tem que continuar! Beber o máximo que der, lembra?

Rachael assente com entusiasmo e fica de pé aos trancos e barrancos, segurando o retrovisor do BMW para se apoiar. Se eu estivesse sóbria, ficaria preocupada com a hipótese de ela danificar alguma parte do carro, mas não estou, então não ligo a mínima.

– Jägermeister! – comemora Rachael.

Em seguida, pega a garrafa escura em meio às outras na prateleira e volta para perto de mim. Rindo, levanta a bebida bem alto e brinda:

– À intoxicação alcoólica!

Depois de mais quinze minutos e duas doses mortais, fico me perguntando por que fui idiota a ponto de beber tanto em tão pouco tempo. É o tipo de coisa sobre a qual os pais e os professores alertam, o tipo de coisa que eles dizem que pode matar. Mas nada disso importa. Ninguém se importa com as consequências, porque, nos instantes entre tomar uma bebida e os efeitos baterem, tudo sempre parece a melhor ideia do mundo. Isso explica por que Rachael está no capô do carro, usando a garrafa de Cazadores como microfone enquanto canta o hino nacional e faz striptease no teto do BMW.

– Eden, é muito divertido ficar bêbada com você – anuncia ela, com uma reverência depois da interpretação ligeiramente torta do hino. Está de pé, só de maxissaia e sutiã, depois de jogar a blusa no chão.

A música abafada que vem de dentro da casa fica mais alta de repente, e quando deixo de acompanhar a performance de Rachael durante um tempo noto que é porque a porta que dá na copa está aberta. Dean está parado ali com os braços cruzados. Rachael e eu paramos de rir, imobilizadas, com risinhos sem graça na cara.

– Rachael – diz Dean lentamente. – Por favor, saia de cima do carro.

Rachael morde o lábio para não rir enquanto se senta e tenta escorregar do teto do veículo, mas no mesmo instante cai pela lateral e bate no chão com uma pancada forte. A garrafa de Cazadores se despedaça em um milhão de cacos. Faço a honra de rir em nome dela enquanto ela geme no meio de uma série de risinhos.

– Que droga, Rachael – murmura Dean. – Cuidado com o vidro.

Agora ele parece totalmente sóbrio em comparação com a gente. Entra na garagem e se inclina para levantar Rachael, fazendo uma careta de nojo ao ver o estado da garota. E assim que a põe de pé, ele procura a blusa no chão.

– Nós já estamos indo – diz ele, mas dá para ver que está chateado com a gente. Enquanto ainda estou rindo no canto, ele enfia o top de Rachael pela cabeça dela e lhe dirige um olhar sério. – Quanto você bebeu?

Rachael não responde, só olha por cima do ombro e faz um sinal para eu me aproximar. Desajeitada, coloco a garrafa de Jägermeister no chão e arrasto os pés em volta do carro, jamais fazendo contato visual com Dean. Ele dá um suspiro e nos leva de volta para a copa, indo até a sala, onde Jake está segurando a porta aberta.

– Que diabo vocês duas estavam fazendo? – pergunta Jake.

Rachael e eu trocamos um olhar e rimos mais uma vez, porque por algum motivo não conseguimos parar.

Dean desliga o som e grita para o andar de cima, avisando aos pais que estamos saindo. Enquanto isso, acompanho Rachael até a minivan lá fora. Ouço vagamente Meghan me dizer que o primo mais velho de Dean não se incomoda em dar uma carona para nós, apesar de nem haver lugar suficiente para todo mundo. Mesmo assim nos empilhamos no carro (literalmente – Rachael acaba tendo que se sentar no meu colo). Dean e Jake entram atrás, e logo somos nove espremidos no veículo. Estou bêbada demais para me importar com Tyler e Tiffani lá atrás, no último banco, o corpo dela em cima do dele e as mãos envolvendo o seu pescoço. A risada dela chega a ser mais alta que a batida da música, mas Tyler não presta atenção. Seu rosto está de lado, virado para a janela, e por algum motivo, quando olho por cima do ombro, ele parece o mais sóbrio de todos. Imediatamente ele percebe que estou observando e seus olhos se fixam nos meus.

Estou no topo do mundo, então tudo que posso fazer é sorrir para ele de um jeito bobo. Minha cabeça não está se equilibrando direito nos ombros, e ele percebe isso, porque estreita os olhos num ar de desaprovação ou preocupação. Não sei qual dos dois, e não tenho muito tempo para descobrir, porque ele volta a olhar pela janela.

E assim o restante de nós passa o trajeto fazendo piadas enquanto rimos, rimos e rimos, e me sinto melhor sabendo que todo mundo está tão chapadinho quanto Rachael e eu. Na verdade, não estamos chapadinhos. Estamos alucinados, e a sensação é ótima.

27

Pelo visto essa festa é o grande acontecimento do verão mesmo. A parte da praia à direita do píer está reservada para o evento, com ruas fechadas e seguranças patrulhando. Assim que saímos do carro sou tomada pela atmosfera eletrizante de música e vozes. Tem um palco montado bem no meio da areia, com enormes caixas de som e um DJ animando a multidão.

– Se algum idiota arrumar encrenca e fizer a gente ser expulso, eu mato vocês – ameaça Jake, sério. – A não ser que você seja uma garota. Se for uma garota, só vai receber gelo.

E com isso vamos todos para a areia, as cabeças ligeiramente abaixadas ao passarmos por alguns seguranças, e me pergunto se pareço tão bêbada quanto me sinto. Espero de verdade que não, porque do contrário não vai levar nem cinco minutos para eu ser enxotada da festa. Mas nada acontece, e logo estamos curtindo a festa junto com as outras pessoas. Pensei que fôssemos ficar todos juntos, mas os garotos logo se afastam, e fico surpresa ao ver que Tyler foi também, sem Tiffani.

– A gente devia nadar pelada! – sugere Rachael, aos berros, atraindo a atenção de alguns homens em volta, e eles assentem, encorajando-a.

– A gente não devia nadar pelada coisa nenhuma – retruca Tiffani, fuzilando os caras com o olhar e puxando a gente mais para o meio da galera.

Estou tão bêbada que quase torço o tornozelo apenas tentando andar.

A areia encontra uma forma de entrar nos meus tênis, causando a sensação mais desconfortável do mundo, por isso simplesmente tiro meus All Star e os seguro pelos cadarços. Balanço a cabeça no ritmo da música e sou empurrada de um lado para outro pelas pessoas ao redor. Todas são claramente adultas, mas não me importo.

– Jared e os amigos dele estão aqui! – grita Meghan, se virando para a gente com uma expressão de pânico, ajeitando a roupa e o cabelo. – Como eu estou?

– Com cara de quem vai fazer merda! – grita Rachael, o que é verdade.

– Ótimo! – diz Meg, jogando um beijo para a gente e abrindo caminho pela aglomeração.

Algo me diz que não vamos voltar a vê-la tão cedo.

Estou muito animada e balançando os tênis no ar, o que me garante alguns olhares irritados das pessoas em volta, porque quase as acerto na cara, mas me sinto livre demais para pedir desculpa. Então um milagre acontece: quando dou por mim, estou dançando. Feito uma louca, mas mesmo assim dançando, o que é raro para mim. O DJ no palco toca *house music* e todo mundo está com as mãos para cima. Minha cabeça gira, e agora até o mar me parece um pouco mais pra lá do que pra cá.

De repente sinto Tiffani me puxar pelo braço, e faz o mesmo com Rachael. Não parece estar se divertindo tanto quanto a gente, não sei se porque não bebeu tanto ou porque está odiando a festa.

– Vou procurar o Tyler! – grita, e percebo que ela está furiosa.

– Nãããão! – protesta Rachael. – Fica aqui!

– Preciso ficar de olho nele, depois do que aconteceu no ano passado – retruca ela.

Franzo a testa, com os cadarços ainda enrolados nos dedos, e sopro o cabelo do rosto. O sol da tarde está de rachar.

– O que aconteceu no ano passado?

Tiffani apenas revira os olhos e me encara com desprezo.

– Eden, por favor, para de balançar essas coisas. – Ela tira os tênis das minhas mãos e faz uma careta ao ver as letras de música escritas na lateral. Ela bufa e os devolve. – Você está parecendo uma idiota. Tenta agir que nem uma pessoa normal, por favor. Bom, se divirtam aí.

Tiffani abre caminho pela multidão. Rachael olha para mim e dá de ombros. Estamos as duas ofegantes.

– O que aconteceu ano passado? – pergunto de novo depois que me recupero.

Vejo Rachael meio embaçada, por isso aperto os olhos para enxergá-la melhor, mas não ajuda muito. Meu corpo parece adernar de um lado para o outro, como o mar.

– Tyler tomou algum negócio estranho e apagou – sussurra Rachael no meu ouvido, tomando cuidado para ninguém escutar, embora todo mundo esteja ocupado demais curtindo a festa. – Ficamos desesperados, achando que ele tinha morrido, aí ele teve uma convulsão, e a gente ficou: "Ok, ele não morreu", e foi isso. Levamos ele para a casa da Tiffani, e ela chorou a noite toda, porque tinha passado vergonha na frente de todo mundo. Ela se trancou no banheiro e não quis sair, por isso a gente ficou lá para cuidar dele, e deu tudo certo. Na hora fiquei mega-apavorada, e agora Tiffani está paranoica, achando que ele pode fazer alguma coisa assim outra vez.

Rachael está sem fôlego quando para de falar, por isso inspira de um jeito dramático e solta o ar.

Tenho certeza de que, se estivesse sóbria, eu ficaria preocupada e provavelmente também iria atrás de Tyler, mas estou bêbada demais para tomar alguma atitude. Também podia ficar com raiva de Tiffani, porque ela se preocupa mais com a própria reputação do que com a vida do namorado, mas só faço uma careta e volto a me balançar ao som da música, e depois de um tempo Rachael faz o mesmo.

Descubro que quando estamos bêbados não perdemos apenas os sentidos, mas também a noção do tempo. Parece que eu e Rachael só levamos dez minutos para chegar até a frente do palco, mas, quando levanto os olhos e vejo o céu escurecendo, percebo que faz muito mais tempo. Estou suando e, quando dou por mim, sozinha. Rachael sumiu.

– Ok, vamos lá – falo, com um riso escapando dos lábios.

Saio dançando pelo meio da aglomeração, me sentindo um pouco claustrofóbica. Recebo olhares estranhos, porque é óbvio demais que ainda faltam uns bons cinco anos para eu ter idade para frequentar esse lugar.

Longe do palco, as pessoas se espalham pela areia, algumas socializando e outras se esforçando ao máximo para ficar com alguém. Paro e respiro um pouco. Não estou me sentindo mais com tanta energia, e a empolgação provocada pela bebida parece se esvair à medida que a noite passa, mas ainda estou bem bêbada e curtindo o momento. Uma briga estoura perto de mim, e os seguranças aparecem na mesma hora, pondo ordem no lugar e arrastando os dois encrenqueiros para fora do evento.

Só então me dou conta de que não vejo nenhum amigo por perto. Estou sozinha e bêbada. Nessa fração de segundo, sou tomada por uma onda de pânico, e na mesma hora enfio a mão no bolso do suéter para pegar o celular. Só tem um problema. Ele não está aqui.

Verifico o outro bolso, depois o sutiã, depois os tênis. Nada de telefone, nem dinheiro. Tudo sumiu. Não sei se tudo caiu dos meus bolsos e agora está enterrado a sete palmos de areia ou se fui roubada. Enfim, não tenho como ligar para ninguém. Como tudo na vida, se eu estivesse sóbria, me tocaria que isso não é o fim do mundo e que a casa do meu pai só fica a quarenta minutos de caminhada. Mas não estou sóbria, então, sim, é o fim do mundo.

Meus olhos se enchem de lágrimas, mas tento contê-las, sem sucesso, porque elas logo estão escorrendo pelo meu rosto. Eu me encolho e abaixo a cabeça, com medo de perceberem que estou chorando como a adolescente ridícula que sou. Sou nova demais para estar aqui bêbada, sem amigos e sem celular.

– Cacete, Eden! – murmura alguém, e o calor e a familiaridade daquela voz me fazem parar de chorar. Vejo Tyler se aproximando.

– Tiffani está procurando você – solto, fungando. Enxugo as lágrimas com as mangas do suéter, tentando não manchar o rímel mais do que já manchei. – Sua namorada.

Ele ignora minhas palavras e para na minha frente, inclinando a cabeça para falar comigo.

– Por que você está chorando? – pergunta.

A cor esmeralda dos seus olhos me faz pensar em algas.

– Todo mundo foi embora – falo. Meus olhos estão começando a arder e inchar. Tombo um pouco de lado. – Tiffani, Meghan, Rachael... Meu celular sumiu.

Tyler me segura pelo braço, mas também me olha de cima a baixo.

– Você está muito bêbada, né?

– *Você* também está.

– Não mais. – Ele contorce os lábios, pensando por um momento. Então desenrola os cadarços dos meus dedos e joga os tênis na areia. – É melhor colocar. Tem muito lixo espalhado por aí.

Olho para baixo e percebo que ele tem razão. A praia está entulhada de embalagens de plástico, latas de refrigerante amassadas e isqueiros. *Eu estava dançando em cima dessa porcaria toda*, penso. Calço os tênis depressa e fico incomodada mais uma vez com a areia, mas agora que Tyler está aqui me sinto segura, por isso, apesar da maquiagem toda borrada, sorrio para ele.

– Seu pai vai matar você – murmura ele, mas não exatamente para mim. Ele dá um suspiro e coça a cabeça, tentando pensar no próximo passo.

Longe de mim querer dificultar as coisas para ele, mas estou me sentindo novinha em folha e pronta para retomar a diversão, então começo a girar para longe dele. Paro a uns três metros e me viro para encará-lo, às gargalhadas. Ele franze a testa, preocupado, me observando e esperando. Pessoas passam entre a gente, mas assim que o espaço fica livre eu me jogo no chão e tento ir até ele dando cambalhotas. Não dá muito certo. Acabo deitada de lado, as pernas emboladas, o ombro provavelmente deslocado. Ouço pessoas em volta rindo.

– Vem, Eden, levanta – ordena Tyler, e sinto suas mãos me puxando e me colocando de pé. – O que eu acabei de falar sobre o lixo?

– Adoooooro essa praia – falo, com a voz engrolada. Minha cabeça está pesada, e eu tombo para o lado, mas no mesmo segundo Tyler me segura pelos ombros. – Vou voltar no próximo verão, só para vir nesta festa.

– Você vai voltar no próximo verão?

Ele me olha com uma expressão solene e ansiosa, e nessa fração de segundo tenho a sensação de que todo o álcool no meu sangue evaporou de repente.

– Não sei. Tenho que ver se meu pai vai me querer de volta.

– Espero que ele queira – murmura Tyler, as mãos ainda no meu corpo, ainda me segurando. – Eu sei que eu quero.

Meu breve momento de sobriedade não dura muito, e cá estou eu novamente, oscilando de um lado para outro nos braços de Tyler, sem ter muita noção do que estou fazendo, mal registrando suas palavras. Minha falta de equilíbrio se transforma numa tentativa de dançar, e algo me diz que pareço uma completa idiota.

– Você está chamando atenção – sussurra Tyler no meu ouvido enquanto suas mãos me apertam com tanta força que restringem meus movimentos, o que é exatamente o objetivo dele. – Você vai acabar fazendo a gente ser expulso.

– Mas eu tenho 21 anos! – grito para ele, rindo.

Fico me retorcendo, tentando me soltar, e isso só me faz rir mais ainda.

– Ai, cacete... – geme Tyler, baixinho.

Ele respira fundo e fecha os olhos. Então, numa rapidez impressionante, me pega e me coloca nas costas.

– Você precisa ficar sóbria, entendeu? – diz ele, e começa a andar.

Meus braços estão em volta do pescoço dele e é possível que eu o esteja sufocando. Suas mãos firmes estão logo abaixo das minhas coxas, e minhas pernas estão cruzadas em sua cintura. Ele parece fazer tão pouco esforço que a ideia de eu não pesar tanto me dá um momento de satisfação. Pouso a cabeça no ombro dele e respiro em seu pescoço enquanto ele continua a me carregar pela praia.

– Troy-James! – grita Tyler, e o nome desconhecido me faz levantar a cabeça com curiosidade quando Tyler para.

Há um pequeno grupo mais à frente, e todos se viram ao escutar a voz de Tyler. São duas garotas e... TJ. O cara da casa de Dean, o que é *cornerback*. Troy-James. Deduzo o óbvio e me sinto incrivelmente esperta.

– E aí? – pergunta Troy-James, ou TJ.

A expressão séria de antes sumiu, e parece que ele está se divertindo. É compreensível, dado que há duas garotas obviamente mais velhas ao seu lado. As duas me dão sorrisos compreensivos.

– Preciso do seu apartamento – diz Tyler. – Você ainda mora na Ocean Avenue, não é?

– Cara... – TJ levanta as sobrancelhas e então troca um olhar rápido com as garotas que ele parece ter conquistado. – Quais são os seus planos, parceiro?

Tyler dá de ombros e olha para mim.

– Tenho que fazer a bebedeira dela passar. O pai dela vai ficar furioso se ela chegar em casa assim.

– Cara, você está meio que melando meus planos – murmura TJ, com a voz tensa, fazendo uma careta para a gente.

– Minha casa está livre – comenta uma das garotas, e na mesma hora TJ pega as chaves no bolso e as joga para Tyler.

Simples. Assim.

– Deixa embaixo do capacho quando sair – pede.

Tyler consegue soltar um "obrigado" antes de TJ e as garotas se afastarem. Com um suspiro, ele segura minhas pernas com mais firmeza e volta a andar. Continua em frente até que percebo que estamos saindo da festa.

– Por que a gente vai para o apartamento dele? – murmuro, e agora é quase impossível manter a cabeça levantada. – Por que ele tem um apartamento?

– Porque você está passando vergonha – responde ele com um risinho, e minha vontade é levantar a cabeça para ver seu rosto, seu olhar, imaginar o que está se passando na sua mente. Mas ainda estou zonza demais para isso. – E os pais dele são milionários. Deram para ele um apartamento no aniversário de dezesseis anos. Quem é que faz isso?

– Os milionários – respondo.

Ele ri de novo.

Não me importo em ir embora da festa. Já perdi meu telefone, meu dinheiro e meus amigos e, agora que o efeito do álcool está passando e o sol começa a se pôr, só quero ir para casa. Claro, neste momento ir para casa não é uma opção. Meu pai acha que estou no cinema, assistindo a alguma história de amor medíocre, mas na verdade estou sendo carregada de uma festa porque bebi demais. Só agradeço por ter sido Tyler a me resgatar. Se Jake ou Dean, ou mesmo Meghan, tivessem tentado me tirar da festa, eu faria um escândalo.

– Você sabe que pode me botar no chão, não é? – murmuro depois de dez minutos de caminhada ininterrupta. Estou com medo de ferrar a coluna dele.

– Ah, para você ser atropelada por um carro? De jeito nenhum – diz ele, parando na beira da calçada e olhando para os dois lados antes de atravessar a rua. Ainda ouço a música vinda do palco.

– Você está perdendo a festa – falo, mas ele não responde.

Vamos até um conjunto de condomínios e hotéis na Ocean Avenue, pelos quais passei tantas vezes enquanto corria na praia. Paramos em um prédio de quatro andares, e Tyler sobe os degraus da entrada com cuidado e me coloca no chão. Minhas pernas parecem feitas de geleia.

– Como está se sentindo? – pergunta ele sem levantar os olhos, ocupado demais com a chave na fechadura.

– Sem graça – admito.

Aos poucos recupero a sobriedade e a dignidade, até porque já faz umas três horas que não bebo nada alcoólico, e começo a me dar conta das coisas ridículas que fiz, como cuspir bebida no carro dos pais de Dean.

Tyler finalmente abre a porta e me puxa pelo braço pelo saguão do prédio, que é luminoso e com piso encerado.

– Todo mundo já passou por isso – diz ele, tentando me consolar.

– Tipo você no ano passado?

Meu tom parece quase de desprezo, mas não é minha intenção. Só estou curiosa. Sempre curiosa.

Tyler para bruscamente no meio do saguão e se vira para mim com um olhar duro. Mordo o lábio, à espera da explosão e da agressividade, mas isso não acontece. Ele só balança a cabeça e me leva até o elevador.

– É o 206 – diz ele, baixinho, apertando o botão, e mal olha na minha cara nos poucos segundos que demoramos para chegar lá, ainda me segurando pelo pulso.

O 206 fica na parte da frente do prédio. Olho o capacho sob meus pés, achando-o mais interessante do que realmente é, estudando cada detalhe. Numa situação normal, eu não daria a mínima, mas parece que a tequila é criativa e gosta da arte dos capachos. Só interrompo minha análise minuciosa quando sou puxada para dentro.

– Ai, meu Deus, é bonito mesmo.

A sala está banhada pelo pôr do sol, a luz entrando pelas janelas enormes que vão do chão ao teto e de parede a parede. Tudo no cômodo está com um tom alaranjado intenso e realmente lindo. É o tipo de pôr do sol que a gente vê em fotos, e na maioria das vezes elas são manipuladas. Mas aqui, neste apartamento com janelas gigantescas de frente para a praia, ele captura a essência da beleza verdadeira. Fico admirando por um tempo.

– Aqui – diz Tyler atrás de mim. Finalmente desvio o olhar das janelas e me viro para ele, que me entrega um copo d'água. – Beba. Agora.

Um sorriso brinca nos meus lábios enquanto dou um gole comprido, só agora percebendo como estou desidratada. A sensação é muito refrescante, por isso acabo tomando tudo em questão de segundos.

– Sente-se – ordena Tyler, pegando o copo da minha mão e indicando com a cabeça o sofá atrás de mim.

Como fico parada sem entender o que está acontecendo, ele me segura pelos ombros e me conduz até lá.

– É tão bonito! – falo, assim que estou acomodada em segurança no sofá. Eu me espreguiço e me recosto nas almofadas confortáveis, sem tirar os olhos das janelas. Ainda dá para ouvir as batidas da música ao longe. – Não é?

– Com certeza – responde Tyler.

Eu me viro e o observo em silêncio, enchendo o copo de novo na torneira. Ele me entrega o copo e seca as mãos molhadas na calça jeans.

O silêncio da sala contrasta com o barulho da festa do outro lado da rua, mas há algo de relaxante nisso tudo, no som distante da música e na claridade do sol mergulhando no horizonte. Tyler se senta na beira do sofá e espera enquanto tomo o segundo copo d'água.

– Você precisa dormir. – Sei que ele está me julgando, e é estranho ver nossos papéis invertidos. Normalmente sou eu que cuido dele. – Vem.

Tyler pega o copo da minha mão e o põe na mesinha de centro. Ele se aproxima, e parece não notar quando recuo um pouco. Delicadamente, segura minha mão e me coloca de pé, tentando não me deixar cair.

– Você está bem?

– Estou.

Então ele se vira e me guia pela cozinha e depois por um corredor, sem soltar a minha mão, apenas apertando-a de leve. Vamos até um quarto pequeno que fica no fim do corredor. Tyler abre a porta e me puxa para dentro.

Tiro os tênis e os chuto de lado, quase sem perceber, e me encaminho para a cama enorme que ocupa a maior parte do espaço, mas Tyler passa a mão por baixo dos meus joelhos e me pega no colo.

Seu rosto está apenas a alguns centímetros do meu, e só me resta admirá-lo. Não posso fazer mais nada. Seus olhos são tão lindos, tão intrigantes, que é impossível não ser atraída por eles. Tyler não está olhando para mim, mas sinto seu coração batendo acelerado no peito. E então, com a mesma rapidez com que me pegou no colo, ele me coloca na cama e puxa as cobertas.

– Vou pegar sua água – murmura, quase timidamente, e morde os lábios ao se virar e sair.

Dou uma olhada no quarto. Há um espelho na parede à direita, e no segundo em que encaro meu reflexo turvo, solto um gemido. Estou horrível. Meu cabelo, que passei uma hora alisando, voltou ao ondulado natural e parece embolado e sujo. O mesmo acontece com a maquiagem, que Rachael se esforçou tanto para fazer. Um cílio postiço desapareceu. Tiro logo o outro e o deixo no criado-mudo.

– Aqui – diz Tyler, e dou um pulo, meio assustada. Ele encheu o copo de novo e o coloca no criado-mudo, perto do cílio que acabei de arrancar. – Água e sono: o único modo de ficar sóbrio e minimizar a ressaca o máximo possível.

Ele dá uma risadinha, indo até a janela e fechando as cortinas.

– Você deveria seguir seu próprio conselho às vezes – comento, brincando. Ainda não estou fazendo muito sentido. – Na próxima vez que você ficar bêbado, só vou ficar falando: "Água e sono, água e sono."

Ele se vira de novo para a janela, segurando o sorriso que teima em surgir nos lábios, olhando para mim e balançando a cabeça.

– Durma um pouco, Eden.

Solto uma gargalhada e finalmente cedo. Ele tem razão, afinal de contas.

Realmente preciso dormir um pouco. Eu me enrolo nas cobertas e enterro a cabeça no travesseiro, afofando-o um pouco. Estou para fechar os olhos quando noto que Tyler está parado perto da porta, meio sem saber o que fazer, como se em dúvida se deve sair do quarto ou não.

Levanto um pouco a cabeça para olhá-lo direito. Não estou mais rindo.

– Vai voltar para a festa?

– Não sei – responde ele, baixando os olhos e dando de ombros. – Quer dizer, Tiffani provavelmente está que nem uma louca atrás de mim agora.

– Ah.

– Vou deixar você dormir.

Seu olhar aos poucos encontra o meu. E então ele sorri de novo, e é um daqueles sorrisos que eu adoro. Genuíno. Gentil e tranquilizador.

Deito a cabeça de novo no travesseiro e rolo de lado, fechando os olhos com força. Mergulhada no silêncio do quarto, meu único desejo é que ele volte e fique. Quero que ele se deite ao meu lado, como na outra noite. Só quero saber que ele está aqui comigo. Quero sentir seu calor e seu toque. É só disso que preciso.

Acho que é nesse momento que percebo que estou apaixonada por ele.

* * *

Desperto algumas horas depois. O calor no quarto de repente fica insuportável, e acordo quase suando, com o rosto vermelho. Estendo a mão imediatamente para a água no criado-mudo, que agora está quente, mas não ligo.

– Como você está?

Levo um susto e quase cuspo a água em mim mesma. Eu me viro para o canto do quarto, perto da janela. Está escuro, mas ainda consigo ver a silhueta de Tyler, sem contar seus olhos vívidos. Quanto mais focalizo, mais nítido ele fica. Estou quase vendo seu rosto.

– Melhor – respondo.

É verdade. O quarto não está mais girando e meus pensamentos voltaram a ter alguma lógica. Agora meu único problema é que estou morrendo de calor e de sede.

– Que horas são?

– Três.

Tyler observa o lado de fora e ri tão baixinho que é quase inaudível. Noto que as cortinas estão abertas de novo, e de onde estou na cama só consigo ver o céu escuro e a lua. Ainda há um som fraco de música vindo da praia.

– A festa continua bombando – acrescenta ele.

Franzo a testa, confusa.

– Você não voltou?

– Não. – Sua voz fica mais baixa ainda, quase à beira de um sussurro. – Fiquei com medo de você vomitar ou algo assim. E achei melhor mesmo ficar longe daquilo tudo.

Ele morde o lábio inferior e de repente parece triste, desconfortável. Não que antes estivesse transbordando de alegria, mas agora há certa mudança em sua expressão. Ele parece vulnerável, desgastado, desolado mesmo.

– O que foi? – pergunto, com o copo nas mãos, quente de encontro à pele.

– Nada.

Ele se inclina para a frente, apoia os cotovelos nos joelhos e entrelaça as mãos, olhando para nada em particular.

– Sei que tem alguma coisa errada. – Tomo mais um gole, sem jamais desviar o olhar dele. Estou com medo de perder algo, um lampejo de emoção ou de irritação, mas ele não desiste de fazer jogo duro. – O que foi, Tyler? – pergunto de novo.

Ele levanta a cabeça e me espia. Com um suspiro profundo, seus ombros despencam.

– É só...

– Só o quê?

– Nesta hora, no ano passado... – diz ele, lentamente, mas então as palavras ficam no ar e ele olha para o outro lado.

– Você apagou – termino. Ele me encara novamente, confuso. – Rachael me contou. Você apagou por causa das drogas.

– Só beba a sua água – murmura ele e se levanta, com o rosto sério e sombrio.

Faço o que ele manda e bebo tudo até o fim. Então afasto as cobertas e me levanto, sentindo as pernas firmes pela primeira vez em horas. Vou atrás dele.

– Por que você faz isso?

Ele levanta as mãos, irritado, e dou um passo para trás, temendo ter provocado sua ira.

– Por que está perguntando isso de novo?

– Porque quero a verdade.

– Eu já disse a merda da verdade – responde ele, ríspido, com as bochechas vermelhas, cada vez mais furioso. Tyler odeia a verdade. – Faço o que faço para me distrair.

– Do quê? – Quase grito as palavras, porque só quero descobrir a verdade, porque estou farta de não saber nada sobre ele. – É isso que quero saber, Tyler. Quero saber por que você precisa de todas essas distrações fajutas.

Pessoas como Tyler têm um motivo. Ninguém se comporta dessa maneira apenas para se distrair. Ninguém. Preciso saber por que ele faz o que faz e diz o que diz.

– As distrações deixam tudo mais fácil – sibila ele, finalmente.

Ele está com um olhar transtornado, as sobrancelhas tão franzidas que fazem surgir rugas na testa.

– Deixam o que mais fácil?

Ele trinca os dentes e fecha os punhos, as veias em seu braço latejando. Depois de um momento de silêncio que dura uma eternidade, quase vejo as engrenagens de sua mente girando. Com uma voz baixa mas ameaçadora, ele volta a falar.

– Para com isso, Eden.

– Parar com o quê?

Dou um passo na direção dele e tento olhá-lo bem nos olhos, de igual para igual, me obrigando a não recuar como fiz antes. Dessa vez estou decidida a descobrir a verdade, e nem todos os olhares ferozes dele vão me impedir de fazer isso.

– Para de tentar me decifrar.

Ele diz cada palavra com tanta firmeza que praticamente vejo cada sílaba deixando sua boca. Ele me encara de cima, com um olhar implacável, e de repente me lembro da foto na garagem de Dean. A do jogo dos 49ers. A foto com seu pai.

– Tyler. – Penso nele como um quebra-cabeça com um milhão de peças que precisam ser montadas aos poucos para formar a imagem completa. Uma peça da verdade de cada vez, só isso. – 49ers ou Chargers?

– Que pergunta idiota é essa? – retruca ele, obviamente agitado, franzindo a testa como se não acreditasse que mudei de assunto com tanta facilidade. É quase como se estivesse pensando: *Ela realmente foi de pentelha a fanática por futebol em cinco segundos?* – 49ers – responde, por fim.

Eu o encaro, intrigada, tentando desvendar o que há por trás dessa resposta. É incoerente com a foto na garagem.

– Eu vi uma foto na casa do Dean – falo, tomando cuidado ao abordar o assunto. – Você, ele e seu pai antes de um jogo dos 49ers. Se você é fã do time, por que parecia que ali era o último lugar em que você queria estar?

Ele me encara, desconcertado.

– Não era para aquela foto estar lá.

– Responde. – Estou ficando impaciente, e de repente tudo me parece suspeito demais. Estou uma pilha de nervos, tentando juntar as peças aos poucos. – O que aconteceu naquele dia?

Tyler se afasta de mim e pega meu copo no criado-mudo, apertando-o com tanta força que os nós dos seus dedos ficam brancos. Quase acho que o copo vai se estilhaçar a qualquer momento, mas isso não acontece. Tyler para de frente para a janela, observando a escuridão lá fora, embalado pela música distante e sua respiração pesada.

O píer reluz por trás das palmeiras que ladeiam a avenida, a roda-gigante girando, girando e girando, embora seja madrugada. Tyler respira fundo e abaixa a cabeça.

– Qual é a sua, Eden? – pergunta, ainda de costas para mim. – Você não tem que me decifrar. Ninguém tem que me decifrar.

A atmosfera se transformou, e percebo que o humor de Tyler também. Cabisbaixo, ele passa o dedo pela borda do copo. Não quero perguntar de novo. Quero silêncio para estudá-lo, estudar todas as suas características e seus defeitos. Quero capturar seu olhar e sorrir, e quero que ele sorria para mim também. Quero vê-lo pressionar os lábios enquanto pensa. Quero que ele confie em mim a ponto de me contar o que se passa em sua cabeça. Quero ver o que há no interior dele, entendê-lo, aceitá-lo.

Eu o quero.

– Tyler – chamo, bem baixinho, tentando mostrar que está tudo bem, que ele não precisa ter medo, mas ele continua virado para a janela, me olhando por cima do ombro. – Confie em mim. Por favor.

Ele continua a olhar para o chão, mas agora balança a cabeça, bem devagar, como se dizer a verdade fosse arrancar um pedaço do seu peito. Ele aperta os olhos com força e solta o ar.

– Não me faça contar.

Com muita cautela, vou até a janela e paro na frente dele, ignorando a noite que continuou sem nós. Engulo o nó na garganta e pouso a mão delicadamente em seu peito.

– Por favor – sussurro.

Seus olhos se abrem numa lentidão agonizante e, quando finalmente encontram os meus, sou arrebatada pela emoção intensa que os domina. Eles estão arregalados, e exprimem muita dor, muita fragilidade, e acho que nunca vi Tyler assim. Já o vi furioso, cruel e vulnerável, mas o que testemunho agora vai além da vulnerabilidade. Vejo desamparo.

– Meu pai é um escroto – sussurra ele, entredentes. – Falei para todo mundo que ele foi preso porque foi pego roubando carros. Não é verdade.

Ele range os dentes e vira o rosto, reunindo coragem para continuar, suas narinas abrindo e fechando. Sem olhar para mim, ele ousa pronunciar palavras que nunca tinham me passado pela mente:

– Ele está na cadeia por agredir um menor de idade.

Meu sangue gela e meu corpo estremece. É doloroso ouvir o que ele acabou de dizer. São palavras que jamais deveriam estar na mesma frase, porque agredir crianças não deveria ser uma realidade, nunca. Sinto um gosto amargo na boca. Estou chocada, sem conseguir acreditar nisso tudo. Tyler fecha os olhos, e só agora percebo como foi difícil para ele me contar a verdade.

– Você? – sussurro.

Ele faz que sim.

Todos os detalhes que coletei sobre ele até agora de repente fazem sentido, e a verdade é tão avassaladora que fico paralisada, incapaz de me mexer. Só consigo voltar aos momentos que me deixaram tão intrigada nas últimas semanas. Agora entendo por que ele parecia tão infeliz naquela foto na garagem de Dean. É claro que ele estava infeliz. Agora entendo por que ele vivia se machucando quando criança. É claro que ele ficou furioso quando eu trouxe isso à tona. Agora entendo por que faltavam tantas fotos em seu álbum. É claro que ele se livrou delas. Agora entendo por que ele precisa tanto de distrações. É claro.

Claro, claro, claro.

Agora é óbvio demais.

Com um suspiro, me vejo obrigada a perguntar:

– Jamie e Chase?

– Só eu.

– Tyler, eu...

Alguma coisa dentro de mim se despedaça ao pensar em Tyler passando por uma coisa tão horrível e cruel. Minha voz falha, e preciso parar um segundo para me recompor. Minha mão ainda está no peito dele, e sinto as batidas de seu coração, lentas e altas.

– Sinto muito.

– Mantenho esse segredo muito bem guardado – diz ele, dando um passo para trás, e a devastação em seus olhos desapareceu. Foi substituída por uma raiva borbulhante alimentada pela dor. – Ninguém sabe. Nem Tiffani, nem Dean, nem ninguém.

– Por que você não contou?

– Porque não quero que tenham pena de mim – dispara ele, com rispidez, mas percebo a tensão em sua voz. Dando de ombros, ele se afasta e dá a volta na cama, se segurando no criado-mudo. – Só gente otária é digna de pena. Não quero que pensem que sou um fraco. Estou farto de ser fraco. – Ele provoca um estrondo com o soco que dá no criado-mudo e se vira para mim de novo, lívido. – Só fui isso a vida toda. Fraco.

Tudo está começando a fazer sentido. Observo o azul-escuro profundo lá fora, a roda-gigante ainda em movimento, as pessoas ainda festejando na praia.

– Você não foi fraco – falo. – Você era uma criança.

Ele balança a cabeça vigorosamente, andando de um lado para outro, angustiado. Então se recosta na parede e desliza até o chão, arrasado. De novo passou da raiva à vulnerabilidade. Ele fixa o olhar num ponto da parede oposta e fala, dessa vez com suavidade.

– Sabe, durante um tempo eu não sacava – diz, baixinho. – Nunca entendi o que fiz de errado.

Sei que ele quer que eu escute, que eu simplesmente feche a boca e escute, por isso deixo as perguntas de lado e me sento diante dele. Cruzo as pernas e presto atenção em cada palavra, observando seus lábios se movendo.

– Minha mãe e meu pai... – começa ele, mas fala muito devagar, como se estivesse lutando para botar tudo para fora. – Eles eram muito novos quando me tiveram, por isso acho que não faziam a mínima ideia do que estavam fazendo. Tudo que eles mais queriam era ter sucesso e construir uma carreira. Meu pai tinha aquela empresa idiota...

– Grayson's.

– Grayson's – repete ele. Em seguida, pigarreia e abraça os joelhos. – No início foi ótimo. A empresa realmente decolou, mas quando eu tinha uns oito anos, algum contrato deu errado. Meu pai tinha um temperamento de merda. Um dia, chegou em casa tarde da noite e encontrou minha mãe no escritório trabalhando. Ele ficou transtornado e descontou em mim. Eu meio que deixei isso passar. Achei que tinha sido um caso isolado, que não aconteceria de novo. Mas então todos os empregados dele começaram a pedir demissão, ele ficou estressado e descontou de novo em mim. Isso continuou acontecendo com mais frequência. Em vez de uma vez por semana, passou a ser toda noite. Ele dizia que eu não podia fazer nada que eu quisesse, porque precisava me concentrar na escola. Dizia que queria que eu entrasse numa universidade de ponta, para não terminar estragando minha carreira como ele. Mas a verdade era que eu não queria ser um figurão nem entrar numa universidade renomada, mas mesmo assim passava todas as noites trancado no quarto, tentando estudar para que ele não ficasse furioso comigo. Eu pensava: estou tentando, certo? Isso basta, não é? Mas não bastava. Toda noite ele subia e me jogava de um lado para outro. – Tyler para por um longo momento e, quando fala de novo, sua voz se reduz a um sussurro: – Toda noite. Quatro anos.

– Sinto muito – murmuro de novo.

E sinto mesmo. Ninguém merece ser tratado assim, especialmente por um dos pais, uma pessoa que deveria amar e proteger você. Chego a sentir um mal-estar.

Tyler apenas dá de ombros.

– Minha mãe estava tão ocupada que não tinha ideia do que ele fazia comigo. Ela se culpa até hoje. Sempre que tenta me pôr de castigo, acaba dando para trás, porque acho que ela morre de medo de ser rígida demais, entende? Mas a culpa não é dela. Às vezes ela notava. Falava umas coisas tipo: "Tyler, o que você arranjou no rosto agora?" E eu só inventava uma desculpa qualquer. Dizia que me machuquei jogando futebol na aula de educação física ou que meu pulso quebrou porque caí da escada. Mas na verdade quebrei o pulso três vezes no mesmo ano porque meu pai adorava ver até onde conseguia dobrá-lo.

– Por que você não contou a ninguém? – Agora também estou sussurrando. O silêncio é tão frágil que me aterroriza a possibilidade de quebrá-lo. – Meu pai sabe?

– Porque eu morria de medo dele – admite Tyler, com um tom áspero, a voz fria. Ele puxa o cabelo para trás com força, e noto como seus olhos ficam sombrios à medida que a irritação aumenta. – De jeito nenhum eu poderia contar. A única pessoa que não sabe é o Chase. Ele era novo demais. Minha mãe não queria assustá-lo. Mas o resto da família odeia meu pai.

– Quando isso parou?

– Quando eu tinha uns doze anos – responde ele, se levantando. A tensão em seu rosto ainda é palpável. – Jamie foi até o meu quarto uma noite e viu meu pai me batendo. Ele era bem novinho na época, mas ligou para a polícia imediatamente. Meu pai foi preso naquela noite. Não foi a julgamento porque assumiu a culpa, então a história nunca foi divulgada. Consegui manter tudo em segredo e fingi que estava bem. – Um suspiro pesado escapa dos seus lábios enquanto ele se afasta de mim outra vez e começa a andar de um lado para outro, inquieto. – Odeio demais aquele babaca. De verdade. Depois de um ano, mais ou menos, comecei a acreditar que aquilo só aconteceu por um motivo. Achei que eu merecia, por ser um merdinha inútil. Ainda acho. Não consigo superar, porque é impossível esquecer, o que parece patético, mas é verdade. Eu tinha que estar tomando antidepressivos, mas não tomo, porque quero beber e ficar doidão, e não dá para fazer as duas coisas. E sabe de uma coisa, Eden? Você tem razão. Eu estou perdido. Estou completamente perdido nesse mundo de merda.

Apoio as mãos no chão e me levanto, tentando decifrar o que ele está sentindo, as emoções que tremulam em seus olhos. É tudo confuso e intenso, e muda com tanta rapidez que não consigo acompanhar.

Ele respira fundo e grita:

– É por isso que preciso me distrair, entende? Porque só assim consigo lidar com todas as merdas que aconteceram comigo, porque quando estou bêbado, doidão ou as duas coisas, esqueço que meu pai me odeia, cacete!

E então, tão intenso quanto a onda de raiva, vem o surto de adrenalina. Ele para, pega o copo no criado-mudo e o arremessa na parede.

Dou um pulo para trás, assustada, quando o copo se estilhaça. O barulho é horrível, e por um momento sinto meu corpo todo estremecer. Tyler fica imóvel, observando os cacos de vidro, ofegante. Satisfeito, ele desmorona na cama.

– Eu odeio ele – diz, irado, os olhos fixos na janela.

Eu me aproximo para tentar consolá-lo. Ele pode estar fervendo de ódio e raiva, mas sei que no fundo só está muito triste. Percebo isso em sua voz e em seus olhos.

Está escuro agora, e a música lá fora começa a se esvair conforme a festa chega ao fim. A lua flutua sobre o oceano, banhando o quarto com um brilho suave, iluminando o rosto de Tyler. Vou até ele bem devagar, e seus olhos encontram os meus quando paro à sua frente.

Estou tremendo. Não porque esteja frio, mas porque o nervosismo arrepia cada centímetro do meu corpo. Tyler me encara, como se estivesse à espera de alguma coisa, talvez de mais perguntas, mas essa não é minha intenção. Minhas intenções são melhores.

Estendo as mãos e seguro seu rosto, fazendo-o olhar no fundo dos meus olhos, e me sento em seu colo. Ele não se mexe, não respira. Acho que também não estou respirando. Aproximo os lábios dos dele, mas não o beijo de imediato. E ficamos assim, só ele e eu, durante algum tempo. É reconfortante e ao mesmo tempo absolutamente aterrorizante, e sei que ele só está esperando que eu dê o primeiro passo, e sei que quero, mas espero um pouco. Espero até sentir sua respiração no meu rosto.

– Obrigada por confiar em mim – sussurro, e finalmente o beijo.

Através da escuridão e do silêncio algo pega fogo. Não sei o que é, não consigo identificar, mas sinto. Sinto meus batimentos acelerados, meu coração doendo no peito e os arrepios que percorrem meu corpo, os pelos dos braços se eriçando, e sinto os lábios de Tyler nos meus. Grossos, úmidos e ávidos, como sempre. Sinto-o canalizando a dor, a raiva... sinto-o canalizando tudo isso no desejo. É esse desejo por algo que nós dois queremos mas não podemos ter.

Ele tem gosto de cerveja e cigarro, mas há algo de fascinante nisso. É muito familiar, porque é muito ele, seu gosto permanente. Ele me beija devagar e enfia as mãos embaixo da minha saia, apertando minha bunda enquanto se senta. Ainda estou em seu colo e aperto o peito com força contra o dele, acariciando seu rosto. Sinto os músculos do seu braço se enrijecerem quando ele me levanta e me deita na cama, ao seu lado. Meu corpo parece feito de gelo, congelado sob o corpo dele, sua mão deslizando pela minha coxa. Por um segundo acredito que estou com alguma espécie de paralisia, mas meus lábios ainda se mexem, ainda beijam. É só nervosismo e medo do desconhecido.

Mas não dou a mínima para isso e me recuso a afastar os lábios dos de Tyler. De repente ele intensifica o beijo, acelerando o ritmo, e aproveito para tirar o suéter, jogando-o para o lado. Depois parto para a camiseta branca de Tyler, e com meus braços dormentes tento descobrir como tirar a camiseta dele sem interromper o beijo. Ele nota minha dificuldade e ri contra meus lábios. É um riso caloroso, do tipo que faz a gente sorrir também, um riso que faz a gente se sentir confortável. Ele se afasta, fica de joelhos, tira rapidamente a camiseta e a joga para trás. Eu coro ao observar seu peito, seu abdômen perfeito com aquelas duas linhas definidas em formato de V, e quase penso que estou sonhando, porque o lugar de Tyler é na Abercrombie & Fitch, e não aqui na cama, comigo.

Ele beija meu pescoço devagar, uma das mãos segurando minha cintura, a outra subindo de novo pela saia, enquanto enfio as mãos em seus cabelos, girando as mechas nos dedos. Meus olhos estão fechados e eu apoio o queixo em sua testa, tentando recuperar o fôlego, porque nunca estive tão excitada e inquieta como agora. O calor de sua pele contrasta com o tremor da minha, que se arrepia toda quando as pontas dos seus dedos passam ao longo da renda que enfeita a parte de cima da minha calcinha. Meu estômago borbulha e por um momento acho que vou vomitar.

Ele é muito experiente e tem tudo sob controle, e eu sou a inexperiência em pessoa, do tipo que ainda não conseguiu entender por que os homens são tão obcecados por peitos. Uma incrível quantidade de pensamentos fugazes passa pela minha cabeça: quando eu devo mexer as mãos? Onde as coloco? Espero que ele avance ou eu mesma tomo a atitude? Ele acha que vou gemer? Devo gemer? Não consigo me imaginar gemendo. Será que deveria estar fazendo alguma coisa agora, tipo desabotoando sua calça ou beijando seu pescoço? Quem foi a primeira pessoa a fazer sexo, afinal? John F. Kennedy era um belo de um cafajeste, e se o amado ex-presidente do nosso país seduzia garotas para realizarem todos os seus caprichos, com certeza o sexo não podia ser tão ruim assim. Aquelas garotas não iam se jogar na cama do presidente se transar fosse terrível. Por um segundo me pergunto por que estou pensando em nosso presidente assassinado. Aposto que nem Lee Harvey Oswald pensaria em JFK enquanto estivesse transando com a esposa. E ele matou o cara, poxa.

Para com isso, Eden.

Os lábios de Tyler sobem até meu queixo e suas mãos exploram meu corpo, uma delas indo da cintura até o rosto. Ele roça o polegar na minha bochecha, e sinto o traço quente que seus dedos deixam na minha pele. Não quero que isso acabe nunca, nem quando estou arqueando as costas e puxando seu cabelo.

Felizmente Tyler me guia pelo momento, e tudo sem dar um pio. Mesmo quando hesito num determinado ponto, morrendo de medo do que ele vai achar do meu corpo, ele espera até que eu relaxe antes de continuar. E mesmo quando está soltando o fecho do sutiã, e quando se levanta para chutar longe os jeans, mesmo quando está mexendo na carteira, jamais diz uma palavra, e eu gosto que seja assim. Gosto do silêncio ensurdecedor de toda a experiência enquanto cambaleio através dela com a pessoa por quem me apaixonei perdidamente.

É isso que torna tudo melhor.

É porque estou com Tyler.

Não com Jake nem com Scotty Catarrento, o cara da aula de álgebra, e sim Tyler. O cara cheio de segredos e fraquezas, o cara que confiou em mim o suficiente para admitir todos eles. Respeito-o por isso. Percorremos um longo caminho até que ele me contasse a verdade, e agora, mais do que nunca, só quero ficar com ele. Não quero que isso acabe. Tyler e eu... não deveríamos estar juntos e não deveríamos estar fazendo o que estamos fazendo, porque o fato é que somos irmãos postiços, por mais que desejássemos não ser. Eu me sinto muito atraída por tudo que há nele e não deveria sentir que estou fazendo algo errado. Porque não é errado. Qual é o parentesco de sangue? Não existe.

Só sei que, se alguém descobrisse a verdade sobre nós, íamos ser julgados e criticados. Não consigo nem imaginar como contaríamos aos nossos pais. Como você diz a um pai e uma mãe que seus filhos estão namorando? Como isso funciona?

Mas não tem como voltar atrás. Não dá para ignorar os gemidos de Tyler em meu ouvido, não dá para ignorar as unhas que cravo nas costas dele, não dá para ignorar nossos corpos se movendo em sincronia.

Porque Tyler pode ter me contado seus segredos, mas agora ele tem outro.

28

Quando acordo mais tarde e dou uma olhada geral no quarto, não me sinto particularmente diferente. A pessoa deveria ficar diferente; deveria ver tudo sob uma luz nova. Mas estou me sentindo exatamente igual a como era ontem à noite, só que agora com dor de cabeça. Meu corpo não sofre de nenhuma agonia mortal e não quero chorar, mas também não estou exatamente nadando na felicidade. Só parece uma manhã como qualquer outra, um novo dia.

Minha garganta está seca, como se eu estivesse andando por uma semana em um deserto e ainda não tivesse encontrado uma fonte de água, e minha voz está áspera. Então me sento e chamo Tyler. Essa é outra coisa que eu achava que seria diferente quando a gente perde a virgindade: eu achava que a gente acordaria ao lado da pessoa por quem está apaixonada.

Um momento de pânico atravessa meu corpo. Talvez Tyler tenha ido embora. Talvez tenha me abandonado aqui, se mandado antes que eu acordasse, lamentando o que aconteceu enquanto fugia. O apartamento está silencioso demais, mas não deveria. Tyler tinha que estar ao meu lado, como nos filmes em que a pessoa acorda e a outra beija a testa dela, brinca com o cabelo ou sussurra que a ama, ou simplesmente fala *alguma coisa*.

Olho em volta e percebo que a pequena janela está com as cortinas fechadas de novo. Nem consigo deduzir se é de manhã, se estamos no meio da madrugada ou se já se passaram dois dias, porque o quarto está opaco e sem luz.

Faço uma careta, remexo os lençóis em volta do corpo e olho para o espelho à direita. Estou completamente nua. Ofegando, puxo os lençóis para cobrir o peito e olho meu reflexo, horrorizada.

Onde está o Tyler, afinal?

Então a porta do quarto se abre, rígida contra o carpete fofo. Tyler termina de abri-la com o cotovelo e entra, meio pálido. Fico aliviada porque ele ainda está aqui. Está totalmente vestido e olha para mim com um sorrisinho nos lábios.

– Já ia acordar você – diz, com a voz suave.

O verde-esmeralda em seus olhos está com um tom mais claro, e sei que é porque ele está calmo. Foi isso que eu mais notei nas semanas aqui: os olhos de Tyler e como eles refletem seu humor. Opacos e claros: vulnerável. Normais: babaca presunçoso. Sombrios e vibrantes: ele está tão furioso que talvez seja capaz de matar alguém.

– Achei que você tinha ido embora – admito, percebendo que estava exagerando.

Sei que Tyler não me deixaria, porque sei que ele não me trataria assim. Espero que não me trate assim.

Ele me lança um olhar sério, pasmo.

– Não sou escroto a esse ponto. – Ele abre um sorriso discreto enquanto olha para o outro lado, quase tímido, como se seu ego tivesse sido ferido e ele tivesse perdido toda a confiança. – Você não tem por que se preocupar.

Vejo a cor brilhante de menta da minha saia em suas mãos, e quando ele percebe que estou olhando para as minhas roupas parece se lembrar do motivo para ter entrado no quarto.

– Aqui – diz, colocando com cuidado a roupa ao pé da cama.

E fica parado, meio sem jeito. Ele não consegue mesmo manter qualquer contato visual mais longo; só consegue ficar olhando para mim e depois para minhas roupas, para a janela, o piso ou qualquer outra coisa. As bochechas dele começam a ficar coradas.

– Você está legal?

Por fim seu olhar se fixa no meu e o rosto todo dele fica rosado. Ele coça a nuca enquanto estica o pescoço para um lado.

– Desculpe – murmura, mas dá para ouvir o nervosismo em sua voz. – Eu... realmente não estou acostumado a... tipo... isso. – Ele para por um segundo. – A gente deveria provavelmente falar sobre... hum... a noite de ontem.

Ainda estou apertando os lençóis contra o peito, mas agora tenho um sorriso no rosto. E acho que é a primeira vez que vi Tyler parecer realmente ansioso e fora da zona de conforto. Em geral ele tem muito controle da situação e é muito confiante, e agora está aqui, murmurando e incapaz de me olhar direito. Mas então penso nas suas palavras e apago imediatamente o sorriso do rosto.

– Mandei mal? – ouso falar.

– Não, não – responde ele, rapidamente. E se anima um pouco, pelo menos a ponto de dar uma risadinha. – Estou me referindo mais a algo do tipo... Você sabe, em que pé a gente está agora?

Trocamos um longo olhar. Ele está mordendo o lábio, prendendo a respiração enquanto espera a resposta. Mas, sinceramente? Não faço ideia. No mínimo isso só fez nossa situação complicada parecer muito mais verdadeira e muito mais intensa.

– Não sei direito – admito. – Em que pé você quer que a gente fique?

– Não sei direito. – Ele dá um suspiro e enfia as mãos nos bolsos, mas é óbvio que está pensando profundamente em alguma coisa, seu rosto é a própria tradução da concentração. – Me responde o seguinte: você está arrependida?

– Não – digo de pronto. Como poderia me arrepender de uma coisa que eu queria tanto? – E você?

– Você sabe que não – murmura ele.

Então ele dá um daqueles seus sorrisos genuínos, daqueles que talvez eu jamais consiga esquecer. Depois pega minhas roupas de novo e dá a volta na cama com elas, parando ao meu lado e as colocando no meu colo, por cima dos lençóis. Ainda está sorrindo.

– Vamos pensar em tudo isso. Daqui a um tempo. Mas por enquanto é melhor você se vestir, porque precisamos mesmo ir embora. Troy-James me ligou e já está vindo para casa.

Aperto os lábios olhando para ele, meio sem graça, enquanto abraço o edredom junto ao corpo, sem me mover um centímetro.

– Será que você pode... é... me dar um segundinho?

– Você está agindo como se eu não tivesse visto você nua – diz ele, mas de um jeito brincalhão, e confirma com a cabeça. – Mas vai rápido! – grita por cima do ombro, saindo do quarto.

Assim que ele sai, pego a saia e enfio embaixo dos lençóis, ainda muito sem graça para sair despida da cama. Visto o sutiã e a blusa, e finalmente fico de pé no carpete, e o quarto parece girar um pouco. Enquanto visto o suéter e o ajeito no corpo, ponho a mão na testa e respiro por alguns segundos.

Estava me sentindo bem até me levantar; agora parece que meu sangue é venenoso e está me matando por dentro.

Quando chego à cozinha, Tyler está parado perto da lata de lixo, jogando fora uma bandeja cheia de vidro. Olho para a sala, por cima da bancada, onde o sol penetra pelas janelas enormes, lançando luz em tudo. Tudo está tão bem-arrumado que o lugar parece imaculado, como se nem tivéssemos vindo aqui. Ele deve ter catado todos os cacos de vidro que quebrou ontem à noite, enquanto eu ainda estava dormindo.

Com um suspiro, ele põe a bandeja num armário e se vira para mim, esfregando as mãos.

– Chamei um táxi pra gente. – Ele olha para o relógio e assente na direção da porta. – Sei que é esquisito chamar um táxi, mas não posso pedir carona, senão vão ficar imaginando o que a gente fez. Não podemos levantar suspeitas, lembra? O taxista não vai conhecer a gente. Ele deve chegar a qualquer segundo.

Faço que sim com a cabeça, quase imperceptível.

– Cadê os meus tênis?

O carpete mantém meus pés aquecidos, mas percebo que não sei direito onde os tênis foram parar. Dou uma rápida examinada pela sala, procurando-os.

– Não sei – responde Tyler, também começando a procurar. – Mas precisamos sair daqui.

– Mas os meus tênis... – tento protestar, chateada por tê-los perdido.

Meu par de All Star predileto: com minhas letras de música favoritas escritas na lateral. O que uso para ir à escola, fazer compras no mercado para minha mãe, ir a festas de praia quando estou bêbada e querendo beijar meu irmão postiço.

– Compro um par novo; agora vamos – insiste Tyler, com uma leve impaciência.

Ele franze as sobrancelhas indo até a porta. Abre-a e sai para o corredor, me esperando. Quando saio, ele tranca a porta e enfia a chave sob o capacho.

Os ladrilhos brilhantes estão frios e vou rapidamente até o elevador antes mesmo que Tyler tenha a chance de virar, mas então ele dá um risinho e se junta a mim, logo antes que a porta se feche.

Ele me olha com intensidade, sério, enquanto o elevador desce, mas, na verdade, está lutando para reprimir um sorriso.

– Acho que a gente não deveria falar de ontem à noite com nossos pais.

– Acho que a gente não deveria falar de ontem à noite com ninguém – corrijo.

Mas, mesmo que a gente só esteja brincando, fico tensa. Me dá vontade de ficar suspirando sem parar. E é exatamente o que isso é: um suspiro enorme, porque não temos ideia do que estamos fazendo.

Tyler deve ter percebido a preocupação nos meus olhos, porque segura a minha mão delicadamente, como fez ontem à noite, quando estava cuidando de mim. Olho para nossas mãos por um momento, percebendo como elas ficam quando estão com os dedos entrelaçados. Gosto disso. Quando levanto os olhos para ele, Tyler sorri e aperta meus dedos mais ainda.

Há um pensamento que não sai da minha cabeça, fica repetindo que talvez a gente jamais possa contar a ninguém, e que ficaremos constantemente sussurrando um para o outro: "Shhh, isso é segredo." É difícil manter isso em segredo, mas contar é mais difícil ainda. É impossível vencer.

Quando a porta do elevador se abre, Tyler me conduz pelo saguão até a entrada, e pela porta de vidro vemos um táxi parado junto à calçada. Hesito em sair descalça, mas deixo isso pra lá e acompanho Tyler descendo os degraus e entrando no carro. Uma mulher de meia-idade nos cumprimenta com um sorriso de ressaca.

Levamos quase vinte minutos para voltar para casa, o que é surpreendente, considerando que é domingo de manhã e o trânsito é mínimo. Acho que a taxista está se aproveitando de que somos jovens, presumindo, portanto, que devemos ser ingênuos e completamente cegos. Ela vira errado pelo menos cinco vezes, murmurando sempre um "Opa, não é essa!". Estou olhando irritada, do banco de trás, notando como ela aumenta a corrida de propósito e prolonga o tempo em que preciso ficar em silêncio pensando em tudo o que aconteceu ontem. Isso me deixa tonta, mas Tyler só dá de ombros quando aponto, fazendo uma cara feia, para o taxímetro. Ele não se incomoda em questionar, só entrega vinte pratas à motorista e me puxa do carro, que parte a toda velocidade no instante em que fecho a porta.

– Aonde você disse que ia ontem à noite? – pergunta Tyler, parando um momento do lado de fora de casa, sem saber direito como vamos lidar com nossos pais. Minha cara está um lixo, meus tênis sumiram e provavelmente estou fedendo a bebida.

– Ao cinema.

Tyler suspira fundo e balança a cabeça para mim.

– Ao cinema? Cadê a originalidade?

– Qual foi a sua desculpa? – disparo.

– Nenhuma. Saí antes de eles notarem.

– Bom, isso não me surpreende.

Ele ri, mas ainda parece ligeiramente ansioso quando volta a olhar para a casa. Não temos opção além de entrar, alguma hora precisaríamos fazer isso. Eu gostaria de ficar longe da casa, longe do meu pai, de Ella, escondida em algum lugar com Tyler enquanto ele me conta mais sobre sua vida. Seria perfeito.

Ella está na sala quando entramos. Está examinando algumas folhas de papel, com um dedo nos lábios. Jamie está sentado na poltrona reclinável com o pulso fraturado em cima de um travesseiro. Ele nos olha com uma expressão zangada, e acho que é a primeira vez que o vejo descontente.

– Dave, eles chegaram – diz Ella em voz alta sem nem levantar os olhos.

Eu esperava que ela não nos notasse parados ao lado da porta, meio sem jeito, mas é verdade o que dizem sobre os pais. Eles têm olhos na nuca e quatro ouvidos.

Tyler me olha de lado com o rosto tenso. Está mais acostumado a lidar com nossos pais do que eu, e, francamente, espero que ele fale por mim. Se eu tentar me explicar, só vou gaguejar e dizer alguma coisa que gostaria de não ter dito, como quando Tiffani me ouviu contar para Ella que eu estava com Meghan e a coisa saiu pela culatra.

Meu pai irrompe pela sala instantes depois, usando uma calça de moletom e uma camiseta. Não estou acostumada a vê-lo sem camisa social e gravata. Isso o faz parecer menos intimidante, como se ele fosse meu avô.

– O que vocês têm a dizer? – rosna ele, e imediatamente fica claro que está furioso num nível totalmente novo.

– Que o filme foi legal? – tento, mas até Tyler me lança um olhar que diz *Nem se dê ao trabalho.*

Eu deveria saber que meu pai ficaria maluco quando eu não voltasse para casa. Os filmes não duram até as dez da manhã.

– Vocês dois foram àquela festa da praia, não foram?

Ella deixa de examinar os papéis e os coloca no colo enquanto Jamie continua a assistir à minha luta e à de Tyler para sair do tanque dos tubarões. Há uma fagulha de satisfação em seus olhos, como se isso fosse engraçado. Para mim não é.

Nem Tyler nem eu conseguimos dar uma resposta. Isso diz aos nossos pais exatamente o que eles precisam saber: é, nós mentimos, e, sim, fomos à festa da praia mesmo não tendo idade para isso. Em minha defesa, nada parecido acontece em Portland. Como eu poderia recusar a oportunidade? Com a esperança de salvar nosso destino, tento apelar para o lado compreensivo do meu pai. Por isso começo a chorar.

– Meus amigos me levaram para lá depois do filme – consigo dizer em meio aos soluços exagerados. Minha voz está rouca, mas isso não é fingimento. Ainda estou morrendo de sede. – Eu nem sabia o que era!

Tyler está me encarando com o rosto inexpressivo. Minha linha de defesa só contempla a mim mesma, e pelo jeito ele acha que não estou fazendo um bom trabalho. Com um suspiro, ele olha para mim e depois para o meu pai.

– Eu quis ir – diz ele, numa sinceridade despreocupada. – O que vocês vão fazer? Me colocar de castigo por mais cinco anos?

Meu pai olha para Tyler e depois para mim, com os olhos semicerrados, sem conseguir decidir qual problema atacar primeiro: meu choro falso ou a atitude de Tyler. Acaba não escolhendo nenhum dos dois.

– Onde vocês estiveram a noite toda? – interroga, sob a observação de Ella.

O olhar dela me faz pensar no que Tyler disse ontem à noite, que ela assume uma postura de cautela quando se trata de agir como mãe e ter que castigá-lo. Meu pai não parece ter problema algum na hora de começar uma discussão.

– Nós todos dormimos na casa do Dean – blefa Tyler, se bem que de certa forma é só uma pequena distorção da realidade. Dormimos na casa de alguém, só que foi na de TJ e não de Dean, e dormir não foi exatamente o que Tyler e eu fizemos. – Fica frio. É verão.

– Ah – diz meu pai, reagindo com um leve sarcasmo. – Foi mal. Esqueci que é verão, e isso significa que vocês podem fazer o que quiserem. Peço sinceras desculpas.

Ouço Jamie reprimindo uma gargalhada e me dá vontade de dizer para ele calar a droga da boca, mas sei que meu pai não receberia isso muito bem. Além do mais, eu gosto de Jamie. Isto é, gosto tipo "você até que é bem legalzinho para um irmão postiço".

– Não é a primeira vez que você não volta para casa, Eden – murmura meu pai, enojado.

Meu olhar retorna rapidamente a ele e forço mais algumas lágrimas.

Seu cabelo parece mais grisalho do que há um mês, quando me pegou no aeroporto, e quanto mais o mau humor domina suas feições, mais velho ele parece. Em comparação, mamãe aparenta uns 21 anos.

– Só dormi na casa de um amigo – digo, fungando com muito mais dramaticidade do que pretendia.

A primeira vez que não voltei para casa foi quando caí no sono na casa de Jake depois de beijá-lo durante *O Rei Leão*. A segunda foi ontem à noite, quando estava atraída demais pelo toque de Tyler, fascinada demais pela sua voz, apaixonada demais pelo seu ser.

– Essa não é a questão!

– Então qual é?

Meu pai me olha furioso enquanto pensa, a duras penas, numa resposta decente. Não consegue bolar nada e volta a atenção para Tyler.

– Você é impossível, por isso nem vou dizer nada. Suba. Saia daqui.

Ele olha para Jamie, por cima do ombro, com uma cara feia. Jamie capta a mensagem e se levanta para sair.

– Por mim, tudo bem – diz Tyler, com um risinho, que some na mesma hora quando eu o encaro.

Seus lábios formam um sorriso sincero, um sorriso que me dá confiança, como se estivesse tentando dizer para não me preocupar porque tudo vai ficar bem. Quando Jamie se aproxima, Tyler passa o braço com cuidado sobre o ombro dele e o leva delicadamente para fora da sala, murmurando:

– Como é que está esse pulso, garoto?

Neste instante, eu gostaria de ser como Tyler. Gostaria de ser capaz de criar uma fachada e agir como se tudo fosse brincadeira. Gostaria de me encrencar tanto que ouvir gritos se tornasse parte da rotina. Gostaria de não estar ainda parada na frente do meu pai, sujeita a um interrogatório e a expressões decepcionadas enquanto estou com essas lágrimas idiotas escorrendo pela maquiagem borrada.

Percebi que meu pai obviamente não tem uma única fibra de empatia em todo o seu ser. Eu deveria ter notado. Toda vez que minha mãe ficava chateada, ele não ligava a mínima. Toda vez que ela chorava por ele, ele ligava menos ainda. Ele nunca se importou.

Paro com o fingimento e o encaro com intensidade.

– E então?

Ella ainda está na sala. Está mordendo os lábios, ainda nos observando, sem jamais mudar de posição no sofá, em silêncio. Não sei se eu deveria estar satisfeita com isso ou não, porque ainda não descobri se ela é do tipo que se junta à gritaria ou que defende a gente.

– Eden... – meu pai começa devagar enquanto esfrega as têmporas. – Eu não trouxe você para ficar agindo pelas minhas costas e mentir para mim.

– Então por que me trouxe, meu Deus? – explodo, levantando as mãos em desespero. – Queria me levar para comprar sutiãs? Queria que a gente ficasse em volta de fogueiras de acampamento comendo marshmallow? O quê, pai? O que você esperava?

Nem consigo começar a dimensionar meu ódio. Durante as seis semanas em que estou aqui ele não fez o menor esforço para consertar as coisas comigo, para se desculpar por ter abandonado a gente, mamãe e eu, sem qualquer explicação, por ir embora e esperar três anos para me ver de novo. E só agora quer entrar na minha vida? Só agora quer tentar agir como pai?

– Acho que todo mundo precisa se acalmar. O importante é que ela está aqui – diz Ella, com uma ligeira tensão na voz.

Agora concluí que ela não só é do tipo de mãe que não se importa se você desaparecer, como também é do tipo que te defende quando você some.

– Exatamente – digo, tentando suavizar a voz. – Estou em casa e estou viva, Tyler também. Mas, se isso ajuda, desculpe. Desculpe por não termos voltado para casa.

Meu pai não aceita o pedido de desculpas. Só me encara de um jeito que eu nunca esperaria que um pai olhasse para a filha, como se não me suportasse. Nesse exato momento eu odeio o meu pai.

– Por que você está olhando para mim assim? – pergunto. – Qual é o seu problema comigo, pai?

– Não tenho problema nenhum.

Ele olha de lado para Ella, como se precisasse de apoio para lutar contra uma garota de dezesseis anos, mas ela só o encara com os olhos arregalados.

– Foi por isso que você ficou sem falar comigo durante três anos? Porque não tem problema nenhum comigo?

Não sei de onde minhas palavras vêm. Em algum lugar no fundo da mente esses pensamentos foram se juntando desde que ele foi embora. Agora que estou com raiva dele, elas são postas para fora de uma vez, e não consigo parar. Dá para ver o rubor subindo no rosto do meu pai enquanto ele absorve as palavras.

– Foi por isso que você foi embora? Porque não tem problema nenhum?

– Já chega! – grita ele, porque não suporta a verdade.

Ele não suporta o fato de que é uma vergonha de pai, porque nunca acha que está errado. É por isso que ele e mamãe discutiam o tempo todo. Nada era culpa dele, nunca. Era sempre dela.

– Você nem tentou fazer um esforço comigo. – Chego a dar alguns passos na direção dele. Estou com o queixo levantado, decidida a fazer com que ele saiba como me sinto. – Você ainda nem me pediu desculpas. Era a primeira coisa que você deveria ter falado quando eu saí do avião.

Meu pai levanta as mãos, sentindo-se derrotado.

– Tudo bem, Eden, me desculpe. Me desculpe por não ter estado presente – murmura ele, sem a menor sinceridade. – Pronto. Está feliz?

– De que adianta isso agora, pai? – Dou de ombros. – Você está três anos atrasado.

Quero que ele pareça magoado. Quero que minhas palavras provoquem algum efeito, quero que ele se afogue na culpa. Mas ele não parece nem um pouco ferido. Parece furioso com aqueles olhos incisivos na minha direção, dando um olhar de desprezo.

– Você é exatamente igual à sua mãe, sabia?

Ella parece chocada.

– Graças a Deus – digo. – Eu odiaria ser que nem você.

Agora que falei o que queria, concluo que é hora de sair antes que ele tente continuar a discussão. Ele sabe que estou com raiva e que vai ser necessário um monte de desculpas da parte dele para que algum dia eu o perdoe.

Com um olhar frio, meu pai se vira para Ella e eu dou meia-volta para ir em direção à porta. Ouço quando ela diz baixinho:

– Meu Deus, Dave! Vai atrás dela! Sei que ela passou a noite fora, mas você acha que vai resolver as coisas com sua filha bancando o todo-poderoso?

– Ei, não me culpe por isso. Foi ideia sua trazer a Eden para cá. Meu Deus, os adolescentes são um pesadelo... Talvez quando ela voltar para casa e o Tyler estiver em Nova York a gente possa voltar ao normal.

Paro junto à porta e engulo em seco, dolorosamente. Será que ouvi direito? Meu pai só me chamou para passar um tempo aqui porque Ella mandou? Isso não deveria me surpreender, não deveria doer, mas dói. Eu me viro e olho para os dois.

– Vocês não querem que eu fique aqui?

Eles olham para mim, chocados. Ella se levanta.

– Eden, você não deveria ter escutado isso. É claro que o seu pai...

Mas não suporto ouvir as desculpas deles.

– E por que Tyler vai para Nova York?

Ella lança um olhar furioso para o meu pai, mas depois me olha com um sorriso tenso.

– Não é nada.

Com certeza é alguma coisa, isso eu sei, mas estou cansada de fazer perguntas e nunca obter uma resposta direta. Estou furiosa, totalmente, e acho que meu coração pode explodir com a pressão. Minha mãe sempre teve razão em relação ao meu pai. Ele é um babaca.

Enfio as mãos nos bolsos do suéter – isso só me lembra de novo que fui roubada – e entro como um raio no meu quarto. Minha cabeça continua girando, ainda mais agora, e tudo que quero é água, um banho e Tyler. Duas dessas coisas eu posso ter.

Argh.

Preciso clarear minha mente, me afastar de casa e tomar um pouco de ar puro. Preciso correr. Vou tomar banho quando voltar; falo com Tyler quando voltar. Só preciso colocar primeiro os meus pensamentos em ordem.

Luto contra a vontade avassaladora de vomitar enquanto tiro a saia da noite anterior e visto a roupa de corrida, pegando uma garrafa de água na cozinha e saindo pela porta do pátio para evitar meu pai.

E então estou fora de casa, andando na direção norte, e não oeste. Não quero voltar para a praia. Quero fazer uma rota desconhecida; quero ir para algum lugar diferente e novo. Assim, em pouco tempo me vejo em Pacific Palisades, com o sol escaldante, os pés batendo no concreto e a dor de cabeça diminuindo aos poucos.

Fico pensando que ontem à noite tornou tudo ainda mais complicado do que era. Agora Tyler e eu estamos pisando em ovos, monitorando as palavras e garantindo que absolutamente ninguém nos pegue trocando um sorriso que demonstre alguma intimidade. Se nos pegarem, estamos ferrados.

Minha cabeça está numa confusão total. Num mundo perfeito, Tyler e eu não seríamos parentes só por causa de uma certidão de casamento. Num mundo perfeito, Tyler e eu não precisaríamos nos esconder e magoar pessoas por nos apaixonarmos. Num mundo perfeito, eu falaria sobre ele com Amelia. Mas este mundo não é perfeito. Longe disso.

* * *

Quando volto para casa, quarenta minutos depois, ainda com um pouco de ressaca e sem fôlego, paro abruptamente no gramado.

O carro de Tiffani está parado na frente de casa. Não deveria. É domingo de manhã, e os dois nunca se veem aos domingos.

Eu me obrigo a ir até a porta da frente, mas há uma rigidez no meu corpo, e não sei se é por causa da corrida ou porque sei que alguma coisa não está cheirando bem. Quase quero dar meia-volta e correr mais quinhentos mil quilômetros na direção oposta, mas me arrasto para dentro e subo a escada de fininho. Noto que meu pai e Ella estão conversando na sala quando passo, provavelmente discutindo maneiras de se livrarem dos dois filhos irresponsáveis.

Mal chego ao andar de cima quando Tiffani sai do meu quarto, abrindo minha porta com Tyler logo atrás. Ele segura o braço dela e tenta puxá-la de volta, mas ela se livra.

– Ah, aí está ela – diz Tiffani, cheia de veneno, a voz é puro ácido. – Chegou bem na hora.

Tyler me encara com olhos arregalados por trás dela, e com um balanço minúsculo da cabeça passa a mão pelo cabelo.

– Na hora para quê? – ouso perguntar, mas, a julgar pela expressão de ódio no rosto de Tiffani, acho que não quero saber. Tyler está preocupado e não posso culpá-lo. Estou começando a ficar assim também.

Os olhos de Tiffani são duas pedras de gelo e nunca a vi com uma expressão tão... perversa. Nesse momento, se fosse uma cena de filme, ela seria a vilã, com certeza.

– Preciso falar com vocês dois, porque, para o caso de não terem reparado, estou com muita raiva. – Ela fecha um punho. – Estou por um fio de dar um soco na sua cara, Tyler.

– O que eu fiz desta vez? – Ele encara Tiffani com uma expressão perplexa, mas isso não o impede de dar um passo para trás, só por via das dúvidas.

– O que você fez? Está falando sério? – A boca de Tiffani está escancarada, então ela respira fundo. – Para o quintal dos fundos. Agora.

Ela passa por mim e me empurra contra a parede. Fecho a cara e lhe lanço um olhar cheio de raiva enquanto ela desce a escada. Qual é o problema dessa garota? Olho para Tyler. Ele pressiona as mãos no rosto e murmura:

– Merda.

Tiffani para no último degrau da escada, lá embaixo, e nos observa, furiosa. Depois dá um olhar severo para a porta da sala, onde nossos pais estão.

– Posso falar com vocês dois lá fora ou posso falar com vocês aqui mesmo – diz lentamente, a voz baixa. – E, acreditem, acho que vocês vão preferir que eu fale lá fora.

Ela sabe, penso. *Ela sabe, merda.*

Esse exato pensamento também deve ter passado pela cabeça de Tyler, porque ele olha para mim em pânico e engole em seco. Não consigo pensar numa hora pior para ser confrontada com tudo isso. Estou de ressaca, suada, cansada e parece que acabei de fugir da clínica de reabilitação. Para ver como me sinto um lixo.

Não existe absolutamente nenhuma chance de eu escapar dessa. Fico me perguntando se é tarde demais para correr aqueles quinhentos mil quilômetros. Tyler está me cutucando para descer e posso literalmente sentir a relutância dele através do toque. Seus braços estão rígidos, os punhos, cerrados. De algum modo, nós dois passamos pela porta do pátio e saímos no quintal dos fundos.

– Entãããããão... – diz Tiffani.

Tyler franze as sobrancelhas.

– Então...

– Então eu acordei e recebi uma mensagem do TJ hoje cedo. – Ela está olhando para nós dois, por isso tento parecer despreocupada. Tento não aparentar que dormi com o namorado dela. – E, sabe – continua ela –, estou ficando realmente cansada de ouvir as pessoas falando comigo sobre a gente estar transando, Tyler, porque na metade da porra do tempo nem sou eu.

– Do que você está falando? – pergunta Tyler, e tanto eu quanto Tiffani o encaramos.

Ele sabe o que ela está falando. Sabe exatamente.

– Não começa, Tyler – reage ela, com rispidez, a voz ficando mais alta.

Ela vai assumindo um ar maligno, e sei que a chance de continuarmos amigas depois disso é muito pequena.

– Ele fez uma piada sobre a gente ter transado ontem à noite, porque o quarto dele estava uma zona, e nós dois sabemos perfeitamente que não fui eu.

– Olha – começa Tyler, dando um passo na direção dela. – Meu bem, eu não transei com ninguém. Só esqueci de arrumar o quarto depois...

– Cala a BOCA! – grita ela, e ele cala a boca mesmo.

Acho que Tiffani passou do ponto de aceitar o papo furado dele. Ela fecha os olhos com força por um segundo, inspira e expira, depois se vira para mim com um sorriso.

Tudo para. Meu coração para de bater por um tempo, meus membros se enrijecem, meu sangue fica gelado. Tento pôr algumas palavras para fora, mas elas sobem pela garganta e desaparecem. Minha voz vira um sussurro áspero:

– Como você...

– TJ perguntou se a minha noite foi boa, depois disse que eu deixei meus All Star para trás. Perguntou o que significavam as palavras que estão escritas neles. – Agora meu coração para completamente de bater. – Tenho certeza absoluta de que você estava pra lá e pra cá com seus tênis a noite inteira. Aqueles com letras de música, certo? Por sinal, você não vai conseguir eles de volta. Eu disse que não queria mais e pedi para ele jogar no lixo para mim.

– Mas Tyler é meu...

– Irmão postiço? É, eu sei. – Tiffani está ficando tão furiosa que as lágrimas ameaçam cair. Secando rapidamente os olhos com as costas da mão, ela se empertiga e ajeita a barra do suéter. – Passei a última meia hora discutindo comigo mesma. Tipo: "De jeito nenhum, eles são parentes." Mas já vi *As patricinhas de Beverly Hills*, beleza? Sabe quando a Cher se apaixona pelo irmão postiço? Não sou IDIOTA.

Pronto. Essa é a sensação de ser apanhada.

É horrível.

Tyler e eu estamos sem palavras. Acho que nenhum de nós estava preparado para o que ocorreria se isso acontecesse, se a verdade fosse descoberta. Parece o Dia do Juízo Final. Estou me sentindo muito pequena, minúscula, parada na frente de Tiffani. Nem consigo olhar para Tyler. Só me sinto enjoada, como se pudesse vomitar a qualquer segundo, por isso me esforço ao máximo para me segurar enquanto a churrasqueira perto da piscina atrai meu olhar.

Eu gostaria de poder rebobinar o verão, voltar à primeira noite nessa cidade com os vizinhos apinhados no quintal, o churrasco sendo feito e meu pai fazendo piadas sem graça. Quero refazer tudo, mas desta vez não vou me apaixonar pelo meu irmão postiço. Desta vez não vou me meter na confusão em que estou.

– Você não transou mesmo com o Jake, não é, Eden?

Agora Tiffani está chorando de verdade. Lágrimas de raiva: o pior tipo.

– Não – sussurro.

– Era você naquela noite no píer – diz ela, e me sinto morrendo por dentro. Tudo está se despedaçando enquanto a culpa me consome. Sempre me recusei a ser uma traidora, mas foi exatamente o que me tornei. – Você é uma mentirosa.

– Eu sei – digo com a voz embargada.

Estou quase chorando, também. Não quero estar aqui. Quero estar em Portland com minha mãe e Amelia. Quero dormir até o meio-dia e ficar vendo reprises dos meus programas de TV prediletos. Não quero isso.

– Sou uma mentirosa. Sou uma vaca. Sou uma péssima amiga.

Do nada, Tyler entra na minha frente e dá um pigarro. Ele ficou quieto por um tempo, e isso me faz pensar no que está se preparando para dizer.

– Sabe de uma coisa, Tiffani? – diz ele, e ela o encara com olhos arregalados, feridos. – Eu nem quero ficar com você. Joguei três anos fora porque você me chantageou para ficar contigo. Pode fazer o que quiser. Pode contar para todo mundo tudo o que você sabe sobre mim, porque o segredo não vale o esforço que é te aguentar. – Sua voz fica mais alta a cada palavra. Dá para ver o ego de Tiffani acusando o golpe. – Acabou. Pode me processar. Pode me dedurar pra polícia. Não ligo a mínima. Pra mim já deu.

Eu nem em sonho esperava por isso. Apenas uma semana atrás, Tyler estava dizendo que era quase impossível terminar com ela. Ela poderia arruinar a vida dele. Mas agora... é como se ele não se importasse, como se quisesse se livrar dela. Talvez estar num relacionamento com ela seja pior do que ter a vida toda encrencada.

– Isso tudo é sua culpa! – grita Tiffani para mim. Sua voz está tão tensa que subconscientemente dou um passo mais para perto de Tyler, o que talvez não ajude nem um pouco. – Nem me importo que vocês sejam praticamente irmãos, mas deveria, porque isso é nojento, mas não, a única coisa que me importa é que você arruinou tudo.

Estou me sentindo ainda pior do que antes. Roubei o namorado dela. Não foi de propósito, mas mesmo assim. Balançando a cabeça, dou um passo na direção dela de novo. Não importa quantos comentários ofensivos ela fez, ainda me sinto totalmente culpada.

– Tiffani, eu não queria...

Tyler levanta a mão para me silenciar.

– Acabou, meu bem – diz a ela.

Dando de ombros como se não ligasse, ele aponta para o portão. Está sendo duro demais, e me sinto péssima, tanto por nossas ações quanto por Tiffani. Se ela não quisesse me matar, eu a abraçaria agora mesmo, como a amiga que eu deveria ser. Não queria que ninguém se magoasse.

Frustrada e chorando mais ainda, ela leva as mãos à cabeça e grita:

– Mas você não pode terminar comigo!

Ele ri. Acho que Tyler ainda não processou o fato de que ela sabe do nosso segredo e tem todos os motivos do mundo para espalhá-lo por aí.

– Porque não vou estar por perto para fazer com que você pareça maneira? Porque você não vai mais me controlar?

– Porque eu estou GRÁVIDA, Tyler!

No instante em que a palavra sai dos lábios dela, a atmosfera fica tão densa que é quase sufocante. Todo o corpo de Tyler murcha e a cor some do seu rosto. Olho para Tiffani. Ela está chorando, e é o tipo de choro que parece causar dor, do tipo que faz a gente perder o fôlego. Agora acho que vou mesmo vomitar.

Tyler perdeu a voz; o único som que ele consegue soltar é um sussurro minúsculo.

– O quê?

Ela começa a se afastar de nós, as bochechas manchadas de lágrimas e o coração partido. Não aguento. Sinto que alguém me deu um soco e me nocauteou, porque tudo está turvo e opaco, como o quarto fica quando a gente acorda.

Ouço a porta do pátio se abrir deslizando, mas estou anestesiada demais para chegar a olhar. Escuto a voz de Ella:

– Que gritaria toda é essa?

Tyler não diz nada. Acho que está em choque. Apenas olha para Tiffani, os lábios separados, seus olhos são um oceano de emoções diferentes. Finalmente olho para a porta. Ella e meu pai estão encarando a gente. Sei o que estão pensando. Estão se perguntando por que Tyler parece estar tendo um ataque cardíaco e por que Tiffani está arrasada, chorando e indo embora.

Quando chega até o portão e o abre, ela para e se vira, contendo os soluços e encarando Ella:

– Você deveria saber que ele é viciado em cocaína! – grita ela. – E começou a traficar também!

– Sua vaca! – rosna Tyler, saindo da imobilidade justo quando ela desaparece pelo portão, que se fecha com uma pancada.

Suas palavras ecoam tão alto na minha mente que chega a doer. Era isso que ela estava guardando todo o verão. É sobre isso que Tyler estava falando quando ficamos trancados no banheiro. É o que ela deve ter descoberto no início do verão, quando o confrontou, o enfureceu e fez com que ele chegasse ao churrasco num péssimo humor. É por isso que ele tenta ficar longe do radar da polícia.

Porque poderia ir para a cadeia.

Se existe algum modo de piorar ainda mais o dia, é esse. Há muitas coisas para enfrentar ao mesmo tempo, enquanto a verdade transborda para todos os lados: a verdade sobre Tyler, as drogas, a verdade sobre Tiffani e, o pior de tudo, a verdade sobre mim e ele.

– Tyler... – começa Ella, devagar. – Por favor, diga que não escutei direito. – Ela sai com as mãos no peito, meu pai ao seu lado. – Por favor, por favor, diga que não é verdade.

Estou prendendo a respiração enquanto olho para Tyler, esperando para ver se ele vai negar. Ele simplesmente fica paralisado, como se estivesse sobrecarregado por tudo. Provavelmente há um milhão de pensamentos voando na sua cabeça.

Ele baixa a cabeça, fica olhando para a grama e murmura:

– Eu gostaria que não fosse.

Ella leva as mãos à boca, abafando um gemido horrorizado, os olhos se inundando de lágrimas. Tudo está dando errado hoje. Ela se vira para meu pai e enterra o rosto no peito dele, e surpreendentemente ele a abraça e não diz nada. A esta altura eu esperaria que ele começasse uma discussão. Ele pode estar quieto enquanto a consola, mas isso não o impede de nos olhar furioso.

Quando Tyler levanta a cabeça, vejo de novo a dor nos seus olhos, da mesma forma que ontem à noite. A culpa toma conta dele.

– Mãe – diz ele, com a voz embargada –, não chora. Não sou... tipo... viciado nem nada disso. Eu só... bom, isso ajuda.

Através das lágrimas e da camisa do meu pai, Ella murmura alguma coisa, mas o som sai tão abafado que mal consigo entender. Tyler também não entende.

– Mãe, respira um pouco – diz ele, e começa a andar cautelosamente na direção dela.

Embora meu pai esteja envolvendo Ella confortavelmente com os braços, Tyler põe a mão no ombro dela, mas ela o afasta, sacudindo o ombro, e levanta a cabeça.

– Eu disse para ir embora – sussurra ela.

As sobrancelhas de Tyler se franzem.

– O quê?

– Vá embora desta casa.

Acho que é nesse ponto que todos nós congelamos. Estamos todos atônitos. As sobrancelhas do meu pai sobem mais ainda, como se ele não acreditasse que Ella está mesmo expulsando o filho de casa, e Tyler está sem palavras, os lábios se mexendo, mas sem dizer nada. Agora quero mesmo chorar. Ele não pode ser posto para fora de casa. É a última coisa de que ele precisa, ainda mais depois da bomba que Tiffani jogou.

– Está falando sério? – A voz dele está suave demais, fraca demais.

Ella não diz nada, só se afasta do meu pai e enxuga os olhos, fungando. Está arrasada.

– Tyler, por favor – pede, delicadamente, e no mesmo instante irrompe em lágrimas de novo. – Vá embora. Não aguento mais.

Em choque, Tyler e eu trocamos um olhar enquanto meu pai abraça Ella de novo. Nenhum de nós esperava que nada disso pudesse acontecer. Hoje é domingo. Os domingos deveriam ser chatos. Eu não deveria estar vendo Tyler ser expulso de casa.

Ele inclina o rosto para o chão, enfia as mãos nos bolsos dos jeans e passa pelos nossos pais. Está completamente arrasado, com os ombros caídos e os passos lentos. Como se agora isso fosse totalmente natural para mim, saio do lugar onde fiquei plantada um tempão e vou atrás dele. Ignoro o olhar do meu pai me acompanhando, porque passei do ponto de me importar com o que ele tem a dizer.

Tyler já correu escada acima quando eu o alcanço, e Jamie e Chase estão parados lá no segundo andar, os olhos arregalados e curiosos. Fico me perguntando se eles ouviram tudo, desde Tyler ser viciado em cocaína até ele ser expulso. Os dois rapidamente ficam de lado enquanto Tyler e eu entramos no quarto dele. Ele bate a porta assim que passamos.

Fico ao lado da sua cama e observo conforme ele pega uma bolsa de lona azul-marinho na prateleira do armário. A jaqueta do time de futebol de Dean vem junto e cai no chão antes que Tyler a chute para longe. Durante alguns minutos, ele remexe nas coisas do quarto, pegando camisas e calças e enfiando na sacola sem dizer nada. A tensão é nítida em seu rosto.

– Aonde você vai? – pergunto, rompendo o silêncio.

Não consigo imaginar a casa sem ele, sem ouvi-lo discutir sobre o bacon toda manhã. Não imagino o quarto ao lado ficando vazio. Não imagino ficar sem ver seu sorriso quando passamos um pelo outro na escada.

Ele levanta os olhos e pendura a bolsa no ombro, mas nossos olhares não se encontram por um bom tempo até ele virar a cabeça de novo.

– Não faço ideia – diz baixinho, virando-se de volta para mim e indo para o banheiro. Vou atrás. – Para a casa do Dean. Talvez. Não sei. Minha cabeça está uma confusão só.

Paro junto à porta do banheiro. Meus olhos estão pesados, mas isso não me impede de mantê-los em Tyler. Respiro fundo.

– Você começou a traficar?

Tyler para imediatamente e fica imóvel, e o único som é de sua lenta respiração. Ele baixa a cabeça e olha para o piso de ladrilhos.

– Faz pouco tempo.

Sou abatida por uma onda de decepção. Antes já achava que era sério, mas agora estou mais preocupada ainda, sabendo que ele se envolveu com o submundo do crime.

– Por quê?

Ele balança a cabeça como se não soubesse a resposta, ainda de costas para mim. Eu gostaria de ver seu rosto, principalmente os olhos, para ver se ele lamenta pelo que está fazendo.

– É fácil... se envolver em tudo isso. A Tiffani está muito furiosa. Provavelmente vai tentar me denunciar, eu sei.

– Não acredito que ela está...

Nem consigo me obrigar a dizer, porque estou lutando para absorver tudo. A única coisa em que consigo pensar é: é ótimo que Ella ainda não saiba, porque tenho certeza de que ela teria um colapso mental.

– Eu também não – murmura ele, e justo quando está abrindo a porta do armário do banheiro, gira e se debruça sobre o vaso. Põe uma das mãos na parede para se firmar e vomita. Deve ser o choque de tudo isso. Eu também me senti assim. – Merda.

– Não sei o que dizer, Tyler.

Sinceramente, não sei. Como posso falar que tudo vai ficar bem quando parece que nada vai ficar bem? Faço carinho nas suas costas numa tentativa de reconfortá-lo, mas isso só faz com que eu me sinta uma idiota. Sua ex-namorada está grávida, e aqui estou, coçando suas costas enquanto ele vomita pensando nisso.

– O quê?

– A gente – repito. – O que vai acontecer com a gente? E com você e a Tiffani?

Tyler tem mais ânsia de vômito, mas não sai nada, por isso ele suspira e se levanta. Virando-se para mim, finalmente me encara. Parece lamentar.

– Não sei. Primeiro preciso pensar nisso tudo.

– Também não sei – digo, mas meu coração despenca do peito no segundo em que as palavras saem da minha boca.

Que diabo vai acontecer agora? Tyler e Tiffani acabam de se amarrar de novo. Onde isso me deixa? Jogada de lado enquanto eles pensam em como enfrentar a situação em que acabaram de entrar?

Tyler passa por mim e vai buscar seu material de higiene no armário, jogando tudo na bolsa e fechando-a com o zíper. Noto que alguns frascos ficaram na prateleira de cima, e sei exatamente o que há neles.

Balanço a cabeça, olhando para os antidepressivos.

– Por favor, leve. Você não vai se sentir tão para baixo o tempo todo.

Tyler olha para lá também e por um momento pensa na decisão. Sei com que ele está em conflito: antidepressivos ou álcool e drogas. Ele olha para mim, vê minha expressão de súplica, então pega os três frascos brancos e os joga na bolsa. Não posso fazer nada além de esperar que ele os use direito. Talvez se sinta melhor.

Ficamos nos encarando um momento antes de ele sair. Tyler ainda está extremamente pálido, como se tivesse passado semanas vomitando e ainda não tivesse se recuperado. Com os olhos opacos refletindo os meus, ele se inclina e me abraça. É a primeira vez que ele me abraça. Claro, a gente já se beijou muito – já até dormiu junto –, mas nenhuma vez ficamos de pé abraçados. Nunca tivemos um momento assim, em que meu rosto está enterrado no peito dele e seu queixo apoiado na minha cabeça, e só posso desejar que seja a primeira vez de muitas, porque gosto de como meu corpo parece se encaixar perfeitamente no dele.

E, apesar de eu estar de ressaca e suada da corrida, ele aperta os lábios frios na minha testa e sussurra:

– Vou dar um jeito nisso.

Ele se afasta, e nesse momento parece aterrorizado. Não tem absolutamente a mínima ideia do que vai fazer e, não importa o quanto tente bancar o forte, está claro que luta contra a possibilidade de desmoronar. Não posso culpá-lo, de verdade.

Ele passa por mim, balançando a cabeça, e vai até a porta do quarto. Só me resta ficar olhando. Estou me sentindo dormente, como se sofresse agulhadas infinitas. Por isso só fico olhando enquanto ele segue pelo corredor sem olhar para trás.

As últimas palavras que digo antes que ele saia são:

– Espero de verdade que você consiga.

29

Dois dias se passam.

Dois dias em que não vi Tyler nem falei com ele, dois dias em que Ella passou cada hora limpando a casa, dois dias em que tudo parece meio deslocado. Às vezes ouço Ella perguntar ao meu pai onde ele acha que Tyler está neste momento. Meu pai sempre diz que não sabe. De vez em quando, ela chega a dizer que expulsá-lo de casa foi a pior coisa que podia fazer, porque agora não dá mais para ficar de olho nele. Acha que agora ele tem mais motivos para usar drogas. Gosto de pensar que ela está errada nesse aspecto. Confio em Tyler a ponto de esperar que ele esteja encarando tudo isso como o alerta de que precisava. Uma chance de pensar na vida. Mas Jamie e Chase não são tão compreensivos assim. Ontem à noite, Jamie discutiu com a mãe. Gritou com ela por ter expulsado Tyler, disse que ela era injusta e rígida demais. Hoje de manhã, Chase disse que não gostava de ver a casa tão chata. Disse que queria que Tyler o levasse para passear no Audi, uma coisa que eles faziam de vez em quando. Chase adora carros. Hoje, porém, seu irmão não está aqui para levá-lo num passeio pelo bairro, fazendo o motor roncar alto.

Pensando nisso, é estranho não ver o carro dele parado todo torto na calçada. Imagino-o estacionado do mesmo jeito diante da casa do Dean, tipo "sou péssimo pra estacionar", e nessa fração de segundo penso em ir até lá e fazer uma visita. Não é só porque Tyler foi expulso de casa que eu não posso vê-lo. Ele só está a cinco minutos daqui. Talvez eu peça a Rachael que me dê uma carona.

Balançando a cabeça ao atravessar o gramado e a rua, vou até o carro vermelho que está me esperando na entrada da casa de Rachael. Ela está ajeitando o cabelo quando me sento no banco do carona.

– Você é oficialmente a pior pessoa do mundo quando o assunto é administração de tempo – diz ela, mas está sorrindo.

Em seguida, ela fecha o espelho do quebra-sol e põe o cinto de segurança.

– Desculpe – digo, apertando o peito, fingindo estar mortificada. – Desculpe, desculpe. Eu não deveria ter me atrasado três minutos. Fique à vontade para me queimar na fogueira, ó santa.

Rachael ri e dá um tapa no meu braço, revirando tanto os olhos que parece ir até a parte de trás da cabeça, como Amelia costuma fazer. Nesse momento, sinto saudade de casa.

– E então – diz ela. – Quais são as fofocas do sábado?

Enquanto ela dirige, eu a observo. A preocupação, que consome cada centímetro do meu ser, está combinada com o meu medo de que Tiffani provavelmente já tenha começado a espalhar nosso segredo como um incêndio florestal. *A Rachael sabe*, penso. *E a Meghan, e o Jake, e o Dean. Todos sabem.*

Ela me espia com o canto do olho, dando um sorriso brincalhão.

– Qual é – diz. – Você tem que me contar! Foi para casa com o Jake?

Talvez ela não saiba, ou talvez saiba e só esteja tentando me pegar, para que possa parar o carro berrando: "MENTIROSA!"

É a primeira vez que vejo Rachael desde sábado. Quando sua ressaca de três dias passou, ela ligou lá para casa e exigiu que fôssemos tomar um café para pôr o assunto em dia, porque não me via fazia "dois anos". Agora estou desejando ter fingido que estava doente.

Depois de um tempo respondo à pergunta dela com um rápido "Não" e viro o rosto para o outro lado. Apoio o cotovelo na janela e finjo achar que o bairro é interessante e lindo, mas depois de morar aqui um tempo ele só parece familiar, normal e entediante.

– E você? – Olho rapidamente para ela.

Ela fica sem jeito com o meu olhar e se inclina para a frente, apertando o volante e mordendo os lábios para não sorrir.

– Fiquei na casa do Trevor.

– Só ficou? – Minhas sobrancelhas arqueiam.

– Bom, isso e alguns outros acontecimentos que não podem ser mencionados. – Um riso escapa dos seus lábios, mas se transforma rapidamente num suspiro. Ela dá de ombros. – Só quero que ele me convide para um encontro de verdade.

Estou me sentindo mal por ela. Rachael não parou de falar em Trevor durante todo o verão, e, apesar de ele talvez ser apenas seu "peguete de festa", segundo Tiffani, é óbvio que ela está querendo alguma coisa a mais.

– Os homens são uns babacas – digo, porque estou começando a acreditar nisso.

Veja Trevor, por exemplo. Claro, ele pode ser um amor quando está bêbado, mas no fundo provavelmente não passa de um cachorro tarado. Exemplo dois: Jake. O cafajeste. Admito que caí na armadilha no início do verão, quando pensei que ele realmente queria me conhecer, mas no fim só estava atrás mesmo era de um novo nome para colocar na lista. Último exemplo: Tyler. Ele é um babaca pelo modo como trata as pessoas e é um babaca por engravidar Tiffani.

Esse fato vem me deixando com cada vez mais raiva nos últimos dois dias. Eu não o considerava uma pessoa tão descuidada, que poderia cometer um erro tão grande. Está começando a cair a ficha da realidade de tudo isso, e dói. Tyler vai ser pai. Ele é novo demais e irresponsável demais, e sei que de jeito nenhum vai conseguir lidar direito com isso.

Rachael fica falando de Trevor por todo o caminho até o Santa Monica Boulevard. Ele é um gato, mas é um safado. Pode muito bem ser carinhoso, mas é um safado. Os pais dele gostam dela, mas ele é um safado. Quando paramos o carro e chegamos ao Refinery, sinto que sei tanto a respeito dele que poderia roubar sua identidade.

– Estou com muita raiva – diz Rachael, bufando e finalmente parando de falar.

Mas ela se anima quando pede seu cappuccino e eu peço o meu *latte*, e então nos acomodamos à mesa de madeira perto da janela virada para o bulevar.

– Ah, esqueci totalmente! – Ela põe a bolsa na mesa e remexe lá dentro, então tira não somente vinte pratas, mas também meu telefone. – Você deve ter deixado lá em casa antes de irmos para o Dean. Achei embaixo da minha cama bem na hora em que ia sair para pegar você.

Olho para a cara dela.

– Está brincando? Achei que eu tinha sido roubada na praia! Cheguei a chorar e tudo!

Ela explode numa gargalhada e põe a nota e o telefone na minha frente, mas quando tento ligá-lo percebo que está sem bateria. Dou um suspiro justo quando o barista coloca os cafés à nossa frente, iluminando meu dia.

– Beleza, passei a manhã inteira esperando para falar com você sobre isso. Vamos à grande notícia! Dá para acreditar que o Tyler e a Tiffani terminaram? – Rachael explode depois de tomar um gole de café, me encarando com os olhos arregalados. – Quer dizer, venho dizendo há séculos que ele é um merda. Foi mal, sei que ele é seu irmão e sei que eu deveria ser amiga dele, mas, sério, o Tyler a tratava muito mal.

As mãos dela se mexem enquanto fala, frenéticas e rápidas, como se fosse uma repórter anunciando uma notícia de última hora. De certa forma, está mesmo.

– Ela falou com você?

Olho para ela, imaginando se Tiffani contou a história toda: a versão que me inclui. Tento ignorar o fato de que Rachael está do lado de Tiffani. Claro, Tyler não tratou Tiffani tão bem assim, mas será que alguém pode culpá-lo? Ela o controlava, e ele não queria ficar com ela.

– Ela foi lá em casa ontem à noite – diz Rachael, e escuto segurando a caneca junto aos lábios, tomando meu café devagar. – Ele terminou com ela. Não é muito doido isso? Acho que ela disse que foi domingo de manhã.

– É, foi. Eu estava lá.

Olho pela janela, observando o fluxo constante de pessoas e carros passando.

Os olhos de Rachael se arregalam de novo, toda a sua mente voltada para o drama dos dois.

– Dá para acreditar que ele traiu a Tiffani de novo?

Imediatamente meu olhar volta para ela e baixo bem devagar a caneca. Envolvo-a com as mãos, apertando com força. Meu coração está palpitando no peito.

– Ela disse quem era a garota?

– Não – responde Rachael, e uma gigantesca onda de alívio atravessa meu corpo. – Você sabe?

– Não – minto. E me viro de novo, esperando que ela não veja a culpa nos meus olhos nem ouça o tremor na minha voz. – Acho que é outra garota de fora da cidade.

– Não consigo acreditar que foi ele quem terminou quando é ela quem deveria ter feito isso. – Rachael faz um biquinho e balança levemente a cabeça. – Ela ficou tão transtornada que contou para a mãe dele sobre a cocaína.

Franzo a testa. Não foi a única coisa que ela contou.

– É, ele foi expulso de casa.

– Eu sei – diz Rachael. – E é por isso que não acredito que ela está deixando ele ficar na casa dela.

– Espera aí, o quê?

Ela olha para mim.

– O quê?

– Ele está na casa da Tiffani? Ele me disse que ia para o Dean.

Essa nova informação me acerta em cheio. Sei que a situação de Tyler é complicada, mas não esperava que ele simplesmente se jogasse com tanta facilidade nos braços dela. Meu coração bate ainda mais depressa.

– Bom, ele definitivamente não está na casa do Dean – comenta Rachael, com uma sobrancelha levantada, e dá de ombros. – Sei lá. Também achei esquisito. Mas você sabe como é a Tiffani. É tão possessiva com ele que não é de se espantar que tenha perdoado. Ela não suporta a ideia de que outra garota fique com ele. Disse que os dois vão voltar com certeza, o que é muito idiota, porque ele não passa de um galinha, então por que ela iria querer ficar com ele? – Rachael estufa as bochechas quando para de falar. – Ela é meio maluca. Não consegue deixar para lá.

– Ela está grávida, Rachael – digo em voz baixa, e isso sai da minha boca tão depressa que começo a entrar em pânico. Eu não tinha o direito de dar a notícia. Talvez Tiffani quisesse contar a Rachael e Meghan.

Rachael fica boquiaberta e juro que ela se inclina para trás e quase cai da cadeira, e o café espirra quando ela bate a caneca na mesa. Imediatamente chega mais para perto de mim, os olhos piscando rápido por causa do choque.

– O quê?

– Ela disse para ele no sábado – sussurro, nauseada de novo com tudo isso. – Logo depois que ele terminou.

Quanto mais penso, mais tudo vai fazendo sentido. Claro que ele está na casa dela. É o que acontece quando os casais têm filhos. Deixam o passado para trás e ficam juntos.

– Ela precisa perdoar e ele precisa voltar para ela – digo.

– Que maluquice! – sussurra Rachael, quase gritando no meu ouvido antes de se afastar.

Ela tenta processar a notícia, observando pela janela, os olhos ainda piscando loucamente. Uma expressão perplexa atravessa seu rosto. Ela volta a me encarar.

– Espera aí. Ela bebeu na casa do Dean, no sábado.

Não respondo. Só penso nas palavras por um instante, tentando me lembrar de tudo que aconteceu na casa do Dean antes de ficar bêbada na garagem. Rachael tem razão. Tiffani estava mais do que ansiosa para participar do jogo da roleta de shot, mas não deveria se estivesse grávida. Ela estava meio altinha quando falei com ela no quintal.

– Peraí – diz Rachael de novo, levantando um dedo, com uma sobrancelha arqueada. – Você disse que ela falou isso logo depois que ele terminou o namoro?

– É. Tipo uns cinco segundos depois.

Rachael solta o ar longamente.

– Você não acha...?

De repente meus pensamentos entram em sincronia com os dela, e a percepção do que Rachael está sugerindo me acerta com tanta força que sinto ter levado um soco na barriga.

Tiffani está mentindo.

– Ah, meu Deus.

– Isso não é incomum – diz Rachael, apertando o lábio com a unha bem pintada. É como se ela tivesse acabado de solucionar um caso de assassinato. – Você diz ao cara que está grávida para ele não ter opção a não ser ficar com você.

– Você acha mesmo que a Tiffani faria isso?

– Quero acreditar que não faria – responde Rachael, baixinho, pegando seu café. – Mas ela não hesitaria diante de nada para ficar com o Tyler. Ele faz muito pela reputação dela. Como eu disse, ela é muito doida.

Ou, nas palavras de Tyler, uma psicopata. Mas não acho que ela tenha um distúrbio mental de verdade, só alguns problemas sérios. Se está disposta a tentar uma coisa assim, algum problema ela tem.

Nem consigo sequer imaginar Tiffani descendo a um nível tão baixo, mas Rachael está certa. Percebi neste verão que o relacionamento de Tyler com Tiffani é muito esquisito. Independentemente do que ele faça, ela não suporta ficar sem ele, porque não aguenta não estar no controle. Claro que ela quer tudo de volta. E como forçar um cara a voltar a ficar com você? Fingindo uma gravidez.

– Eu sei como a gente pode descobrir se ela está mentindo ou não! – diz Rachael, com entusiasmo, e viro as pernas de lado para encará-la direito.

Minha testa se franze de preocupação. Não sei o que se passa na cabeça de Rachael, mas provavelmente é alguma coisa ridícula.

– Você sabe, todo mundo vai lá na sexta-feira – acrescenta ela.

– Não fui convidada – digo, e imediatamente me viro e olho para a loja do outro lado da rua.

Eu nem sabia que Tiffani tinha convidado o pessoal, então é óbvio que não fui incluída. E não posso culpá-la.

– Foi, sim. – Rachael indica o meu telefone, ainda na mesa. – Ela provavelmente mandou uma mensagem para você. De qualquer modo, é noite de filmes na casa dela.

Trinco os dentes para acabar não falando nada sem querer. Rachael não entende. Eu sei que não vou ser convidada. Tiffani me odeia. Mas não posso contar para Rachael, claro, porque ela vai perguntar por quê, e essa é uma pergunta à qual não quero responder. O que eu diria? *A Tiffani me odeia porque dormi com o Tyler, que, só para esclarecer, para o caso de você ter esquecido, é meu irmão postiço. Dois segredos em um! Portanto, Rachael, sou uma amiga de merda e uma pessoa de merda. E aí?*

– Então na sexta-feira – continua ela, ficando de pé – precisamos descobrir se ela está mentindo ou não. E eu sei exatamente como fazer isso.

* * *

Assim que chego em casa e ponho o celular para carregar, encontro 29 ligações perdidas do meu pai na noite de sábado e três da minha mãe nos últimos dias. Também há algumas mensagens de Amelia, dizendo que Landon Silverman não parou de escrever para ela desde o sexo no banco de trás da picape dele há algumas semanas, e que ela fica dispensando-o porque "não faz mais o meu tipo". Há dois meses, Amelia babava por ele nos corredores.

Mas não há nenhuma mensagem de Tiffani.

Não me surpreende.

Também não há nada de Tyler.

Isso me surpreende.

Não fiz nada para ele, então não pode estar com raiva de mim. Sei que a cabeça dele provavelmente está numa confusão só, mas isso não lhe dá o direito de me ignorar, de me deixar de lado enquanto pensa numa saída. Ainda me importo com ele. Ainda quero saber como está. Mas, na medida do possível, não deixo seu silêncio me afetar. Talvez ele só queira um pouco de espaço.

Como meu pai, Ella e os garotos estão visitando amigos do outro lado da cidade, a casa é só minha. Assim, enquanto estou dando uma olhada na cozinha, decido ligar para minha mãe e ver como ela está. Desde que comecei a respirar, há dezesseis anos, ela nunca ficou 24 horas sem me ver. De algum modo ela vem conseguindo sobreviver um verão inteiro.

Fico tamborilando com os dedos na bancada enquanto ouço o toque monótono, mas ninguém atende, por isso ligo para o celular. Ela atende no terceiro toque.

– Ah, olha, minha filha predileta está viva!

Sua voz me enche com uma afeição que não tem como ser substituída, o tipo de carinho que faz a gente sorrir não importa como o dia esteja ruim. Estou começando a gostar mais ainda disso.

– Mãe – digo sorrindo. – Sou sua única filha.

– Por isso a escolha é tão fácil – dispara ela. – Como vão as coisas?

Péssimas, quero dizer. *Pavorosas, medonhas, fora de controle.*

– Bem.

– E como vão as coisas com o babaca que lhe deu a metade dos seus genes?

Reviro os olhos e espio dentro da geladeira. Mamãe nunca economizou xingamentos quando se trata de expressar sua total aversão pelo meu pai.

– Não muito bem – admito.

Meu pai está num silêncio mortal desde domingo, e ainda não sei se é porque está com raiva de mim ou porque está tentando ser legal pela primeira vez e me deixar em paz para fazer minhas coisas sem vigiar cada movimento meu. Provavelmente é a primeira hipótese.

– O que aconteceu? – pergunta minha mãe, e de repente sua voz está cheia de preocupação.

Dou de ombros, ainda que ela não possa me ver, depois encosto o telefone no ouvido usando o ombro de apoio enquanto remexo na geladeira, em meio às embalagens de carne, até achar as maçãs guardadas no fundo. Pego uma.

– Nada. A gente só tem discutido demais.

– Sobre o quê?

Agora ela só parece preocupada, e há um assobio na ligação. Ela deve estar na rua.

– Sobre eu não voltar para casa – confesso.

Minha mãe sempre confiou muito em mim, sempre esteve presente quando precisei, sempre foi minha melhor amiga. Nunca me sinto apreensiva em ser sincera com ela.

– Passei a noite fora duas vezes.

– Fazendo o quê? – Agora ela parece séria. – Eden? Preciso colocar você no controle de natalidade?

Por um segundo fico em silêncio, envergonhada demais para responder. Taí outra coisa sobre a minha mãe: ela é muito, muito direta.

– Pois é – digo. – Vou desligar. Tchau, mãe, por favor não fale comigo nunca mais. Não consigo mais fazer contato visual com você. Foi bom te conhecer, te amo, tchau.

– Eden!

– O quê?

Dá para ouvi-la rindo no telefone. Um riso gentil, suave.

– Desculpe. É só que você tem dezesseis anos e está ficando mais velha, e na sua idade eu...

– Será que podemos mudar de assunto, por favor?

Com as bochechas vermelhas, vou até a pia, lavo a maçã, me sento na bancada e dou uma mordida.

– Hmm – diz minha mãe depois de um longo minuto me ouvindo mastigar. – Você está curtindo o verão, né?

Dou outra mordida e balanço as pernas na beirada da bancada, inclinando a cabeça de lado enquanto penso com cuidado na resposta. Tenho certeza de que, se estivesse passando o verão em Portland, estaria tentando sair com Amelia, mas sem Alyssa e Holly. É bom me afastar da chateação constante sobre meu peso. Além disso, talvez tivesse começado a malhar, até estudasse, e com certeza não teria me apaixonado por alguém que não deveria. O verão em Santa Monica foi uma experiência completamente nova. Acabo respondendo:

– Tem sido diferente.

– Então você fez um monte de amigos aí?

Penso nisso por um momento. Tiffani me tirou de sua lista de amigos, então ela não conta, e Jake tem zero apelo assim que a gente enxerga além de suas falas escolhidas a dedo, então também não o consideraria amigo, está mais para um babaca que tentou dar em cima de mim. Sendo assim, restam Rachael, que preencheu o vácuo de Amelia durante o verão; Meghan, que tem sido sempre carinhosa; e Dean, que sempre esteve presente para me salvar de alguma festa ou animar meu dia. E Tyler, claro. Se bem que acho que estamos ligeiramente fora dos limites no quesito amizade. Atravessamos essa linha há um bom tempo.

Solto o ar.

– O suficiente.

– E você está gostando mesmo da cidade? – pressiona ela, com um sentimento de urgência na voz. Visualizo minha mãe apertando o telefone com força contra o ouvido, como sempre faz quando está ansiosa por fofocas ou gritando com vendedores quando eles ligam de manhã cedo.

– Acho que sim.

– Eden – diz ela devagar, então faz uma pausa. – O que você acha de se mudar para aí?

Afasto o telefone do ouvido e faço uma cara feia para a tela, me perguntando se ouvi errado. Me mudar? Morar aqui?

– Que negócio é esse? – Prendo o telefone de novo entre o ombro e o ouvido e desço da bancada, olhando pela porta do pátio. – Tipo, de vez? Eu?

– Nós – corrige ela.

Agora minha mãe está quieta, mas ainda ouço carros passando.

– Nós?

– Andei pensando. – Sua voz sobe uma oitava enquanto ela entra no modo desabafo. – Por que o seu pai pode simplesmente sair e começar uma vida nova em outro lugar? Por que não posso fazer isso? Por que estou presa aqui em Portland se nem quero morar aqui, para começo de conversa? Eu era feliz em Roseburg, mas nãããão, seu pai queria a vida de cidade grande em Portland.

– Santa Monica é uma cidade grande.

– É, mas tem meio milhão de pessoas a mais em Portland, Eden – informa ela, com uma voz casual, a mesma que usa para falar com os pacientes. – Andei pesquisando.

– Mas por quê? – quase grito, desesperada. Para alguém que odeia tanto o meu pai, não faz sentido ela querer se mudar para mais perto dele. – Se quiser tentar alguma coisa nova, vai morar comigo em Chicago daqui a dois anos. Ou no Canadá. Por que Santa Monica?

Há um momento de silêncio, e eu, impaciente, cravo as unhas na maçã enquanto espero a resposta. Ela respira fundo.

– Bom... – começa ela, um pouquinho hesitante – enquanto você estava fora, andei falando com algumas pessoas. Entrei num site de namoro.

Isso me pega totalmente de surpresa. Mamãe... namorando. É uma coisa que nunca achei que fosse testemunhar, porque durante três anos seguidos ela enfatizou para mim que os homens são a prole do Satã.

– Está brincando com a minha cara?

– Não – responde ela, com um risinho, mas percebo que está ligeiramente nervosa, talvez sem graça também. – Este verão me fez perceber que não quero viver sozinha quando você for para a faculdade e que eu realmente preciso pôr esse corpinho divorciado de novo no mercado. Venho conversando com um cara bem legal há um mês. – Então espera um segundo, suponho que para ver se tenho algo a dizer, mas, como fico em silêncio, ela continua: – O nome dele é Jack. E adivinha onde ele mora? Culver City. A quinze minutos de onde você está.

Sei onde é Culver City: é onde Tyler e eu fomos parar na delegacia.

– Então você quer se mudar para cá porque está falando com um cara há um mês? Ele pode ser totalmente bizarro, mãe.

– Meu Deus, Eden, não. – Ela dá um suspiro. Ouço minha mãe chacoalhando um molho de chaves, e isso me faz pensar no que ela está fazendo e onde está. – Posso me encontrar com ele para tomar um café, e a gente vê no que dá. Quem sabe? A coisa pode correr muito bem, e você já fez amigos aí, e então seria menos assustador começar numa escola nova. É um bom lugar para nós duas recomeçarmos.

Menos assustador? Escola com Tiffani, Jake e Tyler? Não consigo pensar em nada que me cause mais ansiedade.

– Não sei – murmuro, mordendo o lábio. Jogo a maçã quase inteira na lata de lixo e depois passo a mão no cabelo. – É um passo grande demais.

– Acho que pode ser bom para você – acrescenta ela. – Você não teria que lidar com aquelas garotas de novo. Aquelas que têm os pais metidos a besta.

– Alyssa e Holly – digo, mas as palavras escapam como um mero sussurro.

Tento ignorar o estômago borbulhando e as batidas aceleradas no coração, me concentrando no carinho da minha mãe que se irradia pela linha telefônica.

– Um dia desses passei por elas no Walmart – diz ela, num tom áspero. – E você não faz ideia de como senti vontade de jogar o saco de cebola em cima delas!

Começo a rir, e é bom estar rindo do humor dela, da sua capacidade de aliviar até mesmo os piores estados de espírito, e é bom saber que ela está do outro lado da linha.

– Ah, faço.

– Olha – diz ela, mas depois faz uma pausa enquanto uma porta se abre. Reconheço o rangido, as dobradiças barulhentas com falta de óleo da nossa porta da frente oferecendo boas-vindas irritantes toda vez que a abrimos. – É só uma ideia. Vamos falar sobre isso quando você voltar. Combinado?

Estou prestes a dizer "combinado", mas antes que eu ponha as palavras para fora, a porta da frente se fecha com uma pancada forte, ecoando pelo telefone. Em seguida, há o latido mais esganiçado do mundo.

Levanto as sobrancelhas.

– Isso foi um cachorro?

– Droga – diz mamãe. – Era para ser uma surpresa.

30

Na sexta-feira, eu já estava cansada de ficar lamentando pelos cantos, esperando que Tyler voltasse. Só queria vê-lo, nem que fosse por uns segundos quando ele viesse pegar algumas roupas. Mas ele não apareceu durante toda a semana, não respondeu às minhas mensagens e não nos vimos.

Isso me deixou muito mais chateada do que eu achava que ficaria. Sabia que sentiria falta de não ver Tyler todo dia de manhã, mas não achei que ficaria tão frustrada e furiosa com ele. Não fazia sentido ele me cortar completamente da sua vida. Quando perguntei se ele queria me encontrar no Refinery para tomar um café (como irmãos postiços, claro), não recebi nenhuma resposta. Quando perguntei se estava tudo bem com ele, não recebi nenhuma resposta. Quando perguntei se ele ao menos se lembra do que aconteceu no fim de semana, meu telefone nunca ficou tão silencioso. Tiffani provavelmente colocou uma coleira nele.

Tiffani, que me odeia mortalmente.

Tiffani, em cuja casa vou aparecer sem ser convidada.

Tiffani, que deve explodir quando me vir.

– Você vai sair? – pergunta uma voz atrás de mim.

Eu me viro para a janela da sala e encontro os olhos curiosos de Ella. Ela examina minha roupa, que não se qualifica exatamente como algo para ficar à toa em casa.

– Estou de castigo?

Tenho a sensação de que posso estar, mas meu pai não mencionou nada, então rezo para ele ter deixado pra lá o que aconteceu no fim de semana. Mesmo se eu estiver, ele não está aqui para fazer valer.

– Não – responde Ella. – Aonde você vai?

Viro o rosto de novo para a janela, olhando através da persiana o carro de Rachael, na garagem dela. Minha amiga deve sair a qualquer segundo. Está chovendo demais, o céu escuro lançando uma sombra sobre a cidade, e preciso forçar a vista através das gotas na janela para enxergar direito.

– Vai ter uma noite de filmes com meus amigos – respondo, sem me virar de volta para Ella.

Há um silêncio, e eu a ouço atravessando a sala para sair, mas então ela para e respira fundo.

– Você sabe se... – murmura ela, baixinho. – Sabe se o Tyler vai estar lá?

– Vai – respondo imediatamente.

Esse é o motivo para eu ter concordado em ir hoje à noite: Tyler. Se o único modo de vê-lo é aparecendo na casa da sua namorada maluca, estou disposta a passar por essa ansiedade toda. Só quero ver se ele está bem. Virando de volta, encontro o olhar triste de Ella.

– Você está com saudade?

Acho que ela não sabe a resposta, porque precisa pensar por um segundo. Depois que Tyler saiu no domingo, ela passou a noite inteira desabando em lágrimas a cada meia hora, e parte de mim se perguntava se ela estava chorando por algo mais do que as drogas.

– Estou – responde ela, finalmente, depois volta para o meio da sala, sentando-se no sofá. Pega uma almofada e a segura no colo, apertando-a com força. – A casa parece vazia sem ele, e sei que isso é esquisito, porque metade do tempo ele nem ficava aqui, mas há alguma coisa estranha.

Eu a compreendo. Está falando de como a casa está silenciosa, de como a comida vegetariana na geladeira não foi tocada, está falando do fato de haver um lugar vazio à mesa todas as manhãs, e está falando de como o filho não chega mais cambaleando em casa no meio da noite, mais perdido ainda do que na noite anterior.

– É – digo. – Entendo.

– Só estou preocupada com ele – admite ela.

Gosto de ver como ela está sendo sincera comigo, assim como tem sido durante todo o verão. Ella não é má como madrasta, apesar da minha primeira impressão quando ela me fez desfilar pelo quintal no churrasco, me apresentando a todos os vizinhos. Na ocasião pareceu chata e tagarela demais. Só agora me ocorre que talvez aquilo fosse algo falso, apenas uma fachada corajosa, assim como a que o filho construiu para fazer parecer que está bem... Mas eles não estão bem.

Sinto que passei todo o verão cega. Agora tudo é tão óbvio! E eu só queria ter percebido tudo isso no começo. Deveria ter decifrado Tyler muito tempo atrás; deveria ter tentando entender melhor a agressividade dele em relação ao pai. É a mesma sensação sobre Ella. Eu estava tão determinada a desgostar dela que nunca entendi nada a seu respeito. Mas agora estou começando a apreciá-la por sua vulnerabilidade. Agora eu a entendo.

Lágrimas ameaçam cair, por isso me viro para a janela e pisco para não chorar antes que Ella perceba, mas acho que é tarde demais. Rachael ainda não saiu de casa, por isso olho para os pés e engulo o nó na garganta.

– Tyler me contou sobre o pai dele – digo baixinho.

Ouço Ella respirar fundo e quase tenho medo de me virar, para o caso de ela estar furiosa por eu ter puxado o assunto, mas estou sozinha em casa com ela e me parece a hora certa de falar sobre isso. Meu pai levou Jamie para examinar o pulso, e Chase foi junto, pelo passeio. E Tyler... Bom, ele continua longe.

– Ele contou?

Estico o pescoço para observá-la, vendo seus olhos arregalados, as sobrancelhas franzidas e os lábios separados, então vou até o sofá e me sento ao lado dela. Ela me encara com surpresa.

– No fim de semana – digo, mas falo devagar para garantir que nada escape, como o fato de que acabei dormindo com Tyler. – Ele me contou tudo.

– Contou mesmo? – Ela só está piscando para mim, e quando confirmo com a cabeça ela abraça a almofada e olha para o outro lado. – Não acredito que ele contou. Ele não gosta de tocar nesse assunto. Estou... – Ela deixa o resto no ar e balança a cabeça, ainda meio chocada. – Só quero que ele fique bem. Só isso. – Sua voz parece delicada e fraca, o olhar alternando entre mim e a parede. – Ele não precisa tirar nota máxima, arrumar o quarto ou lavar a louça, só precisa ficar bem, e nem isso acontece.

Ouvi-la falar assim faz meus olhos marejarem de novo, de modo que nem consigo me obrigar a responder. Se eu abrir a boca, minha voz vai falhar, e se minha voz falhar, as lágrimas vão escapar. Por isso fico sentada, prendendo a respiração e mordendo com força o lábio inferior, porque realmente não quero que ela me veja chorando.

– Tenho participado de discussões com algumas pessoas... – diz ela, devagar, o que felizmente me poupa de ter que falar alguma coisa. – Eles fazem eventos em toda a Costa Leste. Eventos de conscientização de... – Ela respira fundo e recomeça. – Eles trabalham a conscientização de diferentes tipos de abuso. – Ela vira a cabeça para o outro lado, aperta os lábios e se recompõe antes de me olhar de novo. – Os organizadores querem que Tyler seja palestrante.

– Palestrante?

Ela confirma com a cabeça.

– Querem que ele fale sobre violência física. Há outros adolescentes que falam de abuso doméstico, emocional... Querem que ele conte a história dele, de novo e de novo, durante um ano. Acho que ele não consegue lidar com isso, porque odeia falar sobre esse assunto. É por isso que estou surpresa por ele ter contado a você.

Demoro um tempinho para processar a informação enquanto a chuva bate nas janelas. Na semana passada foi difícil demais para Tyler me dizer a verdade, e nem consigo imaginar como seria complicado para ele contar a história para estranhos. Mas ao mesmo tempo ele conheceria outras pessoas que passaram pelas mesmas coisas, e isso talvez ajudasse.

– Poderia ser bom para ele... Você sabe, falar sobre isso.

– É uma oportunidade ótima – acrescenta Ella, mas olhando para o tapete, quase como se pesasse os prós e os contras. – Só que primeiro ele precisaria tomar um rumo na vida.

Esse é um lado positivo. Poderia ser o empurrãozinho de que ele precisa para entrar no caminho de abandonar as distrações, deixar de ser dependente de álcool ou drogas.

– E ele teria que morar em Nova York durante um ano, a partir do verão que vem.

Esse é um lado negativo. Totalmente negativo.

Tento encará-la, mas ela ainda está olhando para o chão.

– Era disso que meu pai estava falando na semana passada? Quando mencionou Nova York?

Ela confirma de novo.

– Ainda não contei para o Tyler. Não é o momento mais adequado.

Ela olha para mim de lado com um pequeno sorriso nos lábios, mas que não se reflete em seus olhos. Essa é uma coisa que sempre achei estranha, as pessoas sorrirem quando estão tristes. Não existe isso de sorriso triste. Apenas sorriso corajoso.

– Você é realmente uma boa mãe – digo, porque são as únicas palavras na minha cabeça ao vê-la pensar na situação com Tyler, e de repente elas parecem sair de mim por conta própria.

Ela só quer o melhor para ele, e às vezes isso não basta. Mas está tentando.

Ella fica ligeiramente boquiaberta, surpreendida com o que eu digo. Parece a ponto de dizer alguma coisa, mas é interrompida pela buzina de um carro tocando três vezes.

– Deve ser a Rachael – digo, me levantando.

Aliso os vincos nos jeans e lhe dou um sorriso, porque de algum modo, nos últimos dez minutos, sinto que me aproximei dela. Pela primeira vez eu a vejo realmente como minha madrasta.

– A gente se vê quando eu voltar.

Os cantos dos seus lábios formam um pequeno sorriso também, e desta vez não é um sorriso corajoso. É sincero.

Lá fora, Rachael saiu de marcha a ré da entrada de veículos e está acelerando furiosamente na frente da minha casa. Ela baixa a janela enquanto eu me aproximo e grita:

– Você deveria estar a postos! Estamos perdendo um tempo valioso!

Abro a porta e entro, mal conseguindo colocar o cinto de segurança antes que o carro parta pela avenida. O banco está molhado de chuva.

– Eu estava conversando com a Ella – digo, mas não quero lhe dar a oportunidade para perguntar o que nós discutimos, por isso acrescento depressa: – Qual é o plano?

– Deixa de ser curiosa – ordena Rachael, levantando a mão do volante e balançando um dedo para mim. Começo a rir. Curiosa é o que sempre fui. – Você não precisa fazer nada, ou vai estragar tudo, então deixa que eu falo.

Reviro os olhos e ajusto o banco, empurrando-o para trás, para ter mais espaço, depois relaxo o corpo e solto um suspiro.

– De onde veio essa chuva? Parece que estou em Portland – murmuro, batendo com os nós dos dedos na janela enquanto tento me distrair, porque o nervosismo está me consumindo. Mas não posso deixar que Rachael saiba disso, porque ela vai se perguntar por que estou nervosa, e de jeito nenhum vou poder dizer que sinto um pânico desesperado porque Tiffani vai pirar quando eu aparecer na porta da casa dela.

Assim, durante o trajeto de cinco minutos, ajo do modo mais normal possível. Mando uma mensagem para Amelia, remexo nos CDs enfiados no porta-luvas, ajusto o aquecimento e, claro, ouço Rachael. Ela está falando de novo de Trevor, fazendo estardalhaço pelo fato de que ele começou a colocar corações no fim das mensagens, e ruboriza ao dizer como ele ficou carinhoso de repente.

Perto da casa de Tiffani, o nervosismo já passou quase por completo, por causa da minha necessidade desesperada de escapar do romance entre Rachael e Trevor. Prefiro me jogar nos braços de Tiffani do que ouvir como os ombros do Trevor são bonitos.

No segundo em que paramos, volto ao estado mental de antes. O carro de Tyler está parado na entrada, ao lado do de Tiffani, e de repente morro de medo outra vez. Preciso enfrentar os dois de uma vez e tenho certeza de que Tiffani vai arrancar os meus cabelos, e não faço ideia do que Tyler vai me dizer. Isto é, se ele decidir falar.

Relaxo só um pouquinho quando vejo os carros de Dean e Jake. Quanto mais pessoas, melhor. Se eu conseguir passar pela porta, pelo menos eles vão estar lá para tornar a situação menos assustadora. Até Jake parece uma companhia divertida agora.

– Lembre-se, deixe que eu falo – diz Rachael, pegando a bolsa no banco de trás.

Para ser bem franca, não quero dizer nada, por isso ela não tem mesmo com que se preocupar.

Trancamos o carro e corremos pelo gramado até a porta da entrada, que Rachael abre imediatamente. Ela nunca bate, e essa é uma coisa com a qual ainda não me acostumei. Não só me sinto indesejada, mas também bastante mal-educada. Mesmo assim, acompanho Rachael pela casa e sou dominada por um cheiro de pipoca quentinha.

Logo à esquerda da área aberta, Jake e Dean estão esparramados nos sofás em forma de L que rodeiam a sala. Meghan não vem hoje à noite, porque está de castigo depois do fim de semana passado, mas Dean se endireita ao nos ver, cumprimentando-nos com um movimento de cabeça e um sorriso. Tirando isso, os dois parecem entediados e deslocados. Jake está brincando com o controle remoto da TV, zapeando e suspirando a cada troca de canal. Em geral, nas sextas-feiras a gente vai a festas. Em geral, não temos encontros para ver filme à noite.

Ouço um riso em algum lugar à minha direita e meus olhos se viram imediatamente para lá. A primeira coisa que percebo é Tiffani. Está pegando uma tigela de pipoca no micro-ondas e largando-a de qualquer jeito na bancada ao queimar as mãos, rindo o tempo todo e parecendo totalmente normal. Normal, e não de coração partido. Mas dá para entender, porque Tyler está ao lado dela, suspirando diante de sua tentativa ridícula de fazer alguma coisa para comer. Ele até tenta rir, mas seus lábios só se repuxam em mais um sorriso falso. Como sempre, o sorriso não se reflete nos olhos.

Fico me perguntando no que ele está pensando e no que planeja fazer. Neste momento precisa morar na casa de Tiffani, acreditando numa coisa que pode não ser verdade, uma coisa que Rachael está decidida a provar que é falsa. No que está pensando? Os dois vão voltar a ficar juntos? Seria horrível se isso acontecesse. Tyler mal conseguiu se livrar do domínio dela, e eu odiaria vê-lo enrolado nessa confusão de novo.

Os dois estão tão distraídos na cozinha que nem notaram a nossa chegada, por isso entrelaço e estalo os dedos de tanta ansiedade e vou para a sala. Tento forçar um sorriso, mas minha expressão carrancuda só fica mais profunda.

Dean deve ter notado. Ele se endireita, a camiseta azul contrastando com o castanho dos olhos, e então sussurra:

– Isso é esquisito demais. – Faz um movimento com a cabeça em direção aos dois na cozinha, atrás de mim: Tiffani passando a mão pelo cabelo de Tyler, os cílios tremelicando. – Eles terminaram, mas...

Nem me fale, penso. Todos estamos confusos. Eles terminaram? Agora são só amigos? Já voltaram a ficar juntos? Que diabo eles são, além de incompatíveis?

Rachael ainda está parada perto da porta de entrada, olhando para os dois, incrédula. Estica o pescoço olhando para Dean e para mim, apontando um polegar para Tiffani enquanto diz sem som: "O que tá acontecendo?" A esta altura, descubro que Rachael é muito anti-Tyler-e-Tiffani.

Dean e eu damos de ombros, mas realmente quero arrancar o reboco da parede, destruir a TV ou tacar fogo nos sofás. Quero fazer alguma coisa para liberar a raiva que borbulha dentro de mim, e nem consigo deduzir de quem estou com raiva. Parte de mim está com raiva de mim mesma por estar nesta situação, presa entre meu irmão postiço e a ex-namorada, ou namorada, dele. Não sei mais.

– Rachael! – grita Tiffani do outro lado da sala, e Rachael e eu viramos para olhar. Ela está abraçando a tigela de pipoca e rindo. Mas essa alegria não dura muito. Seu olhar vem ao encontro do meu e, no segundo em que me vê, seu sorriso hesita. – Eden?

– Você demorou para notar que a gente existe, hein?! – reclama Rachael, de brincadeira, enquanto passa pelo tapete, na direção da escada.

Tiffani ainda está me encarando, furiosa.

– Foi mal – diz para Rachael, mas seu olhar não se afasta de mim.

Posso senti-lo abrindo buracos na minha pele e tento olhar para o chão, mas não consigo, porque estou encarando a pessoa parada a cinco centímetros dela.

E ele me encara também.

A boca de Tyler está ligeiramente aberta e ele morde a parte interior da bochecha, com a cabeça inclinada para o lado. Parece mais pálido do que o normal, e seus olhos estão fundos, o que o faz parecer quase sem vida, como se não dormisse há dias e estivesse a ponto de desmaiar.

Rachael dá um pigarro ao lado da escada.

– Tiff, será que a gente pode falar com você um segundo?

– Claro – responde ela, com amargura na voz, e, balançando o cabelo, bate a tigela de pipoca na bancada.

Sinto o olhar de Dean atrás de mim enquanto ela vai até Rachael, ouço Jake assistindo a uma partida de futebol na TV e vejo Tyler indo para a sala, usando uma calça de moletom e uma camiseta desbotada. Isso faz com que ele pareça em casa, o que me deixa desconfortável. Tiffani dispara escada acima, deixando Rachael para trás, sinalizando para eu ir com as duas. E eu vou, porque, mesmo morrendo de medo de Tiffani, preciso saber se ela está mentindo ou não. Mas no caminho para alcançá-las, Tyler segura meu cotovelo.

Ele me puxa para trás, aproxima os lábios dos meus ouvidos e sibila:

– O que você está fazendo aqui?

– Eu poderia perguntar a mesma coisa para você – murmuro.

Empurrando sua mão para longe, olho com cara feia para ele, e a minha expressão se transforma rapidamente, ganhando um ar de decepção. Algo muda em seus olhos, do mesmo modo como ficavam se alterando constantemente na semana passada, mas antes que eu possa processar essa mudança, ele já virou as costas e está indo para perto de Dean e Jake.

Espero um momento. Penso em puxá-lo de volta e dizer que Ella está com saudade, que há uma oportunidade perfeita em Nova York à sua espera e que ele não precisa ficar aqui perdendo tempo com Tiffani. Mas Rachael grita meu nome no segundo andar, por isso não tenho opção a não ser acompanhar o som da sua voz, deixando Tyler de lado.

E no fundo da minha mente há apenas o seguinte: *Nunca poderemos ficar juntos.*

Lá em cima, Tiffani está parada ao lado da porta de seu quarto, com os braços cruzados. De início parece bloquear nossa passagem, mas então percebo que ela está esperando a gente se apressar, e Rachael entra logo.

Percebo de imediato que o quarto está diferente da última vez que vim aqui. Há roupas espalhadas no carpete, e percebo que são de Tyler.

Rachael também nota e, claro, tem algo a dizer a respeito:

– Sua mãe está mesmo deixando ele ficar aqui?

Ela chuta uma calça jeans para o lado.

– Está – responde Tiffani, ríspida.

É óbvio que está extremamente irritada, já que eu me encontro aqui no seu quarto, sem mencionar que acabamos de separá-la de Tyler.

– O que foi?

Ela olha para nós duas, esperando uma resposta, enquanto encaro Rachael, e Rachael a encara. Não estou planejando fazer nem falar nada, senão vou estragar tudo, como Rachael já disse. Por isso espero que ela execute seu plano brilhante, ficando ainda mais ansiosa pela verdade.

– Nem vou ser sutil, vou perguntar logo na cara – diz Rachael, e a atmosfera no quarto fica mais densa conforme esperamos a pergunta que eu sei que ela vai fazer. Com a bolsa apoiada no braço, ela bate com o pé de modo impaciente no carpete e encara Tiffani. – Você está grávida?

Olho para Rachael. É só isso? É esse o seu plano inteligente? Mas serve bem para dar um susto em Tiffani e pegá-la de surpresa. Ela está tão perplexa com a pergunta repentina que só encara Rachael com os olhos azuis enormes e a boca levemente entreaberta. E então dispara um olhar na minha direção.

Com os olhos frios como gelo, ela trinca os dentes e é dominada pela fúria. Sabe que eu contei a Rachael. Sou a única pessoa que poderia ter feito isso. Ela leva um instante para responder enquanto a chuva bate na janela. Um tom feio de cinza colore o céu inteiro.

– Es-estou – ela consegue gaguejar.

Levanto as sobrancelhas e troco um olhar com Rachael, que assente e depois olha para Tiffani de novo.

– Beleza – diz Rachael, enfiando a mão na bolsa e começando a remexer lá dentro. – Então você não vai ter nenhum problema em fazer dois desses, não é?

Assim que as palavras saem da sua boca, Rachael pega dois testes de gravidez comprados na farmácia, com a expressão tensa enquanto os balança na frente dela.

E só são necessários esses dois objetos para matar Tiffani de medo. Ela os fita com os olhos arregalados, piscando furiosamente, ao passo que os cantos dos seus lábios se retorcem como se ela estivesse lutando para as palavras subirem pela garganta. Dá para vê-la cravando as unhas nas palmas das mãos.

– Sem problema – guincha ela, finalmente, mas sua voz está tão trêmula que fica óbvio que tem problema, sim.

– Vamos ficar aqui sentadas e esperar – informa Rachael, com um sorriso tenso e entregando as duas caixinhas nas mãos trêmulas de Tiffani.

Tiffani observa os testes, assente com nervosismo para Rachael e depois força o corpo na direção do banheiro. Seus passos são lentos e relutantes, sua respiração é rápida e entrecortada. Quando chega até a porta, ela apoia a mão na madeira e para. Vira rapidamente e há lágrimas escorrendo pelas suas bochechas, o rosto está vermelho.

– Ótimo! Não estou! – grita ela e irrompe em lágrimas.

Rachael dá um riso de triunfo olhando para mim, mas não estou com clima para rir também. Estou entorpecida. Tiffani mentiu mesmo. Me sinto mal por ela precisar fazer uma coisa tão patética, e me preocupa ainda mais que ela estivesse planejando enganar Tyler. Por quanto tempo? O que ela iria fazer? Fingir um aborto e esperar que os dois vivessem felizes para sempre?

– Qual é o seu problema, Tiffani? – diz Rachael, com rispidez, e estou pensando exatamente a mesma coisa.

É preciso ser uma pessoa horrível e desesperada para fazer uma coisa dessa.

Tiffani está chorando, a chuva bate forte na janela, abafando o som dos seus soluços. De repente tudo parece barulhento demais, e a única coisa em que consigo pensar é em Tyler.

Ele está lá embaixo, sem saber de absolutamente nada, e ainda acredita que pode ter cometido um erro gigantesco. Nada disso é justo com ele. Tyler provavelmente está estressado com a situação, imaginando como vai dar a notícia para Ella e pensando no que vai acontecer com Tiffani. Mas agora não tem motivo para ficar com ela, porque não há mais nenhuma amarra entre os dois.

– Vou contar para o Tyler – digo bruscamente.

Meu coração está batendo de maneira frenética e sei que preciso contar a ele o quanto antes, e não confio em Tiffani o suficiente para deixar que ela conserte o próprio erro, por isso abro a porta do quarto.

– Não! – grita Tiffani, mas saio pelo corredor antes que ela consiga me impedir, furiosa demais para me preocupar com o que ela vai fazer.

Ela ainda sabe o nosso segredo, mas neste momento estou tão decidida a fazer com que Tyler saiba a verdade que nem me importo se ela vai contar ou não.

Quando desço correndo a escada, Tyler está deitado no sofá, olhando para a TV ao lado de Jake e Dean, assistindo a algum jogo de futebol que eu nem sei qual é.

– Tyler – digo alto, para atrair a atenção dele. – Preciso falar com você. Agora. Para a cozinha.

Ponho as palavras para fora o mais depressa que posso e, apesar de elas saírem de maneira brusca, Tyler percebe a tensão na minha voz e sabe imediatamente que alguma coisa está acontecendo.

Ele se levanta e Dean arqueia as sobrancelhas com curiosidade, mas vou o mais longe possível na cozinha para que nem ele nem Jake nos ouçam. Tyler vem andando pelo carpete, o olhar perplexo. Então para diante de mim e eu espio por cima do ombro dele, para ter certeza de que Dean parou de olhar. Parou, sim.

– A Tiffani não está grávida – sussurro, a voz baixa, mas frenética. – Está fingindo, para você voltar a ficar com ela.

Ele dá um passo para trás, boquiaberto e piscando para mim.

– O quê?

– Ela acabou de admitir para a gente!

Por um longo minuto ele apenas fita a parede, respirando devagar, enquanto a expressão de seus olhos muda. Espero. Espero para ver com que expressão ele vai terminar. Continuo esperando. Ele trinca o maxilar, os punhos se fechando, as feições enrijecendo, e logo está lívido. Parece que mal consegue se segurar e não dar um soco na parede, por isso ponho a mão em seu braço num esforço para acalmá-lo, mas então tiro a mão na mesma hora quando ouço passos na escada.

Tiffani vem correndo, com lágrimas descendo pelo rosto, os olhos vasculhando a sala. Jake e Dean a encaram boquiabertos, porque a visão de Tiffani chorando basta para que não prestem mais atenção no jogo. Ela gira e vai na direção da cozinha, e é então que o olhar de Tyler encontra o dela.

E, pela expressão dele, Tiffani deve perceber que Tyler está furioso, porque ela chora mais ainda enquanto atravessa rapidamente a sala até a gente, com os olhos inchados.

– Meu bem, por favor, me desculpe – começa, mas as palavras parecem engasgadas e ininteligíveis. – Me desculpe, me desculpe!

Tiffani tenta tocá-lo, mas ele vira o corpo para longe da mão estendida e berra:

– Você é uma psicopata!

O grito é tão alto que todo mundo fica em silêncio.

Rachael está imóvel na base da escada, o olhar fixo na cena, e Dean e Jake desligaram a TV e se ajeitaram no sofá para assistir.

– Eu odeio você! – grita Tiffani, mas quando me viro, ela não está olhando para Tyler.

Está olhando para mim. Seus olhos estão ferozes e tenho certeza do que se passa na cabeça dela. Por isso penso: *Agora vai. Ela vai contar nosso segredo para todo mundo, porque agora tem todos os motivos.*

Fecho os olhos com força e espero, espero que sua voz grite a verdade e que o restante deles fique de queixo caído, mas ninguém está dizendo nada. Quando abro só um pouquinho o olho para espiar, os lábios dela estão comprimidos numa linha firme e ela só continua me encarando. E então, por um momento brevíssimo, juro que ela quase sorri.

E neste momento percebo que ela não vai contar. Pelo menos por enquanto. É óbvio que está planejando guardar nosso segredo por mais algum tempo.

E isso me deixa completamente aterrorizada.

Ela irrompe em lágrimas de novo e enterra o rosto nas mãos, dando as costas para nós dois, virando em direção à escada e empurrando Rachael para sair do caminho.

Tyler ainda está furioso e bate com a palma da mão na bancada antes de apertar o osso do nariz com o polegar e o indicador. Solta o ar lentamente, com os olhos fechados.

– Estou indo – murmura quando os abre de novo. – Não vou ficar aqui. Ela é maluca.

Ouço uma porta bater em algum lugar lá em cima e nós cinco trocamos olhares, sem saber direito o que fazer. Tyler, por outro lado, sabe perfeitamente bem o que vai fazer. Está indo para a cozinha pegar as chaves do carro na bancada, os músculos se retesando, e sem mais uma palavra vai como um raio até a porta e abre. A chuva entra em casa, deixando gotas no carpete, logo antes de Tyler desaparecer, batendo-a com força.

Silêncio. Tyler acabou de sair e Tiffani está lá em cima tendo um colapso mental, e estamos todos ali, na casa dela, tentando processar o que acabou de acontecer.

– Então acho que eles não estão mais juntos, né? – diz Jake, com uma leve risada.

Do outro lado da sala, Rachael me encara com os olhos arregalados e as sobrancelhas levantadas. Acho que ela não esperava que a coisa fosse terminar assim; acho que ela não esperava que eu me intrometesse. Parece que está tentando concluir se deveria ou não subir e ver como Tiffani está, porque fica mudando o peso do corpo de um pé para o outro, subindo e descendo a escada enquanto pensa em tudo.

Em algum lugar no meio da chuva forte, ouço Tyler ligando o carro, o motor rugindo na entrada de veículos. Minha conversa com Ella inunda minha mente, e tento me lembrar de tudo que ela disse, de tudo sobre Nova York. Talvez eu não saiba aonde Tyler planeja ir agora, mas sei para onde ele deveria ir. Para casa.

Aperto bem o casaco no corpo e me preparo para correr, pondo o capuz na cabeça e indo até a porta, rezando para alcançá-lo antes que ele vá embora. Sem uma palavra, saio da casa e a chuva bate no meu rosto, congelando o meu nariz. Ouço Rachael gritar atrás de mim, perguntando aonde eu vou, mas estou concentrada demais no carro de Tyler para prestar atenção nela.

Segurando o capuz, corro pelo caminho de pedras e paro perto do lado do motorista, e as janelas são tão escuras e a chuva é tão forte que mal consigo vê-lo. Bato com os nós dos dedos no vidro, semicerrando os olhos enquanto a chuva escorre pelo meu rosto. Parece uma manhã de outubro em Portland, só que mais pesada.

Tyler baixa a janela dois centímetros e grita:

– Entra!

Corro pela frente do carro e entro depressa no banco do carona, dando um suspiro quando bato a porta. Só fiquei uns vinte segundos fora da casa, mas estou completamente encharcada. Baixo o capuz e sopro as mechas molhadas para longe do rosto, depois me viro para Tyler.

Com o cabelo todo molhado e desgrenhado, ele aperta os lábios e engrena o carro.

– Pronta para ir?

– Não, Tyler.

Balanço a cabeça. A chuva está mais barulhenta aqui, batendo na lataria do veículo, e o som começa a martelar meus ouvidos.

– Vou voltar lá para dentro.

Ele faz uma careta, dando a entender que perdi a cabeça.

– Por que diabos você saiu, então?

– Porque – digo, passando as costas da mão no rosto, mas a fala é só um sussurro. – Primeiro preciso falar com você, então escute. Uma coisa de cada vez: por favor, nunca mais volte para a Tiffani.

Ele bufa, apertando mais o volante.

– Dane-se a Tiffani. Ela é inacreditável.

Espio pelo para-brisa, vendo a água escorrer pelo vidro, e por um momento isso me parece relaxante. Volto a encará-lo, mas seu olhar está fixo no volante.

– Tyler – digo baixinho, me esforçando ao máximo para atrair seu olhar, que ele ergue bem aos poucos. Suas bochechas estão meio vermelhas, contrastando com a palidez dos lábios. – Por favor, vá para casa e fale com a sua mãe. Ela está sozinha no momento, vai deixar você entrar, confie em mim. Ela precisa dizer uma coisa para você, e é muito, muito importante.

Ele trinca o maxilar e vira a cabeça para o outro lado, olhando o gramado da casa pela janela, mas o vidro está embaçado por causa da chuva.

– Não sou bem-vindo lá – diz, com a voz rígida.

– Estou falando sério.

Viro o corpo para ele, para ver seus olhos. Estão vibrantes, mas ao mesmo tempo calmos, e quase dá para ver as engrenagens girando na sua mente enquanto ele pensa no que estou dizendo.

– Escute o que ela tem a dizer, Tyler, só isso. Vá para casa e pergunte a ela sobre Nova York.

As sobrancelhas de Tyler se juntam enquanto ele me espia de lado.

– Nova York?

Solto o ar e digo, baixinho:

– Fale com sua mãe, Tyler.

– Está bem.

Ele solta um suspiro e passa a mão pelo cabelo molhado, e neste momento quero beijá-lo de novo.

Quero subir no colo dele como fiz semanas atrás no píer, quero que nossos lábios se encontrem com força, como na primeira vez no seu quarto, antes do aniversário de Meghan, e quero sentir seu toque como senti no sábado.

Quero tudo isso, mas não tenho forças para tentar.

Há algo no fundo da minha mente dizendo que não adianta. Só porque Tyler e Tiffani não vão voltar a ficar juntos, isso não significa que Tyler e eu vamos entrar automaticamente em um relacionamento. Não podemos. Não é possível ficarmos juntos, e isso me dói mais do que qualquer coisa. Dói mais do que meu pai ter ido embora de casa. Dói mais do que os comentários cruéis de Alyssa e Holly.

É doloroso.

É uma agonia enorme.

É só nisso que pensei nos últimos dias. Pensei que vou para casa no mês que vem. Pensei que nossos pais nos matariam se descobrissem o que andamos fazendo. Pensei que isso é errado, e é impossível me convencer do contrário.

Quero estar com Tyler. Quero mesmo, mais do que qualquer coisa. Quero estar com ele mais do que quero ir para a Universidade de Chicago. Eu faria qualquer coisa para isso acontecer. Mas nunca vai acontecer, então não adianta desperdiçar nosso tempo.

Tyler percebe o meu olhar.

– O que foi?

– Eu seria capaz de matar para poder beijar você todo dia – admito baixinho.

Faço de tudo para não desmoronar. Sei que pôr um ponto final no nosso caso é a melhor coisa para nós dois. Seria difícil demais continuar. Complicado demais. Errado demais.

– Você pode – diz ele, quase sussurrando ao se virar para mim, os olhos me examinando com delicadeza, como se ele fosse partir meu corpo ao meio se os fechasse. – Todos os dias. Eu não me incomodaria nem um pouco.

– Eu também não – murmuro. Sinto a garganta seca enquanto junto coragem para passar por isso, simplesmente colocar tudo para fora na esperança de que me machuque menos. – Mas esse é o problema, Tyler. *A gente* não se incomodaria. E todas as outras pessoas?

Ele demora um tempo para processar minhas palavras e a expressão de pesar nos meus olhos, para entender o que estou tentando dizer. E, quando entende, percebo um lampejo de dor no seu rosto. Ele precisa desviar o olhar enquanto engole em seco e, quando me encara de volta, suas sobrancelhas estão franzidas, os olhos apertados.

– Nós podemos convencer todo mundo – diz, mas sua voz está fraca e ele precisa fazer uma pausa para encontrar um tom mais profundo. – Podemos dar um jeito. Eles vão entender. Talvez não de primeira, mas vão. Sério. Vamos conseguir. Vamos... Vamos fazer dar certo.

Ele mexe as mãos ao falar, ao balbuciar uma lista interminável de palavras para me tranquilizar, mas nenhuma ajuda.

– Tyler – digo, e ele para de respirar pesado por um instante para me ouvir.

E é então que as lágrimas abrem minhas comportas, porque sei exatamente o que vou dizer. Tenho medo de que me ouvir falando só faça a situação parecer mais verdadeira ainda.

– Não podemos ficar juntos.

E agora parece verdadeiro. É a verdade.

Tyler trinca os dentes para que os lábios não tremam. Balança a cabeça devagar, soltando o ar pelo nariz e fechando os olhos. Fica parado um momento, sem fazer nada, apenas se segurando da melhor maneira possível. Enquanto isso, as lágrimas escorrem pelo meu rosto e preciso secar as bochechas. Chorar sempre faz as coisas parecerem piores do que são.

Mas acho que a nossa situação, neste momento, não tem como piorar. Então tenho o direito de chorar. Tenho o direito de olhar os lábios trêmulos de Tyler, com a visão turva pelas lágrimas, e tenho o direito de me sentir morrendo por dentro. Tenho o direito, porque sim. Todo o meu corpo está dormente. Meu peito se apertando. Meu coração se contraindo.

Finalmente Tyler abre os olhos de novo. O esmeralda desbotou, as pupilas estão dilatadas de dor e ele está puxando o ar profundamente e exalando devagar. Leva a mão aos cabelos e puxa as pontas.

– Você não disse isso.

Sua voz não passa de um sussurro fraco.

Essa reação me faz chorar ainda mais. As lágrimas brotam de maneira incessante nos meus olhos e caem tão depressa que nem consigo tentar controlá-las.

– Não podemos.

Falar está começando a doer.

– Não faz isso. Juro por Deus. Por favor, Eden – implora ele, de repente, a voz rápida e rouca. Ela se embarga no fim, e ele vira a cabeça bruscamente para a janela, respirando contra o vidro, que fica embaçado. – Nós já chegamos até aqui. Você não pode desistir agora.

– Nós temos que fazer isso.

Agora nem me incomodo mais se estou toda inchada e molhada. Cada palavra escapa da minha boca como um soluço entrecortado e não consigo me controlar. Quero ser forte para fazer o que é certo, mas não sou.

De repente ele vira, com uma urgência nas ações e nas palavras.

– Me diz o que você quer que eu faça, e eu faço. Vou fazer isso dar certo.

Uma das mãos segura o volante; a outra toca meu joelho.

Olho para seus dedos em contato com os meus jeans. Apenas fito para sua mão, forçando a bile a descer de volta pela garganta. Não volto a levantar os olhos.

– Não deixe as coisas mais difíceis.

– Preciso ficar com você – sussurra ele.

Seus dedos se movem do meu joelho para a minha mão, e ele a segura e aperta o polegar com força, de modo que não consigo me soltar. Ele entrelaça os nossos dedos. Não tenho opção a não ser levantar a cabeça de novo, ver seus olhos se enchendo de lágrimas. Nunca o vi tão... tão arrasado.

– Você não entende? Você não é minha distração. Este sou eu, Eden. Este aqui. Agora. Você está me deixando louco, mas não me importo, porque sou eu. E o que amo em você é que posso ser louco à vontade do seu lado, porque confio em você. Você foi a única pessoa que se importou em me decifrar. Quero ser louco contigo.

– Vou continuar me importando com você – consigo dizer, ainda que agora haja tantas lágrimas escorrendo pelo meu rosto que mal posso enxergar –, mas como sua irmã postiça.

– Eden – implora ele de novo, apertando minha mão com ainda mais força, como se tivesse pavor de me soltar. – E o fim de semana passado? Nós... Tudo aquilo foi por nada? O verão inteiro não foi nada, porra?

– Não é que não foi nada – digo, mas estou olhando para nossas mãos, o modo como elas se encaixam perfeitamente. Meu estômago fica embrulhado. – Nós aprendemos muito um com o outro.

– Isso não é justo! – grita ele ao mesmo tempo que bate com a outra mão no volante, apertando-o com tanta força que os dedos ficam brancos. – Contei tudo sobre mim. Contei a verdade. Terminei com a Tiffani, e agora ela provavelmente já está planejando como vai arruinar minha vida ainda mais, mas não me importo, porque achei que valeria a pena. Achei que valeria a pena porque estava pensando em você. Estava colocando você em primeiro lugar. Sabe qual era a única coisa que passava pela minha cabeça quando saí dessa casa, agora? *Finalmente vou poder ficar com a Eden.*

Ele permanece em silêncio, levando um instante para esfregar os olhos enquanto solta o ar. Com o peito subindo e descendo rapidamente, ele me larga e põe as duas mãos de volta no volante, o olhar fixo na chuva que escorre pelo para-brisa.

– E aí você vem e diz que não quer.

– Você acha que eu quero fazer isso? Claro que não quero, mas estou fazendo porque é o melhor para nós dois.

Tento forçar um contato visual entre nós de novo, mas isso não acontece. Ele fica olhando para a entrada de veículos de Tiffani, para a chuva, porque neste momento o tempo lá fora é mais feroz do que a tempestade que acontece aqui dentro.

– Não quero ver você piorar se isso der errado. O que você vai fazer se seus pais descobrirem e odiarem a gente para sempre? Não é a hora certa. Não podemos enfrentar isso. Você precisa consertar sua vida, ir para Nova York, e não precisa disso ainda por cima para atrapalhar.

– Que diabos tem em Nova York? – grita ele, em desespero, os olhos ferozes se virando de volta para os meus. – Por que você não pode me contar?

– Porque sua mãe quer contar – respondo, mas estou parecendo uma catástrofe soluçante.

Fungo algumas vezes tentando recuperar o fôlego, diminuindo o ritmo da respiração e procurando me recompor. Não dá certo.

– Precisamos ignorar o que existe entre nós, seja lá o que for. Precisamos parar agora, antes que fique profundo demais.

Ele balança a cabeça, os olhos fechados com força. A chuva ainda bate de forma inclemente nas janelas, barulhenta e implacável.

– Se é isso que você realmente quer... – murmura por fim, mas sei que ele está odiando isso tanto quanto eu. – Se você quer mesmo que a gente ignore tudo... Então acho que preciso ignorar.

Solto um enorme suspiro. Quero que isso não passe de um pesadelo. Quero acordar em Portland e que minha mãe diga que nunca pus os pés em Santa Monica e que não tenho um irmão postiço chamado Tyler. Não quero que nada disso seja real. Dói demais ser real.

Quando abre os olhos e se vira para mim, Tyler apenas me encara. Não suporto ver os olhos dele cheios de emoção e dor, mas não consigo evitar. O som da sua respiração está mais alto do que a chuva e se acelera quando ele se inclina para mim, e sei exatamente o que ele está pensando. Quero beijá-lo também. E acabo beijando, porque é a última vez.

Fico de joelhos e subo em cima dele, esticando as mãos e segurando delicadamente seu pescoço. É tudo muito repentino, mas não consigo parar. Isso me lembra de quando ele me levou ao píer, quando nos beijamos no carro, exatamente nesta posição. E, como tantas semanas atrás, nossos lábios se encontram intensamente outra vez.

Mas agora é lento demais, agonizante demais. Tyler põe as mãos na minha cintura e me aperta contra o peito dele, e seus lábios capturam os meus por um longo tempo, por segundos sem fim. De novo e de novo ele me beija. Quase o sinto suspirar. É doloroso beijá-lo, saber que nunca mais vou fazer isso, mas de certa forma também me acalma. É como um encerramento.

O som da chuva está perfurando nossos ouvidos, e nossos corpos estão molhados, meu cabelo todo bagunçado. Tyler praticamente sofreu um colapso mental e já chorei o suficiente para encher a piscina do quintal. Tudo é uma confusão só.

Isso resume completamente a nossa situação.

E, por esse motivo, é perfeito.

Ele geme quando se separa de mim. Quando seus lábios finalmente se soltam dos meus, meu estômago se revira e eu me recuso a soltá-lo. Em vez disso, fico segurando Tyler, seu rosto perto do meu, e solto o ar contra sua bochecha. Meus olhos ainda estão fechados. Não sei se os dele também estão.

– Irmãos postiços – sussurro, mas com firmeza. – Nada mais.

– Nada mais – confirma ele, mas então sua cabeça pende e ele se afasta, por isso finalmente preciso soltá-lo.

Ele vira o rosto para a janela do lado do motorista e põe as mãos outra vez no volante. Acho que finalmente desistiu.

Puxo o capuz de volta para cobrir a cabeça, enfio as mechas de cabelo atrás das orelhas e viro o corpo para a porta. Seguro a maçaneta, parando um momento para ver se ele vai falar alguma coisa. Mas ele não fala nada, por isso saio do carro.

E assim, de uma hora para outra, estou me afastando dele. De nós.

Fecho depressa a porta para não deixar que a chuva entre, depois corro pelo gramado. Olho por cima do ombro e a chuva bate de novo no meu rosto, mas não me impede de ver o carro de Tyler sair rapidamente da entrada de veículos e partir para o oeste. Espero que ele esteja indo para casa. Fico parada no gramado, sob a chuva torrencial, esperando até que o carro desapareça.

O que mais gosto na chuva é que as pessoas não sabem se a gente está chorando ou não. E neste momento as lágrimas escorrem sem parar pelo meu rosto, encharcando o capuz. O vento me dá chicotadas, eu me viro e corro para a porta da casa. Felizmente, quando chego, Dean está ali para abrir. Paro no segundo em que entro, deixando a água escorrer pelo rosto, com o coque do cabelo tombando para o lado.

– Está maluca? – pergunta ele, mas rindo. – Espera aí, vou pegar uma toalha.

Ele corre até outro cômodo, provavelmente o banheiro, enquanto fico pingando perto da sala. Noto que Jake e Rachael sumiram. A casa ainda cheira a pipoca e dá para escutar o volume baixo do locutor de futebol comentando o jogo, então Dean volta com uma enorme toalha branca. Ele a desdobra e joga em cima do meu ombro, e eu imediatamente a puxo em volta do corpo e enxugo o rosto. Sinto como se estivesse me afogando.

Dean ainda está com um sorriso brincalhão, mas o sorriso some conforme ele vai examinando a minha expressão. Logo está franzindo a testa.

– Você está bem?

– Vou ficar – digo, mas é mentira. Tudo dói e tudo parece destruído. Não sei se vou ficar bem, mas não posso deixar que Dean saiba, por isso fungo e indico as escadas com a cabeça. – Eles estão com a Tiffani?

– Jake e Rachael? Estão. – Ele morde os lábios enquanto ri. – Posso parecer um péssimo amigo ficando aqui embaixo em vez de oferecer apoio moral, mas na verdade eu já estava de saída.

– Aonde você vai?

– O La Breve Vita vai tocar de novo no centro – diz ele baixinho, e gosto de como ele murmura, com vergonha de ser totalmente obcecado pela banda. Isso me ajuda a me distrair. – Eu ia pegar o fim do show depois do filme, mas resolvi ir para lá agora. Ei, você pode ir! Se quiser, claro. Quer dizer, você provavelmente tem coisas melhores para fazer com seu tempo e está parecendo meio chateada, mas tenho quase certeza de que a banda ajudaria a animar você.

– Eu vou – digo gentilmente, e não posso deixar de sorrir enquanto solto o cabelo e tento enxugá-lo.

De repente a obsessão de Tyler por distrações está começando a fazer sentido. Neste momento estou tentando me distrair com Dean, porque, quanto menos a cabeça pensar nas coisas que estão despedaçando a gente, melhor a gente pode se sentir.

– Eu gosto muito da banda.

– Sério? – Ele inclina a cabeça e me examina, vendo como estou encharcada.

– É só água – digo, dando de ombros, depois largo a toalha no chão e prendo o cabelo num rabo de cavalo. Não estou ligando a mínima para minha aparência. Meus olhos e minhas bochechas queimam. Ardem. – Vou secando no caminho.

Dean parece a ponto de protestar, mas depois ri e pega as chaves.

– Você precisa sair de novo, agora.

Por isso roubo a toalha. Seguro-a sobre a cabeça como um guarda-chuva improvisado, corro para o carro com Dean logo atrás e nós dois mergulhamos dentro do veículo o mais depressa possível. O aquecimento é ligado no máximo e o terceiro CD do La Breve Vita começa a tocar. Dean faz algumas piadas sobre a toalha que nem são engraçadas, mas eu rio mesmo assim.

– Eu estava certo sobre tempestade, viu? – Ele se inclina sobre o volante e olha para o céu através do para-brisa por um momento. Sopra um pouco de ar e se recosta no banco de novo. – É sempre maluca demais.

– Quanto tempo ela dura?

Meu olhar está fixo nos limpadores, que se esforçam para enfrentar a quantidade de chuva que turva o para-brisa, apesar de já estarem na velocidade máxima. Está chovendo forte assim desde manhã.

– O dia todo – responde Dean, mas seu tom está meio estranho enquanto ele aperta o volante e se concentra na rua. – Realmente é difícil dizer.

O show é no mesmo lugar de antes, com os mesmos copos amassados no chão e o mesmo cheiro no ar. Dean me leva pela escuridão até a parte de trás outra vez e ficamos perto da parede. Ali ninguém empurra a gente para fora do caminho. Encolho os ombros no agasalho, desistindo de ficar seca. Tinha começado a secar no carro quando, claro, precisei sair de novo na chuva. Mas Dean também está encharcado, assim como todo mundo, então ninguém dá a mínima.

– Eles estão trabalhando no CD novo – diz Dean, em meio ao barulho. A banda está no palco, mas eles fizeram uma pausa para beber um pouco de água e afinar os instrumentos. – Vai ser lançado em janeiro. Estou muito animado. Vai ser incrível!

Sorrio diante de sua empolgação e do seu entusiasmo, porque é maravilhoso vê-lo tão animado. Seus olhos brilham, mas então ele parece achar que está pagando mico, porque desvia o olhar e coça a nuca.

Chegamos bem a tempo do início da próxima música, e o vocalista vai até o microfone. Pigarreia e depois examina a pequena plateia com os olhos semicerrados.

– É incrível ver tanta gente aqui apesar desse tempinho de merda – diz, com um sorriso caloroso –, e é mais incrível ainda que vocês estejam aqui para ver a gente. Vamos tocar uma das minhas músicas prediletas do nosso segundo CD. – A plateia aplaude, já prevendo qual canção vai ser, e dá para ver Dean mordendo o lábio, o olhar grudado no palco. – Escrevemos essa música há alguns anos, e é bem maneira a história como ela foi feita. – Ele seca o suor da testa com as costas da mão e começa a andar de um lado para outro no palco, a cabeça inclinada e os olhos virados para o chão. – Eu tinha um amigo... Vamos chamar de Bobby. Bom, eu tinha um amigo, o Bobby, e ele era um cara incrível. Fomos juntos para a faculdade e a gente morava no mesmo alojamento, e Bobby ia se formar em direito. E sabe de uma coisa? Bobby odiava direito. Bobby queria fazer teatro musical, mas ficou no direito, sabem por quê? Porque a sociedade é uma bosta. – Ele balança a cabeça e faz uma rápida pausa. – Bobby passou pelo inferno para terminar o curso. Desperdiçou quatro anos fazendo uma coisa que não queria, porque durante todo o ensino médio as pessoas pegavam pesado com ele, por causa dos interesses que ele tinha. Sabe como Bobby se sente agora? Com raiva, porque está preso com um diploma fajuto de direito. Portanto, dane-se o que todo mundo pensa de você ou de suas decisões. Se você é gay, então é isso aí, vai com tudo! Se você quer abrir uma loja de material de pintura, abre a droga da loja. Para de se conter para não ser você mesmo. – Ele pigarreia de novo e volta para a posição no centro do palco, se virando para olhar todos nós de novo. – Então, se vocês ainda não adivinharam, aqui vai "Holding Back". Curtam. *Tanto amore*. Muito amor.

Não sei o que há com essa banda, mas de repente passei a gostar ainda mais deles. Já adorava a música e já entendia a mensagem que ela tentava passar, mas ouvir o vocalista ser tão direto e objetivo só me faz apreciar ainda mais as letras. Eu me identifico completamente com elas. Ainda mais com essa música, porque me faz pensar se fiz a coisa certa, se eu não devia voltar correndo para casa e dizer para Tyler que cometi um erro gigantesco, que realmente quero que a gente fique junto. Mas, no fundo do coração, sei que precisamos nos segurar. Não temos outra opção. Lágrimas brotam de novo enquanto ouço a música. É uma coisa agridoce.

Sinto uma pontada forte no coração, mas mordo o lábio e continuo a olhar para o palco. O guitarrista começa a tocar, depois o baixista se junta a ele, em seguida o baterista e finalmente o vocalista, e logo a música está ressoando em volta de nós, ensurdecedora, porém mais empolgante ainda. Sinto o ritmo vibrar no meu corpo enquanto arrepios brotam nos meus braços e os pelos se eriçam.

E é então que sinto a mão de Dean segurar a minha.

Ele me pega de surpresa, mas sua pele está quente e ele aperta minha mão com força antes de fazer círculos suaves na minha pele com o polegar. Não solto. Em parte porque é uma coisa tão súbita e aleatória que nem sei direito o que pensar, e também porque a sensação é quase... reconfortante. Dean sempre fez com que eu me sentisse confortável. E nesse momento, mais do que tudo, preciso de todo o consolo que conseguir.

Quando o espio de lado, seu olhar está fixo no palco e ele balança a cabeça no ritmo do bumbo da bateria. O mais importante, porém, é que ele está sorrindo.

EPÍLOGO

Dez meses depois

Se no ano passado alguém me dissesse que eu terminaria o penúltimo ano do ensino médio em Santa Monica e não em Portland, eu jamais teria acreditado. Teria rido da cara da pessoa. Mas aqui estou, empilhando os livros de biologia marinha no armário e procurando as chaves do carro. Quando as encontro e dou um passo para trás, Rachael vem até mim, da outra ponta do corredor.

– Outro dia terminado! – grita, com um sorriso enorme. Ela levanta a mão e balança dois dedos na frente do meu rosto. Ontem eram três; anteontem, quatro. – Dois dias para a formatura!

– É, para você – murmuro, fingindo irritação, mas então reviro os olhos e começo a rir.

Rachael vem contando os dias desde o Natal e já treinou bem o modo de jogar o chapéu de formatura para o alto, por isso estou lhe dando alguma folga, apesar de odiar a ideia de que ela vai se formar.

– Quando você estiver na faculdade, lembre-se de dedicar um pensamento à sua melhor amiga que continua presa aqui.

– Você é o nosso bebezinho – diz ela, fazendo voz de criança e esticando um braço para dar um tapinha na minha cabeça, mas eu desvio e dou um passo de lado, lançando um olhar mortífero para ela.

Examino rapidamente o corredor para ter certeza de que ninguém reparou, mas Rachael apenas ri e faz um biquinho inocente.

– Você precisa garantir que nosso legado continue – acrescenta. – Quero que escreva meu nome em todas as cabines do banheiro para se certificar de que eu me torne uma lenda neste prédio. Daqui a cinco anos quero que as pessoas saibam que andei por estes corredores.

– Infelizmente ninguém se importa.

Ela dá um tapa no meu braço no instante em que tranco meu armário, mas então seu riso some e os lábios ficam retos, num meio sorriso esquisito. Conheço essa expressão como a palma da minha mão, por isso dou um suspiro e faço a pergunta de sempre. Já sei a resposta.

– A Tiffani está vindo, né?

Rachael assente depressa, e quando me viro vejo a mesma coisa de quase todo dia: Tiffani e Jake de mãos dadas perambulando pelo corredor. Isso não me abala. Sinceramente, eles são um casal legal. O resto da escola parece concordar, as garotas dizem a todo instante a Tiffani como sentem inveja, e geralmente ela responde com um sorriso deslumbrante. Os dois estão namorando há um tempo. Tyler foi riscado da lista de "necessidades" dela muito tempo atrás.

– E aí, pessoal – diz ela baixinho quando passa, e Jake assente, com um movimento mínimo de cabeça.

Mas eles não param; nunca param, porque Tiffani e eu ainda não nos falamos. Podemos ter uma relação civilizada, assim como Tyler e Jake (se bem que agora a tensão ficou pior), mas não somos amigas. Rachael e Meghan tentam se encontrar com uma de nós de cada vez. Felizmente Tiffani vai estudar na UCSB, então vai fazer as malas e ir para Santa Barbara no outono. Jake vai para a Ohio State, a meio país de distância, o que me levou a imaginar quanto tempo os dois vão conseguir lidar com a separação. Aposto um mês.

Eles flutuam para fora do corredor e desaparecem pela saída, e Rachael se vira para mim, soltando o ar que estava prendendo.

– O lado bom é que você não vai ver a cara dela todo dia.

Esse é o aspecto difícil de ter um grupo de amigos em que todos estão um ano à sua frente. Quando Rachael, Meghan, Tiffani, Jake, Dean e Tyler se formarem, na quinta-feira, vou ser deixada para trás. Ainda tenho o último ano antes de viver a experiência da faculdade. Por enquanto preciso ficar com os amigos da minha série, os que fiz aos poucos ao longo do ano, que podem não ser meus melhores amigos, mas mesmo assim são um grupo fantástico.

Balanço as chaves do carro no indicador, indo em direção à saída. Rachael vem rapidamente atrás, por isso olho para ela com o canto do olho. Graças a Deus ela vai para a UCLA. Ela e Dean são os únicos que não vão se mudar.

– Vai ver o Trevor hoje à noite?

– Acho que sim.

Seu rosto se ilumina pela simples menção ao nome dele. Os dois podem ter um relacionamento sério, mas Rachael ainda o vê como um *crush*, como se ainda estivesse lutando pela atenção dele. Sempre fica vermelha perto de Trevor, sorrindo constantemente.

– Acho que ouvi a Meghan dizer que o Jared está vindo para a cidade fazer uma visita.

– Cadê ela? – pergunto, saindo para o enorme estacionamento dos estudantes.

O sol escaldante nos atinge em cheio no caminho até os carros. O estacionamento está esvaziando. Ninguém fica muito tempo depois que as aulas terminam.

– Não vi a Meg por aí – concluo.

– Ela teve que matar as aulas depois do almoço – informa Rachael assim que chegamos aos carros, parados lado a lado, claro.

Rachael abre a porta do seu e joga a bolsa lá dentro, mas demora um tempo do lado de fora, me olhando por cima do teto dos nossos automóveis.

– Vejo você amanhã cedo?

Confirmo, e ela me joga um beijo. Eu, toda cheia de graça, finjo que pego o beijo no ar.

– Curta a noite com o Trevor! – grito logo antes de entrar no carro e ligar o motor.

O volante queima minha mão, por isso acabo dirigindo com as pontas dos dedos ao sair do estacionamento para o bulevar.

Por sorte, a casa da minha mãe fica na região de North of Montana, como a do meu pai, e é cômodo os dois morarem perto, pois não preciso ficar viajando de uma ponta à outra da cidade. Na ida para casa, pego a Deidre Avenue, passando pela casa do meu pai para ver quem está lá, e vejo pelo retrovisor o carro de Rachael virar para entrar na garagem da casa dela. A gente costumava brincar sobre ir de carro juntas porque nossas rotas são exatamente iguais, só que a minha tem dois minutos a mais no fim, mas nunca fizemos isso. Agora é tarde demais para começar.

Baixo a janela para deixar um pouco de ar entrar no carro enquanto coloco os óculos escuros, balançando a cabeça no ritmo do mais novo single do La Breve Vita, uma música animada com um refrão maravilhoso que está na minha cabeça há dias. Eu me recuso a parar de ouvir.

Quando chego à casa da minha mãe, não me surpreende que não haja carros parados na frente. Ela e Jack estão trabalhando, como acontece na maioria dos dias de semana quando chego em casa. Viro na entrada de veículos, desligo o carro e saio para o sol de rachar. Está realmente quente. Seco uma gota de suor, pego as chaves e entro em casa. Sempre achei a casa da minha mãe muito mais acolhedora do que a do meu pai. Desde que ela a encontrou, no ano passado, eu me apaixonei. Gosto porque é pequena e só tem dois quartos. É legal, pois tem uma varanda bonitinha e uma lareira. É sempre muito aconchegante, o lugar perfeito para nós duas. E agora Jack também. Ele se mudou para cá há um mês, e está começando a parecer normal ele estar aqui o tempo todo.

Sou recebida por Gucci no instante em que passo pela soleira da porta. Ela vem correndo na minha direção, as patas deslizando no piso de madeira, a língua para fora. Faz círculos em volta das minhas pernas, farejando minhas roupas enquanto me abaixo para fazer carinho nas suas orelhas, como ela gosta. É uma pastora-alemã linda. Por acaso mamãe falou sério no verão passado quando sugeriu arranjar um cachorro, e chegar em casa em Portland e encontrar um filhotinho correndo pela casa foi definitivamente a melhor coisa que aconteceu. Mamãe escolheu o nome. Disse uma vez que gosta de acreditar que o nome ajudaria Gucci a se adaptar a Los Angeles. Demorei um tempo para entender.

Mais ou menos quando mamãe estava pensando em se mudar para cá, apareceu um emprego no Saint John's Health Center, um hospital bem no centro da cidade. E, se isso já não foi sorte, sem dúvida foi quando ela conseguiu o emprego. O salário é melhor e os turnos, mais adequados, e a minha mãe não parece mais tão cansada o tempo todo. Está sorrindo toda hora, e sei que é por causa de uma combinação de várias coisas: Jack, o novo emprego e Gucci. Mudar-se para cá fez muito bem a ela, de verdade.

– Espero que você esteja no clima para comer espaguete com almôndegas, porque é só isso que me sinto capaz de fazer hoje à noite – diz ela, bufando ao entrar na sala.

Está sem o jaleco, mas seu cabelo continua preso num coque bem-feito, o sorriso chegando aos olhos quando Gucci a recebe com pulos de alegria.

– Hoje ela está hiperativa – comento, balançando a cabeça e olhando para o animal maluco que tenta afogar minha mãe em beijos cheios de baba. – Você passeou com ela antes do trabalho?

– Não, estava atrasada – admite, ficando de pé, espanando os pelos de cachorro da calça. Ela dobra as mangas e indica a coleira pendurada perto da porta da frente. – Você não pode levá-la agora? Só enquanto faço o jantar.

O tempo lá fora está perfeito, estou entediada e seria bom visitar algumas pessoas. Deixando mamãe para preparar o jantar, ponho a coleira em Gucci e vou dar um passeio pelo bairro. Gucci puxa a guia, já que é muito mais forte do que eu, e sinto que ela me arrasta, como sempre. Uma vez tentei levá-la para correr comigo, mas acabei sem fôlego e ofegando depois de dez minutos, completamente incapaz de acompanhá-la, por isso precisei parar na hora e voltar para casa antes de cair morta.

Levamos só dez minutos para chegar à minha primeira parada: a casa de Dean. Em vez de entrar direto, como faço normalmente, tento ser criativa, então pego o telefone e digito o número dele. Olho para a janela do seu quarto enquanto ouço o toque monótono. Ele atende:

– Eden.

Sorrio ao ouvir sua voz.

– Vem aqui fora. A Gucci quer ver você.

Quando Gucci me ouve dizendo o nome dela, suas orelhas empinam e ela me espia com enormes olhos brilhantes.

Dean ri pelo telefone e, apesar de eu ter ouvido exatamente o mesmo riso ontem à noite, quando fomos ao cinema, parece que não o escuto há dias. Acho que nunca vou enjoar.

– Estou indo – diz ele, desligando.

Enfio o telefone no bolso e dou um tapinha na cabeça de Gucci.

– Bom trabalho, menina.

Ela se senta ao meu lado no gramado de Dean, o rabo balançando enquanto esperamos que ele saia. O suor faz cócegas na minha testa.

A porta da frente se abre, Dean sai e dá um tapa na coxa, gritando a plenos pulmões:

– Gucci!

Dean sabe que odeio quando ele faz isso, porque Gucci sempre dispara na direção dele, quase arrancando meu braço antes que eu tenha a chance de soltar a coleira. Quando se liberta de mim, ela corre pelo gramado e pula em cima dele, fazendo-o recuar um ou dois passos.

– Você está namorando comigo ou com a cachorra? – grito, e ele me dá um sorrisinho torto, deixando Gucci de lado. Pega a coleira e vem até mim.

– Definitivamente com você.

Com a mão livre, ele me pega pela cintura e me puxa, então nos beijamos. Dean sempre teve um beijo suave, profundo, e sempre sorri quando para de me beijar, exatamente o que está fazendo agora. Sinto seus lábios, tão perto dos meus, se transformando em um sorriso.

– Você beija melhor do que a cachorra, com certeza.

Dou uma risada enquanto ele recua um passo e me entrega a coleira.

– Eu ficaria preocupada se você dissesse o contrário.

Atrás dele, Hugh, o pai de Dean, bota a cabeça para fora da porta e acena para mim. Está usando um macacão azul-escuro coberto de graxa, o que significa que saiu do trabalho há pouco tempo. Hugh é dono de uma oficina mecânica e o filho está prestes a começar a trabalhar para ele logo depois da formatura. Dean está tratando isso como um ano de intervalo antes de fazer as malas e ir para a faculdade, e fico feliz porque ele ainda vai estar em Santa Monica enquanto termino o último ano do ensino médio.

– Ainda vou passar lá mais tarde? – pergunta ele.

– Claro.

É nas noites de terça-feira que minha mãe e Jack saem de casa para nos dar algum espaço. Minha mãe até começou a chamar de "Dia do Dean".

– Fantástico. – Ele enfia a mão no bolso dos jeans, pega a carteira e folheia as notas. – Aqui – diz, me entregando exatamente a mesma nota de cinco dólares que estamos passando de um para o outro há um ano. Encontramos qualquer desculpa para usá-la. – Cinco pratas por me deixar ver a cachorra.

Reviro os olhos e enfio a nota toda surrada no bolso, apertando a coleira de Gucci e olhando pela avenida.

– Vou dar um pulo na casa do meu pai. A gente se vê à noite.

Eu me despeço com um beijo rápido no canto dos seus lábios. Gucci fica olhando Dean desaparecer para dentro de casa, por isso luto para puxá-la. Então ela recua e logo estamos indo rumo à próxima parada.

São só cinco minutos se eu andar depressa, o que não é problema, considerando que Gucci me puxa, acelerando o passo. Quando nos aproximamos, noto que os três carros estão lá: o Lexus, o Range Rover e o Audi. Isso quer dizer que todo mundo está em casa, até Tyler. Sinto um frio na barriga.

No caminho até a porta da frente, ouço vozes e risos vindo do quintal dos fundos, por isso altero o rumo e vou para o portão. Chase está na piscina, meu pai tenta acender a churrasqueira e Jamie chuta uma bola de futebol.

Gucci late ao ver a bola e tenta correr pelo quintal, mas seguro sua coleira e a contenho.

– Eden!

Meu pai levanta a cabeça, deixando de lado a churrasqueira, e assente, parecendo genuinamente feliz por me ver. Na verdade, nunca nos sentamos e conversamos sobre o que aconteceu no verão, e ainda estou com raiva dele, mas ultimamente ele vem se esforçando muito mais para se dar bem comigo. Talvez nosso relacionamento nunca volte a ser como era. Ou talvez seja apenas uma questão de tempo. Mas pelo menos agora estamos tentando.

– Está com fome? Estamos fazendo um banquete.

Isso me lembra do verão passado, do meu primeiro dia aqui em Santa Monica, quando conheci Tyler. Parece ter sido há uma década.

– Mamãe já está fazendo o jantar – digo rapidamente ao meu pai, porque ainda estou concentrada em segurar Gucci. Lanço um olhar suplicante a Jamie. – Esconde essa bola um segundo, por favor.

Ele revira os olhos, chutando a bola para cima e a pegando de volta. E então se vira e a joga delicadamente pela porta do pátio. Agora que Gucci não pode mais estourá-la, solto a coleira e a deixo ir. Ela parte pelo quintal feito uma lunática.

– Tyler está em casa? – pergunto.

A pergunta se dá principalmente porque não tive a chance de falar com ele na escola hoje, e ainda não passei um único dia sem falar com ele, mas também porque parte de mim se pergunta o que ele está fazendo agora, sobre o que está pensando, e se ainda adora algodão-doce tanto quanto brinquedos de parque de diversão.

Meu pai não tira o olho da churrasqueira, mas aponta para a casa com o polegar.

– Lá em cima.

Deixo Gucci no quintal sob supervisão de Jamie e entro na casa, que também é minha segunda casa. No último ano passei cada vez mais tempo aqui, e agora Jamie e Chase realmente parecem meus irmãos mais novos. Ella nunca tomará o lugar da minha mãe, mas sei que posso contar com ela. Já o meu pai... bom, o meu pai é o meu pai. Alterno a cada semana entre a casa da minha mãe e esta, de modo que tenho chance de morar com as duas metades da minha família, porque, francamente, amo as duas.

– Eden! Veio para o churrasco?

Ella está parada perto da ilha da cozinha, medindo a quantidade de suco das jarras, mas faz uma pausa e sorri para mim. Está usando seu terninho, o paletó colocado com todo o cuidado no encosto de uma cadeira, e acho que não faz muito tempo que ela chegou. Já faz seis meses que voltou a trabalhar.

– Hoje, não – respondo. – Estava passeando com a Gucci e resolvi dar uma passada. O Tyler está lá em cima, né?

– É, está fazendo as malas.

Ela suspira, mas está sorrindo.

Apesar da dor no peito que me dá ao pensar na mudança dele, atravesso a cozinha até o hall, subo a escada de dois em dois degraus. Está silencioso aqui em cima e o sol ofuscante ilumina cada cômodo. A porta de Tyler está escancarada, com um facho de luz do sol atravessando o quarto. Abro-a completamente.

Há duas malas abertas na cama dele, com roupas até a metade, e o resto do quarto está vazio. Todas as outras coisas já foram mandadas para o outro lado do país e estão esperando no apartamento dele, bem no centro de Manhattan. Tyler sai do banheiro e me dá um sorrisinho.

– Oi – digo.

– Oi.

Há um silêncio, o mesmo de sempre, todos os dias, quando conversamos. Não é um silêncio incômodo. Acabou se tornando familiar. É como se precisássemos de um momento para nos recompormos caso a gente faça ou diga algo que não deveria. Um momento para colocar as caras impassíveis, montar as fachadas de coragem e nos convencer de que ainda não estamos apaixonados um pelo outro.

Ignorando o suor nas palmas das mãos e o meu coração acelerado, observo as malas rapidamente antes de olhar nos olhos dele.

– Dá para acreditar que você vai mesmo se mudar para Nova York?

Foi preciso muito trabalho para convencer Tyler, mas aí está. Na segunda-feira ele parte de avião para Nova York e vai ficar lá um ano inteiro, viajando pela Costa Leste, contando sua história e talvez ajudando outras pessoas. Mas ele precisou trabalhar duro pela oportunidade. Vai se formar na quinta-feira com uma nota muito boa. Não usa drogas há oito meses. A última vez que levantou a voz para qualquer um de nós foi no ano passado. É como se um peso tivesse sido tirado dos seus ombros agora que todo mundo sabe a verdade, que todo mundo o entende. Inevitavelmente a verdade precisou ser posta para fora em algum momento, quando ele deu a entender que se mudaria para o outro lado do país. Agora Rachael é um pouco mais legal com ele.

– É meio louco – responde Tyler, dando de ombros, e vem na minha direção segurando mais algumas roupas, que ele enfia na mala. – O carro vai ser mandado amanhã, e aí não vai faltar mais nada.

– Vai ser estranho demais não ver você durante um ano inteiro.

Sinto um orgulho tremendo, por tudo que ele fez e tudo que vai fazer, mas ao mesmo tempo dói saber que ele não vai estar aqui. Independentemente de quanto eu tente me convencer do contrário, ele é muito, muito mais do que meu irmão postiço. Como vou suportar não ver todo dia a pessoa que amo? Em algum lugar dentro de mim, sei que isso pode ajudar. Talvez nos separarmos por esse longo período seja bom. Pode nos dar algum tempo para virar essa página.

– Essa é a pior parte – murmura ele. Em seguida, fecha uma das malas, depois se vira para mim de novo. Seus olhos estão lindos como sempre, mas tento não pensar nisso. – Você pensou mais um pouco no próximo verão?

Na semana passada, Tyler me convidou para passar o verão que vem em Nova York. As palestras terminam em junho, mas ele só vem para casa em agosto, de modo que vai passar as férias de verão na cidade e quer que eu faça o mesmo. Mas é uma ideia perigosa.

– Só nós dois – lembra ele, os olhos ardendo em brasa enquanto tenta conter um sorriso.

Ele dá um passo para se aproximar mais de mim e isso faz minha pulsação acelerar e o coração latejar, como sempre acontece quando ele chega perto demais. Todo o ar nos meus pulmões sai num instante. Ele estende o braço e fecha a porta do quarto com um estalo fraco.

Durante o ano, conseguimos ignorar muito bem a atração entre nós, e fizemos um trabalho melhor ainda garantindo que ninguém descobrisse que já houve alguma atração. Além disso, agora tenho Dean. Deveria estar concentrada nele. Mas às vezes, só algumas vezes, Tyler e eu nos esquecemos de fingir. Tipo agora.

Ele dá mais um passo na minha direção e me abraça, me apertando com força enquanto inalo o cheiro da colônia. Bentley, a favorita dele. Já sinto sua falta e ele ainda nem foi embora, e quando pouso o queixo em seu ombro, ele baixa as mãos até a minha cintura. E, assim, estamos nos abraçando, e não deveria haver nada de errado nisso, porque ainda tenho o direito de abraçar meu irmão postiço, mas há alguma coisa errada. Há tensão sexual, mas não deveria haver.

Sua respiração bate quente no meu pescoço quando ele solta o ar, com o rosto roçando no meu. Ele aperta minha cintura com mais força enquanto move os lábios devagar pelo meu maxilar, dando um beijo intenso no canto dos meus lábios.

Sinto que ele sorri em contato com os meus lábios, e então ele ousa sussurrar:

– Vejo você no próximo verão, Eden.

Agradecimentos

Obrigada aos leitores que estão comigo desde o início e viram este livro crescer. Obrigada por tornarem o processo de escrita tão agradável e por serem tão fiéis. Obrigada a todo mundo da Black & White Publishing por acreditarem neste livro tanto quanto eu. Sou eternamente grata a Janne, por querer dominar o mundo; a Karyn, por todos os comentários e conhecimentos; e a Laura, por sempre cuidar de mim. Obrigada à minha família pelo apoio e encorajamento intermináveis, especialmente minha mãe, Fenella, por sempre me levar à biblioteca quando eu era mais nova, para poder me apaixonar pelos livros; ao meu pai, Stuart, por sempre me encorajar a ser escritora; e finalmente ao meu avô, George West, por acreditar em mim desde o primeiro dia. Obrigada a Heather Allen e Shannon Kinnear por ouvirem minhas ideias e permitirem que eu falasse sem parar sobre este livro, sem nunca me mandar ficar calada, apesar do quanto minha empolgação provavelmente tenha deixado vocês duas loucas. Obrigada a Neil Drysale por me ajudar a chegar onde estou. Obrigada, obrigada, obrigada. E finalmente obrigada a Danica Proe, minha professora quando eu tinha onze anos, por ser a primeira pessoa a me dizer que eu escrevia como uma escritora de verdade e por me fazer entender que escritora era exatamente o que eu queria ser.